dtv

W0175058

Venedig 1570. Die Stadt ist ein einziges rauschendes Fest, Inquisitoren stellen Marktfrauen nach, Gondolieri verführen Gräfinnen. Doch Davide Venier, gerade zurück von einem heiklen Einsatz gegen dalmatische Piraten, hat kaum Zeit für Vergnügungen. Die Knochen des heiligen Markus, Schutzpatron der Serenissima, wurden aus dem Dom gestohlen – Venedigs kostbarste Reliquien und Grundlage der Staatsmacht!

Davide soll sie wiederbeschaffen und die Täter ermitteln. Mit seinem Freund und Diener Hasan begibt er sich auf Spurensuche, die über die Alpen bis weit nach Norden führt, denn weitere ähnliche Diebstähle beunruhigen inzwischen die christliche Welt. Unterwegs sind die Venezianer allerlei brenzligen Situationen ausgesetzt. Selbst bei Katharina de' Medici am prachtvollen französischen Königshof gerät Davides Leben in Gefahr.

Stefan Maiwald, geboren 1971 in Braunschweig, lebt mit seiner italienischen Familie in Grado. Er ist Journalist, Hobbykoch, passionierter Golfer und erfolgreicher Autor. Bei dtv erschienen mehrere Sachbücher und 2016 der erste Band um die Abenteuer des Davide Venier, ›Der Spion des Dogen‹. Der Roman stand auf der Shortlist des Literaturpreises Homer in der Kategorie »Historischer Spannungs- und Abenteuerroman«.

Stefan Maiwald

Der Knochenraub
von San Marco

Roman

dtv

Ausführliche Informationen über
unsere Autoren und Bücher
www.dtv.de

Von Stefan Maiwald ist bei dtv außerdem erschienen:
Der Spion des Dogen (21723, 26124)

Ungekürzte Ausgabe 2018
© 2017 dtv Verlagsgesellschaft mbH & Co. KG, München
Umschlaggestaltung: Katharina Netolitzky/dtv unter
Verwendung des Bildes ›The Grand Canal with the Carita‹
(18. Jh.) von Giovanni Antonio Canal (akg-images/IAM)
und eines Fotos von bridgemanimages.com/Saint Louis
Art Museum, Missouri (Schwert)
Gesetzt aus der Guardi 8,5/12,75˙
Satz: C.H.Beck.Media.Solutions, Nördlingen
Druck und Bindung: Druckerei C.H.Beck, Nördlingen
Gedruckt auf säurefreiem, chlorfrei gebleichtem Papier
Printed in Germany · ISBN 978-3-423-21757-6

Inhalt

KAPITEL 1: Die Befreiung   7

KAPITEL 2: Der Rapport   21

KAPITEL 3: Der Raub   24

KAPITEL 4: Der Protonotario   40

KAPITEL 5: Der Händler   50

KAPITEL 6: Der Fontego   58

KAPITEL 7: Aufbruch   71

KAPITEL 8: Padua   83

KAPITEL 9: Die Alpen   113

KAPITEL 10: Augsburg   126

KAPITEL 11: Erasmus' Geschichte   148

KAPITEL 12: Köln   158

KAPITEL 13: Veronicas Rache   194

KAPITEL 14: Champagner   216

KAPITEL 15: Paris   228

KAPITEL 16: Das Levée   257

KAPITEL 17: Die Jagd   270

KAPITEL 18: Ein alter Bekannter   277

KAPITEL 19: Das Winterfest   285

KAPITEL 20: Der Anschlag   290

KAPITEL 21: Die Rückkehr   294

KAPITEL 22: Die Geburt   297

KAPITEL 23: Quattrodenti   307

KAPITEL 24: Die Verschickung   315

KAPITEL 25: Das *Cena*   327

KAPITEL 26: Im Ghetto   336

KAPITEL 27: Rom   344

KAPITEL 28: Verstärkung   369
KAPITEL 29: Die Rückgabe   399
KAPITEL 30: Schlussakt   404

Nachwort: Zur historischen Genauigkeit   411

KAPITEL 1

Die Befreiung

Der Mond war beinahe kreisrund, nur eine Nacht noch fehlte ihm zur Perfektion. Er warf einen kräftigen Lichtkegel auf die schwarze, stille Adria, die Sterne spiegelten sich auf dem Wasser – und Davide Venier baumelte an einer Mauer dreißig Fuß in der Luft. Runterschauen sei keine gute Idee, hatte ihm Eppstein gesagt, doch er konnte nicht widerstehen. Er dachte kurz über seine Situation nach. Wenn er von hier hinabstürzte, würde er sich entweder die Knochen brechen oder vielleicht sogar sterben; in jedem Fall wäre es keine angenehme Sache. Andererseits: Was ihn an seinem Ziel erwartete, war auch nicht gerade gemütlich.

Davide Venier hing an den Außenmauern der Festung Nehaj, neunzig Seemeilen von seiner Heimatstadt Venedig entfernt. Seine Hände umfassten hölzerne Griffe, die sich mit einer Art Glocke aus Lammleder in der Burgmauer regelrecht verbissen, mit den Füßen fand er manchmal etwas Halt an groben Mauervorsprüngen, manchmal aber auch nicht. Die Griffe waren eine Erfindung von Eppstein gewesen, denn Davide musste unbedingt nach oben.

Hasan und Miguel de Cervantes, sein treuer Diener und sein Freund aus Spanien, waren mit ihm gesegelt. Sie hatten in einer Bucht in der Nähe angelegt und waren dann zu Fuß über Felsen und dorniges Gestrüpp mehr gestolpert als gegangen, bis sie zum Haupthafen der Piraten kamen. Die beiden Wachen, die eher lustlos ihrer Aufgabe nachkamen, wurden ohne große Mühen überwältigt. Hasan benutzte dazu einen seiner orientalischen Schläge auf eine dieser geheimnisvollen Körperstellen, der für sofortige Bewusstlosigkeit sorgte. Miguel wählte auf ganz traditionelle Art einen Holzknüppel. Die Wachen wären lieber in der Burg gewesen, bei einem jener legendären Gelage, die selbst nach venezianischen Maßstäben als lukullisch gelten mussten und über die man sich Wunderdinge erzählte. Auch Davide wäre lieber in der Burg, statt an der Festungsmauer zu kleben. Aber es gab keine Wahl, er musste nach oben. Von außen. Denn unten durchs Tor würde er mitten ins Gelage platzen, was als Venezianer einem Suizid gleichkam.

Die Burg war die wichtigste Piratenfestung an der Adria, von quadratischem Grundriss, mit etwa achtzig Fuß Seitenlänge, sechzig Fuß hohen Mauern und einem einzigen ebenerdigen Zugang. Das Tor aus eisenbeschlagenen Eichenbalken war für gewöhnlich nicht nur gut verriegelt, sondern auch noch mehrfach gesichert, wenn nicht gerade die gesamte Piraterie der Adria beim allwöchentlichen Besäufnis versammelt war – und lediglich zwei arme Tröpfe den Hafen bewachen mussten. Um zu den fensterähnlichen Aussparungen in etwa vierzig Fuß Höhe zu gelangen, hatte Eppstein, der Tüftler aus dem Ghetto, Davide die zwei Apparaturen mitgegeben, die mit einer halben Umdrehung am Griff fest an der Mauer haften blieben. Drehte man den Griff in die Gegenrichtung, löste sich die Glocke mühelos. Und so robbte sich Davide wie ein unbeholfenes Insekt Stück für Stück nach oben. In einem Gebüsch kauerten Hasan und Miguel und beobachteten Davides Kletterkünste.

»Gefällt mir nicht«, sagte Hasan. »Der Mensch ist nicht dafür gemacht, so etwas zu tun.«

»Piraten sind aber auch nicht dafür gemacht, dass man bei ihnen freundlich anklopft«, entgegnete der raue Spanier. Auf den Zinnen gingen zwei Wachen auf und ab, die glücklicherweise keinen Blick für die Mauern direkt unter ihnen hatten, sondern nur in die Ferne spähten.

Die Glocken funktionierten reibungslos. Eppstein hatte erklärt, es hätte etwas mit der Luft zu tun, die sich unter der Glocke befände, und je weniger Luft es wäre, desto stärker wäre die Saugwirkung. Davide hoffte inständig, dass der kluge Freund alles ausgiebig getestet hatte, vielleicht an einer der hohen Häuserwände am Ghetto. (Das hatte Eppstein natürlich nicht.) Das wirklich Schwierige waren die Klimmzüge, da er dafür oft genug nur eine Hand frei hatte. Zwar hatte Davide daheim fleißig geübt, auch mit Hasans Hilfe, aber hier in der Burgwand drohte ihm doch die Kraft auszugehen. Immerhin konnte er sich in den Fugen mit den Füßen abstützen und die schmerzenden Arme entlasten; auf Eppsteins Anraten trug er ganz dünne Kalbslederschuhe, genäht aus nur einer Lage und ohne verstärkte Sohle. Doch gerade, als er fast schon die Öffnung erreicht hatte, verlor er den Halt und geriet ins Rutschen. Hasan stöhnte leise auf. Kurzzeitig musste eine der Glocken Davides ganzes Gewicht tragen. Doch wenige Augenblicke, bevor sie nachgab und sich löste, konnte er die zweite Glocke verankern; seine Zehen fanden Halt. Ein paar Kiesel polterten zu Boden, einer der Soldaten auf der Zinne kam herangestürzt. Miguel spannte seine Armbrust. Doch der Wachtposten sah Davide nicht und entfernte sich wieder.

»Wie kann es nur angehen«, flüsterte Miguel, »dass du zwar den stärksten Uskoken ohne zu zögern zu Boden haust, aber einen Augenblick später so ängstlich bist wie ein Mestriner Waschweib?«

»Im fernen Osten, in jenem Land, das euer Marco Polo bereist hat, gibt es die Theorie des Yin und des Yang«, zischte Hasan zurück. »Davon schon mal gehört? Jeder Mensch vereint alles in sich, Angst und Mut, Wahrheit und Lüge, Liebe und Hass, ja sogar das Weibliche und das Männliche.«

»Das Weibliche und das Männliche?« Miguel de Cervantes schnaubte verächtlich. »Was für ein Unsinn.«

»Aber was wisst ihr Spanier schon? Ihr seid nun einmal die Barbaren des Südens.«

»Still jetzt. Sieh, deine Angst war überflüssig, dein Herr ist nun oben.«

Endlich hatte Davide die Aussparung erreicht, schwang sich ins Innere und stand auf der Empore, wo ihn flackerndes Kerzenlicht, dezente Musik, allerlei vorzügliche Düfte und Stimmengemurmel empfingen. Er brauchte eine Zeit, bis er wieder ganz bei Atem war. Die Glocken deponierte er dezent unter dem Sims, wobei er hoffte, einen weniger anstrengenden Rückweg zu finden. Dann riskierte er einen Blick nach unten. Dort saßen etwa drei Dutzend Menschen beieinander, doch von einem ausschweifenden Gelage, wie man sich in Venedig erzählte, konnte keine Rede sein: Mit Eleganz und Anmut saßen die Herren Piraten bei Tisch, mit geradem Rücken und äußerst distinguiert; auch die eine oder andere Dame war zugegen. Kellner, in zwar schäbigen Umhängen, aber doch um eine gewisse Haltung bemüht, servierten die einzelnen Gänge, andere Kellner waren nur dafür da, den Wein nachzuschenken. Zwei Flötenspieler ließen angenehme Melodien erklingen. Man aß mit Besteck, jedenfalls meistens, und der eine oder andere putzte sich sogar den Mund ab. Es wurde geplaudert und gescherzt statt geprügelt und gehurt; Davide hatte sogar schon Feste beim Dogen höchstpersönlich erlebt, bei denen es zügelloser zugegangen war.

Am Kopfende, unverkennbar mit stolzer Statur und leistenlangem Bartwuchs, thronte Ivan Lenkovic, der sich hier ganz neu erfunden hatte. Ja, er wollte sein eigenes Königreich erschaffen, dieser aufgeblasene Uskoke, der sich lieber Johann Freiherr von Lenkowitsch nannte, ganz eng mit den Habsburgern kuschelte und seinen Staat im Staat aufgebaut hatte, mit gut tausend Kämpfern, von denen allerdings heute nur die Anführer – also die Stärksten, Skrupellosesten und Brutalsten – in der Burg an der Tafel saßen, waren doch seine Boote stets unterwegs. Und wie sie da saßen, diese zügellosen Piraten! Das würde in Venedig kein Mensch glauben, diese Sittsamkeit. In jedem Fall hatte die gut organisierte Truppe wenig mit jenen ungestümen Haufen zu tun, die ohne jegliche Taktik und ganz vogelwild jedes Schiff angriffen, das sie anrudern konnten; Davide hatte im Jahr zuvor auf seiner erzwungenen Reise gen Istanbul einen solchen Überfall miterlebt.

Ein guter Teil der Einnahmen des vermeintlichen Freiherrn von Lenkowitsch stammte nicht vom bloßen Kapern, sondern von den viel effektiveren Entführungen. Man schnappte einen Adligen, einen renommierten Kapitän, gar eine Dame aus reichem Hause vom Wasser weg und bot sie den Venezianern, Genuesern oder Osmanen zum Rückkauf an. So füllten viele gute venezianische Dukaten die Piratenkasse und wurden geschäftstüchtig reinvestiert: in noch bessere Boote, in neueste Waffen und Munition, in die Festung selbst. Und neuerdings auch in Bestechungsgelder, die an Herzöge unbedeutenderer Reiche sowie andere kapernde Fürstentümer an der dalmatischen Küste flossen, denn Lenkowitsch wollte weg von der bloßen Piraterie und plante ein Bündnissystem, um vom dauerhaften Streit zwischen Venedig und den Osmanen zu profitieren. Das aber wussten bislang nur er und seine engsten Berater.

Dank Venedigs Informanten – zumeist gefangen genommene Uskoken, die bereitwillig plauderten, um dem Halsgericht zu entgehen, was allerdings stark von der Qualität ihrer

11

Informationen sowie der Tageslaune der Prosekutoren abhing – wusste Davide sehr genau über die Räumlichkeiten der Festung Bescheid. Von der Empore ging ein gutes Dutzend fensterloser Räume ab, allesamt von außen zu verriegeln, bis auf das Schlafgemach des Anführers auf der gegenüberliegenden Seite. Dessen Tür ließ sich dafür von innen verschließen.

In einem der Räume nun, deren Eichentüren er linker Hand sah, musste der Anlass seiner Mission versteckt sein. Davide blickte zur Sicherheit ein letztes Mal hinunter auf die Feierlichkeiten. Es wurde gerade Wildbret aufgetragen, der Duft war köstlich. Lenkowitsch hatte sich zu seinem Nebenmann gebeugt, in dem Davide im trüben Kerzenlicht Dragomir Sosna erkannte, den Mann fürs Grobe, der selbst neben dem nicht gerade zimperlichen Lenkowitsch außerordentlich gewalttätig wirkte. Er war im Gegensatz zu den anderen Tafelnden rasiert, und mit seinem kahlen, glänzenden Schädel, der über dem mächtigen Schultergewölbe thronte, leuchtete er im Halbdunkel wie eine Höllensonne. Es hieß, er sei von seiner Mutter in Istrien ausgesetzt und von Wölfen großgezogen worden, was ganz sicher ein Ammenmärchen war. Es hieß aber auch, Dragomir könne einem Mann mit bloßen Händen den Arm aus der Schulter reißen, und manche Gefangene sollten schon vor Schreck am Schlagfluss gestorben sein, als sie seiner nur gewahr wurden. Das war angesichts seiner Statur und seiner Muskeln durchaus glaubhaft.

Davide stand vor der ersten der beiden in Frage kommenden Türen und erkannte, dass sie nicht verriegelt war. Vermutlich war er falsch, aber wenn er doch schon einmal hier war … Seine Neugier obsiegte. Lange sah er nichts, es war nahezu völlig dunkel, er hörte nur leises Gestöhne. Erst allmählich sickerte das trübe Licht der Feier in den Raum hinein. Dort stand ein großes Bett, und auf ihm erkannte er die Umrisse eines Pärchens, das offensichtlich dabei war, einander zu erkennen. Jetzt wurde das Bild klarer: Der Mann hatte seinen Kopf tief zwischen den gespreizten Schenkeln der Frau und blickte kurz auf, als er das Knarren der Tür hörte, während die Frau, den Kopf im Nacken und ihre langen blonden Locken vor Lust zitternd, nichts von dem wahrnahm, was um sie herum geschah. Davide zwinkerte dem Mann, eher noch ein Junge, zu, der zwinkerte zurück und widmete sich wieder dem Naheliegenden. Davide schloss behutsam die Tür.

Es musste also der andere Raum sein, das vorläufige Ziel der gefährlichen Reise. Und dessen Tür war auch verriegelt. Ungewöhnlich war bloß, dass aus deren Ritzen auffallend viel Licht strömte. Davide hob den Riegel an und zog die Tür so leise wie möglich auf. Der Schwall von Licht blendete ihn. Erst nach vielem Zwinkern entstand aus dem grellen Weiß ein schärfer umrissenes Bild. Hunderte von Kerzen flackerten, nach dem Duft zu urteilen sogar aus Bienenwachs. Welch ein Luxus angesichts der Umstände! Mitten im Raum stand, als hätte sie ihn erwartet, Contessa Ludovica Strozzi, mit offenen blonden Haaren, die ihr beinahe bis zur Hüfte reichten, und in ein fußlanges rotes Samtkleid gehüllt. Sie stammte aus bestem venezianischem Haus, uraltem Geldadel. Der Vater hatte in zweiter Ehe eine Adlige vom Festland geheiratet, weswegen Ludovica den Namen Contessa führen durfte. Vor einigen Wochen war sie auf dem Weg nach Ravenna entführt worden. Ihre Entourage hatte man ins Wasser geworfen, ihre Zofe an Land abgesetzt, um die Lösegeldforderung zu überbringen. Doch Giorgio Strozzi war in heftiger Sorge um seine Tochter und hatte Calaspin um Hilfe gebeten, der wiederum Davide engagiert hatte. Strozzi hatte angeboten, dafür das geforderte Lösegeld in Höhe von

500 Dukaten der Staatskasse zu schenken, wo Calaspin es auch besser aufgehoben sah als bei den Piraten. Da stand es also nun in der Piratenfestung, das hübsche Wesen mit dem kleinen Überbiss, und blickte verwirrt auf den Mann, der in ihre Zelle gekommen war und mit seinem gestutzten Bart, den halblangen Locken und dem schwarzen Tabarro so gar nicht aussah wie einer der Uskoken.

Davide legte einen Finger an die Lippen, um der Contessa zu verstehen zu geben, leise zu sein. Er näherte sich flüsternd. »Contessa? Ich bin Venezianer, ich bin aus Eurer Heimat, und ich bin gekommen, um Euch ...«

Was dann kam, überraschte Davide nicht wenig: Die zarte Contessa holte aus und gab ihm eine Ohrfeige von einer Wucht, die nicht aus diesem kleinen Körper zu kommen schien. Davides Wange brannte, er wollte etwas sagen, doch angesichts der aufgebrachten Contessa kam er gar nicht dazu.

»Erst jetzt seid Ihr gekommen, um mich zu befreien?«, fauchte sie. »Das ist mir ja eine schöne Stadt, dieses Venedig! Wisst Ihr, wie viele Steuern mein Vater jedes Jahr entrichtet?«

»Contessa, ich bitte Euch ...«

»Fast zwei Monate bin ich nun hier. Muss Wasser trinken und mein Kleid selbst waschen. Bin verlaust und schmutzig.« Sie war kurz davor, in Tränen auszubrechen.

»Mit Verlaub, Contessa, Ihr seht aus, wie eine wahre Venezianerin in der Gefangenschaft auszusehen hat. Eurer Schönheit konnte die schreckliche Zeit in dieser Zelle nichts anhaben.«

»Ach, tatsächlich?« Beinahe brachte Ludovica Strozzi so etwas wie ein Lächeln zustande. »Ja, wisst Ihr, ich hatte um eine Bürste gebeten und vor einigen Tagen auch bekommen, kein Elfenbein, aber immerhin, in der Not nimmt man ja, was man kriegen kann.«

Plötzlich war Davide alarmiert, er hörte Schritte näher kommen und sprang zur Tür, um sich nahe der Mauer zu verstecken. Natürlich, die Tür stand halb offen, und mit all dem Licht war das auch von Weitem erkennbar. Eine der Wachen schob die Tür noch etwas weiter auf und trat ein.

»Was ist denn hier los, Frau?«, fragte der Uskoke auf Italienisch mit starkem dalmatischem Akzent. »Ihr hattet nicht Besuch etwa?«

Die Contessa beherrschte die Situation ausgezeichnet und blickte den Uskoken kühl an. »Wer soll mich hier schon besuchen? Vielleicht der Doge?«

Der Uskoke kicherte und trat einen Schritt näher. Davide erkannte die Umrisse eines recht kleinen Mannes mit Lockenkopf. Der Säbel steckte in der Scheide am Gürtel.

Es ging ganz schnell. Der Griff von Davides doppelläufiger Pistole traf den Soldaten an der Schläfe; er stürzte stumm zu Boden. Davide zog ihn tiefer ins Zimmer und deponierte den Bewusstlosen in einer Ecke.

»Contessa, beeilt Euch. Wir müssen aufbrechen.«

»Na, da bin ich aber gespannt. Ihr wisst, dass die Burg nur ein Tor nach draußen hat?«

»Ja, das ist mir nicht entgangen.«

»Also?«

»Also nehmen wir genau jenes.«

Davide war ganz in Schwarz gekleidet, doch die Contessa in ihrem roten Prachtkleid, mit dem blonden Haar und der Haut von nobler Blässe strahlte allzu hell, um sich unauffällig davonzustehlen. Er warf ihr seinen Tabarro über, aber nur unter ihrem leisen Protest, denn sie befand, dass dieser Umhang ihrer Erscheinung erstens nicht würdig sei und zweitens möglicherweise Flecken auf ihrem Kleid hinterließe, was doch das einzige war, das sie noch hatte.

Sie schlichen hinaus auf die Empore, die wie zuvor menschenleer war. Unten ging es jetzt deutlich lauter zu, der Alkohol zeigte allmählich seine Wirkung. Eine enge, gewundene Treppe führte an einer Ecke hinunter ins ebenerdige Geschoss, in dem auch das Bankett stattfand. Glücklicherweise endete die Treppe nicht weit vom Ausgang, und für das Bankett war in jener Hälfte eingedeckt worden, die dem Ausgang gegenüberlag. Mit etwas Glück könnte man in der schummrigen Dunkelheit das Tor einen Spalt weit öffnen und von den feiernden Uskoken unbemerkt entkommen.

Sie betraten die ersten Stufen der Treppe, Davide voran, die Contessa bei der Hand haltend, was jene überraschenderweise mit sich geschehen ließ. Das Wenige, was Davide von den Gesprächen der Feiernden am Tisch verstand, unterschied sich nicht von dem, was man sich an Venedigs teuren Tafeln unter reichlicher Weinzufuhr erzählte: Geschichten von Frauen, vom Krieg und vom Gold. Es roch scharf nach Grillfleisch, das, wie Davide jetzt von der Treppe sah, auf Feuern in einem separaten, kleineren Saal zubereitet wurde. Ein kleines Fenster diente als Abzug, doch allmählich breitete sich der Rauch auch im Hauptsaal aus, was Davide nur recht sein konnte, schafften es die Kerzen doch nicht mehr, für allzu viel Helligkeit zu sorgen. Nach zwei Dutzend Stufen waren sie unbemerkt unten angelangt. Hier war der Rauch sogar noch dichter als oben, die Feiernden waren nur noch als Umrisse zu erkennen. In wenigen Schritten erreichten sie, immer an der Wand entlang, das Haupttor – welches, wie Davide sofort sah, mit einem gewaltigen Eisenriegel verschlossen war. Gut möglich, dass ein Mann allein ihn gar nicht aus den Angeln heben konnte. Was dann? Doch einen Versuch musste er wagen. Davide sah sich um; bislang war alles geradezu erschreckend glatt gelaufen, und auch der Eisenriegel ließ sich weit genug anheben, um die eine Hälfte des Doppelportals einen Spalt weit zu öffnen. Sofort strömte frischer Wind herein, der den Rauch aufwirbelte, doch niemand blickte in ihre Richtung.

»Fort nun«, flüsterte Davide und stieß die Contessa mit sanfter Gewalt ins Freie.

Auf einmal, als Davide schon so gut wie draußen war, erblickte er den lockigen Kopf eines Soldaten auf der Empore. Es war jener, den er kurz zuvor niedergeschlagen hatte. Sofort schrie er von oben los und deutete fuchtelnd aufs Tor. Nun wurden die trinkseligen Uskoken doch aufmerksam. Lenkovic rief etwas, das zweifellos wie ein Befehl klang, und schon stürzten einige Uskoken auf Davide zu, der seinerseits flink ins Freie sprang. Lenkovic dagegen blieb ruhig sitzen. In Sekundenbruchteilen fielen Davide zwei Dinge auf: Erstens schien die Hierarchie unter den Feiernden blitzschnell wiederhergestellt zu sein – bei jenen, die aufgesprungen waren, handelte es sich wohl um die niederen Handlanger, Anführer von untergeordneter Bedeutung, denn wohin sollte eine Contessa mit ihrem Erretter hier schon fliehen können? Zweitens, und deutlich beunruhigender: Es hatte sich auch Dragomir Sosna erhoben.

Davide packte Ludovicas Arm und riss sie mit sich fort. »Contessa, ich hoffe, Ihr seid gut zu Fuß.«

Das war sie. Ihre Füße huschten überraschend behände über das Gestein, und sie hatte sogar noch die Luft, Davide zu schelten. »Macht Ihr das schon länger?«, zischelte sie. Hinter ihnen wurde das Geschrei lauter.

»Wo sind die Soldaten? Wo ist die Eskorte für mich?«

»Keine Armee, Signorina. Nur Ihr und ich. Und zwei meiner Freunde. Hört nun gut zu, wenn Ihr ein Kommando hört, dann springt so hoch wie möglich.«

»Immerhin, doch so etwas wie ein Plan!«

»Springt jetzt«, rief eine Stimme aus einem Gebüsch. Es war Hasan. Davide und die Contessa machten einen Satz durch die Luft. Die Piraten waren schon dicht hinter ihnen, doch sie stolperten aus vollem Lauf über ein dünnes Hanfseil, das Hasan und Miguel gespannt hatten. Die Uskoken rappelten sich fluchend wieder auf; zwei von ihnen blieben liegen, offenbar hatten sie sich einen Fuß verstaucht oder gebrochen. Das verschaffte den vieren den nötigen Vorsprung, um bis zur Bucht zu laufen, wo sich Davide und der Contessa ein schauriges und majestätisches Schauspiel bot. Alle drei Rudergaleeren der Uskoken sowie die Beiboote, die dort verankert waren, standen in Flammen. Es knisterte und krachte, gerade kippte der Mastbaum der vordersten Galeere auf das Deck des Bootes direkt daneben. Das Feuer tauchte in der Dunkelheit die gesamte Bucht in ein tiefes Rot.

»Ihr wart nicht untätig, wie ich sehe«, zeigte sich Davide zufrieden, als alle vier am Ufer standen.

»Wie Ihr befohlen habt«, erwiderte Hasan.

»Und unsere Schiffe?«, fragte die Contessa und blickte umher.

Davide zeigte auf eine kleine Schaluppe ohne Unterdeck. »Ein kleines Boot und günstiger Wind, mit mehr kann ich nicht dienen. Und dies sind meine Gefährten Hasan und Miguel, aber für Höflichkeiten haben wir noch später Zeit. Darf ich bitten?« Ohne ihre Antwort abzuwarten, bugsierte er die Contessa ins Boot. Miguel sprang hinterher und spannte die Armbrust, dann folgte Davide. Hasan löste die Taue und schob an, Davide hatte das Segel gesetzt, half aber gemeinsam mit Miguel mit dem Ruder nach. Das war auch nötig, denn die Uskoken hatten das Ufer erreicht. Die erste Welle von ihnen, direkt vom Bankett aufgesprungen, war noch unbewaffnet gewesen, doch nun, den Ernst der Lage erkennend, waren weitere Piraten nachgerückt, mit Säbeln und Pistolen ausgestattet. Als sie ihre Schiffe in Flammen sahen, war ihre Wut grenzenlos, sie fluchten, schrien durcheinander und wollten die Venezianer auf gar keinen Fall entkommen lassen. Schon flogen die ersten Kugeln über die flackernde See, Davide drückte die Contessa unter ihrem nimmermüden Protest hinter die Bordwand. Miguel legte das Ruder beiseite und schoss seine Armbrust mit bemerkenswerter Geschwindigkeit ab; immer mehr Uskoken blieben getroffen zurück. Allmählich nahm die Schaluppe Fahrt auf, aber das Wasser war flach, das offene Meer noch fern. Zwei Kugeln zischten durch das Segel, eine schlug in die Bordwand; ein Splitter traf Davide an der Wange. Auch er hörte auf zu rudern und richtete seine doppelläufige Pistole auf zwei der Uskoken, die sich, das Wasser aufschäumend, näherten. Im Gegensatz zu den venezianischen Matrosen, die zumeist nicht schwimmen konnten, bewegten sich diese beiden hier ausgezeichnet und kamen mit kräftigen Kraulzügen rasch heran. Einen der beiden traf Davide am Bein. Er schrie auf und ließ von der Verfolgung ab. Den Zweiten aber verfehlte die Kugel. Er kam näher und näher, dann tauchte er unvermittelt ab. Hatte Davide vielleicht doch getroffen?

Aber plötzlich tauchte der Schwimmer dicht neben dem Boot auf. Das schwarzrote Wasser perlte von seinem gewaltigen Schädel herab; es schien, als wäre ein Ungeheuer aus den Tiefen des Meeres aufgestiegen. Es war Dragomir Sosna, und seine Hände verhakten sich unerbittlich wie die Saugnäpfe eines Kraken an der Bordwand. Davide hieb mit der Pistole auf die Pranken ein, doch der Glatzkopf ließ nicht los, im Gegenteil: Mit einem akrobatischen Zug schwang er sich an Bord. Die Contessa schrie auf. Er war einen ganzen Kopf größer als Davide, der seinerseits schon nicht klein war. Der Venezianer prügelte mit aller Kraft auf seinen Widersacher ein, doch es war, als würde er einen Marmorblock bearbeiten. Selbst Treffer auf die empfindlichsten Stellen zeigten keinerlei Wirkung. Dragomir grinste, und während sein linker Arm Davides Kehle umfasste, griff ihn sein rechter Arm am Handgelenk und zog mit einer Wucht daran, dass der Venezianer glaubte, ohnmächtig zu werden. Seine Sinne drohten zu schwinden, doch dann stürzte Miguel mit seinem Holzknüppel herbei und hieb ihn über die Glatze des Riesen. Der schien gar nichts zu merken. Miguel hob erneut an und schlug diesmal so hart zu, dass die Keule krachend brach. Nun endlich zeigte Dragomir eine Reaktion: Ganz langsam blickte er sich um, ließ von Davide ab, sah den Spanier an und sackte in die Knie. Mit vereinten Kräften stießen Miguel und Davide den angeschlagenen Dragomir von Bord. Die Schaluppe hatte nun im Ostwind ordentlich Fahrt aufgenommen, man war außerhalb der Reichweite der Pistolen, deren Kugeln hinter ihnen ins Wasser klatschten. Hasan am Ruder steuerte die Schaluppe aus der Bucht aufs offene Meer. Der Bug durchteilte in flotter Fahrt die Adria, und neben dem Knarren des Segelwerks war das ständige Zetern der Contessa das einzig nennenswerte Geräusch.

Lenkowitsch stand oben auf einem Felsen und hatte sich die Szene reglos angesehen. Er sah im Widerschein der Flammen wie ein böser Geist aus, und Davide hatte das beunruhigende Gefühl, dass diese Begegnung nicht ihre letzte gewesen war.

KAPITEL 2

Der Rapport

Im kleinen Saal des Dogenpalastes herrschte eine bedrückende Stille, während draußen auf dem Markusplatz und in den Nebengassen die Feierlichkeiten unüberhörbar waren und durch die Fenster kaum gedämpft hereinsickerten. Es wurde gebrüllt, gekreischt, gejubelt, denn schließlich befand sich die Stadt seit Wochen im Fieberschauer des *carnevale*! Der Lärm ließ das Mobiliar vibrieren und schüttelte die Farbpartikel der Wandfresken durch.

Doch hier im Sala delle Quattro Porte saßen zwei Menschen, die alles andere als das Karnevalstreiben im Sinn hatten. Einer davon war Calaspin, und dem war ganz sicher nicht zum Feiern zumute. Nicht während des *carnevale*, aber auch sonst nicht.

Der Kanzler rieb sich die Augen, als er angestrengt das Dokument studierte, das vor ihm auf dem Schreibtisch lag. Wie immer war der Tisch übersät mit Schriftstücken. Was wäre die Republik bloß ohne ihn? Dann blickte er unendlich langsam auf. Seine Labialfalten schienen besonders tief, was, wie Davide inzwischen wusste, nie ein gutes Zeichen war.

»Fünf Uskoken verletzt, drei tot. Nennt Ihr das eine diskrete Aktion?«

Einige Augenblicke verstrichen, in denen der Lärm, der hereinschwappte, die Stille an Calaspins Schreibtisch eher noch verstärkte.

»Wäre ich Euch tot lieber gewesen?«, antwortete schließlich sein Gegenüber.

»Ich hatte Euch ausdrücklich darum gebeten, so unauffällig wie möglich vorzugehen«, seufzte der hagere Verwalter der Serenissima. »Der Doge wünscht, es sich mit Lenkowitsch nicht zu verscherzen. Es scheint, dass dieser Gauner ...«

»Lenkowitsch oder der Doge?«

»Werdet nicht frech gegenüber den heiligen Institutionen Venedigs! Es scheint, dass dieser Gauner es tatsächlich schafft, die dalmatischen Seeräuber nach und nach zu vereinen. Es könnte dort unten eine machtvolle Armee entstehen, und es sind erfahrene Männer des Meeres, die einen hübschen Puffer zwischen uns und den Türken bilden könnten. Der Doge plant, einen Unterhändler für erste Gespräche zu ihm zu schicken, und ich habe ihm dazu geraten.«

»Was spricht dagegen?«

»Drei Tote. Ach ja, und die Galeeren, die den Flammen zum Opfer fielen. Hättet Ihr das nicht eleganter erledigen können?«

»In der Kürze der Zeit erschien uns das die beste Lösung, um unsere Flucht zu sichern.«

Calaspin ging auf Davides Bemerkung gar nicht erst ein. »Erste Verhandlungen wurden von Lenkowitsch abgebrochen, und wir können froh sein, dass die venezianischen Unterhändler mit allen lebenswichtigen Organen am rechten Fleck zurückkehrten.«

»Vergessen wir bei aller Politik aber nicht, dass dieser Lenkowitsch ein übler Bursche ist, der eine der reichsten Venezianerinnen entführt hatte«, mahnte Davide an.

»Richtig, die von uns allen überaus geschätzte Contessa Ludovica Strozzi.« Calaspin begann wieder zu blättern. »Außerdem hat sich der Ehemann beschwert, dass Ihr die Dame mitten im Karneval zurückgebracht habt. Hättet Ihr nicht noch ein wenig warten können?«

»Diese Beschwerde allerdings«, erklärte Davide, »kann ich voll und ganz verstehen.«

KAPITEL 3

Der Raub

Der Tonkrug voll Wein schien in der Luft zu stehen, als wäre die Zeit angehalten worden. Doch im nächsten Moment näherte er sich in rasantem Tempo Davides Gesicht. Der duckte sich gerade noch rechtzeitig, und der Krug schlug mit einem gewaltigen Krachen hinter der Theke ein, nicht weit von Wirt Claudio, genannt Quattrodenti. Der sprang mit einem Satz hervor, machte den Rüpel ausfindig und hieb mit einer eigens für renitente Kunden bereitliegenden zylindrischen Keule auf ihn ein, bis das Blut floss und das Jammern groß war. Die Gäste johlten, und selbst der Verprügelte, der den Krug aus reinem Übermut in eine unbestimmte Richtung geworfen hatte, schien sich bei allem Wehklagen auf eine merkwürdige Weise zu amüsieren. Die drei Flötisten auf der hölzernen Empore in einer Ecke des Raumes hörten gar nicht erst auf mit ihrem Spiel.

Es war einer jener gemütlichen Abende in der Spelunke in Cannaregio, die in den letzten Monaten zu Davides Lieblingsort geworden war. Nein, hier traf man keinen der feinen Herren, denn Cannaregio war eine übel beleumundete Gegend, in der Messerstecher und allerhand Gesetzesbrecher ihre Heimat hatten. Doch jetzt, im Karneval, war alles anders. Alle trugen Masken, die Ärmsten wie die Reichsten, und tatsächlich gab es nicht wenige hohe Herren, die den Kitzel genossen, gut getarnt zu den dukatenfernen Schichten hinabzusteigen. Es war infernalisch eng, halb Venedig schien hier einzukehren, man brachte kaum das Glas zum Mund. »Glas« war hier ein großes Wort, Quattrodenti griff in der turbulenten Maskenzeit lieber zu robusten Holz- oder Tonbechern. Quattrodenti, eigentlich Claudio, hieß so, weil ihm aus Gründen, die niemand kannte, genau jene vier Schneidezähne – zwei oben und zwei unten – fehlten, und der Rufname galt gewissermaßen der Erinnerung an die vergangene Pracht. *Sic transit gloria mundi.*

Zuletzt hatte Davide den alten Geizhals sogar überredet, für ihn statt des entsetzlich sauren Weins ein paar Fässchen des guten Ribolla zu horten und bei Gelegenheit zu öffnen. Davide hatte die Kneipe schon mehrmals bei gewissen Anlässen als Ort nutzen können, um wertvolle Informationen über Venedig zu bekommen. Die Armen redeten hier ungeniert, und die Reichen fühlten sich vor dem langen Arm des Gesetzes sicher, der hier wenig bewirken konnte. Dafür sorgte schon »der Friulaner«, ein namenloser Gigant von einem Rausschmeißer, der gnadenlos auswählte. Trinker jeder Couleur waren willkommen, Spitzel der Serenissima mussten draußen bleiben. Widerworte ersparte man sich besser, denn der Friulaner konnte schnell ungemütlich werden. Überhaupt war er nah am Vulkan gebaut, hatte mehrmals Ärger mit dem Gesetz gehabt, doch weil Davide einmal ein gutes Wort für ihn einlegte – als er selbst noch ein angesehener Bürger war und kein Spion –, hatte er beim Friulaner ein großes Guthaben.

Davide trug eine dezente schwarze Maske, die nur die Augenpartie und Wangen bedeckte, sein Freund Miguel ein ähnliches Modell in Weiß. Es war keine originelle Verkleidung, aber darauf kam es auch nicht an. Im Karneval zählte einzig, seine wahre Identität zu verschleiern, und dafür waren die Masken mehr als geeignet. Die beiden hatten beschlossen, sich am heutigen Tage in die Feierlichkeiten zu stürzen, und warteten nur noch auf ihren Kumpel Tintoretto, der noch im Atelier zu tun hatte und mit der ihm eigenen Geschwindigkeit wahrscheinlich wieder drei, vier Porträts zugleich fertigstellte. Sie hatten sich mit etwas Mühe einen Platz an der Theke freigedrängelt, wobei viel Geschubse gar nicht nötig war. Miguel war ein eindrucksvoller Bursche, und über Davide, den viele Stammgäste hinter seiner Maske mühelos erkannten, kursierten längst Gerüchte, die den einen oder anderen etwas nervös machten. Manche hielten ihn gar für einen jener geheimnisvollen Meuchelmörder der Serenissima, die nachts durch die Straßen schlichen und Feinde der Republik hinterrücks niederstachen. Auf jeden Fall waren Davide und Miguel Personen, denen man lieber Platz machte. Unterdessen sorgte Quattrodenti für steten Wein-Nachschub, Davide und Miguel wurden natürlich strikt aus dem teuren Ribolla-Fass bedient. Einmal hatte der Wirt versucht, nach dem dritten Glas seiner illustren Gäste zu der für ihn kostengünstigeren Massenware zu wechseln. Miguel hatte es zuerst bemerkt, und beinahe wäre der Wirt dafür eines weiteren Zahns verlustig gegangen.

Endlich tauchte Tintoretto auf. Er hatte wie immer seine Hände voller Farbrückstände und die Augen auf schmal gestellt. Das konnte nur bedeuten, dass er, wie eigentlich jeden Tag, neben der unbestreitbar fleißigen Arbeit auch eifrig inspirierenden Getränken zugesprochen hatte. Doch weder seinem Gang noch seiner Aussprache merkte man irgendetwas an. Sofort drängte sich das hagere Genie durch die Menge, grüßte seine Freunde und bestellte bei Quattrodenti einen Wein, doch der hörte nicht gleich zu, sondern musste erst noch eine frisch ausgebrochene Schlägerei zwischen zwei Damen schlichten.

Die drei Freunde tranken noch ein gemeinsames Glas bei

Quattrodenti und schoben sich dann Richtung Ausgang, was beinahe schwieriger war, als hineinzugelangen, weil nun, mit dem beginnenden Sonnenuntergang, immer mehr Menschen in die Spelunke strömten. Alles lärmte in Richtung Theke, man begrüßte die Freunde, schaute misstrauisch auf jene, die man nicht kannte, orderte seinen Becher. Aber man ließ letztlich auch gern die Ziehenden ziehen, auf dass Platz geschaffen würde.

Endlich draußen, wandten sich die drei in Richtung Rialtobrücke. Es war ein schummriger Nachmittag im November und völlig windstill, der Nebel hüllte die Stadt langsam ein. Und vielleicht war es gut, dass nicht alle alles sehen konnten. Etwa die Kartenspiele in den Nebengassen oder die Knutschereien zwischen völlig Fremden, auch zwischen Menschen gleichen Geschlechts.

Die Rialtobrücke war ein altersschwacher Holzbau, der schon mehrmals nachgegeben hatte und hastig ausgebessert worden war. Bald sollte eine neue Brücke aus Stein das hölzerne Provisorium ersetzen, was in Venedig allgemein recht skeptisch gesehen wurde. Vor allem die Gilde der Gondolieri opponierte heftig gegen den geplanten Protzbau, würden doch viele Kunden ausbleiben, die für kleines Geld auf die andere Seite des Großen Kanals gelangen wollten. Wobei die Gondolieri prinzipiell gegen jeden Brückenbau oder -ausbau wetterten. Ihnen war die Stadt bei Hochwasser und baufällig stets am liebsten.

Rund um die Rialtobrücke war an Weiterkommen nicht mehr zu denken, die Menschen standen so dicht gedrängt, dass es eher eine stete Welle war, die vor und zurück schwappte. Davide hatte manchmal das Gefühl, dass seine Füße nicht einmal mehr den Boden berührten. Masken tanzten überall um ihn herum, selbst Frauen, Babys und Bettler trugen eine. Direkt an der Brücke hatte sich ein kleiner Zirkus versammelt. Ein Feuerschlucker, natürlich eben-falls maskiert, hatte sich mit seinen heißen Fackeln ein paar Fuß Platz geschaffen und zeigte seine Kunst, gleich dane-ben jonglierte ein Mann äußerst kunstvoll mit drei Säbeln. Auch ihm war es gelungen, dass die Menschen respektvoll Abstand bewahrten, johlten und klatschten.

»Seht, eine *adivino*«, rief Miguel und deutete auf ein schmut-ziges Zelt, das sehr provisorisch zwischen einer Häuserwand und einem Mauervorsprung seinen Platz gefunden hatte. »Wie sagt man bei euch?«

»Eine Wahrsagerin?«, fragte Davide.

»Genau. Lasst uns hören, wie es um uns steht. Ich gebe eine Runde Zukunft aus.«

Miguel ließ sich in seinem Enthusiasmus nur schwer bremsen, und schon drängten sich die drei in dem Zelt, das von einem rätselhaften violetten Licht beleuchtet wurde, des-sen Quelle Davide nicht ausfindig machen konnte. Der Stoff hielt den Lärm von draußen verblüffend gut ab.

Auf einem Hocker saß eine Gestalt, die eine Kapuze so tief ins Gesicht gezogen hatte, dass man nur ihre blutleeren Lip-pen sah. Vor ihr stand ein Tisch.

»Auf nun, wer zuerst?« Miguel klatschte in die Hände, dann schob er Tintoretto vor, der auf dem Hocker gegenüber der Gestalt Platz nahm.

»Ich lese aus Händen oder lege die Karten«, flüsterte die Gestalt. Ihr Timbre war unverkennbar weiblich, ihr Dialekt schwer zu deuten.

»Was ist teurer?«, scherzte Tintoretto.

»Nein, was ist verlässlicher?«, hakte Miguel nach.

Die Wahrsagerin blickte auf, doch ihr Gesicht blieb ver-borgen; die Lichtquelle musste genau hinter ihr sein. Dann senkte sie wieder den Kopf und streckte beide Hände vor. »Gebt mir Eure linke Hand«, sagte sie. »Es ist die reine Hand, die dem Herzen am nächsten ist.« Könnte ihre Sprache das Sizilianische sein?

Tintoretto tat, wie ihm geheißen. Die Wahrsagerin rieb seine Hand sanft mit ihren Händen, dann blickte sie die Handinnenfläche des Malers an. Doch schaute sie wirklich? Mit ihren Fingerspitzen tastete sie auf ihr herum. Offenbar las sie auf diese Art.

»Ihr seid ein Mann von kreativem Geist«, befand die Wahrsagerin nach einiger Zeit.

»Kunststück, bei all den Farbklecksen auf seinen Fingern«, murmelte Miguel. Die Wahrsagerin blickte erneut auf und schien den jungen Spanier zu fixieren. Langsam wandte sie sich wieder Tintorettos Hand zu.

»Ihr seid von viel Geld umgeben, und besonders heute war es so.«

»Ihr habt recht«, rief Tintoretto aus. »Sie hat recht«, wandte er sich an seine Freunde, die hinter ihm standen, »gerade heute waren ein Gradenigo und eine junge Dandolo bei mir. Ganz schön gute Kunden.« Tintoretto rieb mit der freien rechten Hand Daumen und Zeigefinger aneinander.

»Macht Euch keine Sorgen um Eure Zukunft. Das Geld wird Euch lange treu bleiben«, sagte die Wahrsagerin schließlich. Mit einem breiten Grinsen stand Tintoretto auf.

»Als nächster Ihr, ungestümer Spanier«, befahl die Wahrsagerin.

»Hört man meinen Akzent so deutlich?«, scherzte Miguel, als er sich setzte. Auch bei ihm folgte dasselbe Ritual, eine Art wärmende Massage der linken Hand. Doch als die Wahrsagerin die Handfläche ihres Kunden betastete, schüttelte sie den Kopf. »In dieser Hand erkenne ich nichts, Ihr müsst mir Eure andere geben.«

»Ich werde sie doch nicht verlieren?«

Mit der rechten Hand schließlich war die Wahrsagerin zufrieden, als sie sie mit ihren Fingerkuppen erkundete. Miguel kicherte ein wenig, weil es kitzelte. »Ja, hier ist alles ganz deutlich. Ihr werdet bekannt werden. Sehr bekannt. Mit einer großen Lüge. Aber es ist nicht Eure Lüge.«

Miguel runzelte die Stirn. »Rätselhafte Worte sprecht Ihr da, Señora.«

»Hab dich doch nicht so, Hauptsache berühmt«, befand Davide, der sich nun seinerseits setzte. Nach der Erwärmung verharrten die Fingerspitzen der Wahrsagerin regungslos auf Davides Hand. Es war eine sanfte, beinahe schwebende Berührung, kein Aufstützen. Doch die eingefrorene Bewegung war äußerst merkwürdig. Das Gejohle von draußen war nun gut zu hören. Die drei blickten einander an, und Davide räusperte sich schließlich. Unendlich langsam blickte die Gestalt auf und strich sich dann die Kapuze vom Kopf. Was zum Vorschein kam, überraschte die drei: eine junge Frau, fast ein Mädchen noch, mit ganz glattem, langem weißem Haar und weißer Haut, sodass ihr Kopf beinahe leuchtete. Ihre Augen flackerten in der plötzlichen Helligkeit in einem so hellen Blau, dass sie fast vor Davides Augen verschwammen, wie ein kleines Meer. Die junge Wahrsagerin war auf eine verstörende, ätherische Art bildschön.

Und nun griff sie Davides Hand fester und blickte ihm eindringlich in die Augen, sodass sich Davide unbehaglich fühlte. Und als er und die anderen nun ganz deutlich ihre milchigen Augen sahen, wurde ihnen unvermittelt klar: Die Wahrsagerin war blind.

»Hört mir gut zu, Herr. Ihr seid in großer Gefahr, von diesem Moment an, doch ich habe einen Rat für Euch: Folgt dem Heiligen Ignatius.«

»Wem soll ich bitte folgen?«, wunderte sich Davide.

»Folgt dem Heiligen Ignatius. Er wird Euch beschützen. Und nun verlasst mein Zelt. Passt auf Euch auf, denn Ihr werdet gesucht, von bösen Menschen.«

»Der Erste reich, der Zweite berühmt, der Dritte ein Held – diese *adivina* hatte einen hübschen Sinn fürs Dramatische«, lachte Davide, nachdem sie aus dem Zelt getreten waren und sich im Karnevalsrummel wiederfanden.

»Ja, und der Abschluss mit dir war doch höchst wirkungsvoll«, gab Miguel zurück. »Ob sie wirklich blind ist, oder hat sie irgendwelche Tropfen oder Essenzen in ihre Augen geträufelt, um des Effektes willen? Und um uns eine volle Dukate abzuknöpfen?«

»Ich könnte mir vorstellen, dass sie tatsächlich blind ist. Blinde verfügen über ein ausgezeichnetes Gehör, und sie hat sofort erraten, dass du ein Spanier bist, obwohl du kaum einen Satz gesagt hast«, bemerkte Davide, »und ein ungestümer dazu!«

»Aber nun genug von Hokuspokus und Scharlatanerie. Mir steht der Sinn nach Handfestem«, forderte Tintoretto.

»Wohl eher nach etwas Trinkbarem.« Kaum hatte Miguel es gesagt, hatte die Menge sie schon vor ein feines *casinò* geschoben, das ohnehin Miguels Ziel gewesen war. Das üppige, ebenerdige Apartment gehörte einem gewissen Fabio, dem etwas verzogenen, aber insgesamt nicht unsympathischen Sohn eines reichen Ratsmitglieds, der nach dem Prinzip »leben und leben lassen« verfuhr und, solange er seine Dukaten in der Tasche hatte, zu jedem großzügig war, ganz egal, welchen Standes. Er hatte diese kleine Wohnung als Spiel- und Trinkhalle hergerichtet, in der andere junge Männer seiner Herkunft und einige geladene Gäste sich trafen, um jenen Vergnügungen nachzugehen, die von den Ratsmitgliedern äußerst ungern gesehen, in der Karnevalszeit aber zumindest nicht strafrechtlich verfolgt wurden. Ein junger Mann nahe der Pforte regelte den Einlass, denn immer wieder versuchten einige Feiernde, sich einen Zugang zu verschaffen. Er war kein großer oder furchteinflößender Bursche, doch irgendetwas an ihm wirkte auf den zweiten Blick außerordentlich gewalttätig; vielleicht waren es die eng beieinanderliegenden, schmalen Augen, die den Eindruck machten, er würde vor keiner Schlägerei zurückschrecken. Dieser Eindruck täuschte im Übrigen keineswegs.

»Miguel, du Teufelskerl!«, begrüßte der Mann mit den gefährlichen Augen den Spanier. Miguel de Cervantes hatte in der kurzen Zeit seines Aufenthalts in Venedig schon jede Menge Freunde gefunden, die höhere Gesellschaft war ganz vernarrt in ihn und sein freundliches, exotisches und etwas wildes Wesen.

Nach einer kurzen Begrüßung tauchte ein zweiter Mann aus dem Dunkel des Eingangs auf. »Haltet inne, edle Herren«, sprach er in einem überraschend bestimmten Ton. »In diesem Aufzug dürft Ihr heute nicht hinein.«

Alle blickten verwirrt, außer Miguel und dem jungen Mann direkt am Eingang. Letzterer griff hinter sich und zauberte. »Mein Kompagnon hat recht. Heute ist der Zutritt nur mit Toga gestattet.«

»Miguel, wohin entführst du uns?«, fragte Tintoretto, der etwas Mühe hatte, sich in die Toga zu wickeln, während Davide schon längst bereit war.

»Ihr werdet's schon sehen.«

»Immer dem Lärm nach«, wies der Mann vom Eingang den Weg.

Sie folgten dem langen schmalen Gang, der in ein Cortile mit hübsch verziertem Brunnen unter freiem Himmel führte.

Von der gegenüberliegenden Seite hörten sie unverkennbare Feiergeräusche, die in Wellen aus Tür und Fenstern strömten.

»*KOT-TA-BOS! KOT-TA-BOS! KOT-TA-BOS*«, erschollen die Rufe, die immer lauter wurden.

Der Saal maß etwa fünfzig Fuß im Quadrat; die Wände waren mit hastig gemalten, wenig künstlerischen Fresken verziert, die typische italienische Landschaften und die eine oder andere Weinrebe zeigten. Auf Ottomanen lagen rotgesichtige Männer in Togas. Die Ottomanen waren im Kreis aufgebaut, und in der Mitte befand sich ein kleines, offenes und randvolles Weinfass, auf welchem ein Stückchen Holz schwamm. Auf dem Stückchen Holz war eine kleine Schnitzfigur platziert. Es war offenbar ein Doge im Miniaturformat. Die Männer auf den Ottomanen hielten schmale Trinkgefäße, zwei Diener füllten Wein nach.

»*KOT-TA-BOS! KOT-TA-BOS! KOT-TA-BOS*«, riefen die Männer wieder.

»Na, was sagt Ihr? Das wird doch ein großer Spaß!« Miguel klatschte in die Hände. Da flog ein Schwall Wein durch die Luft und klatschte gegen den Rand des Weinfasses.

»Er hat's verfehlt!«, riefen die sichtlich angeheiterten Männer nun. »*Bevete, bevete*, trinkt, trinkt!«

Miguels Kumpel hatte ihnen drei Ottomanen freigehalten, auf denen sie sich niederließen. Kottabos spielten schon die alten Griechen und auch die Römer, daher wohl die Idee, sich als ebensolche zu verkleiden. Es wurde in verschiedenen Varianten gespielt, und hier ging es darum, im Liegen von seinem Sitz aus die Flüssigkeit so geschickt in Richtung des Weinfasses zu schleudern, dass die Holzfigur in den Wein fiel. Wer es nicht schaffte, musste trinken. Wer immer mehr trank, dem fiel diese Geschicklichkeitsaufgabe naturgemäß immer schwerer. Der Grad der Dekadenz des Spiels hing davon ab, welchen Wein man wählte. Davide erlaubte sich einen Schluck und erkannte, dass es sich um den guten Weißwein aus dem Friaul handelte, nicht um jene Massenware aus dem Veneto, in der, glaubte man dem Volksmund, auch mal Äpfel, Ratten und Exkremente mitvergoren wurden, um für geschmackliche Tiefe zu sorgen.

Die Feierei war schon arg fortgeschritten, und das, was man Zielwasser nennt, wirkte nicht mehr sonderlich. Wein schwappte über das Ziel hinaus oder spritzte vom Fass zurück, sodass Davide, Miguel und Tintoretto schon nach wenigen Augenblicken völlig durchnässt waren. Die Reihe kam zunächst an Miguel, der es erst im dritten Versuch schaffte und demgemäß zwei volle Becher Wein zu leeren hatte. »*Bevete, bevete!*«, rief die Meute.

Tintoretto war noch ungeschickter und brauchte vier Versuche, was ihm augenscheinlich gut gefiel. »*Bevete, bevete!*« Er ließ sich nicht lange bitten und leerte die Becher in einem Zug. Nun brachten die Diener auf bunten gläsernen Tellern *Sarde in savor*, in Essig eingelegte Sardellen, was den Magen auspolstern und das Trinken auf unbestimmte Zeit verlängern sollte. Einer der Gäste neben Tintoretto fiel von seiner Ottomane zu Boden und blieb einfach liegen. Niemand kümmerte sich groß drum. Für ihn waren die Sardellen zu spät gekommen.

Ringsum hatten es sich die reichen Söhne Venedigs bequem gemacht, gerade mit tiefer Stimme, doch noch kaum mit Bartflaum versehen. Einige von ihnen erkannte Davide, trotz der Masken, die alle konsequent trugen. Was Kottabos anging, waren sie zwar enthusiastisch, aber völlig ungeübte Novizen.

Davide hingegen erwies sich als außerordentlich talentiert. Schon im ersten Versuch schickte er den Dogen ins Weinfass, und die Liegenden zeigten sich enttäuscht. »Doppelt oder nichts, doppelt oder nichts«, krähten sie. Auch das war ein eingeschliffenes Ritual für all jene, die das Anfängerglück für sich gepachtet hatten. Was die betrunkenen Togaträger nicht wussten: Natürlich kannte Davide das Spiel, hatte es schon oft gespielt und sich immer außergewöhnlich geschickt angestellt. Es kam darauf an, das Handgelenk ganz weich und locker zu lassen und mit einem entschlossenen Ruck, aber ohne jede Anspannung den Schwall Wein fliegen zu lassen. Davide war so begabt darin, dass die anderen ihn bald ausbuhten. Und ihn nötigten, trotzdem zu trinken. Und wer will bei einem solchen Fest schon Spielverderber sein? Also trank er wie die anderen. Dennoch erwies er sich, auch als nach vielen Runden die Reihe wieder an ihn kam, als unfehlbar und versenkte die Dogenfigur ein ums andere Mal im Weinfass.

Bald stand der Wein knöchelhoch auf dem Boden, es roch säuerlich, die Togas waren durchnässt, die Diener kamen beim Nachschenken ins Rutschen. Als einer von ihnen mit einem Krug hinfiel und sich eine tiefe Schnittwunde am Unterarm zuzog, brach ein besonders enervierender junger Bursche in Jubel aus. Miguel, schon mit deutlicher Schlagseite, erhob sich, versetzte dem unangenehmen Jüngling ein paar Schläge und brachte ihn damit zum Schweigen. Dann legte er sich wieder auf seinen Platz und wartete, bis er an der Reihe war, während der Jüngling sich die blutige Nase hielt und offenbar entschlossen war, sich von dem Vorfall die Feier nicht verderben zu lassen. Vielleicht war er aber auch schon völlig betäubt vom Alkohol.

Inzwischen wurde um Geld gewettet. Davide ließ man ausdrücklich außen vor, was bedauerlich war, hätte er hier doch gut ein paar Dukaten gewinnen können. Tintoretto als erkennbar Ältester der Gruppe wurde zu einer Art Zielscheibe der jungen Männer; alle wollten mit dem vermeintlichen Trottel wetten; viele wussten, wer er war, und was konnte so ein Kunsthandwerker wie er schon vertragen? Tintoretto verlor Dukate um Dukate, schien vom Wein immer betäubter zu werden. Miguel und Davide versuchten ihn abzuhalten, aber vergeblich. Miguel schlief bald ein, und Davide fielen auch allmählich die Augen zu. Doch er war schlagartig wach, als Tintoretto sich erhob, sich räusperte und dem Saal eine wahnwitzige Wette anbot!

»Ich werde den Dogen ins Wasser bugsieren und dabei mit dem Rücken zum Fass stehen. Für hundert Dukaten, meine Herren!« Sein Bart zitterte in höchster Erregung, er schien wahnsinnig geworden! Die hundert Dukaten als Wetteinsatz hatten die Jünglinge schnell gesammelt, der Kunsthandwerker besaß, das wussten sie, dank seiner zahlreichen Aufträge von den höchsten Herren der Stadt genug Kredit; den Wettgegnern reichte sein Wort. Einzelheiten des Wurfes wurden geklärt, würde er während des Wurfes wirklich mit dem Rücken … er würde. Das war, befand Davide, ein ganz unmögliches Unterfangen. Der Schwall Wein musste mit einer gewissen Wucht geschleudert werden; eine Parabel über die Schulter hinweg ergäbe nur einen schwachen Regenschauer, zu wenig, um den hölzernen Dogen vom Platz zu bewegen. Doch das Geld wurde unter großem Gejohle eingesammelt und auf Tintorettos Ottomane platziert, der daneben stand, das volle Glas Wein in der Hand und über die Schulter immer wieder Maß nehmend, dabei bedenklich von einem Bein aufs andere schwankend. Diese Wette, war sich Davide sicher, würde seinen Freund den Verdienst vieler Monate kosten.

»Ertränkt den Dogen! Ertränkt den Dogen!«, skandierten die Jünglinge mit rotglühenden Gesichtern.

Tintoretto hatte augenscheinlich Schwierigkeiten, das Gleichgewicht zu halten. Was hatte er sich nur bei dieser schwachsinnigen Wette gedacht? Schließlich hatte er seine Position gefunden. Ein letzter Blick über die Schulter, und dann erhob er das Glas.

»Ertränkt den Dogen! Ertränkt den Dogen!« Die Rufe wurden lauter, fordernder, fanatischer, füllten den gesamten Raum. Davide schaute auf Miguel, der mit den Schultern zuckte und sich an die Stirn tippte.

»Ertränkt den Dogen!«

Dann geschah etwas Überraschendes: Mit einem Ruck schleuderte Tintoretto den Wein nicht etwa über die Schulter, sondern unter seiner linken Achsel hindurch in Richtung Fass. Durch den waagerechteren Flug hatte der Schwall genügend Druck, um den Dogen vom Holz zu stoßen, und gezielt hatte Tintoretto auch gut. Es war ein perfektes Manöver, der Doge plumpste in den Wein.

Alle schauten einander fassungslos an. Doch die Venezianer waren gute Verlierer und brachen bald in Jubel aus. Wildfremde Menschen umarmten voll Rührung den Maler, das Geld wurde ihm ohne Klagen überlassen, einige Runden wurden auf die Wette gehoben. In Venedig musste jeder Abend unvergesslich sein, Karneval oder nicht, und Tintoretto hatte dieses Mal seinen Teil dazu beigetragen, dass die jungen *nobili* daheim und auf der nächsten Feier etwas zu erzählen hatten.

»Das hast du doch geübt«, hörte Davide noch Miguel sagen, als Tintoretto zurück auf seine Ottomane sank.

»Täglich, mein lieber Spanier, täglich. Unterschätze nie die Fähigkeiten eines alten Trottels.« Die Antwort hörte Davide schon nicht mehr, dessen Augen nun allzu schwer geworden waren.

Währenddessen machten sich zwei Gestalten am Markusdom zu schaffen. Einer trug das Gewand eines Geistlichen,
der andere einen schlichten schwarzen Umhang. Niemand
beachtete sie, obwohl der Markusplatz voller Trubel war,
der in diesen Tagen bis tief in die Nacht anhalten würde.
Maskierte Männer jagten lustig kreischenden maskierten
Frauen hinterher, Küsse und Ohrfeigen wurden mit großer
Lust ausgeteilt, Marketender priesen ihre Waren an, Hütchenspieler nahmen all jene aus, die auf ihr schnelles Auge
vertrauten und die fingerfertigen Tricks einfach nie verstehen würden. Aber war dieses wirbelnde Leben allenthalben
nicht die beste Tarnung? Keiner schaute hin, als die beiden das Hauptportal einen Fußbreit aufstemmten, hineinschlüpften und das Portal gleich wieder hinter sich schlossen. Sie gingen zwei Stufen hinab, denn der Dom war unter
dem Gewicht der Ziegelsteine mit der Zeit tiefer in den
schlammigen Lagunengrund gesackt als der unbebaute
Markusplatz. Dann schritten sie über die prächtigen Mar-
mormosaiken, ohne sie eines Blickes zu würdigen. Kein
Zweifel, sie kannten sich aus und strebten ihrem Ziel ohne
Umwege zu.

Der Abend war schnell gekommen, doch reichte im Dom
mit all den schimmernden Goldmosaiken schon der kleinste
Lichteinfall, um den Innenraum ausreichend zu erhellen.
In der Vorhalle, dem Narthex, funkelten die Mosaiken aus
dem Alten Testament, und besonders prächtig machte sich
die Schöpfungsgeschichte in der Kuppel, die Trennung von
Licht und Finsternis, die Erschaffung des Himmelsgewölbes
und von Erde und Wasser; es folgten die Gestirne, die Fische,
die Vögel und die Landtiere, bevor Adam die Seele einge-
haucht wurde. Der Heilige Geist schwebte in Gestalt einer
Taube über dem Wasser wie Venedig selbst. Düster war es
hier unten schon, aber zur groben Orientierung reichte es

allemal. Etwas mehr Licht spendeten, weiter im dreischiffigen Innenraum, die Mosaike von der Geburt der Brüder Kain und Abel, vom Leben Noahs, Josephs und Abrahams, sowie das goldene Altarretabel *pala d'oro*, das mit mehr als zweitausend Gemmen und Juwelen geschmückt war. Es herrschte eine milchig-erhabene Helligkeit, von der die Eindringlinge sich jedoch nicht im Geringsten beeindrucken ließen.

Die beiden wussten genau, wohin sie gehen mussten. Am Sarkophag unter dem Hauptaltar streiften sie Priestergewand und Umhang ab und machten sich mit den Steinmetz-Werkzeugen, die sie darunter versteckt hatten, ans Werk.

KAPITEL 4

Der Protonotario

Ein furchterregender schwarzer Vogelschnabel beugte sich auf ihn herab. »Herr Davide Venier, Herr Davide Venier!« Der Arm der Vogelnase rüttelte an seiner Schulter.

Davide schreckte auf, als er in die Maske blickte, die nur Unheil verkünden konnte. War er vom Schwarzen Tod befallen? Doch war nicht die letzte Epidemie schon ein gutes Jahrzehnt her? Dann fiel ihm ein, dass ja Karneval war. Hasans und Veronicas Gesichter tauchten nun ebenfalls über ihm auf. Hasan blickte etwas besorgt, Veronica deutlich verärgert, aber trotz seiner verschlafenen Augen glaubte Davide auch, ein wenig Amüsement wahrzunehmen. Und ja, er gab ganz sicher eine lächerliche Figur ab. Es war einfach keine gute Idee, mit zwei der erfahrensten Trinker Venedigs auf ein Fest zu gehen.

»Ich mache Euch eine kräftige Gemüsesuppe, dann kommt Ihr wieder auf die Beine«, sagte Hasan, der heute früh schon auf dem Markt gewesen war.

»Dafür wird keine Zeit sein«, erwiderte der Vogelschnabel, »der Kanzler sowie der hochwürdige Doge der Serenissima Repubblica di San Marco wünschen Herrn Veniers sofortiges Erscheinen im Palazzo Ducale.«

Davide stand auf, wusch sich hastig mit dem von Hasan jeden Morgen aus dem Stadtteilbrunnen herangeschleppten Wasser, das in einem tönernen Becken neben dem Bett stand, trank danach einen Schluck gesüßtes Wasser und zog sich schnell an. Für eine Rasur beim Barbier blieb keine Zeit mehr, der Vogelschnabelige, der jeden Schritt von Davide beobachtete, drängte zum Aufbruch.

Apropos: »Warum habt Ihr eigentlich die Maske auf, Bote?«

»Eine Order vom Großen Rat. Zu bestimmten Tagen haben im Karneval alle städtischen Angestellten die Maske zu tragen.«

»Ist das nicht schrecklich unbequem?«

»Herr, Ihr sagt es. Aber nun darf ich Euch erneut bitten, Euch zu beeilen.«

Veronica Bellini konnte ihrem immer noch etwas derangierten Geliebten rasch einen Kuss geben und schaffte es in diesem kurzen, intimen Moment, sowohl zärtlich als auch verächtlich zu wirken. Sie hielt die Feierei mit Tintoretto und Miguel für keineswegs gut, und Davide würde ihr noch ein bis zwei Wörtchen zu erklären haben. All das drückte sie mit ihrem Kuss und ihrem Blick aus.

Eine der schnelleren Gondeln der Republik wartete vor dem Kanal in Cannaregio, wo sich Davide eine Wohnung genommen hatte, nachdem er das Gefängnis verlassen hatte – als freier Mann, wenngleich für immer als Agent der Republik in die Pflicht genommen. Vier Gondolieri, zwei am Bug und zwei am Heck, sorgten für ein geschwindes Vorankommen und bogen bald auf den Canal Grande ab, während Davide mit dem Vogelmaskenmann vor dem Fahrtwind geschützt in der Felze saß. Auf eine kleine Plauderei hatten beide keine große Lust, der Bote durfte ohnehin nichts sagen, und Davide musste sich etwas sammeln, denn es schien sich um eine außergewöhnlich wichtige Angelegenheit zu handeln, wenn sogar der Doge bei den Konsultationen anwesend war. Die gleichmäßigen Ruderschläge und ein paar Befehlsrufe waren die einzigen Geräusche, die durch den Zeltstoff in der Mitte der Gondel drangen.

Heute hatte sich der Nebel verzogen, ein warmer Wind von Süden strich über die Stadt und brachte feuchte Meeresluft mit sich. Gerade als sie am Markusplatz angekommen waren, begann es heftig zu regnen. Davide blickte nach oben, die belebende Erfrischung der dicken Tropfen willkommen heißend.

Der Bote brachte ihn zu den ebenfalls maskierten Wachen, die allerdings eine schlichte, typische *volte* gewählt hatten. Auch die weiteren Wachen, denen Davide überreicht wurde, trugen Masken. Einem Nicht-Venezianer mussten diese Scharaden ungemein komisch vorkommen, und selbst Davide, der all dies seit seiner frühesten Kindheit kannte, fand Masken am Regierungssitz eher eigenartig. Doch für ästhetisch-politische Betrachtungen blieb ihm keine Zeit, er ging die *Scala dei Giganti* hinauf, vorbei an den übermenschlich großen Statuen von Mars und Neptun, die Venedigs Herrschaft über die Erde und das Meer symbolisierten und unmaskiert waren. Im ersten Stock empfing ihn ein weiterer Wachsoldat, der ihn schließlich zur *Scala d'oro* geleitete, jener famosen goldenen Treppe, deren anmaßenden Glanz Davide in seinem jetzigen Zustand schon gar nicht so recht vertragen konnte.

Oben wartete ein weiterer Wachsoldat, der ihn in den *Sala degli Scarlatti* begleitete. Der Raum mit seiner gewölbten Decke wirkte ungewöhnlich hell, weil die tanzenden Flammen des Feuers, das in dem gewaltigen Kamin loderte, in den goldüberzogenen blütenförmigen Intarsien an der Decke gespiegelt und zurückgeworfen wurden. Es wirkte, als stünde man nach einem Aufstieg durch viele Wintertage plötzlich auf einer sonnendurchfluteten Bergspitze. In dem Raum standen drei Personen, von denen Davide zwei sofort erkannte. Sie hatten die Köpfe zusammengesteckt und redeten leise. Sie bemerkten nicht, dass die Tür geöffnet und Davide vom Soldaten hineingeleitet wurde. Auf höfische Zeremonien wie das umständliche Ankündigen eines Gastes verzichtete man in Venedig tunlichst und bemühte sich bei aller Pracht um möglichst wenig Aufhebens. Keiner der drei trug eine Maske.

Calaspin bemerkte seinen Agenten zuerst. »Ah, Venier, gut, dass Ihr gekommen seid.«

Nun blickten auch der Doge und der dritte Mann auf, der unverkennbar ein Kirchenfürst sein musste. Doge Alvise Mocenigo, in einem schlichten bronzefarbenen Gewand, lächelte, als er Davide sah, und ging ihm in seiner typischen gebückten Haltung ein paar Schritte entgegen. »Venier, ich habe nur das Beste von Euch gehört.« Sein *corno* rutschte ihm dabei tief in die Stirn, er war wirklich erstaunlich klein und schwach, das Gesicht war für sein verhältnismäßig junges Alter extrem faltig, doch seine Augen versprühten noch viel Leben; sie wirkten beinahe wie eingesetzt.

Nun räusperte sich Calaspin. »Dies ist Monsignore Costantino Della Valle, *Protonotario apostolico*, engster Berater unseres verehrten Papstes Pius des Fünften«. Der Vorgestellte trug ein violettes Gewand mit würdevoll weiten Ärmeln, darüber einen silberfarbenen Schal.

»Engster Berater …«, wiederholte der Mann mit einer tiefen Stimme, in der doch auch ein wenig Spott mitklang, gar so, als würde er Calaspin imitieren. »Und doch bin ich nur ein kleines Licht am Himmelsgewölbe unseres Herrn.«

Alles am Protonotar wirkte quadratisch: sein Gesicht, sein Bart und auch sein gedrungener Oberkörper. Er war fast so groß wie Davide und schien insgesamt recht gesund zu sein, ganz anders als viele der Bischöfe und Kardinäle, die im Amt schnell schlaff und dick wurden. Sogar eine frische Gesichtsfarbe brachte der Römer mit in die Lagune. Nun gab er Davide die Hand und erwartete wohl ein zumindest angedeutetes Niederknien, was jener verweigerte, zum Wohlwollen seiner anwesenden Vorgesetzten. Der Papist zuckte kurz mit den Mundwinkeln, fasste sich aber schnell.

»Der Heilige Stuhl gibt unumwunden zu, dass man mit Venedig nicht immer ganz glücklich ist ...«

»Das beruht auf Gegenseitigkeit«, entgegnete der Doge leise, aber bestimmt.

»... doch in dieser schweren Stunde müssen wir alle zusammenstehen«, fuhr der Monsignore ungerührt fort. Auf seiner Stirn prangte, exakt in der Mitte, ein gewaltiger Leberfleck, wie das Zeichen eines Auserwählten.

»Dem stimme ich zu«, sagte Doge Alvise und wandte sich dann an Davide. »Nun, mein lieber Venier, was wisst Ihr von unserem gepriesenen Schutzheiligen, dem Heiligen Markus, und seiner Reise nach Venedig?«

»Wollt Ihr die Geschichte hören, die man den Kindern erzählt, oder die wahre Geschichte?«

Der Doge blickte sich vergnügt um. »Kinder sind hier keine anwesend, oder?«

Also erzählte Davide die Geschichte, die den Venezianern so vertraut war wie der Anblick des Canal Grande, dem Monsignore aber, der interessiert zuhörte, noch nicht in jedem Detail. Nach allem, was man wusste, waren im Jahr 820 die beiden Kaufleute Buono und Rustico, einer aus Malamocco, der andere aus Torcello, nach Ägypten in die Hafenstadt Alexandria gereist. Dort lagen die Gebeine des Evangelisten Markus, der den Märtyrertod gestorben war; angeblich war er mit einem Strick um den Hals im Jahre 68 zu Tode geschleift worden. Der Kustode der Kirche, in welcher der Leichnam in einem alten Steinsarkophag ruhte, klagte über die Verfolgung der Christen durch die Sarazenen und äußerte Besorgnis um die vielen Schätze und Reliquien, die hier lagerten. Die Venezianer hörten sich das voller Anteilnahme an oder vermittelten diese zumindest glaubhaft und schlugen vor, den Evangelisten nach Venedig zu überführen, wo er in Sicherheit wäre. Der einbalsamierte Leichnam wurde aus dem Sarkophag gehoben, aus dem Leinentuch gewickelt und durch die Überreste eines weniger bedeutenden Heiligen ersetzt. Man brachte Markus in einer Kiste an Bord und bedeckte ihn mit Kohl und gepökeltem Schweinefleisch. Als muslimische Beamte den Inhalt inspizierten, brachen sie in den Ruf »*kanzir, kanzir!*« – »grauenvoll, grauenvoll!« aus und beendeten rasch die Kontrolle. Als man die offene See erreicht hatte, legte man Markus an Deck und stellte Kerzen und Weihrauchfässer um ihn herum auf. Der Heilige schien für günstige Winde zu sorgen und hielt auch die Piraten fern. Markus ließ zudem auf wundersame Art seine Wächter wissen, dass er lieber in den Dogenpalast verbracht werden wollte als in die damalige Kathedrale. Also bettete man ihn für ein paar Jahre im Bankettsaal des Palastes, bis man eine Kapelle für ihn nahe der alten Kathedrale an jener Stelle errichtete, an der heute der Markusdom steht. Die Venezianer verehrten ihren neuen Heiligen so sehr, dass der eigentliche Schutzpatron der Stadt, der Heilige Theodorus, bald vergessen war. Im Jahr 976 geschah dann die Katastrophe: Die Kathedrale fing bei einem Aufstand Feuer und brannte komplett nieder. Man musste davon ausgehen, dass auch die Reliquie zerstört worden war, doch im Jahr 1094 stürzte ein Säulenstumpf um und brachte sie zum Vorschein. Ein wirkliches Wunder und ein letzter Beweis dafür, dass Venedig die von Markus auserwählte Stadt und der Doge der von Markus auserwählte, legitime Herrscher über sie ist.

»Sehr schön, Venier«, nickte der Doge und war offensichtlich besonders dankbar, dass Davide jegliche Anspielung auf mögliche Schwindeleien unterlassen hatte.

»Nun, und mit diesen Reliquien gibt es ein Problem«,

räusperte sich Calaspin und zeigte eine gewisse Verlegenheit. »Sie sind fort.«

Das allerdings war ein Schock für Davide – als hätte man ihm gesagt, der Canal Grande wäre ausgetrocknet.

»Fort? Was meint Ihr?«

»Sie sind vor zwei Nächten gestohlen worden«, seufzte der Doge.

»Wie kann das sein? Aus dem Markusdom? Vor unser aller Nase?«

»Nun, der Karneval hat wohl alle etwas in seinen Bann gezogen«, versuchte Calaspin das Unerklärliche zu erklären. Er referierte, was man bisher wusste. Ein paar Männer waren offenbar in den Abendstunden in den Markusdom eingedrungen. Sie waren niemandem aufgefallen, die Wachen vor den Toren hatten sich längst dem Karnevalstrubel hingegeben und büßten nun dafür in den *pozzi*, den feuchten Gefängnissen im Erdgeschoss des Dogenpalastes. Die Diebe hatten den Sarkophag unter dem Hauptaltar fachmännisch aufgestemmt und den Leichnam geraubt. Aufgefallen war es erst am Morgen danach, weil ein Küster Spuren von Staub entdeckt und die Soldaten des Palastes alarmiert hatte. Wer weiß, vielleicht hätte den Diebstahl sonst bis jetzt noch niemand bemerkt.

Davide blickte nachdenklich in das knisternde, allmählich schwächer werdende Feuer. »Habt Ihr einen Verdacht?«, fragte er.

»Nicht den geringsten. Es ist wohl naheliegend, dass ein Reliquienhändler dahintersteckt, aber das Risiko wäre enorm. Der Diebstahl eines Heiligen von dieser Bedeutung würde, ohne der Judikative vorgreifen zu wollen, mit Folter und Tod bestraft. Und natürlich mit ewiger Verdammnis unter furchtbaren Qualen.«

»Eure Theorie demnach?«

Calaspin legte die faltige Stirn in noch mehr Falten. »Ich kann mir nur vorstellen, dass eine fremde Macht dahintersteckt, die uns damit schwächen will. Seien es nun die Türken, die Genueser, Florentiner oder einer der aufmüpfigen Stadtstaaten«, grunzte der Kanzler. »Und vielleicht ist das ja nur der Auftakt eines großen Raubzuges auf Kosten Venedigs und seiner Autorität.«

»Nun, wir wollen den Teufel nicht gleich an die Wand malen«, lächelte der Doge, dessen Stimme hoch und brüchig, aber dennoch auf eine eigentümliche Art entschlossen klang. »Glücklicherweise war der Protonotar gerade in der Stadt, und ich bat ihn zu diesem Treffen, denn die Angelegenheit ist doch zu ernst und zwingt uns Christenmenschen zum Zusammenhalt.«

Der Protonotar nickte gewichtig und würdevoll, eine Geste, die er sicher schon viele Tausende Male gemacht hatte.

»Die Lage ist durchaus bedrohlich. Nicht einmal Ihr wisst, wie viele Heilige Venedig als ihre Heimstatt auserwählt haben«, murmelte Calaspin. »Mit Verlaub, selbst Rom könnte da neidisch werden.«

Der Protonotar missbilligte erkennbar diese Bemerkung, fand aber schnell seine Fassung wieder. »Ja, man sagt sich, dass Venezianer auf Reisen fremde Kirchen betreten, sich umschauen und sich dann fragen, welches hübsche Andenken man für daheim stehlen könne.«

Die drei Venezianer lächelten. Der Spruch war ihnen wohlbekannt, und sie beschlossen, ihn nicht zu kommentieren.

»Mein Kanzler«, sagte der Doge, »ich vermute, Ihr habt besser recherchiert, als es mein Gedächtnis je könnte. Berichtet uns von den Heiligen in unserer Obhut.«

Calaspin hielt ein Schriftstück vor sich in die Höhe. »Mit Eurer Erlaubnis, mein Doge: Neben dem Leib des Heiligen

Markus besitzen wir auch den Kopf des Heiligen Theodor, ein Stück vom Kreuz Christi, ein Stück seiner Dornenkrone sowie einige Tropfen seines Blutes, ein Stück der Passionssäule, an die unser Erlöser gefesselt war, Haarbüschel und etwas Milch von der Heiligen Jungfrau; des Weiteren ein Stück vom Schädel des Heiligen Johannes des Täufers, den Stein, auf dem er enthauptet worden sein soll, den Leichnam des Heiligen Isidor, den Heiligen Nikolaus von Mira, den Bischofsstuhl des Heiligen Markus, die Heilige Lucia, den Heiligen Rochus, den Heiligen Donatus, den Heiligen Pacificus, den Heiligen Tararius, den Stein, auf dem Jesus auf dem Berg Tabor gesessen hat, den Kopf des Heiligen Jonas, den einst der Wal verschluckte, sowie vier Säulen vom Tempel Salomons. Und dies nur im unmittelbaren Stadtgebiet der Serenissima, gar nicht zu reden von den Schätzen etwa in Padua. Und auch nicht zu reden von den Körperstückchen von Petrus, Matthäus und dem Apostel Johannes.«

»Und diese Reliquien sind alle noch an Ort und Stelle?«, fragte Davide.

»Ich habe ihre strenge Bewachung angeordnet. Wachen, die ihren Posten verlassen, werden empfindlich bestraft.«

»Gut, gut«, nickte der Doge.

»Eigenartig, dass man sich nicht erst an die minderwertigen Reliquien herangemacht hat, wenn Eure Theorie stimmt, dass noch mehr gestohlen werden soll«, wunderte sich der Protonotar. »Der schändliche Diebstahl lenkt doch nur all unsere Aufmerksamkeit auf jenes Gesindel.«

»Vermutlich hätte ein Diebstahl anderer Heiliger unsere Serenissima vor allem den Markusdom schärfer bewachen lassen, der ja einen einzigen Reliquienschrein darstellt«, gab Davide zu bedenken. »Und damit wäre der Heilige Markus vor dem Zugriff sicherer gewesen.«

Der Monsignore schaute Davide anerkennend an und

nickte dann Calaspin zu. »Der Mann gefällt mir«, ließ er gönnerhaft wissen.

»Ich möchte, dass Ihr Euch umhört«, wandte sich Calaspin nun an Davide. »Ob der Heilige Markus irgendwo zum Kauf angeboten wird. Ohne dabei jegliches Aufsehen zu erregen.«

»Denn würde die Angelegenheit bekannt werden, wäre das eine große Schwächung unserer Stadt«, seufzte der Doge.

»Wer weiß von dem Diebstahl?«

»Wie Ihr seht«, breitete der Doge auf eine übertrieben majestätische Art die Hände aus, »versuchen wir den Kreis der Wissenden so klein wie möglich zu halten.«

»Und doch ist Venedig ein einziges großes Klatschweib«, grummelte Calaspin.

»Das ist wohl wahr«, sagte der Doge, »und doch wissen außer den hier Versammelten nur die Inquisitoren von dem Raub, denen aber durch ihre exponierte Position weitere Nachforschungen unmöglich sind. Jenen, die den Raub entdeckt haben, ist bei Androhung des Verlustes der Zunge verboten worden, darüber zu sprechen.«

Es war überaus riskant vom Dogen und von Calaspin, weder den Großen Rat noch den Rat der Zehn zu informieren, denn solch eigenmächtiges Handeln des Dogen wurde ganz und gar nicht gern gesehen und hatte einen seiner Vorgänger sogar den Kopf gekostet. Davide wusste, dass auch er auf der Hut sein musste.

KAPITEL 5

Der Händler

Die Sache war zweifellos ernst. Reliquien waren nicht nur für das gewöhnliche Volk ein wichtiger, nicht zu unterschätzender Bezugspunkt, sondern auch für die Adligen, die sogar ihren Herrschaftsanspruch darauf gründeten. Heilige gehörten zur Stadt wie die Gondeln, und es schien fast undenkbar, sich Venedig ohne Markus vorzustellen. Er war schließlich einer der wichtigsten Heiligen der Christenheit und stellte die Stadt beinahe auf eine Stufe mit Rom. Auch die anderen Heiligen legitimierten den geradezu apostolischen Status Venedigs, welcher ein Faustpfand in allerlei Konflikten war.

Wiederum vier Gondolieri fuhren mit Davide in Richtung Osten durch die Lagune, während hinter ihnen die Stadt in der früh einsetzenden Dämmerung versank und bald nur noch der Campanile am Markusplatz aus dem orangegrauen Gewaber hervorstieß. Die Gondel war flott unterwegs, die Ruderer erwiesen sich als kräftig und geschickt; Davide blickte auf das Wasser, das von den Ruderblättern aufgeworfen wurde und an ihnen wieder herabglitt. Er schlug den Kragen seines Tabarros hoch, denn der Fahrtwind war dezidiert herbstlich, kühl und feucht. Es roch herb nach Algen, nach Salz und nach Vergänglichkeit, vielleicht, weil man gerade die Friedhofsinsel San Michele passierte, an der soeben eine Prozession anlegte; sechs Männer stemmten mit geübten Griffen einen hellen Eichensarg von Bord der mit schwarzen Stoffen behängten Trauergondel.

Davides Gondel, die ihm Calaspin für den heutigen Tag zur Verfügung gestellt hatte, rauschte steuerbords an der Glasbläserinsel von Murano vorbei, erreichte offenes Gewässer und überholte einige kleine Fischerboote. In Ufernähe stachen Männer und Frauen im flachen Wasser nach *capelunghe*, den länglichen Messermuscheln, deren Saison gerade begonnen hatte. Es ging nach Burano, oder, wie es bei den Venezianern hieß, *Buran*, jener Gruppe von vier Inseln im Nordosten der Serenissima, deren Einwohner nicht nur tüchtige Fischer waren, sondern sich seit einigen Jahrzehnten auch als Seidensticker einen Namen gemacht hatten.

Am Hauptkanal von Burano angekommen, fiel Davide wieder einmal auf, wie angenehm es sich hier leben ließe. Burano, das war wie ein menschenleeres und weniger aufgeblasenes Venedig, ein hübscher Ort ohne pompöse Inszenierung. Natürlich, es gab auch hier fliegende Händler, die jeden Ankömmling umschwärmten und Lebensmittel, diverse Dienste und Tand anpriesen; in Burano waren es vor allem junge Mädchen, die von ihren Müttern an den Hafen geschickt wurden, um die Seidenstickereien und Spitzen zu verkaufen. Ein einzelner Mann, der mit vier Ruderern von der Serenissima herübergerauscht kam, war doch gewiss ein *nobile*, der hier ordentlich einkaufen wollte. Und so kamen sie, die meisten sicher noch keine fünfzehn Jahre alt, an die Anlegestelle und umschwärmten Davide, hielten mit ihren kleinen Händen die Spitzenware in die Höhe und priesen sie schnatternd an. »Seht, feiner Herr, bessere Spitzen bekommt Ihr nirgends! Nein, hier, seht, von meiner Mutter gestickt, der größten Meisterin hier!« Eine kleine rothaarige *tosa*, bestimmt noch keine zwölf, war besonders aufdringlich und wollte gar nicht mehr von seiner Seite weichen. Sie war sogar

51

mit etwas Schminke und einer funkelnden, billigen Brosche am Kleid zurechtgemacht. Einer der Ruderer stieß sie brutal zurück, und sie fiel mit ihrem hübschen Spitzenkleid und ihren Stoffen, die sie doch zu verkaufen hatte, in den Schmutz. Davide half ihr auf, doch waren ihre Stoffe dreckig geworden. Er stieß seinerseits den Ruderer, einen jungen Mann mit ungewöhnlich heller Haut und Sommersprossen, hart zurück, sodass er beinahe hinfiel, jedoch gerade noch im Gleichgewicht blieb. Die vielen Umstehenden, die sich jedes Mal versammelten, wenn eine erkennbar herrschaftliche Gondel anlegte, johlten. Ein feiner Herr, der sich so manierenhaft benahm, das hatten sie lange nicht gesehen. Der Ruderer wollte kurz aufmüpfig werden, besann sich dann jedoch eines Besseren. Er sah, dass er mit seinem vornehmen Fahrgast auch aus körperlichen Gründen besser keinen Streit anfangen sollte. Davide gab dem Mädchen eine Dukate und wies die Ruderer an, auf ihn zu warten.

Burano, das war wie Venedig, bevor es zu Venedig wurde. Bunte Fischerhäuschen, zufriedene Menschen, im Reinen mit sich und der Natur, unverdorben vom ewigen Gefeilsche. Nachbarn standen plaudernd vor ihren Türen, schmutzige Kinder liefen lachend durch die Gassen, Fischer flickten Netze, Frauen kochten das Abendessen, die Kamine brannten und würzten die Luft mit ihrem holzigen Duft. Auch hier wurde Karneval gefeiert, doch nur zu festgesetzten Tagen und ohne den betäubenden, Monate andauernden Exzess. Obwohl es schon dämmerte, kam gerade jetzt die Sonne noch einmal hervor und beschien die Szenerie aufs Hübscheste, dabei war Burano eigentlich für seinen Nebel berüchtigt, der hier noch ein wenig dichter war als in Venedig selbst. Genau aus diesem Grund waren die Häuser so bunt angemalt, damit die Fischer sich auch bei schlechter Sicht – und, wie man halb im Scherz hinzufügte, nach reichlich

Weißwein am Abend – gut orientieren konnten. Einige Handwerker riefen Davide hinterher und priesen ihre Waren an, meist geschnitzte Heiligenfiguren, doch er steuerte zielstrebig eine bestimmte Adresse an; jeder sah sofort, dass hier kein Besucher von der Serenissima herübergekommen war, dem nach Schlendern, Plaudern und Mitbringseln zumute war. Am Fondamenta Pontinello Destra entlang marschierte er gen Norden, bis er in der letzten Gasse angekommen war, von der man die Nachbarinsel Torcello und sogar das Festland sehen konnte. Inzwischen war es allerdings beinahe ganz dunkel geworden. Er stand vor einem Schuppen aus Holz und Schilf, einem ärmlichen Bau, in dessen Innerem ein schwaches Licht schimmerte.

Es roch nach altem Wachs, nassem Papier und kaltem Rauch. In dem hüfthohen Kamin, dem einzigen Mauerwerk in diesem Schuppen, erstarben gerade zwei Scheite, die nie richtig Feuer gefangen hatten. Es dauerte eine Weile, bis Davides Augen sich an das diffuse Dunkel gewöhnt hatten. Was sie dann sahen, war nichts als Chaos. Stapel von Büchern, Urkunden und Manuskripten, Eisenschrott jeglicher Art, halb geschnitzte oder auch gar nicht bearbeitete Holzstücke, Stofflappen und -bahnen, Flaggen in verblichenen Farben, stumpfe Schwerter und abgebrochene Lanzen, sogar die Umrisse eines mächtigen Sarkophags schienen sich in der Dunkelheit abzuzeichnen.

»Oh, wie schön, wie schön«, ließ sich eine Stimme vernehmen, »in dieser turbulenten Zeit des Karnevals kommt ein Mann daher, der sich für das interessiert, was man für Geld kaufen kann.« Die Stimme war die eines alten Mannes, jedoch in einem fröhlichen Singsang, wie das Venezianisch der einfachen Leute. Davide sah nicht gleich, woher die Stimme kam.

»Ich habe wirklich ganz verblüffende neue Ware bekommen, etwa den Finger einer Mumie, der gegen schwindende Manneskraft helfen soll«, fuhr die Stimme in ihrem Singsang fort. »Oder ein Buch mit Zaubersprüchen aus Deutschland, deren Wirksamkeit erstaunlich sein soll.« Erst jetzt entdeckte Davide den Mann, der in einem Lehnstuhl inmitten einiger Bücherstapel saß und trotz des schwachen Lichts keine Probleme zu haben schien, eine Schriftrolle zu entziffern, die auf seinem Schoß lag. Der Mann war sehr, sehr alt, sein weißer Bart war löchrig, die Augenbrauen wuchsen dafür umso buschiger.

»Ich suche eher Reliquien.«

Der alte Mann stutzte und legte die Schriftrolle zur Seite. »Diese Stimme kenne ich doch«, sagte er mehr zu sich selbst, dann erhob er sich langsam aus seinem Stuhl.

»Seid Ihr es, Davide Venier?«

»Ich bin es, mein lieber Rusticello.«

Der alte Mann kam ganz nah an Davide heran und kniff ihm in die Wange. Seine Finger waren ungewöhnlich lang, die Nägel spitz.

»Man hat Euch übel mitgespielt, wie ich hörte.«

»Ihr habt richtig gehört.«

»Im Gefängnis des Dogen habt Ihr gesessen, Euer Familienvermögen hat man beschlagnahmt. Und dann wart Ihr plötzlich wieder da. Und Ihr seid, wie man nun hört, ein wichtiger Mann geworden?«

»In diesem Fall habt Ihr nicht ganz richtig gehört. Streng genommen bin ich immer noch im Gefängnis. Denn dafür, dass ich frei sein darf, muss ich für die hohen Herren ein paar Angelegenheiten ordnen.«

Der alte Mann mit dem Namen Rusticello kicherte vergnügt. »Ich hörte noch etwas. Jene, die Euch in die Bleikammern werfen ließen: Denen soll es jetzt schlechter gehen als vorher. Ihr habt Euch demnach an allen gerächt?«

»So, hört man das?«

»Das Leben und das Vergehen«, flüsterte Rusticello mehr zu sich und blickte zu Boden. Der Sinn dieses Satzes erschloss sich Davide nicht. Dann blickte Rusticello ihn mit seinen kleinen Augen wieder an. »Aber was sucht Ihr nun bei mir?«

»Ich bitte um eine Auskunft.«

Rusticello faltete seine Finger ineinander und verbeugte sich. »Ich bin ganz Euer Diener. Euer Vater, Gott habe ihn selig, und ich haben schließlich viele lukrative Geschäfte abgeschlossen.«

Davides Vater war ein einflussreicher Kaufmann von Gewürzen gewesen, der vorzeitig nach einem opulenten Essen gestorben war, welches bei einem seiner Konkurrenten abgehalten wurde. Bis heute hielten sich hartnäckig Gerüchte, er sei vergiftet worden.

»Welche Reliquien habt Ihr denn derzeit im Angebot?«, fragte Davide.

»Ach«, seufzte der alte Mann, »der Markt ist schwierig, die Händler kommen kaum noch nach. Jeder kleine Hühnerstall will ein Stück von einem Heiligen haben.«

»Und so viele Leichen können Eure Leute wohl gar nicht ausbuddeln?«

Rusticello hob die Hände und spreizte die langen Finger. »Hört zu, ich bin ein Ehrenmann! Wer würde schon in diesem edelsten aller Gewerbe mit falschen Toten arbeiten?«

Davide blickte ihn streng an, woraufhin er sich räusperte. »Nun, zugegeben, es mag den einen oder anderen Fall gegeben haben, wo die Nachfrage so groß war, dass man sich vom örtlichen Friedhof behelfen musste, doch auch das ist nicht so einfach, wie man denkt, dürfen es doch keine frischen Leichen sein, sondern nur solche, die schon Jahrhunderte unter der Erde sind, und versucht doch mal, an diese heranzukommen! Und außerdem, welchen Unterschied macht es, welche Knochen man anbetet? Hauptsache, die guten Christenmenschen sind's zufrieden.«

»Verschont mich mit Euren Machenschaften. Sagt mir lieber, welche echten Reliquien Ihr vorrätig habt oder in der nächsten Zeit zu erhalten gedenkt.«

Rusticello verschwand im Dunkeln der Scheune und kam mit einem kleinen Stofflappen zurück, den er vor Davide mit einem feinen Sinn fürs Dramatische Falte um Falte öffnete. Darin verbarg sich ein bräunlicher Klumpen. Davide sah genau hin: Es war ein Zahn.

»Dies ist der Zahn des Heiligen Georg, des Drachentöters. Er ist unter großen Schwierigkeiten aus Toulouse gekommen, wo der Rest seines Körpers bestattet liegt, und mit sehr viel Geld musste man die Franzmänner bestechen.«

Davide schüttelte den Kopf. »Ich suche etwas noch Bedeutenderes als einen faulenden Zahn.«

»Mit dem Leib Christi kann ich leider nicht dienen«, gab Rusticello beleidigt zurück.

»Hört zu, ich bin hier für einen der reichsten Auftraggeber, den es im Abendland gibt«, log Davide gekonnt; seine Stimme hatte einen verschwörerischen Ton angenommen. »Der Dukatenvorrat meines Auftraggebers ist nahezu unendlich. Er will etwas wirklich Besonderes. Und er lässt sich ganz sicher nicht über den Tisch ziehen. Wenn Ihr etwas von einer bedeutenden Reliquie hört, die Euch angeboten wird, lasst es mich sofort und als Allerersten wissen. Das Angebot meines Auftraggebers wird besser sein als alles, was Ihr je von anderen bekommen werdet, und seien es ganze Königreiche.«

Rusticello blinzelte misstrauisch, dann schenkte er sich einen Schluck Wasser aus einem Tonkrug ein. Er trank, setzte den Becher ab und sah Davide nachdenklich an. »Aus Euch und Eurem Begehren werde ich nicht ganz schlau, aber ich verspreche Euch, dass Ihr alles sofort erfahrt.«

»Es soll Euer Schaden nicht sein«, verabschiedete sich der Spion des Dogen.

»Wo finde ich Euch?«, rief ihm Rusticello nach. Davide lächelte nur und verschwand in der Dunkelheit. Dieser gerissene alte Händler würde ihn ohne Probleme überall in Venedig finden.

KAPITEL 6

Der Fontego

Seit dem Raub der Gebeine hat noch kein osmanisches Handelsschiff Venedig verlassen«, hatte Calaspin gesagt. »Wir haben sie alle hinhalten können.«

Und damit war beschlossen, was Davides nächstes Ziel sein würde.

Niemand beachtete die schwere Kiste, die in der Nacht aufgestellt wurde. Sie war aus groben Planken genagelt, etwas höher als mannshoch und von annähernd quadratischem Grundmaß von zehn Fuß. Nur wer sie direkt vom Canal Grande aus allernächster Nähe betrachtete, hätte ein winziges Loch in etwa sechs Fuß Höhe entdecken können. Hinter diesem Loch befand sich Davide, der mit bloßem Auge und auch mit einem Fernrohr, das ihm Eppstein zur Verfügung gestellt hatte, den schräg gegenüberliegenden Palazzo observierte. Die Kiste, in die eine von außen kaum erkennbare und von innen verriegelbare Tür eingelassen war, bot im Inneren einen allerdings sehr unbequemen Stuhl, auf dem sich Davide für ein paar Minuten mehr schlecht als recht ausruhen konnte. Auch hatte man an eine Keramikschüssel für die dringendsten Bedürfnisse gedacht.

Eine Wohnung war auf die Schnelle nicht zu bekommen gewesen, und eine Räumung oder sonstige Beschlagnahme hätte zu viel Aufmerksamkeit erregt. Zudem musste man davon ausgehen, dass die Gegenseite ihre Spione hatte, die ihrerseits die Umgebung des Fontego sorgsam im Auge behielten. Die Kiste dagegen fiel auf dem Campo San Marcuola kaum auf, standen hier doch Fässer, Kisten und sonstige Transportbehälter in jeder Größe und hübschester Unordnung herum. Der Campo gehörte schließlich zu den wenigen Orten Venedigs mit fußläufigem Zugang zum Canal Grande und war daher eine beliebte Be- und Entladestation. Um Davide herum wurde geschuftet und gestöhnt, er hörte viele Flüche im mestrinischen Dialekt, denn traditionell kamen viele der Lastenträger vom Festland. Mehr als einmal gab man seiner Kiste einen wütenden Tritt, war sie doch, so nah am Ufer, beim Beladen im Weg.

Vom Inneren dieser sperrigen Kiste aus observierte Davide also den Fontego dei Turchi auf der Südseite des Canals, einen der schönsten Palazzi der Stadt. Viele Boote zogen vorbei, deren Fracht einzig aus Süßwasser in gewaltigen Fässern bestand. Man verwendete es nicht nur zum Trinken und Kochen, sondern auch zum Färben von Stoffen.

Der Fontego war in den letzten Jahren zum inoffiziellen Handelshaus der Osmanen geworden, hatten sich doch seit einigen Jahren Händler aus Istanbul dort niedergelassen und nach und nach die Ferrareser Familien verdrängt, die nach den Großen Venezianerkriegen in die Lagunenstadt geflüchtet waren und hier Asyl gefunden hatten. Für die Osmanen lag das Handelshaus äußerst kommod, und es herrschte munteres Treiben, ein Kommen und Gehen von Händlern, ein An- und Ablegen von Booten aller Art. Der Sultan bemühte sich seit Jahren um den Kauf des Fontego, doch der Besitzer weigerte sich bislang, offenbar, um den Preis hochzutreiben.

Davide hatte vor, sich mit Hasan abzuwechseln; heute, einem kühlen windigen Wintertag mit reichlich Seegang auf dem Kanal, würde er bis zum Abend ausharren. Es war nicht klar, nach was er Ausschau halten sollte, aber Calaspin war von der Idee der Observation sehr angetan; vermutlich, weil sie von ihm selbst kam. »Schaut, ob Ihr etwas Verdächtiges entdeckt«, hatte er Davide aufgetragen, doch was dieses *Verdächtige* sein sollte, hatte auch er nicht sagen können. Natürlich, es war besser als gar nichts zu tun, und zweifellos gehörten die Osmanen zu den Hauptverdächtigen in diesem Fall. Es wäre doch ein allzu schöner Triumph für den Sultan und seine Sultanin, die einstige venezianische Sklavin Cecilia, der verhassten Serenissima ihr wertvollstes Gut entrissen zu haben – gerade jetzt, da immer neue Nachrichten von Überfällen auf venezianische Handelsposten im östlichen Mittelmeer den Dogenpalast erreichten und ein großer Krieg, der ohnehin immer dräute, nun unmittelbar bevorzustehen schien. Dennoch fragte sich Davide, wie genau »etwas Verdächtiges« aussehen könnte. Die Knochen des Heiligen Markus würden ja wohl kaum in einer Kiste transportiert werden, auf der mit Kreide »Knochen des Heiligen Markus« geschrieben stand. Und so blickte er ratlos auf den zweigeschossigen Fontego mit seinen zehn Bögen im Erdgeschoss und achtzehn Bögen im ersten Stock. Gewürze, Wachs und Wolle kamen von den Osmanen und wurden in den ebenerdigen Räumen gelagert. Große und kleine Ruderboote legten dort an und legten wieder ab, und der übliche Fährverkehr zog an ihm vorbei. Die Stadt war zwar in Karnevalsstimmung, aber der Handel kam nie zum Erliegen. Davide beobachtete die Szenerie eine Weile, und auch wenn das Dahingleiten der Boote von links und rechts und der übliche Streit zwischen den Ruderleuten durchaus etwas Beachtenswertes und Amüsantes hatten, überkam ihn Müdigkeit. Immer wieder setzte er sich.

Gegen die Mittagszeit ließ der merkantile Fleiß der Venezianer deutlich nach, mehr und mehr Privatgondeln zogen an Davide vorbei, darauf Maskierte, die sich zum nächsten

Fest rudern ließen. Das schlechter werdende Wetter schreckte niemanden ab, die meisten trugen dann klugerweise über ihren dünnen Kleidern eine Decke oder einen Tabarro.

Es gab wenig Erhellendes zu beobachten. Kisten wurden be- und entladen, von Osmanen oder Mestriner Schleppern oder von beiden gemeinsam. Die Osmanen hatten sich gut assimiliert und trugen typisch venezianische Kleidung. Nur an ihrer dunklen Gesichtsfarbe waren sie zu erkennen, und an ihren buschigen Schnauzbärten, welche sie dem vollen Bartwuchs vorzogen. So gut assimiliert waren sie, dass sogar ein Boot mit Männern in Priestergewändern vorfuhr und Kisten verlud.

Plötzlich hämmerte es an Davides Beobachtungsposten.

»Warum, mein Gott, warum?« Eine verzweifelte Frauenstimme schluchzte heftig und schlug auf die Kiste ein. »Warum, warum? Was habe ich dir angetan?«

Davide vermutete das Schlimmste und überlegte kurz, nach dem Rechten zu schauen. Immerhin schien die Kiste selbst keine Schuld zu treffen, sie war nur zufällig im Weg. Doch schon ließ sich die Stimme eines Mannes vernehmen. »Nun beruhige dich doch, Mara«, sagte er.

»Das werde ich nicht. Wie konnte das passieren? Warum hasst mich Gott?«

War ihr Kind verstorben? War ihr Geliebter auf einer Galeere ertrunken? Nein, es stellte sich heraus, dass ihr gerade erst für sie geschneidertes Karnevalskleid von einem Diener versehentlich mit Rotwein beschmutzt worden war. Natürlich, das war sehr ärgerlich. Aber Mara war nicht zu beruhigen und stand offensichtlich kurz vor dem Suizid. Mit Gewalt musste der Mann sie fortschleifen.

Als es bereits dunkel zu werden begann, näherte sich ein Betrunkener im Selbstgespräch. Er versuchte sich auf der vom Ufer abgewandten und etwas windgeschützteren Seite zum Schlafen zu legen, doch die Kälte und der heulende *scirocco* hielten ihn wach, bis er taumelnd und immer noch mit sich selbst sprechend wieder abzog, auf der Suche nach einer besseren Schlummerstätte.

Schließlich klopfte Hasan mit dem vereinbarten Zeichen. Davide überließ seinem Freund und Diener den Beobachtungsposten und ging durch die Nacht und die Gassen von Cannaregio heim, wo Hasan eine kleine Stärkung für ihn vorbereitet hatte, Brot, eine Suppe, die noch heiß war, und einen Krug verdünnten Wein.

Am nächsten Morgen, als sich Davide der Kiste näherte, fand in der baufälligen Kirche San Marcuola am Platz eine Beerdigungszeremonie statt, und direkt davor wurde unter großer Anteilnahme der Träger und Schlepper, die ein wenig Pause machen konnten und alles ganz genau beobachteten, der schwarz lackierte Sarg verladen, um seine letzte Reise auf die Friedhofsinsel San Michele anzutreten. Einige der Arbeiter waren, wie Davide beunruhigt bemerkte, nun in ihrer Langeweile neugierig geworden und umrundeten diese seltsame, ungewöhnlich große Kiste mitten an den Stegen, die nun schon seit dem gestrigen Tag dort verharrte. Bevor sie noch auf dumme Ideen kamen und vielleicht noch die Eingangstür entdeckten, deren Fugen und Scharniere mit Segeltuch eher schlecht als recht getarnt waren, löste Davide mit einer geschickten Bewegung das Halteseil eines zweirädrigen Transportkarrens, worauf Fässer unbestimmten Inhalts über den Platz polterten. Gut, dass Trauergesellschaft und Sarg schon außer Reichweite waren; die Schlepper rannten schreiend den Fässern nach. Einige konnten auf dem Platz gestoppt werden, andere rollten ins Wasser, wieder andere brachen auseinander, und die austretende Flüssigkeit hüllte den Platz in einen süßlich-herben Duft. »Der gute Wein, der gute Wein«, jammerte einer der Mestriner. Niemand interessierte sich mehr für die sperrige Kiste, vielmehr versuchte man nun, die Weinfässer zu bergen, die auf den kühlen Wellen des Canal Grande schaukelten.

Und so schlüpfte Davide unbehelligt in die Kiste, und Hasan, noch ganz schlaftrunken, schlüpfte hinaus.

Es verging ein weiterer kühler Wintertag, eisiger Regen strich durch die Gassen und über den Canal. Venedig ließ sich davon aber nicht aufhalten, die Handelsgüter strömten unvermindert aus allen Wasserstraßen in die Stadt hinein. Am gegenüberliegenden Ufer wurde Kiste um Kiste verladen.

Und Davide fasste einen Entschluss.

Als es zur sechsten Nachmittagsstunde schlug und sich die Dämmerung kalt über die Stadt legte wie die Ahnung eines nahen Todes, sprang Davide munter auf und ab, um sich aufzuwärmen. Als es schließlich ganz dunkel war und Hasan ihn ablöste, berichtete er ihm von seinem Vorhaben.

Hasan wurde blass. »Das kann nicht Euer Ernst sein!«

»Was hast du dagegen?«

»Wir werden wieder in den Bleikammern landen, Ihr und ich, aber dieses Mal für immer!«

»Aber ich habe einen Auftrag. Ihn nicht zu erfüllen kann mich in genauso große Schwierigkeiten bringen.«

Und so warteten Davide und Hasan gemeinsam. Davide hatte die Stunde um Mitternacht für sein Vorhaben auserkoren, doch das schlechte Wetter schien für eine Verzögerung in der Warenanlieferung gesorgt zu haben; erst gegen Ende der Nacht ließ das Treiben nach, und Davide machte sich zu Fuß auf den Weg zur morschen Rialtobrücke. Die Planken knarrten bedenklich unter seinen Stiefeln; es wurde wirklich höchste Zeit für den schon lange geplanten steinernen Neubau.

So überquerte Davide den Canal Grande ins Sestiere San

Polo, wich ein paar taumelnden Karnevalisten und Bettlern aus, grüßte einen ihm bekannten Nachtwächter, den braven Carozza, der sein rechtes Bein ein wenig nachzog, eine Kriegsverletzung. Er näherte sich dem Fontego dei Turchi, der gleich im benachbarten Sestiere Santa Croce lag, von der Landseite. Es war kalt und noch immer dunkel, auch wenn die Schwärze der Nacht allmählich dem schieferfarbenen Licht des anbrechenden Morgens zu weichen begann.

Vor dem westlichen Eingang, dem einzigen, der zu Fuß zugänglich war, befand sich die größte Witzfigur eines Wächters, die Davide je gesehen hatte. Der Mann saß auf dem Hosenboden und schlief selig; er stieß die Luft mit einem wohligen Grunzen aus. In mehrere Kamelhaardecken eingehüllt, konnte ihm die morgendliche Winterkälte nichts anhaben, die Wolle des wunderlichen Wüstentiers war ein formidabler Wärmespender. Davide hatte keine Mühe, das unverriegelte Portal aufzustoßen. Es knarzte mächtig, aber nicht genug, um den Schlummer des Wächters zu stören. Hinter dem Portal begann ein Bogengang, der rund um den offenen, viereckigen Innenhof führte. In diesem Hof stapelten sich Amphoren, Fässer und Ballen jeder Art, Farbe und Größe bis hinauf in den ersten Stock. Auch aus den Lagerräumen im Erdgeschoss quollen die Warenbehälter. Alle trugen Markierungen mit Kreide. Manchmal waren es Nummern oder Symbole, oft standen die Namen des Inhalts auf Türkisch darauf, manchmal das Gewicht oder der Wert, manchmal sogar auch der Bestimmungsort. Die meisten Angaben konnte Davide entziffern. Dennoch: Er blickte an all den Handelsgütern empor – es war eine unmögliche Aufgabe, auf die er sich eingelassen hatte. Sollte er etwa jede Kiste, jedes Gefäß einzeln untersuchen? Immerhin, auch die osmanischen Händler im ersten Stock schliefen, er war mit dem Kistengebirge allein. Bald entdeckte er in dem Chaos eine gewisse

Systematik, ohne die ein einigermaßen effizienter Handel ja auch gar nicht möglich wäre. In einer Häufung wurden Waren aufbewahrt, die zum Weiterverkauf in Venedig bestimmt waren, eine weitere große Häufung betraf jene Waren, die auf osmanische Schiffe verladen nach Istanbul oder in andere Handelsposten gebracht werden sollten.

Kein Zweifel, die Osmanen waren die Hauptverdächtigen bei diesem Diebstahl. Ein Christ müsste nicht nur mit der Hinrichtung, sondern, schlimmer noch, mit der ewigen Qual in der Hölle rechnen. Juden wurden streng kontrolliert, durften ihr Ghetto nur in Ausnahmefällen verlassen und wurden dabei penibel registriert. Die einzigen Nicht-Christen, die sich in Venedig einigermaßen frei bewegen durften, waren die orientalischen Händler.

Davide überlegte. Für den unwahrscheinlichen Fall, dass die Knochen des Heiligen Markus hier versteckt waren – wo wären sie am sichersten vor den venezianischen Zöllnern? Er erinnerte sich an die Geschichte des Reliquienraubes der Venezianer; Schweinefleisch als Versteck käme bei den Osmanen sicher nicht in Frage, und die Venezianer hätten bei der Untersuchung desselben ganz sicher kein Problem. Nein, es musste entweder etwas Unauffälliges sein – ganz sicher würde man für die heiligen Knochen keinen Sarg und keine Urne als Transportmittel wählen –, etwas schwer zu Untersuchendes oder etwas Ekelerregendes. Aber was war hier schon ekelerregend? Davide las die Beschriftungen der zur Ausfuhr bestimmten Ware. Während die Osmanen Gewürze wie Pfeffer, Kümmel, Thymian, Zimt, Minze, Sesam und Zucker sowie Unmengen von Seide ins Abendland lieferten, brachten die Galeeren vor allem Silberwaren, mechanische Räderuhren und Automaten zurück, außerdem Spiegel aus Frankreich und Pelze aus Skandinavien. In diesen Lieferungen gen Istanbul ließen sich Knochen nur mit großer Mühe verstecken. Davides Blick fiel auf die Weinfässer. Sie waren, zumindest laut der kreidenen Etikettierung, nicht für Istanbul bestimmt, sondern für Handelsposten an der Küste.

Wein. Ein gutes Konservierungsmittel, überlegte Davide. Das sah man ja an Tintoretto. Ein gutes Versteck für Knochen, bei der Inspektion der venezianischen Zöllner nur dann auffindbar, wenn man das Fass mutwillig ausleerte, was nur bei einem schwerwiegenden Anfangsverdacht der Fall sein würde.

Die Fässer, drei Dutzend an der Zahl, waren nicht besonders groß, um den Transport zu erleichtern. Glücklicherweise standen sie zudem leicht zugänglich, nur mannshoch gestapelt. Würden sie sich leicht öffnen lassen? Davide zückte sein Stilett und legte den Tabarro ab. Um ihn herum war es still. Er benutzte die dünne, aber stabile Klinge als Hebel; ein Stilett hatte als reine Stichwaffe keine scharfen Schnittflächen an den Seiten und war daher stabiler als andere Messer. So konnte er das erste Fass geräuschlos aufstemmen; der Deckel war recht nachlässig vernagelt. Er krempelte einen Hemdsärmel hoch, tauchte den Unterarm ein und ließ ihn kreisen. Doch er stieß auf keinerlei Widerstand. Mit rötlich tropfendem, harzig duftendem Arm nahm er sich ein zweites Fass vor, dann ein drittes. Immer ohne Ergebnis. Am vierten Fass musste er sich schon heftiger abmühen, es war besser verschlossen als die anderen, und lange fand er keine Stelle, um das Stilett anzusetzen. Ein gutes Zeichen? Dann endlich war auch dieses Fass offen, Davide tauchte den Arm ein – und hörte eine barsche Stimme hinter sich.

»*Ian! Ehi!*«, wurde er zugleich auf Türkisch und Venezianisch angerufen. Der Wächter vom Eingang war zwar immer noch in die Kamelhaardecken gehüllt, schlief aber nicht mehr, sondern kam mit strenger Miene auf Davide zu.

Davide versuchte ein verbindliches Lächeln, das ihm aber schnell erstarb, denn hinter dem Wächter tauchten zwei weitere Männer auf, die ebenfalls erkennbar missgelaunt ob des Eindringlings waren.

»Oh, die Ferrareser Familie der Rossini hat mir hier zwei Fässer zur Bezahlung hinterlegt«, lächelte Davide verbindlich und warf sich wieder seinen Tabarro über, »und ich, nun ja, ich war zufällig …«

Die Ausrede hätte er sich sparen können, die Soldaten sprachen kein Italienisch. Oder wollten es in diesem Augenblick nicht verstehen. Grimmig kamen sie näher. Davide löste ein Seil, das die Fässer weiter oben sicherte, doch der Trick, der am Morgen zuvor am Pier so gut geklappt hatte, versagte hier völlig, der Stapel stürzte mit großem Getöse in sich zusammen, zwei der Fässer zerschmetterten auf dem Boden. Durch den Lärm wurden die schlafenden osmanischen Händler im ersten Stock geweckt und kamen mit großem Geschrei die Treppe herabgelaufen, denn sie vermuteten einen Diebstahl. Diese Händler hatten ihre Ware nicht tausend Seemeilen durch Wind und Wellen, unter Lebensgefahr und dem sehr realen Risiko eines finanziellen Ruins hierhergebracht, um sie sich dann von einem tolldreisten Venezianer unter der Nase wegstehlen zu lassen. Unglücklicherweise endete die Treppe vom obersten Stock ins Erdgeschoss nahe der einzigen landwärts gerichteten Tür. Dieser Ausgang war Davide nun versperrt, selbst dann, wenn er sich gegen die aufgescheuchten Wachsoldaten wehren könnte, was allerdings auch sehr optimistisch gedacht war. Also wandte er sich dem einzig verbliebenen Ausgang zu, der direkt zum Canal Grande führte.

Wenn die Tür, ein schmiedeeisernes Gitter, verschlossen war, hatte er ein gewaltiges Problem. Ein Problem, das ihn hier wie dort, bei den Venezianern wie bei den Osmanen, den Kopf kosten würde. Die Händler würden ihn wohl ganz einfach totschlagen, denn längst hielten sie den Fontego für eine Enklave, in dem ihr eigenes Recht galt. Dem war zwar nicht so, aber Davide ahnte, dass die Chance nicht besonders groß war, mit den Osmanen juristische Spitzfindigkeiten zu wechseln und dabei zu gewinnen.

Doch das Gitter schwang auf.

Der Verkehr auf dem Canal Grande hatte merklich zugenommen, die Märkte hatten mittlerweile geöffnet, und Gondeln jeder Art und Größe fuhren vorbei. Ja, der frühe Morgen war die betriebsamste Zeit des Tages, und somit bot sich Davide eine, wenngleich verwegene, Möglichkeit, seinen Häschern zu entkommen.

Er nahm Anlauf, sprang auf eine nah am Ufer vorbeiziehende Gondel und landete zwischen aufgeregt emporflatternden Hühnern und einem verschreckt grunzenden Schwein. Das ganze Boot kam bedrohlich ins Schwanken, der Ruderer musste seine ganze Kunst aufbieten, um es samt der wertvollen Fracht vor dem Kentern zu bewahren, sodass er gar keine Zeit hatte, Davide zu verfluchen, und ehe er wieder bei Atem war, war der tolldreiste Freibeuter schon auf das nächste Boot gesprungen. Dieses wurde von vier Ruderern gesteuert und war mit schweren Kisten beladen. Die vier waren ebenfalls viel zu überrascht, um wütend zu werden, und als einer von ihnen sich Davide mit einem Stock näherte, rief dieser: »Es ist für den Dogen!«, und sprang schon auf die nächste Gondel.

Drei osmanische Wachsoldaten hatten ihre Säbel in die Scheiden am Gürtel gesteckt und es ihm unterdessen gleichgetan, von den Händlern aus dem Fontego lautstark angefeuert. Sie waren aber nicht so geübt darin wie Venezianer, auf den schmalen Gondeln die Balance zu halten. Doch der Zorn hielt sie über Wasser – jedenfalls noch. Denn Davide war auf eine Gondel gesprungen, die in Gegenrichtung fuhr, dicht an den Soldaten vorbei. Mit einem Bootshaken gab er einem von ihnen, dem einstigen Schläfer, einen Stoß in den Magen, der ihn aus dem Gleichgewicht brachte und ins Wasser plumpsen ließ. Dies bewirkte, dass die osmanischen Händler am Ufer zu lachen begannen; ihr Zorn war verflogen, gestohlen war ja von ihrer Ware offenbar nichts, und das Spektakel war doch allzu kurios. Der Schläfer strampelte in einem unbeholfenen Kleinkinderstil durch das bitterkalte, brackige Wasser Richtung Fontego zurück, wo ihm seine Kameraden aufs Trockene halfen.

Hasan hatte unterdessen seinen Beobachtungsposten verlassen und eilte seinem Herrn zu Hilfe, auf demselben Weg, den Davide vom anderen Ufer aus gewählt hatte, nämlich trockenen Fußes auf Bootsplanken. Unter den Ruderern erhob sich nun ein halb ärgerliches, halb belustigtes Gezeter und Geschrei, denn so etwas erlebte man auch in Venedig nicht oft. Nach einigen haarsträubenden Sprüngen näherten sich Davide und die beiden übrig gebliebenen Soldaten erneut einander wie in einem Ritterduell; einer der Säbelträger setzte zum Sprung auf Davides Boot an, doch ihn traf ein harter Schatten. Hasan wälzte sich schwankend mit ihm inmitten von Körben mit fangfrischem Fisch.

Statt seinem Kameraden zu Hilfe zu eilen, sprang der andere Soldat auf Davides Boot, eine Mietgondel auf Leerfahrt. Er war entschlossen, dem Schauspiel ein Ende zu bereiten, und zückte seinen Säbel. Jetzt wurde es richtig gefährlich. Der Osmane sah nicht aus wie jemand, der sich von Davides Stilett beeindrucken lassen würde. Davide zückte es dennoch.

Säbel gegen Stilett, das war wie Mensch gegen Mücke. Sein Gegner kam näher, und Davide blickte sich nach einer rettenden Gondel um, doch just in diesem Moment war nichts und niemand in erreichbarer Nähe. Den ersten Säbelhieb parierte er mit dem Stilett, dem zweiten wich er aus. Doch dabei stürzte er auf den nassen Planken und landete hilflos mit dem Rücken auf dem Boden.

Der Osmane stand breitbeinig über ihm wie über erlegtem Wild und hob den Säbel. Würde er wirklich zustoßen, mitten auf dem Canal, der Lebensader Venedigs? Doch dann blickten seine Augen nur noch ins Leere. Er ließ den Säbel fallen, der zwischen Davides Beinen landete. Der Gondoliere am Heck hatte ihm mit seinem Bootshaken einen Stoß in den Nacken gegeben, der Gondoliere am Bug dem schwer angeschlagenen Krieger eine Breitseite mit dem Ruder verpasst. Der Soldat schwankte einen Augenblick und fiel dann ins Wasser.

»Osmanen. Schon immer lausige Trinkgeldgeber«, knurrte der Gondoliere.

Davides Verfolger war im Wasser schnell wieder zu sich gekommen, knurrte ein paar Flüche und kraulte dann recht behände zum Fontego zurück. Auch Hasans Verfolger war im Canal Grande gelandet. Er allerdings war ein miserabler Schwimmer und schaffte es nur unter größter Mühe und mit Hilfe einiger freundlicher Gondolieri ans rettende Ufer. Die Gondeln, die Hasan und Davide transportierten, näherten sich einander, Hasan stieg zu Davide an Bord.

»Ihr stinkt nach Wein, Herr.«

»Und du nach Fisch.«

Beide lachten.

KAPITEL 7

Aufbruch

Der Sturm war plötzlich aufgekommen und rüttelte kräftig an den Läden, so dass es Veronica ganz bange wurde um die neuen Fenster aus Muranoglas, zu denen sie Davide überredet hatte – eine wirklich ungewöhnliche Ausstattung für eine Wohnung im Arbeiterviertel Cannaregio. Würden sie halten? Auch Davide und Hasan blickten skeptisch auf die Fenster, widmeten sich dann aber bald wieder dem Essen, das munter auf dem Tisch dampfte. Hasan hatte Polenta mit Messermuscheln gekocht, die er von einem befreundeten Fischer am Morgen erhalten und ordentlich mit *Piper nigrum*, Schwarzem Pfeffer, gewürzt hatte, anschließend gab es in Öl frittierte *moeche*, frisch gehäutete Taschenkrebse, die gerade Saison hatten und auf die Venezianer fast so begierig waren wie auf den Beginn des Karnevals.

Veronica und Davide hatten beschlossen, heute daheim zu bleiben und all jene Einladungen zu Festen zu ignorieren, die praktisch täglich durch Boten – im Falle von Veronica – oder durch gute Freunde – im Falle von Davide – überbracht wurden. Veronicas Ehemann, der Patrizier Riccardo Bellini, war in diesen Monaten noch seltener daheim als ohnehin schon und vergnügte sich mit seiner Entourage aus hübschen jungen Männern, was Veronica wie Davide nur recht sein konnte.

»Es stimmt also, was man sich erzählt?«, fragte Veronica.

»Was erzählt man sich denn bei euch noblen Leuten?«,

gab Davide ironisch zurück. Schließlich hatte er einst selbst zu Venedigs oberster Schicht gehört, bis ihn eine rätselhafte Verschwörung aller Rechte und Gelder beraubt hatte.

Veronica stieß ihren Liebhaber an. »Behandle mich nicht wie einen dieser Dummköpfe, die um den Dogen herumscharwenzeln.«

»Würde ich mir nie erlauben«, murmelte Davide, der sich gerade einen besonders großen Krebs vorgenommen hatte, der, wie es sich gehörte, mit gestoßenem Ingwer gewürzt und mit Panzer und Scheren vertilgt wurde.

Der Wind heulte plötzlich auf und rüttelte mit Macht an den Türen und am Fensterglas.

»Stimmt es, dass man in den Markusdom eingedrungen ist und …«

»Vorzüglich, Hasan«, lenkte Davide ab. »Oder sind sie vielleicht etwas zu scharf angebraten?«

Veronica knuffte ihn erbost. »Nun erzähl schon.« Auch Hasan sah ihn neugierig an.

»Ja, es stimmt«, ließ sich Davide erweichen. »Jemand ist in den Markusdom eingebrochen und hat die Knochen unseres lieben Heiligen gestohlen. Oder jene Knochen, von denen wir glauben, sie gehörten dem heiligen Markus.«

»Wie konnte das passieren?«, entgegnete Veronica. »Der Markusplatz ist doch in diesen Tagen voller Menschen.«

»Das war ja das Schlaue«, meinte Hasan. »Große Konfusion ist das Beste, was einem Dieb passieren kann.«

»Ja, dem ist wohl so«, stimmte Davide zu. »Nichts wäre verdächtiger als ein paar Gestalten, die sich am menschenleeren Markusplatz an dem Domportal zu schaffen machen.«

»Aber ist der Dom denn nicht bewacht?«, fragte Veronica.

»Ist er«, entgegnete Davide. »Angeblich haben sich die Wachen vom Karnevalstreiben ablenken lassen. Oder man hat sie ordentlich geschmiert, was ich für wahrscheinlicher halte.

In jedem Fall sitzen sie in den *pozzi*. Wirklich köstlich, die *moeche*, mein lieber Hasan. Dennoch glaube ich …«

An der Tür im Erdgeschoss klopfte es. Zuerst glaubten die drei an einen besonders scharfen Windstoß, doch das Klopfen hielt an, obwohl das Rütteln des Windes erkennbar nachließ.

Hasan und Davide sahen einander an und mussten beinahe lächeln. Dieses so unvenezianisch aufdringliche, fordernde, ungeduldige Anklopfen – das konnte nur heißen, dass ein Bote vor der Tür stand. Hasan sprang mit einer Geschicklichkeit, die man seinem gedrungenen Körper gar nicht zutraute, die Stufen hinab. Dann war es still. Davide lauschte, doch hörte er nichts mehr, nicht die üblichen Begrüßungsfloskeln, kein Rufen, nur eine Tür, die wieder geschlossen wurde. Veronica blickte ihn fragend an. Er stand auf, griff sich ein Stilett und setzte sich wieder, die Waffe unter den Sitz geschoben. Offenbar kamen zwei Personen die Treppe herauf, in gemessenen, gleichmäßigen Schritten. Hasan stand zuerst wieder in der Wohnstube, und hinter ihm erschien ein hagerer, großer Mann in einem Tabarro, der viel zu weit für seine schmalen Schultern schien. Zudem trug er eine Stoffmütze, sodass Davide im Halbdunkel nicht erkannte, um wen es sich handelte. Erst als der Mann die Mütze abnahm und den dicken Kragen des Tabarros herabschlug, leuchtete dem Hausherrn sein vom Regen feuchtes, ganz vertrautes Gesicht entgegen. Der Mann schob sich an Hasan vorbei und nickte den Anwesenden zu: »Signora Bellini«, grüßte Calaspin, der Kanzler der Republik, und war keineswegs erstaunt, eine verheiratete Dame aus bestem Hause um diese Zeit bei seinem Agenten zu finden. Aber er war ja auch deswegen ein so guter Staatsbeamter, weil er über alles in der Stadt informiert war, auch über dieses Arrangement zwischen dem steinreichen Riccardo Bellini und seiner Gattin. Hasan stand hinter Calaspin und breitete entschuldigend die Arme aus, doch Davide nickte ihm aufmunternd zu, als wolle er sagen: *Wie kann man schon dem Kanzler höchstselbst den Zutritt verweigern!*

»Kanzler«, entgegnete Davide. »Was für eine Überraschung! Wir haben gerade gegessen, aber wenn Ihr wollt, kann mein lieber Hasan …«

»Gemütlich habt Ihr's hier«, blickte sich Calaspin etwas gedankenverloren um, als hörte er gar nicht richtig zu. »Zugegeben, nicht der Palazzo Eurer Familie, aber doch mit einem gewissen eigenen Charme, mit Verlaub.« Ein paar letzte Regentropfen liefen Calaspins Labialfalten herab.

»Schön, dass es Euch im düsteren Cannaregio gefällt.«

»Ach, wisst Ihr, manchmal wünsche auch ich mich in die abgeschiedeneren Ecken der Stadt zurück. Ihr wisst ja hoffentlich, dass ich nicht aus einem der Patrizierpaläste stamme.«

»Ja, das ist mir bekannt.«

»Einen Wein nehme ich übrigens gern.« Hasan kam sofort mit der Karaffe herbeigelaufen. Calaspin nippte vorsichtig daran, er war erkennbar kein Trinker. Aber er nickte anerkennend, offenbar verstand er doch etwas vom Wein.

»Ihr seht mich sprachlos, was nicht häufig vorkommt«, sprach Calaspin langsam und setzte den Trinkbecher ebenso bedächtig auf dem Tisch ab. »Aber wir haben es hier mit dem ungewöhnlichsten Kriminalfall zu tun, von dem ich je gehört habe.«

»Ja, der Raub der Knochen unseres verehrten Markus ist wirklich ein bemerkenswertes Verbrechen.«

»Nein, darum geht es nicht«, winkte Calaspin ab. »Jedenfalls nicht nur.« Es schien ihm nichts auszumachen, dass mit Veronica und Hasan zwei Personen zuhörten, die eigentlich von all dem gar nichts wissen durften. »Jedenfalls: Seid Ihr mit Euren Nachforschungen schon weiter?«

»Bislang sind die Knochen, *mi scusi*, die Reliquien, offenbar noch nicht auf dem freien Markt aufgetaucht oder irgendwo angeboten worden.«

Calaspin lächelte. »Ich wette, Ihr wart beim alten Rusticello.«

»Ihr habt recht. Er weiß von nichts.«

»Das wundert mich nicht«, winkte Calaspin ab und setzte sich endlich.

»Ihr macht mich ernsthaft neugierig.«

Der Kanzler seufzte. »Ihr seht mich um Worte ringen. Es fällt mir nicht leicht, all das einzuordnen, was mir in den letzten Tagen an Neuigkeiten überbracht wurde. Geschweige denn, dass es einen Sinn ergäbe.«

Hasan eilte mit der Karaffe heran und schenkte nach. »Wein hilft immer«, lächelte er, und, oh Wunder, Calaspin lächelte zurück. Dann wurde er wieder ernst und beugte sich vor. Jetzt, im Licht der Kerzen, die auf dem Tisch standen, sah er müde und besorgt aus und so gar nicht mehr wie der heimliche Herrscher über die Stadt, den alle fürchteten.

»Unsere Diplomaten haben uns äußerst beunruhigende Nachrichten geschickt. In Padua hat man uns den Heiligen Antonius gestohlen!«

»Oh nein«, entfuhr es Veronica. Schließlich war Antonius der Schutzheilige der Familie der Bellinis.

»Und damit nicht genug. In Köln hat man den Schrein der Heiligen Drei Könige aufgebrochen, und weitere Diebstähle sind zu befürchten.«

Nun war es Davide, der um Worte rang. »Eine kriminelle Organisation?«

»Möglich.« Calaspins Blick verdüsterte sich. »Aber könnte es nicht auch ein Angriff auf die Christenheit sein?«

»Dann könnten es ja wohl nur die Osmanen sein, wenn Eure These stimmt.«

»Es ist tatsächlich nur eine These, doch ich beabsichtige nicht, Euch nach Istanbul zu schicken, jedenfalls nicht unmittelbar. Ich denke, Euer letzter Aufenthalt dort hat Euch erst einmal gereicht.«

»Ach, wisst Ihr, es ist eine schöne Stadt. Man soll ja niemals nie sagen.«

Calaspin fuhr sich über den kahlen, vor Feuchtigkeit glänzenden Schädel. »Ihr müsst zunächst nach Padua. Und trotz des kommenden Winters muss ich Euch von dort aus in den Norden schicken, zu unseren deutschen Freunden. Es hilft nichts, wir müssen wissen, wer hinter diesen Diebstählen steckt.«

»Das klingt nicht danach, als könnte ich dann noch den Karneval in Venedig genießen.«

Calaspin lächelte gequält. »Wenn Ihr Euch beeilt, ist vieles möglich. Im Übrigen erwarten wir Eure Rückkehr schnellstmöglich, denn der Doge ist doch besorgt.«

»Reicht das Budget der gebeutelten Serenissima, um meinen lieben Hasan mitzunehmen?«

Calaspin blickte mit viel Skepsis auf den Diener, der auf den ersten Blick klein und harmlos wirkte, zugleich aber auch auf eine verwirrende Art agil. »Wenn Ihr meint, dass es Euren Ermittlungen dienlich sei, so nehmt ihn schon mit. Findet Euch morgen früh bei Grattardi ein, der Euch mit Geld und Empfehlungsschreiben ausstattet, und geht anschließend zu Eppstein. Doch nun …« Mit einem für ihn ganz untypischen Begehren blickte der Kanzler auf die *moeche*, »… hätte ich tatsächlich nichts dagegen, noch etwas zu essen, wenn es Euch beliebt.«

Das mehrstöckige Verwaltungsgebäude der Serenissima umfasste beinahe den gesamten Markusplatz und war deutlich größer als Dom und Dogenpalast zusammen. Was viel über die Funktionsweise der Seerepublik aussagte und auch ausländischen Besuchern schnell deutlich machte, dass Venedig mehr war als Pomp und Karneval. Hier in den Prokuratien wurde jeder Vorgang, jeder Verkauf, jedes Erbe und jeder offizielle Gerichtsprozess in mehreren Schriftstücken nach einem ausgeklügelten System festgehalten. Die Hallen waren von gewaltigen Dimensionen, die Böden mit venezianischem Terrazzoboden ausgelegt, die Wände mit Marmor und Fresken verkleidet. Selbst dem Ameisenheer der Skribenten, die hier arbeiteten, fiel die Orientierung nicht immer leicht.

Das Ganze funktionierte beinahe wie ein unabhängiger Staat, und der König dieses Staates hieß Grattardi, der Prokurator. Er residierte in einem nicht besonders großen Saal im obersten Stockwerk, an einem gewaltigen Schreibtisch, der erstaunlich chaotisch mit Papierstapeln und Mappen übersät war. Grattardis Kopf tauchte dahinter auf und ab wie ein Stück Treibholz im Wellengang.

Schon physiognomisch war er wie für diese Aufgabe geschaffen, mit seiner dicken Brille aus Glas, das wie Davides neue Fenster aus Murano stammte und beinahe genauso dick war. Seine Augen wirkten damit wie zwei Leuchtfeuer. Mit seinem kahlen Kopf und den riesigen Ohren hatte er einfach kein repräsentatives Gesicht und fühlte sich in den Labyrinthen der Verwaltung bestens aufgehoben. Und man konnte ihm nicht nachsagen, dass er seine Aufgabe nicht mit viel Herzblut erfüllte. Auf den Pelzmantel aus Hermelin, die einzige sichtbare Insignie seiner Macht, verzichtete er im Dienst nie.

»Guten Morgen, Prokurator«, machte sich Davide bemerkbar. Wie es seine Art war, blickte der Angesprochene nicht sofort auf. Es war ja auch immer viel zu tun, neben den klassischen Verwaltungsaufgaben wurde hier auch das gesamte staatliche Vermögen verwaltet. Sogar Banken mussten sich für fast all ihre Transaktionen die Erlaubnis bei Grattardi holen.

»Ah, Herr Venier, der Serenissima teuerster Mitarbeiter«, grummelte er schließlich. Das Grummeln wirkte heute besonders komisch, weil er entsetzlich erkältet war und nun vernehmlich schnaubte.

»Es ist mir eine Ehre.«

»Schön, schön, Ihr geht wieder auf eine Eurer Vergnügungsreisen?«

»Ich weiß nicht, ob man eine Alpenüberquerung im November so nennen kann.«

Grattardi nieste heftig. »Ach, mir täte ein wenig alpine Frische gut. Diese muffige Feuchtigkeit der Lagune setzt mir doch arg zu. Aber all die Dokumente hier …«, er breitete verzweifelt die Arme aus, »die wollen ja kopiert, registriert und katalogisiert werden.«

»Vielleicht darf ich Euch etwas entlasten?«

»Ja, in der Tat.« Grattardi zog eine Ledermappe hervor und überreichte Davide allerlei Papiere und Empfehlungsschreiben der Seerepublik, die ihm bei seiner Reise helfen sollten. Außerdem unterschrieb er eine Anweisung über die Auszahlung von 150 venezianischen Dukaten. Die Unterschrift schmerzte ihn beinahe körperlich, und er brachte es fertig, bei der Ausstellung des Dokuments mehrere Male mitleiderregend zu husten.

Dann ging es zu einer angenehmeren Begegnung, auf die sich Davide schon seit Langem freute. Er ließ sich bis zum Ghetto rudern und zeigte am bewachten Eingang einen Passierschein vor. Hinter dem Portal in Cannaregio tobte das Leben wie überall sonst in Venedig auch. Frauen holten Wasser an den Brunnen, Kinder tollten durch die Gassen, vor den Häusern saßen die alten Männer und plauderten. Nur die Häuser selbst zeigten an, dass man in einer besonderen Ecke von Venedig gelandet war. Sie waren ungewöhnlich hoch, höher als fast jeder Palazzo. Der Grund: Der Platz war begrenzt, doch aus ganz Europa strömten stetig Juden nach Venedig. Denn hier waren sie vor Verfolgung sicher, und das schon seit vielen Generationen. Venedig hatte bei aller Heiligenverehrung vor allem jenen Glauben an die segensreiche Kraft einer florierenden Wirtschaft und hieß Christen, Moslems und Juden willkommen. Daher mussten die Häuser im Ghetto immer höher gebaut werden, um die Zuzügler unterzubringen. Vor einigen Jahrzehnten, als immer mehr Franziskaner und Dominikaner, strenggläubige Katholiken mithin, in die Stadt zogen, war es zu Spannungen zwischen ihnen und den Juden gekommen. Daher hatte sich der Doge Cristoforo Moro eigens von einem sachverständigen Kardinal bescheinigen lassen, dass der tägliche Umgang mit Juden den Christen nicht schaden würde, ihr Seelenheil sich nicht in Gefahr befände und die Juden zu achten seien.

Die Wohnung von Eppstein, dem in der ganzen Stadt bekannten jüdischen Arzt, der viele Angehörige der besten Familien behandelte, erstreckte sich über das Erdgeschoss und den ersten Stock eines gepflegten Hauses am Campo del Ghetto, dem überraschend weitläufigen Hauptplatz.

»Venier! Wie schön, Euch wohlauf zu sehen!« Eppstein stand wie immer an einem Pult und hatte in einem Buch geblättert, das er nun zuschlug. Überhaupt schien die ganze Wohnung mehr oder weniger aus Büchern zu bestehen, die sich in jeder Ecke stapelten und scheinbar keinem Ordnungsprinzip gehorchten.

»Ihr hattet wohl auch kein allzu großes Vertrauen in die Saugglocken, die Ihr mir mitgegeben habt?«

»Ich sehe ja, dass Ihr noch lebt«, lächelte Eppstein, ein gutaussehender Mann mit dichtem grauem Haarschopf und starkem deutschem Akzent. Er trug eine Klappe, die seine linke Augenhöhle verdeckte, denn das Auge war nicht mehr vorhanden.

»Die Akrobatik, die dafür nötig war, hätte ich mir allerdings gern erspart.«

»Fürs nächste Mal entwerfe ich Euch also einen Flugapparat«, gab Eppstein gespielt beleidigt zurück. »Die Idee zu den Saugnäpfen ist mir übrigens auf dem Fischmarkt gekommen.«

»Seit wann dürft Ihr als Jude denn dorthin?«

»Ach, solange ich als Arzt mehr *nobili* heile, als dass sie mir unter der Hand wegsterben, habe ich doch eine gewisse Freiheit. Und unter dem Tabarro und im Morgengrauen sind alle Menschen gleich.« Dabei war der gebürtige Berliner nicht nur als Arzt tätig, sondern betrieb nebenbei Forschungen auf allen möglichen anderen Gebieten; so beriet er die Schiffsbauer des Arsenale in der Waffenkunde, kannte sich mit der Alchemie aus und war auch in Astronomie und Mathematik auf der Höhe der Zeit, unter anderem, weil er in regem Briefverkehr mit Gebildeten aus ganz Europa stand. Für Davides Mission bei der Befreiung der Contessa Ludovica Strozzi hatte er die Saugnäpfe der Oktopusse studiert und erkannt, dass ihre Haftfähigkeit auf jeder Oberfläche auf der Ermangelung von Luft beruhte, also hatte er einen ähnlichen Mechanismus aus Leder für Davide entworfen. Der, wie Eppstein angesichts des putzmunteren Agenten sah, gut funktioniert hatte.

»Ihr reist in den Norden, wie man hört?«

»Über Padua nach Köln.«

»Eine weite Reise, besonders in diesen Monaten.«

»Das stimmt. Was habt Ihr also für mich, außer ein Paar besonders dick gefütterte Stiefel?«

»Einen hübschen Tabarro aus mehreren Lagen gewebtem Stoff mit einem Futter aus Schafsfell. Seht her!« Davide nahm den schweren Tabarro entgegen und streifte ihn sogleich über.

»Selbstverständlich nach Euren Maßen gefertigt«, bemerkte Eppstein stolz.

Der typische venezianische Überwurf-Mantel schien schwerer zu sein als üblich, was nicht nur an dem verstärkten Futter lag.

»Ihr habt hier doch sicher wieder ein paar Besonderheiten versteckt?«, ahnte Davide.

»Ihr kennt mich. In der Innentasche befinden sich einige Dukaten als Notration, das Stilett steckt wie immer im Futteral zu Eurer Linken. Etwas Medizin und Opiumtinktur habe ich Euch auch wieder mitgegeben, in kleinen Lederampullen. Doch besonders stolz bin ich darauf. Schaut hier!« Eppstein griff in eine Stofffalte, die kaum zu sehen war, und zauberte einen kleinen silbernen Gegenstand hervor. »Eine Handfeuerwaffe aus Pistoia. Ohne Zündplättchen, es reicht der gespannte Hahn und das Betätigen des Abzugs. Sie kann nur einen einzigen Schuss abgeben, er ist zwar nicht tödlich, aber laut und schmerzhaft genug.«

Davide blickte die kleine Waffe skeptisch an. »Und meine doppelläufige Pistole? Die ist mir lieber.«

»Ihr dürft sie selbstverständlich im Reisegepäck mit Euch führen, aber mit diesem Ungetüm unter dem Tabarro würde es dann doch etwas eng werden. Nun jedoch lasst uns zu Eurem Abschied etwas *qahwe* trinken. Euer lieber Hasan war so freundlich, mir eine Handvoll dieses belebenden Pulvers zu überlassen.«

KAPITEL 8

Padua

Ausläufer des *bora*, des kräftigen Ostwindes aus Dalmatien, strichen durch die Gassen, rüttelten an den hölzernen Fensterläden, brachten die Frisuren und Masken der Feiernden durcheinander, die, der Jahreszeit trotzend, sich draußen vergnügten. Der Wind brachte eiskalte Luft mit sich und sorgte für regelrechten Wellengang in der Lagune. Die vier Ruderer hatten Mühe, das Boot auf direktem Kurs Richtung Festland zu halten, der schmale hölzerne Rumpf schaukelte bedenklich, und Davide wurde ganz mulmig im Magen, als Venedig hinter ihm immer kleiner wurde. Er hatte keine Angst vor der Reise – er wurde nur schnell seekrank, was für einen Venezianer zugegebenermaßen ein ungewöhnlicher Makel war. Hasan saß neben seinem Herrn, dick eingehüllt in seinen schon etwas abgenutzten Mantel und mehrere Tücher, die er sich um den Hals geschlungen hatte.

»Hasan, hast du es dir wohl überlegt? Dort oben warten bittere Temperaturen auf uns, und das Essen ist auch nicht das Beste.«

»Ach, Herr, es ist ja nicht so, dass in Venedig der ewige Sommer herrscht. Außerdem hoffe ich, dass wir uns im schönen Padua vor dem beschwerlichen Weg über die Alpen tüchtig stärken können.«

»Ob dazu Zeit bleibt?«, fragte Davide mehr sich selbst.

Endlich hatte die Gondel nach einer guten Stunde das

Festland erreicht. In dem heulenden Wind war der kleine Hafen, der sonst vor Händlern wimmelte, nahezu ausgestorben. Vor einer kleinen Werft, in der zwei Männer mit dem Kalfatern und Ausbessern eines Schiffsrumpfes beschäftigt waren, wartete ein Knecht mit zwei Pferden auf die beiden Herren. Davide bestieg einen muskulösen, hochgewachsenen Schimmel mit verfilzter Mähne und ungepflegtem Schweif, während Hasan auf einem gedrungenen Rappschecken mit mächtigen Hufen aufsaß. Außerdem band er den geschickt gepackten Reisesack am Sattel fest, der nicht nur warme Wollhosen und -westen für beide enthielt, sondern auch Näh- und Flickzeug, Toilettenartikel wie Kamm und Parfüm, Eppsteins Medizin und jene doppelläufige Schusswaffe, die Davide schon einmal gute Dienste geleistet hatte.

So machten sie sich auf den Weg ins nahe Padua und hofften, noch vor der Abenddämmerung anzukommen. Venezianer waren bekanntermaßen miserable Reiter, was angesichts der mangelnden festen Wege in der Stadt kein Wunder war, doch Davide beherrschte sein Pferd ausgezeichnet; sein Vater hatte ihm das Reiten auf den Handelsreisen beigebracht. Auch Hasan hielt sich gut im Sattel, denn er war viel in der Welt unterwegs gewesen, bevor es ihn nach Venedig verschlagen hatte.

Tatsächlich erreichten sie Padua auf der viel benutzten Handelsstraße Via della Serenissima noch vor der Dunkelheit. Als Erstes sahen sie die Stadtmauern in der Dämmerung aufragen, jene gewaltigen Schutzwälle, die man erst vor ein paar Jahren nach dem blutigen Krieg gegen die Liga von Cambrai erneuert und erhöht hatte. Am südöstlichen Eingangstor, das von zwei Wächterhäusern flankiert wurde, zeigten sie den missgelaunten Soldaten ihre Papiere vor und durften passieren. Auf einer kleinen Brücke überquerten sie den Verteidigungsgraben, der vom Flüsschen Bacchiglione gespeist wurde, dann wandten sie sich nach Osten zum prächtigen Prato della Valle, dem elliptischen Hauptplatz der Stadt, der in seinen Ausmaßen wohl in der ganzen Christenheit seinesgleichen suchte. Hier, mitten auf der *terraferma,* war der Wind merklich schwächer, dafür fiel bald der abendliche Nebel ein. Gut, dass die Stadt noch voller Leben war; Fackeln erleuchteten die Gassen, Männer in bunter Kleidung standen beisammen und diskutierten mit großem Ernst. Padua war eine ausgesprochen gelehrte Stadt, schließlich gab es die Universität hier schon seit mehr als dreihundert Jahren, und viele der Einwohner waren entweder Studenten oder Professoren.

Am Prato della Valle gaben sie ihre Pferde in Obhut und quartierten sich in einer Herberge mit geräumigen Zimmern und bequemen Betten mit Daunenlaken ein. Sie aßen sogleich zu Abend dort, an den Tischen rund um einen großen Kamin im Erdgeschoss waren sie die einzigen Gäste. Der Wirt, dessen lockiges schwarzes Haar und dichter Bart nahtlos ineinander übergingen, was ihm die Anmutung eines wandelnden schwarzen Wollknäuels verlieh, tischte zunächst *falso parsuto* auf, der von Hasan argwöhnisch beäugt wurde.

»*Falscher Schinken*? Wollt Ihr mich vergiften?«

»Keine Sorge, es ist Schinken aus der Entenbrust. Eine typische Spezialität hier in Padua. Köstlich, versuch einmal.«

Anschließend gab es *bigoli,* Nudelteigwürstchen vom Umfang hölzerner Stricknadeln, dazu wurde Entenragout gereicht. Dann brachte der Wirt einen Krug leichten Weins aus dem Hinterland, der allerdings arg sauer schmeckte.

»Kennst du dich mit unseren Heiligen aus, lieber Hasan?«, fragte Davide gerade, als eine Gruppe hungriger Studenten mit einem ihrer Professoren das Wirtshaus betrat. Sie kamen Davide nur recht, konnte man sich doch in dem Lärm besser über Dinge verständigen, die nicht für alle Ohren gedacht waren.

»Gut genug, um zu wissen, dass euer Antonius ein ganz besonderer Mann war.«

»Ja, vielleicht sogar noch wichtiger als unser Markus. Er ist der Lieblingsheilige des gemeinen Volkes, und jeder, der in Padua geschäftlich zu tun hat, besucht ihn in der Kirche, die sie ihm gleich nach seinem Tod gebaut haben. Er hat praktisch für alle etwas anzubieten, er hilft bei der Pest, bei Fieber und auch bei Impotenz. Er soll Viehseuchen, Schiffbruch und sogar Kriege verhindern können. Ein sehr praktischer Nutzen ist, dass er dabei hilft, verschwundene Gegenstände wiederzufinden.«

»Kein Wunder, dass man fleißig zu ihm betet«, nickte Hasan.

»Außerdem ist er vom Papst schon heiliggesprochen worden, als er noch gar nicht richtig begraben war. Hätte der Papst das nicht getan, hätte man ihn aus Rom verjagt.«

»Und er konnte mit den Tieren sprechen, richtig?«, fragte Hasan.

»Das war Franz von Assisi, du Tölpel!«

»Nein, Euer Diener hat recht«, mischte sich nun ein Student vom Nebentisch ein. »Kennt Ihr nicht das Wunder von Rimini? Dort predigte er gegen die Ketzerlehren der Katharer, doch die Stadtbewohner weigerten sich, ihm zuzuhören. Daraufhin ging er ans Ufer des Adriatischen Meeres und predigte den Fischen, die ihm ergeben zuhörten. Erst dann lauschten auch die Rimineser.«

»Nein, diese Geschichte kannte ich tatsächlich nicht«,

entgegnete Davide, »und Ihr habt Euch dafür, dass Ihr mein Wissen angereichert habt, einen Krug Wein verdient. Doch erzählt mir mehr von diesem Heiligen.«

Der Student sprang von seinem Platz auf und setzte sich, ganz entflammt für sein Thema, zu Davide und Hasan. »Dort drüben wird ja doch nur über die Medizin geredet, ein unerträglich trockener Stoff.« Er war ein ganz junger Bursche von vielleicht sechzehn Jahren, mit einem kurzen, runden Haarschnitt, wie ihn Kinder trugen. Seine Haare und Augen waren dunkel, seine Haut aber hell, als hätte sie noch nie die Sonne gesehen. Er sprach mit einem kaum hörbaren rätselhaften Akzent und trug einen schlichten, aber sauberen Umhang. »Antonius ist zudem Schutzpatron der Armen, der Bauern, der Frauen und der Kinder, außerdem der Bäcker, Schweinehirten, Bergleute und der Reisenden, so wie Ihr es seid. Woher kommt Ihr, wenn ich fragen darf?«

»Aus Venedig«, antwortete Davide, was beim Zuhörer die erwartete Bewunderung auslöste, doch um nicht weiter über seine Heimat erzählen zu müssen, stellte Davide sofort die Gegenfrage. »Und Ihr? Ihr habt einen Zungenschlag, der nicht von hier scheint.«

»Ein sehr feines Gehör habt Ihr, edler Venezianer! Ich stamme aus Lissabon. Wie Antonius auch! Denn dort ist er geboren, wie Ihr sicher wisst. Erst im Alter kam er nach Padua, ich hingegen lebe hier seit meinem fünften Lebensjahr, weil mein Vater hierherzog. Er handelte mit Tuchen.« Der redselige Portugiese, der João hieß, begann, über die Vorzüge und Nachteile der Handelsniederlassungen in Lissabon und Padua zu berichten, zudem über die Behandlung und Färbung der Stoffe, und warum sein Vater ihn Medizin studieren ließ (er hatte sechs Geschwister, sodass vom Familienerbe wenig übrig blieb), zudem klagte er über das schwierige

Studentenleben. Davide wartete, bis er Luft holte, und hakte dann ein.

»Sagt, wie oft betet Ihr zu Eurem Antonius?«

»Jeden Tag«, versicherte der Student.

»Jeden Tag?«

»Ja, immer vor Vorlesungsbeginn. In der Antoniuskirche, vor seiner Zunge. Die Kirche liegt auf dem Weg zur Universität, sodass ich ganz früh am Morgen, wenn die Sonne noch fern und es erst dämmerig ist, hineinschlüpfe.«

»Hört mich an.« Davide rückte näher an João heran und senkte seine Stimme zu einem verschwörerischen Flüstern, was seiner Frage Gewicht verlieh. Der Student setzte sich sofort aufrecht, als wäre er in einer Prüfung, und riss die braunen Augen weit auf. »Ist Euch in den letzten Tagen etwas aufgefallen in der Kirche? Oder am Reliquienschrein selbst?«

»Nein, edler Venezianer.« João hatte die Stirn in tiefe Falten gelegt. »Obwohl: Es schien, als hätten vor ein paar Tagen gewisse Ausbesserungsarbeiten stattgefunden. Mein Beinkleid war vom Niederknien ganz staubig geworden. Doch wenn ich es recht bedenke – jetzt, wo Ihr fragt, muss ich doch zugeben, dass die Zunge in den letzten Tagen eine besondere Färbung hatte, eine regelrechte blutige Frische. Ich habe das als gutes Omen gesehen, habe ich doch übermorgen meine erste mündliche Prüfung, die darüber entscheidet, ob ich weiterstudieren darf.«

»Interessant. Denkt fleißig nach: Ist Euch noch etwas Außerordentliches aufgefallen?«

Der Student dachte so angestrengt nach, dass Hasan sich beinahe Sorgen um seine Gesundheit machte; Joãos Wangen liefen rot an, und die Furchen auf seiner Stirn wurden so tief, dass sie körperliche Schmerzen verursachen mussten. »Es ist sicher nichts Bedeutendes, aber gerade erst vor ein paar

Tagen waren einige hohe Herren der Kirche anwesend, in all den prächtigen Gewändern. Was mir merkwürdig schien, sind die Kardinäle doch erst später am Tag in den kirchlichen Diensten tätig. Sicher hatten sie wichtige Dinge zu besprechen.«

Doch länger konnte Davide João nicht mehr ablenken, der alles über Venedig wissen wollte. Ob es stimmte, dass es dort verboten sei, zu Fuß zu gehen. Dass Hochzeitsfeiern mitten im Wasser stattfänden, tagelang. Dass die Toten auf ein Floß gelegt und wie von allein zur Friedhofsinsel gleiten würden, wo dann Fabelwesen mit Vogelschwingen sie begraben würden. Und Davide bestätigte bereitwillig alle Geschichten, die der Student gehört hatte.

Nach einem erholsamen Schlaf in den formidablen Daunenbetten und etwas Schinken mit Ei zum Frühstück machten sich Davide und Hasan bei kühlem, klarem Wetter zu Fuß auf zum Palazzo della Ragione, jenem mächtigen Verwaltungsgebäude, das allenthalben *Salone* genannt wurde, obwohl ursprünglich nur der riesige Saal unter dem Dach so hieß. Der gewaltige Bau lag zwischen den beiden Hauptplätzen Piazza delle erbe und Piazza della frutta. Schon so früh am Morgen – es hatte noch nicht zur achten Stunde geschlagen – wuselten die Einheimischen auf beiden Plätzen umher; Händler priesen ihre Ware und feilschten mit Hausfrauen und Dienstpersonal um die Preise. Selbst jetzt im November waren die Auslagen verführerisch bunt, es gab Äpfel, Orangen und Zitronen aus dem Neapolitanischen, allerlei Nüsse und Pilze, Winterspargel, Feldsalat, Wirsing, Sellerie, Grünkohl, Kürbis, Meerrettich und Rotkohl. In den Arkaden direkt unter dem Salone hingen Schweinehälften und Schinkenkeulen, gerupfte Hühner, Enten und Gänse. Käsereien verkauften gewaltige Laibe, ein Fischhändler bot in dicken, mit Wasser gefüllten Tonbottichen putzmuntere Aale aus der Romagnola an.

Doch viel Zeit zum Schauen blieb Davide und Hasan nicht, denn sie hatten eine Verabredung hoch oben im Salone. Eine breite Außentreppe, von vier schmucken Soldaten mit Hellebarden bewacht, führte direkt in den berühmt-berüchtigten Saal. Sie zeigten ihre Empfehlungsschreiben vor und durften passieren. Nach gut hundert Stufen standen oben erneut vier Soldaten, diesmal mit praktischeren Schwertern ausgestattet. Beinahe gelangweilt winkten sie die venezianischen Besucher durch, die einen Blick von oben auf das Marktgeschehen der Piazza delle erbe warfen, auf die bunten Markisen, die Menschen, die Esels- und Ochsenkarren. Sie hörten bis hier oben das Geschnatter und Gefeilsche, das Lachen und Lamentieren.

Doch dann wurde alles ganz anders. Nachdem sie ein Portal passiert hatten, das hinter ihnen geschlossen wurde, standen sie im Halbdunkel – in völliger, bedrückender Stille. Erst langsam gewöhnten sich ihre Augen an das diffuse Licht. Und was sie sahen, ließ sie staunen. Der Saal, der dem ganzen Palazzo seinen Namen gab, musste mindestens dreihundert Fuß lang und einhundert Fuß breit sein; selbst der Große Saal des Dogenpalastes verblasste dagegen. Das gewölbte Dach mochte fünfzig Schritte hoch sein; es wirkte, als wären sie in einer kieloben treibenden, riesigen Galeere gefangen. Was den Saal so ungemein wirkungsvoll machte: Er war fast vollkommen leer, bis auf das gewaltige Standbild eines Pferdes an der Stirnseite. Die Saalwände waren bis in etwa zwanzig Fuß Höhe mit Heiligenfiguren und ihren Symbolen bemalt. Mochte man auch die Dimensionen von außen erahnen können, von innen wirkte alles noch ein wenig opulenter. Und, wie Davide bemerkte, auch recht übertrieben.

Waren sie hier nun allein? Nein: Die beiden Regenten der Stadt, kaum sichtbar, warteten direkt unter dem Pferd, das bis zur Decke aufragte. Davide und Hasan blickten einander an, dann schritten sie auf ihre Gastgeber zu. Zweifellos sollte die schiere Größe den Besuchern gebührend imponieren, doch sowohl Davide als auch Hasan hatten in ihrem Leben genug gesehen, um sich davon noch beeindrucken zu lassen.

Nach einer kleinen Ewigkeit standen sie vor den beiden Regenten Paduas. Das Pferd im Raum sollte an den General Gattamelata gemahnen, jenen verschlagenen Söldnerführer mit dem Beinamen »Gefleckte Katze«, der als Metzgersohn zur Welt kam und als Diktator Paduas starb. Von einer Alleinherrschaft waren die beiden prächtig gekleideten Herren weit entfernt; in einem ausgeklügelten System wurden beide von Venedigs Großem Rat gewählt, und die Amtszeit dauerte lediglich 16 Monate. Dem Podestà unterstanden die zivile Verwaltung und die Gerichtsbarkeit, der Capitanio war für Polizei und Militär zuständig. Aber wer hatte in diesem ungewöhnlichen Kriminalfall das Sagen?

»Ach, es ist furchtbar«, klagte der eine, der recht jung war, aber schon einen Buckel hatte. Seine blassblauen Augen und die herabgezogenen Mundwinkel verliehen ihm eine Physiognomie, als sei er für keinerlei Freuden des Lebens empfänglich.

»Kopf hoch«, sagte der andere, ein älterer, beleibter Glatzkopf, der sich den beiden Besuchern als Capitanio vorstellte.

»Ja, Ihr seid immer fröhlich, aber Eure Amtszeit ist ja auch bald um. Meine hingegen hat gerade erst begonnen, und soll ich als jener Podestà in die Annalen der Stadt eingehen, dem man den Heiligen gestohlen hat?« Der junge Bucklige schien kurz davor, in Tränen auszubrechen. Die beiden stritten ein paar Minuten lang, und es wurde deutlich, dass dieses Duo in der Amtsführung nicht gerade harmonierte. Dann räusperte sich Davide: »Verehrte Herren, was weiß man denn bislang von dem dreisten Diebstahl, der uns alle so schwer trifft?«

Der Podestà und der Capitanio erzählten, immer wieder einander ins Wort fallend, was passiert war. In der Montagnacht der vorvergangenen Woche hatte sich ein Dieb – oder vielleicht waren es auch mehrere, denn Zeugen gab es keine – Zutritt zum Dom verschafft. Die Wachen, die weiter vorn am Platz und nicht direkt am Kirchenportal postiert waren, hatten nichts bemerkt, während der alte Küster in einem Nebenraum fest geschlafen hatte. Der gläserne Schrein war mit viel handwerklichem Geschick aufgebrochen worden, nämlich ohne Lärm zu machen oder allzu viel zu beschädigen. Und die Zunge und die Stimmbänder des Heiligen Antonius waren verschwunden. Um Aufsehen zu vermeiden, hatten die Ritter des Antonius, der altehrwürdige Beschützerorden des Heiligen, die Reliquien ersetzt und die Schäden am Schrein repariert. Man habe sich bemüht, den Diebstahl so wenig publik wie möglich zu machen. Bis jetzt habe sich noch niemand gemeldet, keine Lösegeldforderung für die Rückgabe sei eingegangen, auch bei den einschlägigen Händlern sei offenbar niemand vorstellig geworden. Man habe für die beiden Venezianer ein Treffen noch am heutigen Vormittag mit den Ordensrittern arrangiert, ebenso mit dem Küster, der im Morgengrauen nach jener verhängnisvollen Nacht als Erster am Tatort gewesen war. Während die beiden obersten Repräsentanten Paduas sich noch zankten, wer nun das Treffen angeordnet hatte, an wen man sich wenden müsse und wer das Empfehlungsschreiben entgegenzunehmen habe, verabschiedeten sich Davide und Hasan mit einer Verbeugung, die nur das Pferd wahrnahm.

Der Dom des Heiligen Antonius erhob sich wuchtig über den Hauptplatz. Erbaut vor mehr als dreihundert Jahren, war er ein Fest aus Kuppeln und Türmen, die wie steinerne Baumkronen um den besten Platz im Licht zu kämpfen schienen, und zugleich war er doch auch von einer betörenden Leichtigkeit, mit den filigranen byzantinischen Kapitellen, den beiden Minaretten und den unverputzten Ziegeln, die rötlich schimmerten. Der südliche Teil mit dem Hauptportal war von einem gewaltigen Platz umgeben, halbkreisförmig und von einer – eher symbolisch angelegten – kniehohen Mauer begrenzt, deren Eingang von Soldaten bewacht wurde. Der Platz war nahezu menschenleer, was einen beachtlichen Kontrast zu dem außergewöhnlich quirligen Stadtgeschehen überall sonst bildete, nur zwei Wagen von Devotionalienhändlern boten Rosenkränze, Schnitzereien, Heiligenbildchen und auch Kerzen an. Die Soldaten winkten Davide und Hasan zügig durch, ohne einen genauen Blick auf das Empfehlungsschreiben zu werfen. Es war, als wüssten sie, dass es nichts Besonderes mehr zu bewachen gab.

Sie betraten die Kirche, in der sich einige Pilger versammelt hatten und in den Bänken beteten. Durch die großen Rundbogenfenster gelangte erstaunlich viel Licht herein, sodass das Innere gar nicht typisch sakral dämmerig war. Von der Empore herab leuchteten zudem Hunderte mannshohe Kerzen. Der Küster, der ihnen sogleich entgegenkam, ohne dass groß Zeit blieb, die vielen Kunstwerke zu bewundern, war der älteste Mann, den Davide je gesehen hatte. Er hatte

Bedenken, dass er bei einem allzu festen Händedruck zu Staub zerfallen würde. Der Mann war winzig, wirkte wie eine zu lange in der Sonne getrocknete Weintraube und ging so vornübergebeugt, dass seine schrumpeligen Hände beinahe den Boden berührten. Er hatte allerdings volles weißes Haar, seine grünen Augen blitzten wach.

»Mein Guter, erzählt mir von dem Geschehen«, ermunterte Davide ihn nach der Begrüßung.

»Ach, Herr, was für ein Unglück! In sechzig Jahren meines Dienstes an unserem Herrgott und dem Heiligen ist nie so etwas Schlimmes geschehen.« Der Küster seufzte. »Ich schlafe in diesem Raum dort. Hier, direkt hinter dem ersten der Beichtstühle. Ich gehe kurz vor Mitternacht zu Bett, dann stehe ich zum Sechs-Uhr-Läuten auf. Mein Schlaf ist tief und gut, wofür ich unserem Herrgott immer gedankt habe, doch dieses Mal fühlt es sich wie ein großes Unglück an, denn hätte ich etwas bemerkt, hätte ich doch den Diebstahl verhindern oder um Hilfe rufen können. Ich mag hoch im Alter sein, aber meinen Heiligen lasse ich mir nicht so einfach wegnehmen!« Er hob die knöcherne Faust, und Davide und Hasan mussten schmunzeln.

»Wie genau habt Ihr den Diebstahl bemerkt?«

»Mein erster Gang am Morgen führt mich stets zu dem Heiligen, um ihm für die Gnade zu danken, ihm dienen zu dürfen. Was ich dort sah, hat mich fast umgebracht, und noch jetzt bin ich ganz erregt: Das Glas des Reliquienschreines war aufgebrochen! Und die Zunge und der Sprechapparat waren verschwunden. Aber das Glas ...«, der Küster blickte sich misstrauisch um und flüsterte dann: »... es lag nicht in Scherben, sondern war wie ausgeschnitten.«

»Waren Personen anwesend, als Ihr den Raub entdeckt habt?«

»Nein, das Hauptportal und alle seitlichen Zugänge waren

noch verschlossen. Daher weiß ich nicht, wie die Diebe hereingekommen sein könnten.«

»Wie viele Schlüssel gibt es außer den Euren, und wer besitzt sie?«

»Kaum zu sagen, immerhin gibt es ein gutes Dutzend kleinerer Türen. Doch sie waren verschlossen, ich habe sofort an allen gerüttelt. Und meines Wissens sind alle Schlüssel in der Hand des Bischofs und seiner Kurie.«

Auf dem Weg zum Schrein fragten sie den Küster noch weiter aus und ließen sich dabei die Schätze der Kirche zeigen. Sie bewunderten den gewaltigen Bronzekandelaber von Andrea Riccio, der über und über mit Engels- und Dämonenfiguren sowie mit Intarsien von Szenen der letzten Stunden Jesu geschmückt war. Das Bronzekreuz von Donatello über dem Hauptaltar erhielt seinen Effekt nicht nur durch die berührende Darstellung des leidenden Gottessohnes, sondern auch durch die lebensechte Größe des Gekreuzigten, die seine Schmerzen umso nachvollziehbarer machte.

Der Reliquienschrein schließlich befand sich in der Schatzkapelle links hinten in der Kirche. Dort wurden in einem Rahmen aus vergoldetem Silber der Florentiner Schmiedekunst die Zunge, die Knorpel der Stimmbänder sowie der Unterkiefer des Heiligen Antonius verwahrt. Besonders die Zunge war der ganze Stolz der Paduaner – und natürlich ihrer Herren, der Venezianer.

»Ihr wisst, er war ein großer Redner«, erklärte der Küster. »Und als man sein Grab über hundert Jahre nach seinem Tod öffnete, war der Körper nahezu verwest, doch die Zunge fand man unversehrt. Und nun – ach, ich will gar nicht daran denken, wo sie sich nun befindet und in welch jämmerlichem Zustand –, ach, ach!«

Der Küster ließ sie durch die Absperrung ganz nah an die

Scheibe treten, und tatsächlich hatte man die Zunge, wie gut zu sehen war, ersetzt, nämlich durch eine getrocknete Kalbszunge. »Dies waren die Ritter des Heiligen Antonius, die guten Leute. Man sagte mir, Ihr trefft sie noch am heutigen Mittag?«

Der Küster war überraschend gut im Bilde, denn genau so war es. Davide und Hasan verabschiedeten sich von dem alten Herrn, der zurück in seinen Wohnraum schlurfte. Davide und Hasan blieben noch eine Weile im Antoniusdom und schlenderten umher.

»Letztlich lässt sich eine Kirche kaum vor Diebstahl schützen. Sie hat zwar dicke Mauern, ist aber keine Trutzburg. Das würde unserem Herrn auch nicht gefallen.«

»Ja, man hofft auf den Anstand der Christenmenschen, eben nichts zu rauben.«

»Vergeblich, wie wir gesehen haben.«

»Es waren professionelle Diebe«, raunte Hasan.

»Und solche, die sich mit Glas auskennen. Wissen, wie man es geräuschlos zerteilt.«

»Venezianer?«

»Das ist tatsächlich eine Möglichkeit, die wir nicht außer Acht lassen sollten.« Sie betraten den Vorplatz, der sich inzwischen merklich gefüllt hatte. Weitere Stände waren aufgebaut worden, um die Pilger zu bewirten. Es gab Obst und Säfte, Wein und Nüsse, Kräuter und Medizin, wertlosen Schmuck. An einem der Stände wurden Schluckbildchen angeboten, hastige Papierzeichnungen von Heiligen, die, zerkaut und hinuntergeschluckt, gegen allerlei Gebrechen wirken sollten.

Das Wirtshaus »Hostaria da Attias« befand sich keine hundert Schritte vom Dom entfernt in südlicher Richtung. Die Straße davor war schmutzig und düster, das Mauerwerk bröckelte bedenklich. Den Namen des Wirtshauses hatte man lediglich mit Kreide auf die Steine gekritzelt. Als die beiden Venezianer die Osteria betreten wollten, fanden sie die Tür verschlossen. Sie klopften mehrmals an. Erst nach einer Ewigkeit hörte man Schritte durch das dünne Holz, die Tür wurde einen Spaltbreit geöffnet. Ein teigiges Gesicht schaute heraus.

»Was wollt Ihr hier?«, fragte man wenig freundlich.

»Zu den Rittern des Heiligen Antonius«, antwortete Davide.

Die Tür wurde geschlossen, die Schritte entfernten sich schlurfend. Und kamen nach einer weiteren Ewigkeit zurück. Dasselbe teigige Gesicht öffnete die Tür nun ganz und forderte die beiden Venezianer mit einer Handbewegung auf, einzutreten und ihm zu folgen.

»Worte sind teuer und wollen nicht vergeudet werden«, flüsterte Davide Hasan zu.

Der dunkle Korridor ging in einen ebenso dunklen Saal über. Es stank furchtbar nach abgestandenem Bier, fauligen Essensresten, nach Fäkalien, verbranntem Stoff und billigem Kerzenfett. Nur vereinzelte Kerzen beleuchteten die düstere Szenerie, deren ganze Merkwürdigkeit sich erst allmählich offenbarte. An einem langen Holztisch saßen Dutzende Männer in mönchischen Umhängen mit groben Knöpfen. Vor ihnen standen Krüge mit Bier, auf die sie ihre Augen geheftet hatten. Das Gespenstische war, dass diese Männer beinahe alle gleich aussahen, mittelalt, mit spärlichem Haupthaar und blass. Viel Tageslicht schienen diese Herren nicht abzubekommen, sie wirkten geradezu apathisch, und nur widerwillig blickten sie auf, aber nur mit den Augen, ohne den Kopf zu heben oder zu drehen. Hatte die Trauer um die verschwundenen Heiligenreliquien sie dermaßen niedergedrückt? Hatten sie gar ein Schweigegelübde abgelegt?

Zwar sagte niemand ein Wort, aber jemand nickte und zeigte auf zwei leere Stühle. Dieser Jemand, dessen große rote Nase ihn ein wenig von den anderen unterschied, schien der Anführer der Gruppe zu sein. Davide und Hasan setzten sich. Jemand stellte ihnen zwei Bierkrüge hin – war es derjenige, der sie eingelassen hatte? Es war in dem trüben Licht unmöglich, das zu sagen. Um sie herum schwieg man, also blieben auch Davide und Hasan still und senkten ebenfalls den Kopf. Ein paar Minuten vergingen, nur hier und da war ein Magenknurren zu hören. Plötzlich, wie auf ein geheimes Kommando, griffen alle zu ihrem Krug, riefen »Auf Antonius, den Heiligsten der Heiligen!« und tranken einen ordentlichen Schluck. Davide und Hasan taten es ihren seltsamen Gastgebern nach. Das Bier schmeckte säuerlich, schwach, warm, abgestanden. Dann versank die bizarre Gesellschaft wieder in völliger Stille.

Und gerade als Davide das Schweigen brechen wollte, flüsterte die Rotnase neben ihm: »Ach, es ist ein entsetzliches Unglück.«

»Ja, das Bier könnte besser sein«, gab Davide zurück. Hasan kicherte, niemand sonst.

»Unser Heiliger. Geraubt vor unseren Augen«, jammerte die Rotnase weiter, mit einem süditalienisch klingenden Akzent.

»Wart Ihr in der Kirche, als das Unglück geschah?«

»Oh nein, hier ist unser Versammlungsort. Hier leben wir, und von hier aus verteidigen wir den Heiligen mit unseren Gebeten. Doch wenn er uns ruft, dann auch mit unseren Schwertern und mit unserem Leben.«

Davide und Hasan sahen einander an. Ein seltsamer Ritterorden war das. An Schlagkraft ließ er ganz sicher zu wünschen übrig. Sie wussten, dass die Ritter mehrmals am Tag zu dem Reliquienschrein pilgerten, ansonsten aber die Pflege und Bewachung des Heiligen Antonius an kirchliche Mitarbeiter abgegeben hatten.

»Gerufen hat er bislang noch nicht?«, hakte Davide lächelnd nach.

»Nein, wir warten täglich auf Nachricht von ihm«, warf nun ein anderer ein, etwas jünger als seine Ordenskollegen, doch, wenn das überhaupt möglich war, noch etwas blasser als die anderen.

»Wir sitzen hier seit sechs Tagen und Nächten, denn in unseren Ordensregeln steht, dass wir bei jedem Unglück, das dem uns zur Obhut übergebenen Heiligen zustößt, in stiller Buße und eifrigem Gebet in diesem Gasthaus bleiben, in dem, so will es die Überlieferung, der Heilige das Blutwunder vollbracht hat, als er die tiefe Wunde einer von ihrem eifersüchtigen Ehemann am Unterleib verletzten Frau durch Handauflegen heilte.«

»Und jene Frau, die hier mit ihrer Familie eine Osteria betrieb, wurde aus Dankbarkeit eine glühende Anhängerin des Heiligen und nahm ihn auch bei sich auf«, ergänzte ein anderes der bleichen Gesichter.

»Und sie war es auch, die viele seiner wundervollen Predigten niederschrieb. Das Lesen und Schreiben soll der Heilige selbst ihr in langen Nächten beigebracht haben«, ließ sich wieder die Rotnase vernehmen.

Davide richtete sich auf und erhob seine Stimme. »Zweifellos eine berührende Geschichte, doch reden wir lieber über die verschwundenen Reliquien, denen gerade Eure wie meine ganze Sorge gilt.«

Aufgeschreckt nickten nun alle am Tisch.

»Könnt Ihr Euch vorstellen, wer den Diebstahl begangen hat?«

Alle schüttelten den Kopf.

»Habt Ihr in den Tagen vor dem Raub etwas bemerkt? Ist Euch in den Tagen und Stunden vor dem Raub oder auch kurz danach irgendetwas aufgefallen? Hat sich bei einem von Euch jemand gemeldet?«

Kollektives Kopfschütteln und betretenes Schweigen. In den Intervallen der Stille wurde der Gestank umso stärker, beinahe unerträglich. Den merkwürdigen Rittern schien dieser Höllenkreis der verdorbenen Luft nichts mehr auszumachen.

»Wer soll uns schon ansprechen?«, flüsterte einer.

»Unsere Regeln schreiben vor, von Tag zu Tag intensiver zu beten«, sagte ein anderer mit etwas festerer, aber nicht gänzlich überzeugender Stimme, »und irgendwann wird der Heilige durch die Kraft unserer Gebete zurückkehren.«

»Wäre es nicht eine sinnvollere Regel, sich auf die Suche nach dem Heiligen zu begeben?«, fragte Hasan seinen Nebenmann.

Der breitete die Hände aus und schob die Unterlippe vor. »Regeln sind Regeln. Sie stammen von unseren Altvorderen, sind so alt wie die sterblichen Überreste des Heiligen.«

»Zumal Ihr bedenken müsst«, wandte ein anderer ein, der mit einer enervierenden Langsamkeit sprach und jede einzelne Silbe betonte, als stamme sie direkt aus der Heiligen Schrift, »dass Antonius selbst es ist, der für das Wiederauffinden verschwundener Gegenstände zuständig ist. Es wäre widersinnig und geradezu ein Frevel, ihn nun selbst zu suchen.«

»Aber, ehrenwerter Ritter, verhält es sich mit einem Raub nicht etwas anders als mit einem Verschwinden?«

Der Angesprochene seufzte ob Davides Einwand und

blickte wieder sein Bier an. Bleierne Stille legte sich erneut über die Tafel, die unterbrochen wurde, als zwei Bedienungen Kohl und Kochfleisch auf den Tisch stellten. Die Bedienungen waren nur ein wenig jünger als die Bedienten, aber schon auf dem besten Wege, sich ihnen physiognomisch anzupassen.

»Auf diese Herren sollten wir wohl nicht setzen, wenn wir Antonius und Markus wiederfinden wollen.«

»Da habt Ihr, fürchte ich, recht, Herr.«

Beide atmeten gierig die vergleichsweise frische, ja köstliche Luft der Straße ein.

»Es waren Ritter von einer gar traurigen Gestalt.«

Hasan kicherte. »Ritter von der traurigen Gestalt – das ist gut, Herr. Das solltet Ihr Miguel vorschlagen, schreibt er nicht gerade an einem Märchenbuch über einen *cavaliere*?«

Doch Davide schien gar nicht mehr zuzuhören und strebte in westlicher Richtung auf die Innenstadt zu.

»Herr, zu unserer Herberge geht es dort entlang und nicht hier.«

»Oh, ich weiß das wohl, aber ich kann doch Padua nicht verlassen, ohne ins Anatomische Theater gegangen zu sein.«

Hasan schüttelte sich. »Anatomisches Theater? Das klingt ja schauerlich.«

»Keine Sorge, mein Freund, es handelt sich um die reine Natur und ihre wissenschaftliche Betrachtung.«

Die Gassen wurden merklich belebter und bürgerlicher, während rund um den Dom allerlei Gaukler und Betrüger ihr Unwesen getrieben hatten. Niemand von diesen Gestalten hatte sich allerdings an Davide und Hasan herangetraut, verströmten sie doch eine Aura, die nichts mit jener der leichtgläubigen Pilger zu tun hatte.

Doch gerade als sie glaubten, die etwas zweifelhaften Gegenden rund um den Dom verlassen zu haben, sprang ihnen ein augenscheinlich wahnsinniger Mann mit rötlich lodernden Augen in den Weg. Seine schwarzen Locken schienen in alle Richtungen zugleich zu wuchern, sein Bart aber war gepflegt. Er trug einen bunten Umhang, der mit allerlei okkulten Symbolen bemalt war. »Venezianer seid Ihr, ich seh's Euch doch an. Venezianer, kommt schon, kommt mit mir.« Er versuchte, Davide am Arm zu greifen, der mit einer geschickten Bewegung seinerseits den Arm des Verrückten packte und schmerzhaft verdrehte. »Ja, Venezianer, schlaue Leute«, jammerte der Mann, »aber kommt her zu mir, ich weiß, dass Ihr der Aufgabe gewachsen seid!«

Davide ließ den Arm des Verrückten los und sah Hasan an, der mit den Schultern zuckte. Sie folgten ihm. Er lockte die beiden in eine Seitengasse, die allerdings immer noch recht belebt war, und wies sie mit einer übertrieben einladenden Armbewegung an einen Tisch, auf dem drei Becher standen. Darum ging es also, das beliebte Glücksspiel, das auf Venedigs Plätzen vom Großen Rat verboten worden war – Zuwiderhandelnden drohte der Verlust der linken Hand, bloß beim Karneval schaute man weg. Doch hier in Padua schien es beliebt, denn schon bevor das Spiel begonnen hatte, bildete sich ein Zuschauergrüppchen um Davide und Hasan. Einer der Gruppe versuchte sofort, Hasan unter den Rock zu greifen und seinen Geldbeutel zu ertasten. Hasan drehte sich geschmeidig um und versetzte dem Dieb einen von den Umstehenden unbemerkt bleibenden Ellenbogenstoß genau auf den Solarplexus, was den Langfinger auf die Knie sinken und die Lust an seinem Metier zumindest für einen Augenblick verlieren ließ.

Der Tisch war mit einem bunt bemalten Stoff bezogen, der dem Umhang des Hütchenspielmeisters ähnelte; Mantel wie Tischtuch waren von einem schmutzigen Rot, bemalt mit Pentagrammen, Zahlen und ähnlich obskuren Symbolen.

»Ihr seid Venezianer, Ihr seid klug, und Ihr müsst mir nur eine Dukate auf den Tisch legen, die ich unter einem der Becher verstecke. Und wenn Ihr den Becher erratet, dann gebe ich Euch Eure Dukate zurück und eine von meinen obendrauf, wenn aber nicht, dann ...«

»Hört auf mit Eurem Zinnober und legt los«, fuhr ihn Davide scharf an, was den Hütchenspieler kurzzeitig verunsicherte, war er doch an das Abspulen seiner Choreografie gewöhnt. Und genau das war wichtig, wie Davide wusste: betrügerische Darsteller immer aus ihren routinierten Abläufen zu bringen. Er warf ihm eine Dukate hin. Etwas verschüchtert begann der Hütchenspieler mit seinem händischen Ballett, versteckte die Dukate unter einem der Becher und mischte durch. Der Hütchenspieler war geschickt, aber Davide kannte die Tricks und erriet, wo die Münze lag. Der Hütchenspieler gab sich geknickt, aber Davide durchschaute ihn. Man wollte ihn nur anfüttern. Nun ging es bereits um zwei Dukaten. Wieder konnte Davide den Becher erraten, die Umstehenden johlten, der Hütchenspieler fluchte in einer fremden Sprache voller Zischlaute. Welche möglicherweise, um des Effekts willen, erfunden war.

Nun ging es bereits um vier Dukaten – und um acht, falls der Hütchenspieler verlor, der nun mit deutlich erhöhter Geschwindigkeit die Becher auf dem Tisch kreisen ließ.

»Setzt auf jenen Becher, der euch am unwahrscheinlichsten scheint«, flüsterte Hasan. Davide warf seinem Diener einen verächtlichen Blick zu. *Das weiß ich doch selbst*, sollte das heißen. Nachdem der Hütchenspieler geendet und die Arme ausgebreitet hatte, sah ihm Davide lange in die Augen. Er weiß, dass ich weiß, dass er weiß – das alte Spiel. Wie oft hat nun wer um die Ecke gedacht? Davide riskierte es – und setzte auf den Becher, unter dem die Münze offenkundig liegen musste, als wäre er ein blutiger Anfänger. Und: Dort lag sie tatsächlich. Sein Gegner stöhnte auf und warf die Arme gen Himmel, dann verscheuchte er mit wildem Fluchen Davide von seinem Tisch, der allerdings in aller Ruhe die acht venezianischen Dukaten abzählte, die ihm der Hütchenspieler hingeworfen hatte.

»Fort, fort von hier, Ihr seid verflucht« rief er den Venezianern noch nach. An seinem Akzent hörte Davide nun, dass es ein waschechter Paduaner war, der sich offenbar mit Kohle die Haare und Augenbrauen gefärbt hatte.

»Hasan, lass uns weitergehen. Hier ist unser Werk getan.«

»Woher wusstet Ihr, wo die Münze lag?«

»Ich sehe, du hast im Orient viel gelernt, aber wenig um Geld gespielt. Diese Dinge solltest du uns Venezianern überlassen.«

Universa Universis Patavina Libertas stand über dem Hauptportal des Palazzo del Bo, wo seit einigen Jahrzehnten die berühmte Universität von Padua untergebracht war. Die Professoren hatten einen hervorragenden Ruf, und nicht nur die Venezianer schickten ihre Kinder hierher, denn die Universität unterstand, wie Padua selbst, direkt der Serenissima, sondern auch die Franzosen, Spanier, die Portugiesen und vor allem die Deutschen. Umsonst war das Studium nicht, neben den Kosten für Unterkunft und Logis mussten auch der Universität saftige Gebühren gezahlt werden, je nach Studiengang in einem genau festgelegten, sich aber jährlich ändernden Mischungsverhältnis aus venezianischen Dukaten, Scheffeln Weizen und Krügen Wein, selbstverständlich *ante literram*. Dennoch stürmten die Studenten hierher, sofern sie von daheim pekuniär gesegnet waren, genossen das gute Leben und besuchten Vorlesungen in Gesetzeskunde, Theologie, Philosophie, Rhetorik, Grammatik, oder anderen *Artes*. Ganz besonders begehrt aber war das Medizinstudium.

Geleitet wurde die Universität von drei *Riformatori*, angesehenen Patriziern, die vom venezianischen Senat für zwei Jahre lang ernannt wurden. Somit war die Universität aus der städtischen Verwaltung herausgelöst und konnte eigenständig agieren, was die Professoren mit großer Lust taten. Im ersten Stock des Palazzos lag das berühmte *Theatrum Anatomicum*. »*Hic est locus ubi mors gaudet succurrere vitae*« stand am Eingangsportal, »Hier ist der Ort, an dem der Tod sich freut, dem Leben zu helfen«. Davide und Hasan suchten sich auf der Tribüne, das sich wie das Gehäuse einer Schnecke in die Luft schraubte und aus Walnussholz bestand, einen Platz direkt an der Brüstung. Noch war das Anatomische Theater leer, doch in der nächsten halben Stunde füllte es sich schnell, und schon bald balgte man sich um die besten Plätze. Unten in der Mitte befand sich der Seziertisch, den bald ein drahtiger Mann mit schwarzem Umhang und goldener Kette betrat. Um ihn herum scharwenzelten Studenten, die Kerzen anzündeten, Parfümflaschen öffneten und mit in Kräutern und Ölen eingelegten Tüchern wedelten. Davide entdeckte, nicht weit von sich, den portugiesischen Studenten vom Vorabend, der sich um einen freien Blick bemühte, und winkte ihn zu sich heran. Mit einem Rempler schuf er kurzerhand Platz, der Student neben ihm, ein übergewichtiger Bursche, der zwei Köpfe kleiner war, verzichtete klugerweise auf den Protest.

»Ah, Ihr seid es, Herr! Es zeugt von Eurer Weisheit, dass Ihr Euch eine Vorlesung dieser Art nicht entgehen lasst«, freute sich João.

»Es ist eher ein glücklicher Zufall, dass wir hier sind«, gab Davide zurück.

»Und Glück habt Ihr tatsächlich, denn solche Autopsien werden nur im Winter vorgenommen, bei frischem Wetter und kühler Luft.«

Und schon trugen einige Helfer eine Bahre in den Saal und schoben einen verhüllten Leichnam auf den Seziertisch. Die Studenten, die vorher noch lauthals geschwatzt hatten, verstummten. Davide ahnte schnell, warum der Andrang am heutigen Tag so groß war. Als das fleckige Tuch, das den Körper verdeckte, fortgezogen wurde, ging ein Raunen durch die Studentenschaft. Es handelte sich um eine Frau. Die meisten Zuschauer hatten sicher noch nie eine nackte, sogar noch recht junge Frau gesehen – und wenn, dann allenfalls in der schamhaften Dunkelheit eines Freudenhauses. Der Leichengeruch erfasste sofort das gesamte Theater. Er war erdig und stechend zugleich, von einer eigentümlichen Süße.

»Wisst Ihr, der große Girolamo, der Erste der Dottori, schleicht jede Nacht mit seinen Helfern vor die Stadttore«, flüsterte João. »Frische Leichen sind ein rares Gut, die Verstorbenen werden oft zu spät vergraben und sind schon reichlich verwest. Am besten sind daher die Delinquenten, die er vor den Stadttoren vom Galgen schneidet. Manchmal muss er sich mit Ratten und Hunden um die Überreste zanken.«

Davide und Hasan wollten sich diese Szene nicht weiter vorstellen und schauten sich den Leichnam an, der auf dem Rücken lag und von einer gräulich wächsernen Farbe war, auch die Haare hatten jede Farbe verloren. Man sah alles, die Brüste und die Scham, was einige der Studenten merklich irritierte und zugleich erregte.

»Heute nun präsentiere ich euch, meine lieben Studenten, einen ganz besonderen Fund, eine frisch verstorbene Hure.«

Girolamo Fabrizi d'Acquapendente war ein kleiner Mann mit vollem Bart, halblangen silberfarbenen Haaren und der typischen, einer jüdischen Kippa ähnelnden Kopfbedeckung der Professoren. Eine dicke Silberkette unterstützte seinen hohen Status. Der Scholar hielt ein kleines scharfes Messer in die Höhe, welches, wie der junge Portugiese flüsternd berichtete, *bisturi* oder *scalpello* hieß. Er schwenkte es mit großem Elan herum und zeigte immer wieder auf einige der Studenten, die um ihn herum standen. Das war geschickt, denn so blieb genügend Abstand zum Leichnam und damit eine freie Sicht für alle, die auf den oberen Tribünenrängen dem Spektakel entgegenfieberten.

»Wusstet Ihr, dass hier sogar Religionsfreiheit herrscht?«, raunte João. »Die Protestanten dürfen hier studieren, ohne dass sie sich zum katholischen Glauben bekennen müssen. So ist das an keiner anderen Universität, und ich weiß nicht, was ich davon zu halten habe. Wir bilden ja auch nicht die Osmanen in Waffenkunde aus.«

Davide runzelte die Stirn. »Sagt, wie alt seid Ihr?«

»Siebzehn Jahre, Herr.«

»Für einen jungen Mann habt Ihr erstaunlich ältliche Ansichten«, scherzte Davide, aber der Portugiese wusste gar nicht so recht, was damit gemeint war.

Um den Kopf der Leiche war eine Schlinge gewickelt, welche das Gesicht einrahmte. »Ihr fragt euch sicherlich, warum ich diese Kordel um das Gesicht geschlungen habe. Nun, ich werde es euch demonstrieren. Nach dem Tod verliert die Muskulatur ihre Spannkraft und die Gesichtszüge entgleiten uns. Seht hier!« Mit einem Ruck löste er die Schlinge von der Frau, und ihr Kinn fiel ihr auf die Brust, zum Entsetzen einiger Studenten. Es dauerte eine Weile, bis sich das Auditorium wieder beruhigt hatte.

»Doch die Muskulatur ist heute nicht unser Thema, wie bereits in der letzten Woche angekündigt, will ich euch den Kreislauf des Blutes zeigen.«

Der Dottore setzte zu einem Schnitt am rechten Oberschenkel an, den er so entschlossen ausführte, dass einige Studenten aufschrien, woraufhin die Erfahreneren unter ihnen über ihre zart beseelten Kommilitonen nur den Kopf schüttelten. Der Professor machte unbeirrt weiter und griff in die Wunde, aus der schwarzes Blut sickerte. Die Leiche musste noch ganz frisch sein.

»Wie ihr wisst, setzen sich die Krankheiten in unserem Blut fest, daher ist es wichtig zu wissen, wo wir diese Krankheiten aus dem Körper entlassen können. Einige Kretins glauben nach wie vor, unser Körper sei wie ein Weinfass, bis obenhin mit Blut und Gallensäften gefüllt. Doch ich werde euch zeigen, dass dies ganz und gar unwahr ist und das Blut in Kanälen verläuft, die sich vom Herzen an immer weiter und immer feiner verzweigen.«

Der Professor griff unbekümmert in den Schnitt am Oberschenkel und zog mit ziemlicher Gewalt einen länglichen Muskel hervor. Doch nein, es war kein Muskel: »Dies ist eine Ader, in der das Blut in die Beine strömt. Die Muskeln benötigen das Blut wie unser ganzer Körper das Wasser. Und das Blut entsteht aus dem Wasser. Und wenn wir verdursten, so sterben wir an der Verdickung unseres Blutes.«

Nun hob Girolamo den linken Arm der Toten.

»Seht, ich empfehle den allgemeinen Aderlass am Unterarm, schaut hier.« Er schnitt den Unterarm längsseitig auf. »Diese Blutbahn ist es, die das Blut bei den Lebenden sprudeln und alle Krankheitserreger verschwinden lässt. Beginnt immer mit dem linken Arm, denn der ist dem Herzen am nächsten. Ansonsten aber empfehle ich auch sehr die Methoden des verehrten Petrus Brissatus, denn ihr wisst ja, dass ich im großen Aderlassstreit, der nun schon seit fast hundert Jahren in den medizinischen Fakultäten Europas tobt, auf der Seite des Franzosen stehe, welcher empfiehlt, den Aderlass möglichst nahe am erkrankten Organ durchzuführen. Die Aderlasspunkte des Körpers haben wir ja bei der letzten Obduktion gelernt. Lest bitte hierzu Brissatus' Werk *Apologetica disceptatio, qua docetur, per quae loca sanguis mitti debeat in viscerum inflammationibus, praesertim in pleuritide*, welches in einer Abschrift unserer Universität zur Verfügung steht.«

Mit ein paar weiteren geschickten Schnitten hatte der Professor die Bauchhöhle geöffnet und griff wiederum beherzt hinein, legte einige Organe frei und sprach von dem Blut, welches dabei half, die Nahrung zu verdauen und auch wieder auszuscheiden. Überall um sie herum wurde gestöhnt und geschluckt.

»Hasan, ich denke, wir haben genug gesehen.« Davide wandte sich zum Gehen. Der Angesprochene war auch schon etwas blass um die Nase und beeilte sich, seinem Herrn zu folgen, nachdem sie sich kurz von João verabschiedet hatten, der allerdings ganz geistesabwesend schien.

»Und nun widmen wir uns dem Fortpflanzungsapparat der Frau, weswegen vermutlich die meisten von euch hier sind«, hörten die beiden noch, als sie den Obduktionssaal verließen. Dem kollektiven Aufstöhnen nach zu urteilen fuchtelte der Professor nun mit dem Skalpell zwischen den Beinen der Leiche herum. Im Gegensatz zur Annahme des Professors hatten es einige Studenten allerdings eilig, das Anatomische Theater zu verlassen. Davide blickte sich ein letztes Mal um und sah, dass der junge Portugiese mit großen Augen immer noch über der Brüstung lehnte.

Davide und Hasan ließen den Abend in einer Weinstube

nicht weit von der Universität ausklingen, in der sie sich ein Schachbrett ausliehen, mit grob aus Birkenholz geschnitzten Figuren, die schon ganz abgewetzt und nicht leicht zu identifizieren waren. Wer war der König, wer die Dame – und wer der Läufer, wer der Turm? Nachdem sich die beiden in der Zuordnung geeinigt und einen Krug Wein mit etwas Brot bestellt hatten, spielten sie drei volle Partien, von denen Hasan die ersten beiden gewann, die dritte jedoch an Davide ging, der seine Dame geradezu selbstmörderisch nach vorn schickte und mit riskantem Spiel üble Breschen in Hasans ausgeklügelte Verteidigung schlug.

»So dürft Ihr aber nicht immer agieren, Herr, das macht Euch durchschaubar.« Hasan, der begnadete Schachspieler, mahnte seinen Herrn, ärgerte sich aber sichtlich über die Niederlage.

»Man muss wissen, wann es etwas zu riskieren gilt.«

Der Wirt brachte einen zweiten Krug Wein, den Davide und Hasan zügig leerten, während sie über die richtige Spieleröffnung diskutierten. Hasan war eindeutig der mathematische Typ, der die Züge analysierte, während Davide wie ein Hasardeur hervorzupreschen pflegte und jede Verzögerungstaktik ablehnte, nicht etwa, weil sie nicht seinem Naturell entsprach, sondern weil er insistierte, dass man dem Gegner wenig Zeit zum Nachdenken lassen durfte. So gingen die theoretischen Erwägungen bis tief in die Nacht, und erst als der Wirt die billigen Kerzen ausblies, machten auch die beiden sich auf zu ihrer Herberge. In der Dunkelheit wären sie beinahe vom Weg abgekommen, trafen aber einen Nachtwächter, der sie – für eine kleine Gebühr, versteht sich – sicher zu ihrer Bettstatt begleitete.

»Was habt Ihr nun vor, Herr?«

»Weder die Ritter des Antonius noch der Küster scheinen eine besondere Hilfe zu sein. Ich denke, es ist das Beste, weiter zu den Teutonen zu reisen, wie es unser Auftrag ist.«

Das Frühstück in der Herberge bestand aus Speck, Rührei und Sardellen. »Lang gut zu, lieber Hasan«, ermunterte Davide seinen treuen Diener. »Es wird ein langer, mühsamer Weg, doch hier zu bleiben ist wenig sinnvoll.«

»Sollten wir nicht doch noch ein wenig nach dem Heiligen suchen? Was ist mit den Kirchenmännern? Sollten wir nicht die Ritter beschatten? Uns auf den Märkten umsehen?«

Davide schüttelte den Kopf. »Reliquienhändler gibt es in Padua nicht, und Käufer auch nicht, wenngleich so mancher Kaufmann seine Dukaten gut beisammen hat. Antonius ist sicher nicht mehr hier, so, wie auch Markus nicht mehr in Venedig ist.«

»Wie kommt Ihr darauf?«

»Es ist so ein Gefühl. Einerseits.« Davide rieb sich die Augen. »Andererseits müssen diese Diebstähle wohl geplant gewesen sein, mit mehr Beteiligten im Hintergrund, als wir uns das vorstellen können. Einheimische hätten ein solches Netz aus Mitwissenden kaum aufbauen, einen solchen Plan kaum umsetzen können. Bedenkt, Venedigs Denunzianten sind überall.«

»Da täuscht Ihr Euch wohl nicht, Herr. Also reisen wir ab?«

»Wenn es sich um eine Serie von Diebstählen handelt, die sich quer durch Europa ziehen, so bleibt uns nichts anderes übrig, als weiterzureisen. Bis wir auf eine Spur stoßen.«

Ein Kurier des Podestà brachte, wie am Vortag vereinbart, vier Pferde sowie alle erdenklichen Passierscheine heran, mehrsprachig ausgefüllt. Bei aller Pracht und allem Bürgerstolz war Padua eben doch nur ein Anhängsel der Serenissima, und wenn Davide auch nicht als Weisungsbefugter auftrat, so glaubten der Podestà und der Capitanio doch, dass er wichtig genug war, um es sich mit ihm nicht zu verscherzen, denn vielleicht würde er jede Insubordination beim Großen Rat petzen. Also waren die Pferde jung und muskulös und die Passierscheine besonders sorgfältig geschrieben. Und zur Vorsicht gab man Davide noch ein paar gute venezianische Dukaten mit. Um ihn zufriedenzustellen und die eigenen Aufstiegschancen zu verbessern. An einem nebligen, feuchten, aber nicht allzu kühlen Novembermorgen verließen die beiden über die Pilgerstraße Via Beato Pellegrino durch das nordwestliche Tor die Universitätsstadt.

KAPITEL 9

Die Alpen

Jetzt wurde es doch kalt. Der Wind wirbelte die Schneeflocken waagerecht durch die klare Luft, die Pferde
schnaubten und dampften tüchtig. Zwei von ihnen waren
gesattelt, die anderen beiden mit dem leichten Reisegepäck
beladen, und alle zwei Stunden tauschte man, sodass sich
die Reitpferde erholen konnten.

»Wie hat es nur dieser Hannibal geschafft, seine Elefanten
über solche Pässe zu schaffen?«, stöhnte Hasan.

»Oh, ganz einfach, er konnte seine Leute antreiben. Für
jeden Elefanten, der scheute oder das Voranschreiten verweigerte, wurde der Führer verantwortlich gemacht, dem die
damnatio ad bestias zuteilwurde.«

»Was bedeutet das?«, fragte Hasan, obwohl er es ahnte.

»Tod durch das Tier. Man legte den Kopf des Führers
unter den erhobenen Elefantenfuß und ließ den Elefanten
kräftig aufstampfen. Verstehst du nun, warum sich die Führer besondere Mühe gaben?«

»Hinrichtung durch die wilden Tiere! Wie bei den alten
Römern in der Arena«, rief Hasan.

»Diese hatten den Brauch von den Karthagern übernommen, musst du wissen, die Deserteure in Tierhäute verschnürten und sie den Hunden vorwarfen.«

»Dieses Thema sorgt kaum dafür, unsere Reise erträg-
licher zu machen«, jammerte Hasan.

»Gut, dann erzähle ich dir eine hübsche Anekdote, die

deine Stimmung hebt«, lächelte Davide. »Einmal wurde ein Mann zum Tod durch wilde Löwen verurteilt, weil er der Frau des Kaisers Gallienus Glas statt echten Schmuck angedreht hatte. Also stand der Betrüger um sein Leben zitternd mitten im Kolosseum, doch als sich das Tor öffnete, schritt statt eines Löwen ein Kapaun in die Arena. *Er hat betrogen, und er wurde nun selbst betrogen*, ließ der Herold des Kaisers ausrufen. Der Händler wurde unter dem Spott der Massen entlassen.«

Davide und Hasan hatten in einem zweitägigen Ritt durch die Ebene über Verona und am Gardasee entlang auf einer noch von den Römern gebauten Straße und weiteren zwei Tagen in Richtung Alpen endlich den Brennerpass erreicht, wo sie das Ende der Welt vermuteten, obwohl sie den einen oder anderen Handelskonvoi mit großen Planwagen und Mehrspännern überholten. Bald wurde der Verkehr dichter; Fuhrleute zogen in einer einzigen, nicht enden wollenden Kolonne über den Pass, Erde und Schnee wurden zu einem schmutzigen Nebel aufgewirbelt. Die Berge waren voller Kirchtürme und Dörfer, selbst in der Gegend um die Gipfel, und die meisten Orte wirkten äußerst reizvoll. Die Frauen der Gegend trugen Tuchmützen auf dem geflochtenen Haar.

Als sie sich aber in winterlich-roter Abenddämmerung und einem empfindlich stechenden Wind, der die Schneewolken vertrieb, dem Pass näherten, schien es, als beträten sie den Hauptplatz einer großen, fremden, kalten Stadt. Wirtshaus reihte sich an Wirtshaus, Freudenmädchen kicherten am Straßenrand, ganze Armeen von Leiterwagen standen, von Kaufleuten und ihren Schergen bewacht, vor den Tavernen, vor denen wiederum die Besitzer ihre Spezialitäten anpriesen. Man hörte Italienisch in allen Dialekten, das Tirolerische und Ladinische, das Französische und das Deutsche und noch allerlei andere Sprachen, die weder Davide noch

Hasan kannten. Es wurde gesungen und gestritten, manchmal hörte man auch den empörten Aufschrei eines der Freudenmädchen, welches schon begrapscht wurde, obwohl der Preis noch gar nicht ausgehandelt worden war. Der Trubel fand drinnen wie auch draußen statt, als herrschten keine Minusgrade, und es musste wohl der Wein sein, der die Reisenden gegen das Kälteempfinden abstumpfte.

Vor dem Wirtshaus, das am wenigsten heruntergekommen aussah, stiegen die beiden Reisenden ab und übergaben die Pferde einem Knecht. Davide schärfte ihm ein, die Tiere gut zu behandeln, zu striegeln und tüchtig mit Hafer zu füttern, und weil Autorität bei Knechten manchmal half, das Geld aber immer, drückte er ihm eine Extra-Münze in die Hand. Zwei Damen in dicken Mänteln kamen auf die beiden zu und priesen in einem sehr nordalpin klingenden Italienisch sich und ihre Dienste an, allein, gemeinsam oder in jeder sonst erwünschten Kombination. Um ihre Bereitschaft zu unterstreichen, lüfteten sie kurz die Mäntel. Darunter waren sie nackt. Und, wie Davide sah, ziemlich verfilzt. Eine weitere Dame trat mit einem hübschen Lächeln hinzu, schaffte es aber nicht, für sich zu werben, denn sie wurde sofort von den ersten beiden mit wüsten Verwünschungen verjagt. Aus einer der Tavernen in der Nähe wurde es plötzlich sehr, sehr laut, eine Prügelei zwischen mehreren Fuhrleuten, die offenbar drinnen begonnen hatte, wurde vor der Tür fortgesetzt; vier oder fünf Leute wälzten sich im Schnee und schlugen unbeholfen aufeinander ein.

»Ein lauschiger Ort«, bemerkte Davide. »Lasst uns nun sehen, dass wir etwas Warmes zu essen bekommen und einen Schlafplatz dazu.«

»*Moeche* wird es hier wohl nicht geben«, seufzte Hasan.

»Wir können froh sein, in der Nacht nicht fortlaufend den Abort aufsuchen zu müssen«, lachte Davide. Ihre Taverne schien sich durchaus von den anderen abzuheben, dafür aber verlangte der Wirt, ein düsterer Tiroler mit einem Bart, der ihm bis zum Gürtel reichte, auch eine fürstliche Summe für die Unterkunft und das Abendessen.

»Von den zehn Gulden, die ich für Euch bekomme, will Tirol sechs«, klagte der Wirt. »Und auch die Dienstboten werden immer teurer.«

Davide klopfte dem Wirt auf seinen Bauch. »Und doch scheint mir Eure Trommel wohlgefüllt.«

Immerhin hatten Davide und Hasan ein Zimmer für sich statt einen der gefürchteten Gemeinschaftssäle, in denen man um seinen Geldbeutel und manchmal sogar um seine Kehle fürchten musste. Ein Kaminfeuer erwärmte den Essenssaal, dessen Boden mit Stroh ausgestreut war. Die vielen Stützbalken, die das Dach hielten, teilten den Raum in gemütliche Nischen. Der Tiroler brachte Kartoffelsuppe, etwas Rindfleisch und einen Krug Wein. Neben den beiden saß ein französischer Kaufmann, ein junger Kerl mit ganz glatt rasiertem Gesicht und schlankem Oberkörper, aber erstaunlichem Spitzbauch unter dem dick gefütterten Wams. Bald erzählte er in allen Einzelheiten von seinem Tuchhandel, der ihn durch viele Länder führte, doch er schaffte es, stets die unwichtigsten und langweiligsten Details seiner vielen Reisen zu berichten. Davide widmete sich lieber einer Gemüsesuppe aus stechend riechendem Kohl, die der Wirt auftrug, welcher Mitleid mit den Venezianern hatte. Der Franzose war offenbar Stammgast und hatte eine Reputation dafür, Gäste mit seinem eintönigen Singsang zu Tode zu langweilen – oder zumindest in einen tiefen, dem Umsatz nicht förderlichen Schlaf zu schicken.

Obwohl der Geruch der Suppe beinahe unerträglich war und die bitteren Schwaden den ganzen fensterlosen Raum einnebelten, schmeckte sie doch ausgezeichnet. Hasan allerdings weigerte sich, davon zu probieren. Dafür musste er sich das Gejammer des Franzosen über Zölle, Schikanen und verwanzte Bettlaken anhören. Glücklicherweise machte der Tuchhändler bald schlapp und verabschiedete sich in seine Gemächer, nicht ohne den beiden noch einige gut gemeinte Ratschläge für den Kauf der besten Stoffe und das richtige Feilschen zu geben. Kurz nach dem Franzosen strömten einige Freudenmädchen auf der Suche nach Freiern herein, doch Davide wimmelte sie ab. Der Geruch der Kohlsuppe war zudem nicht gerade ein Aphrodisiakum. Nach einiger Zeit waren sie mit dem Tiroler allein, welcher vernehmlich mit den Töpfen klapperte und damit offenbar die Bettzeit einläuten wollte. Dabei hörte man von draußen noch das Lärmen der Fuhrleute, der Huren, der Kaufleute, der Knechte. Und das Wiehern der Pferde, die in den engen Stallungen mit den Hufen gegen die hölzernen Verschläge schlugen.

»Ich sehe Euch ungewöhnlich nachdenklich, Herr«, begann Hasan, als die Kohlsuppe endlich gegessen und der Teller abgeräumt war. »Es gäbe dort draußen jede Menge hübscher Frauen, die einem Abenteuer mit einem Venezianer …«

»Oh nein, das ist nicht, wonach mir jetzt der Sinn steht.«

»Ihr habt ein wenig nachgedacht, wie mir scheint?«

Davide schenkte erst Hasan, dann sich selbst Wein nach. »Was seltsam ist: Der Diebstahl in Padua wurde am frühen Morgen entdeckt, und fast sogleich konnte man die Zunge austauschen, bevor für die Pilger die Kirche geöffnet wurde?«

»Und man musste offenbar mit großer Eile vorgehen, denn wie der junge Portugiese sagte, war noch überall Staub auf dem Boden.«

»Das könnte bedeuten, es war nicht nur ein Raub, sondern ein, ein –«

»Ein Austausch?«

»Ja, vielleicht.« Davide gähnte. »Morgen sehen wir weiter.«

Das Lärmen der Nacht war am frühen Morgen in ein geschäftiges Rumoren übergegangen. Pferde wurden aus den Stallungen geholt und eingespannt, Kaufleute zankten mit ihren Kutschern, Tagelöhner und zwielichtige Gestalten bettelten um Mitfahrgelegenheiten, Wirte kassierten für Kost und Logis ab. Selbst einige Freudenmädchen auf der Suche nach Kunden schwirrten schon wieder umher. Es war ein schöner, kalter Tag, manchmal fielen ein paar harmlose Schneeflocken, doch meist blieb es wolkenlos, und der Himmel über den baumlosen weißen Berggipfeln zeigte sich von einem beeindruckenden Blau.

Alle wollten mit ihren Gespannen die Ersten auf der Straße sein, denn das Überholen auf der engen und, wie Davide von dem Franzosen gehört hatte, steil abfallenden Passstraße bis ins Tiroler Tal und an den Inn war schwierig. Davide zählte an die dreißig Fuhrwerke, die sich zum Aufbruch bereit machten, darunter sogar einige Vierspänner, die besonders lange, schwer beladene Wagen zu ziehen hatten, in welchen Tuche, Gewürze, Keramiken, Glasarbeiten und Wein transportiert wurden.

Nur zu Pferd, wie Davide und Hasan unterwegs waren, ging es flott voran, die beiden überholten viele Fuhrwerke, die schon am frühen Morgen losgefahren waren. Nach etwa zwei Stunden halfen sie einem Fuhrmann, ein gebrochenes Rad zu wechseln; glücklicherweise war der Wagen nahezu unbeladen und konnte von vier Männern gerade so ein Stück angehoben werden, dass der Fuhrmann geschickt ein Behelfsrad anbringen konnte. Ein Junge, der eine ganze Zeit lang ein paar Hundert Schritt hinter Davide und Hasan geritten war, packte ebenfalls mit an. Er war mit seinem weißblonden Haar unfehlbar ein Deutscher, und er schien noch keine fünfzehn Jahre alt. Als das Fuhrwerk instand gesetzt war und Davide und Hasan wieder aufsattelten, fragte der Junge schüchtern, ob er mit ihnen reiten dürfe. Er durfte. Sein Pferd schien eher ein Pony zu sein, es hatte dicke, kurze Beine und bewegte sich ungeschickt. Auch einen Reisegefährten hatte der Junge dabei, einen zotteligen braunen Hund, der ihm bis zur Hüfte reichte.

»Mein Name ist Erasmus, und mein Hund heißt Wuschel«, stellte sich der Junge schüchtern vor, während der Hund sich auf die Hinterbeine stellte und Davide begrüßen wollte.

»Das soll ein Hund sein?« Davide blickte skeptisch auf das Wollknäuel mit Überbiss, dessen Augen unter dem dichten braunen Fell kaum zu sehen waren. Er machte sich nicht viel aus Hunden, die es in Venedig auch kaum gab; in den dortigen Gassen waren Katzen die unumschränkten Herrscher.

»Ein feiner und treuer Begleiter ist er, seid ganz gewiss«, gab der Junge, der gutes Italienisch sprach, etwas beleidigt zurück.

»Kann er auch mit uns Schritt halten?«, sorgte sich Hasan.

»Ganz sicher kann er das! Er ist bei mir schon seit Rom, und er ist frischer als jedes Pferd, dem ich bislang begegnet bin.«

»*Uu-schel*«, versuchten sich Davide und Hasan etwas unbeholfen an dem deutschen Wort. »*Pelloso*«, übersetzte Erasmus. Der Junge stellte sich selbst an engen, schwierigen Stellen als geschickter Reiter heraus, und auch sein verwachsenes Pferd meisterte alle verschlammten Serpentinen besser als die noblen Rösser aus Padua, die wohl eher die gepflasterten oder festgetretenen städtischen Straßen gewohnt waren. Wuschel sprang ohne Probleme um die Pferde herum, ließ die Zunge heraushängen und schien sich umso mehr zu vergnügen, je schwieriger die Passagen und je heikler die Überholmanöver wurden. Immer wieder blickte Davide Erasmus an. Es war etwas Seltsames an ihm, an seinem Gesicht, seinem ganzen Ausdruck, doch Davide fand nicht heraus, was es sein könnte.

Etwa vier Meilen vor Innsbruck blickten sie auf einen gewaltigen bearbeiteten Fels, in den eine Bronzetafel mit einer lateinischen Inschrift eingelassen war. An dieser Stelle hatten sich im Jahr 1530 Kaiser Karl der Fünfte und sein Bruder Ferdinand, der König von Ungarn und Böhmen, getroffen; sie hatten sich acht Jahre lang nicht gesehen. Zur Würdigung dieses Ereignisses, las man auf der Tafel, habe Ferdinand den Gedenkstein aufstellen lassen. Mitreisende hatten ihnen diesen öfter als große Sehenswürdigkeit angepriesen; nun stand Davide davor und schüttelte den Kopf. Wer in Venedig geboren und aufgewachsen war, tat sich oft schwer mit jenen Dingen, die andernorts bereits als sehenswert eingestuft wurden. Gut, dass sie dafür wenigstens keinen Umweg eingelegt hatten.

Bevor die Nacht einbrach, fanden sie ein schlichtes Wirtshaus mit frischem Stroh, gerade noch außerhalb der Stadt. Davor wuschen Frauen die Wäsche im Freien. Sie hatten kleine Holzöfen neben sich, worin sie das Wasser warm machten. Sie spülten auch das Geschirr mit großer Sorgfalt.

Da kaum eines der großen Fuhrwerke mit ihrer Geschwindigkeit hatte mithalten können, waren sie die einzigen Neuankömmlinge und sollten es in jener Nacht auch bleiben. Die Einrichtung der Wirtsstube war aus Tanne, jenes Baumes, der in den hiesigen Wäldern am häufigsten wuchs. Der Wirt berechnete ihnen nicht nur die Pferde, sondern erstmals auch das Brennholz, was Davide verwunderte, doch seit ein paar Jahren Brauch geworden war. Sie fürchteten ein frugales Mahl, eine Mehlsuppe mit Brot und etwas Bier vielleicht. Davide und Hasan waren dann aber mächtig beeindruckt von der reichhaltigen Küche. Es gab Suppen mit Quitten oder gebackenen Apfelringen, sogar Bouillon mit Reis, danach Pflaumenkompott und Birnentörtchen. Die Strapazen des Rittes fielen von allen ab.

»Nun erzählt, Erasmus. Was macht ein junger Mann wie Ihr auf dieser Strecke? Ein Kaufmann seid Ihr nicht, oder?«, fragte Davide und orderte noch etwas Bier.

»Oh nein.« Erasmus blickte verlegen in sein Bier. »Ich befinde mich auf einer – Studienreise, könnte man sagen.«

»Bis Rom?«

»Ja, und sogar Neapel habe ich besucht«, berichtete er stolz mit seiner hellen Stimme.

Davide blickte den Jungen skeptisch an. Da war etwas, was er verbarg, doch selbst er war zu müde, nachzuhaken, und machte es sich stattdessen gemütlich, wie es eben ging. Geschlafen wurde nämlich auf den Bänken, auf denen sie saßen. Müdigkeit senkte sich wie Nebel unwiderstehlich über die Taverne, und die drei fielen in einen tiefen Schlaf.

Der Morgen war bleich und feuchtkalt, Meile um Meile reihten sich die Fuhrwerke vor der Inn-Brücke aneinander. Die Wolken hatten sich zu einer lückenlosen Decke geschlossen, und ein kalter Regen schnürte herab, hinter dem die Umgebung völlig verschwand. Alles Fluchen, Schreien, Drohen half nichts. Davide, Hasan und Erasmus ritten an den Fuhrwerken vorbei, deren Ladung penibel untersucht wurde. Kasten für Kasten mussten die Kaufleute öffnen, ein lautes Wehklagen lag über der trostlosen Szenerie. Doch auch die drei Reiter kamen nicht problemlos weiter; sie mussten sich einer ausführlichen Befragung unterziehen, die nur Erasmus aus irgendwelchen Gründen erstaunlich schnell absolvieren konnte. Die beiden Venezianer zeigten ihre Passierscheine vor, die sie, auch in deutscher Sprache, als Sonderbotschafter der Republik Venedig auswiesen, welche gemäß den Vereinbarungen zwischen den Reichen einen besonderen Schutz genossen. Doch das Schreiben schien die Zöllner an der Brücke nur noch misstrauischer zu machen. Nach einigem Protest konnte Davide immerhin eine Leibesvisitation verhindern, dennoch verloren sie fast den ganzen Tag – und mussten am Ende, entgegen den üblichen Gepflogenheiten, einen saftigen Zoll entrichten. Erasmus hatte die Brücke schon längst überquert, wartete aber am anderen Ufer auf seine neuen Reisekameraden. Anschließend wurden die drei von einem der Zöllner in eine Innsbrucker Taverne direkt gegenüber dem Zeughaus geleitet, wo sie ein weiteres Mal befragt wurden, bis sie endlich eine Schlafstatt zugewiesen bekamen. In einem einzigen Zimmer standen drei bis vier Liegestätten nebeneinander, und an den Betten fehlten die Vorhänge. Glücklich, wer ein weißes Laken bekommen hatte. Kamine fehlten, man konnte sich nur im vertäfelten Speisesaal wärmen.

Erasmus kümmerte sich vor dem Essen mit bewundernswürdiger Hingabe um die Pferde, striegelte sie, reinigte die Hufe und flickte sogar die Risse im Sattelzeug. Die Pferde dankten es ihm mit wohligem Schnauben.

»Mein Respekt, junger Herr, Ihr könnt gut mit den Tieren«, sagte Davide anerkennend.

»Danke, Herr, es war tatsächlich schon als kleines Kind meine große Leidenschaft. Ich habe ihnen sogar selbst die Hufe beschlagen!«

Die Taverne war von schlichtester Ausstattung; sie bekamen einen Becher Bier, das schmeckte wie *el pisso de gato vedovo*, die *Pisse einer alten Katze*, wie Davide leise im schönsten Venezianisch fluchte. Dazu gab es einen halben Laib Käse, der allerdings köstlich war, flache, in der Asche und mit Fenchel gebackene Weizenfladen, darauf feingehackter Speck und Knoblauch.

»Wie habt Ihr es nur geschafft, so schnell durch die Zollkontrollen zu kommen?«, fragte Davide den jungen Mann, während er es sich mehr schlecht als recht bequem zu machen versuchte.

»Oh, ganz einfach, in Tirol müsst Ihr immer sofort die Dukaten zücken und gar nicht erst auf eine Aufforderung oder Geste warten. Tiroler Zöllner sind die Nachfahren der Raubritter und wollen einfach etwas Geld sehen. Eine ausdrückliche Bitte ist unter ihrer Würde.«

»Ich werde es mir merken.«

In Innsbruck gab es einen Sicherheitsdienst: Jede Nacht machten zwei Wächter die Runde, wobei sie nicht den Schurken auf der Spur waren, sondern Feuer verhindern wollten. Immer, wenn die volle Stunde schlug, musste der eine dem anderen die Frage zuschreien, wie viel Uhr es sei, worauf ihm dieser ebenso laut die Zeit mitteilte und die Mahnung hinterherrief, ja weiter gut achtzuhaben. Davide gewöhnte sich schnell an diesen ruhestörenden Brauch, während Hasan immer wieder aus dem Schlaf schreckte.

Zwei Tage lang ging es nun auf einer gut ausgebauten Römerstraße Richtung Augsburg. Es war merklich wärmer geworden, allerdings hatte auch der Wind zugenommen, der ihnen besonders am Nachmittag unter die Kleider kroch.

Immer noch herrschte viel Verkehr in beiden Richtungen, doch nun kamen auch die Fuhrwerke besser voran.

Als sie jedoch am zweiten Tag in der Dämmerung des Spätnachmittags eine Weile lang allein auf dem Weg waren, sprangen plötzlich fünf Gestalten auf die Straße. Die Pferde scheuten, doch die Männer kannten sich aus, griffen in die Zügel und zwangen die Reiter unter lautem Geschrei zum Absteigen. Die drei sollten mit erhobenen Armen an den Wegesrand treten, was sie angesichts der gezückten Stilette auch taten. Doch ahnten die Räuber nicht, an wen sie geraten waren – jedenfalls noch nicht.

»Geld! *Soldi!* Schmuck! *Oro!* Gold! *Gioielli! Bijoux! Pronto, subito,* schnell, *toute suite!*«, rief einer der Räuber in wilder Vielsprachigkeit. »Dann passiert euch nix, *no problema, pas de problème!*«, schrie ein anderer. Es waren auf den ersten Blick wirklich furchterregende Gestalten mit blitzenden Augen und verzerrtem Mund, auf den zweiten Blick aber erwiesen sie sich nur als ungewaschene Rohlinge, deren Blicke unsicher zu flackern begannen, zeigte doch keiner der drei Reiter die geringsten Anzeichen von Furcht.

»Ihr begeht einen großen Fehler«, mahnte Davide die Gesetzlosen in klarem Deutsch. »Macht, dass ihr wieder in euren Wald kommt.«

Die Räuber lachten auf, wurden aber zusehends nervöser. Die verblüffendste Verwandlung allerdings geschah mit Wuschel. Der *pelloso* mit dem niedlichen Überbiss verwandelte sich in Zerberus, den dreiköpfigen Höllenhund. Er fletschte die Zähne und knurrte wütend in einem schauerlich tiefen Bass. Und in dem Augenblick, als er den ersten Räuber ansprang, fielen Davide und Hasan über die anderen beiden her, während Erasmus tapfer mit dem vierten Räuber rang. Der fünfte hielt immer noch die Pferde im Zaum und war sich unsicher, ob und wie er seinen Kameraden helfen sollte.

Er wusste nicht, dass Davide ein geübter Boxer und Hasan in den orientalischen Kampfkünsten ausgebildet war, die er trotz seines Alters und seiner beinahe gebrechlich wirkenden Erscheinung sehr effizient anwendete. Räuber eins lag schnell unter Wuschel, Nummer zwei und drei wälzten sich bald voller Schmerzen im Schlamm der Straße. Nummer vier und fünf beschlossen, von ihrem Vorhaben abzulassen, fuchtelten zwar noch einmal mit ihren Stiletten, sprangen dann aber wieder ins Unterholz, als Davide zu seiner doppelläufigen Pistole griff und damit endgültig die besseren Argumente auf seiner Seite hatte.

Erasmus' dicker brauner Überrock war im Kampf zerrissen. Er hielt sich den ganzen Weg lang den Riss zu und bat im nächsten Wirtshaus um etwas Nähzeug. Davide hatte bemerkt, dass sich unter dem Überrock etwas verbarg, was nicht der Brust eines Jungen ähnelte.

In dem mit frischem Stroh ausgelegten Schlafsaal des Wirtshauses legten sie sich nieder; der zottelige Hund mit der sabbernden Zunge wich nicht von Davides Seite. Der stieß ihn ein paarmal halbherzig fort, doch schließlich resignierte er und ließ den Hund auf seinen Füßen schlafen.

KAPITEL 10

Augsburg

Der Graupelschnee peitschte die Pferde, die am ganzen Leib nass waren und ständig Kopf und Ohren schüttelten. Der Wind stand so ungünstig, dass die Reisenden bald schräg vorwärtsritten. Davide fühlte sich unter seinem wetterfesten Tabarro allerdings behaglich. Erst als sie am frühen Nachmittag Augsburg erreichten, eine herausgeputzte Stadt, der man den Wohlstand ansah, besserte sich das Wetter, und die ausladenden Bürgerhäuser schützten auch leidlich vor dem Wind. Das Stadttor führte über den Wallgraben, der von einer Abzweigung des Lechs gespeist wurde. Die Straßen waren breiter als in jeder italienischen Stadt, und die Häuser wirkten geräumiger und höher. Augsburg verdankte seine Verschönerung zweifellos den unermesslich reichen Fuggern. Ihre Paläste erstrahlten in großer Pracht, ebenso die zahlreichen Kirchen, weil die Fugger viele Kunstwerke gestiftet hatten.

»Glaubt mir, hier wird es uns gutgehen«, versicherte Davide immer wieder. Auf dem zentralen Marktplatz wollten sie sich nach einer Herberge umsehen, doch sie trafen auf ein Getümmel von Zwergen – nein, es war eine große Zahl Kinder und kaum eines älter als zwölf.

»Das sieht ja aus, als hätte einer wieder zu einem Kinderkreuzzug aufgerufen«, rief Hasan aus, und auch Davide blickte sich verwundert um. Die Kinder ihrerseits machten Platz für die drei, scharten sich aber bald wieder um einige wenige Männer, die mit ihnen lautstark feilschten. Das Geschnatter der Kleinen und das Gebrumme der Erwachsenen bildeten eine kuriose Geräuschkulisse.

»Was geht hier vor, Erasmus, wisst Ihr das vielleicht?«

»Oh, das ist der berühmte Kindermarkt von Augsburg. Einer der größten seiner Art.«

»Ein Kindermarkt?«

»In jedem Frühjahr machen sich Kinder aus den armen Gebirgsgegenden Tirols auf in den Norden«, erklärte Erasmus. »Sie kommen mit nichts als einem Schnürsack und zerlumpter Kleidung über die Alpenpässe und finden sich auf den Kindermärkten ein. Dort wiederum treffen sie auf reiche Bauern aus Bayern und dem Schwabenland, die diese fleißigen kleinen Hände, die dazu noch recht billig sind, gut gebrauchen können.«

»Das ist ja furchtbar! Ich dachte, diese Art von Sklavenmärkten gäbe es nur im hintersten Orient!«, zeigte sich Hasan entsetzt.

»Nun, die Bezeichnung *Sklave* ist vielleicht etwas übertrieben, doch so unerfreulich das Ganze scheint, so ist es letztlich ein Gewinn für alle Beteiligten. Seht, die armen Bauern haben in ihren windschiefen Katen ein paar Esser weniger am Tisch. Die Bauern aus dem Norden übernehmen Kost und Logis, und am Ende des Herbstes, bevor der große Frost kommt, treten die Kinder die Rückreise an. Müde, aber wohlgenährt, mit halbwegs vernünftiger Kleidung und ein paar Talern in der Tasche.«

Davide strich sich durch den Bart, den er auch auf Reisen sorgsam gestutzt trug, ganz gegen die derzeitige Mode. »Und wenn sie an den Falschen geraten, der sie ausnutzt, hungern lässt und schlägt? Wenn sie auf dem Weg verhungern, erfrieren, ausgeraubt oder als Sklaven verkauft werden, wie es immer wieder vorkommen soll?«

Erasmus schaute betrübt drein. »Das ist leider nicht auszuschließen.« Er blickte auf die zerlumpten Kinder, die um eine gute Anstellung bettelten, doch fast alle hatten lediglich viele Monate entsetzlich harter Arbeit vor sich.

»Was mich wundert: Ist es nicht noch zu früh für den Ackerbau?«, warf Hasan ein.

»Ja, heute schneit es ganz arg. Aber wenn das Wetter mild ist, so wie in den letzten Wochen, dann machen sich die Kinder schon früh auf den Weg. Und mögen die Äcker noch gefroren sein, so kennt das Vieh doch keinerlei Winterpause.«

Die drei sattelten vor dem Hotel »Zum Stern« ab, das ihnen Kaufleute auf dem Weg empfohlen hatten. Sofort kam ihnen ein Reitknecht entgegen, der sich um die Pferde kümmerte, und ein weiterer Knecht brachte das Gepäck ins Haus.

»Das geht ja flott hier«, bemerkte Davide.

»Wir sehen nun einmal wie wohlhabende Reisende aus«, erwiderte Hasan.

»Was vielleicht nicht immer von Vorteil ist, aber bei der Herbergssuche durchaus hilft – *ehi!*«

Aus den Augenwinkeln sah Davide, wie einer der Erwachsenen einem kleinen Jungen eine furchtbare Ohrfeige versetzte. Der Kopf des Jungen wurde regelrecht nach hinten geschleudert und zog den gesamten Körper nach sich; der Junge landete ein paar Schritte entfernt auf dem Hosenboden, und man musste eine ernste Verletzung befürchten. Davide entschloss sich, dazwischenzugehen, doch noch bevor er sich bewegen konnte, huschte schon ein flinker Schatten an ihm vorbei. Es war Erasmus, der sich mutig auf den Großbauern stürzte, einen wahren Riesen mit verfilztem Bart, von dessen Schultern ein Mantel aus Bärenfell hing, der, wie sein Besitzer, schon sauberere Zeiten erlebt hatte. Erasmus schlug mit seinen kleinen Fäusten empört auf den Bauern ein. Der verpasste ihm einen üblen Faustschlag, so dass er stürzte, und hielt dem Kleinen, der die Ohrfeige erhalten hatte und noch am Boden lag, eine wütende Predigt. »Überfordern willst du mich? Aufwiegeln die anderen? Sieh zu, mit wem du es zu tun hast. Nicht mit mir!« Es folgten ein paar Schimpfworte, deren Bedeutung Davide nur erahnen konnte.

»Was ist hier passiert?«, baute sich Davide schließlich vor dem Mann auf und schob zugleich seinen aufgebrachten jungen Reisebegleiter fort.

Der Bauer holte Luft und wollte etwas erwidern, doch dann musterte er Davide von oben bis unten, wie es sonst nur von den Damen üblich war. Er blickte auf den eleganten Tabarro, die Stiefel, die gestreiften Hosen. Schließlich lächelte er versöhnlich.

»Seht an, seht an, ein Mann aus der Ferne! Italiener, nehme ich an? Glaubt mir, es ist besser, Euch um Eure Angelegenheiten zu kümmern. Genießt lieber die Spezialitäten unserer schönen Stadt, bewundert unser gerühmtes Handwerk, und lasst uns die Dinge auf unsere Art erledigen.«

Der Knabe stand inzwischen wieder auf den Beinen, wenn auch etwas wacklig. »Er will uns alle umsonst haben, der Beutelschneider!«, rief er mit hoher Stimme, mehr Kind als Mann. »Acht Monate ohne Lohn, und dann werden wir mit nichts als unseren Lumpen fortgeschickt!«

Inzwischen hatten sich zwei Gehilfen des Großbauern ihrem Herrn zur Seite gestellt. Sie versuchten, möglichst bedrohlich dreinzublicken, schienen aber den Kern der Sache nicht zu durchschauen.

»Ist das wahr?«, bohrte Davide unbeeindruckt nach.

»Ach, nun lasst uns doch in Ruhe, edler Reisender.« Mit einer bemüht gelangweilten Geste schob ihn der Bauer weg.

Davide baute sich wieder vor ihm auf. »Ihr stoßt mich nicht noch ein zweites Mal, werter Herr.«

Jetzt hatte der Grobian keine andere Wahl. »Und wenn doch?«, fragte er und setzte zu einem erneuten Stoß an. Und dann stürzte er und lag in dem von vielen kleinen Füßen zerstampften, matschigen Schnee. Und hielt sich – ja, was eigentlich? Alles und nichts tat ihm zugleich weh, er wusste gar nicht recht, was ihm zugestoßen war.

Seine Gehilfen wussten ebenso wenig, was hier passierte, doch sie mussten ihrem Lohngeber nun zur Hilfe eilen und griffen Davide an. Dem einen aber kugelte Hasan den erhobenen Arm aus, und er sackte jammernd in sich zusammen, den anderen traf ein Schlag aus dem Nichts, von Davide geschickt auf den Unterkiefer gezielt. Lautlos sank der Bursche auf die Knie und wurde ohnmächtig. *Ohs* und *Ahs* erschallten von den Umstehenden; so etwas hatten die Kinder noch nie gesehen, und auch einige der Erwachsenen nickten anerkennend. Es wurde deutlich, dass es ganz sicher nicht den Falschen getroffen hatte.

»Wie geht es dir, Kleiner?«, fragte Davide den Jungen.

»Ihr könnt ruhig Italienisch mit mir reden, ich bin aus dem Trentiner Tal, und wir sprechen beide Sprachen.« Er war ein hübscher Bengel mit blondem Haar und gesunder Haut. »Autsch, der Herr hat mächtig zugeschlagen.« Tatsächlich begann seine Wange ordentlich anzuschwellen.

»Hasan, kümmerst du dich um ihn?«, bat Davide seinen Gefährten, der sich auf die Behandlung von allerlei Verletzungen verstand, und Hasan hatte sofort einen der Bediensteten des Hotels nach seinem Gepäck geschickt, in dem sich auch heilende Salben befanden.

»Was hat denn diesen Herrn so erzürnt?«, fragte Davide den Jungen.

»Er ist ein bekannter Bösewicht, nimmt die meisten Kinder, verspricht alles, gibt aber nichts. Letztes Jahr hatte ich das Pech, unter ihm dienen zu müssen, und nun wollte ich meine Kameraden warnen.« Einige andere noch recht kindliche Stimmen meldeten sich zu Wort. »Ja, das stimmt«; »Ein schlimmer Schuft«; »Gut gemacht, Herr!«

In die Menge der Kinder, die sich dicht um die Szene gedrängt hatten, kam eine wellenförmige Bewegung. Zwei Soldaten drängten sich hindurch, mit bedrohlichen Zweihändern an ihren Gürteln, die ihre Beweglichkeit allerdings auf komische Weise einschränkten.

»Was ist hier passiert?«, fragte der ältere der Soldaten gebieterisch.

Bevor Davide antworten konnte, hatte sich der lädierte Großbauer erhoben, verfiel in einen unverständlichen Dialekt und zeigte auf die Reisenden. Offenbar schilderte er den Soldaten den Sachverhalt aus seiner Sicht. Diese näherten sich sodann mit grimmiger Miene. Doch Davide reagierte schnell. Er griff in seinen Tabarro und holte fünf venezianische Golddukaten hervor, die er dem Befehlshaber in die Hand drückte. Der sah sich rasch um, erblickte aber nur Kinder, welche die tiefere Bedeutung dieses Entgegenkommens nicht verstanden. Er nickte dem zweiten Mann zu, beide wandten sich ab und entfernten sich von der Szene. Der Bauer rief ihnen noch nach, aber sie stellten sich taub. Also zog auch der Bauer von dannen, seine lädierten Gehilfen im Schlepptau.

Nun näherte sich ein anderer Bauer, der ebenso roh aussah wie jener, der gerade in die Schranken gewiesen worden war. Sollte es erneut Ärger geben? Doch er nickte Davide zu und wandte sich an den Jungen mit der geschwollenen Wange. »Kleiner, du gefällst mir. Wenn ihr alle«, er blickte auf die umstehende Gruppe, »ebenso mutig mit meinen Viechern seid wie du mit diesem ungehobelten Bauerntölpel, dann nehme ich euch gern in Dienst.«

»Einen Moment«, schob sich Davide dazwischen.

»Wollt Ihr mich auch niederhauen?«, lächelte der Bauer.

»Nein, doch gebt mir Euer Wort, dass Ihr ein besserer Herr für die Kinder seid.«

»Mein Wort gebe ich Euch gern. Mein Gehöft liegt in Oberschwaben, zur Sonnenalp, fragt nur nach dem Hubertushof. Ihr seid herzlich eingeladen, einmal vorbeizuschauen.«

Davide gab dem Bauern, der ein aufrichtiger Kerl zu sein schien, die Hand. »Gut, ich vertraue Euch. Und werde Euch irgendwann einmal besuchen.«

Der Bauer lachte nun herzlich. »Bei mir gibt es das zarteste Rindfleisch, das Ihr je probiert habt. Ich warte auf Euch!«

Augsburg war die reinlichste Stadt, die sie je gesehen hatten; die Treppenstufen waren mit Leinenzeug belegt, und nirgends sah man Spinnweben oder Straßenkot. Bei der ersten Beschmutzung wurde alles sofort gereinigt. Die Fenster der schmucken Häuser hatten Vorhänge, die man gegen Einblicke oder zu starkes Sonnenlicht zuziehen konnte.

Das Hotel, das von außen wie alle anderen Häuser sauber, aber recht nichtssagend aussah, war eine erfreuliche und wohlverdiente Überraschung. Die Laken waren frisch, die Daunen wohlig dick, und in den Stallungen wurde vorbildlich für die von der Reise geschundenen Pferde gesorgt.

Davide bekam sogar ein Einzelzimmer. Am Fußende des Bettes war eine Platte mit einem Scharnier befestigt und ließ sich nach Bedarf hoch- oder herunterklappen. Doch allzu lange blieb er nicht dort, hatte er doch ordentlichen Hunger bekommen. Auch seinen Gefährten knurrte der Magen. Sie gingen in der beginnenden Dunkelheit über den gepflasterten, nun beinahe menschenleeren Marktplatz in den »Schwan«, ein hübsches Wirtshaus mit sauberen Tischen und Bänken und vielen Kerzen sowie einem üppigen Kaminfeuer in der Mitte des Raumes, welches in Hüfthöhe brannte und für eine wohlige Temperatur sorgte. Das Wirtshaus war gut besucht, doch es ging gesittet zu; beinahe konzentriert aßen und tranken die Gäste, bis auf eine größere Familie mit Großeltern und Enkeln ausschließlich Männer. Manchmal war es im Raum so leise, dass man nur das Knistern der Flammen und den Wirt in der Küche hörte, der mit seinen Köchen schimpfte.

Der Saal hatte verglaste Fenster. Das Gesinde aß mit der Herrschaft zusammen, entweder an einem benachbarten oder sogar am selben Tisch. Es gab silberne Becher, die, sobald sie leer waren, gleich wieder gefüllt wurden. Die Diener benutzten dazu, statt mühsam um den großen Tisch herumzugehen, eine langgeschnäbelte Zinnkanne, mit der sie den Becher eines jeden Gastes erreichten.

Die drei Reisenden stellten sich erst einmal ans Feuer.

»Es ist eine wohlige Stadt, wie mir scheint«, freute sich Hasan, als er seinen Rücken am Kamin wärmte. »Die Herberge ist jedenfalls ausgezeichnet.«

»Ganz recht, ganz recht«, nickte Davide, der mit geschlossenen Augen die Hitze genoss, die seine Muskeln und Knochen wärmte. Dann betrachtete er die ganz besondere Konstruktion des Bratspießes über den Flammen: Breite, dünne Holzbrettchen waren wie Windmühlenflügel montiert und in den Rauchfang des Kamins eingehängt. Rauch und Dunst, die vom starken Feuer hochstiegen, versetzten die Konstruktion in eine rasche Drehung, die dann, mit Rädern übertragen, den Bratspieß bewegte. Die Vorrichtung lief ganz ruhig und ohne zu ruckeln, das Garen brauchte entsprechend mehr Zeit, sorgte aber für gleichmäßig gebratenes Fleisch. Die Deutschen, das sah man hier, waren große Tüftler.

In einer Ecke hockte ein Dichter, der aus dem Stegreif witzige Verse auf die Anwesenden zum Besten gab. Auch Davide, Hasan und Erasmus bedachte er mit einem kleinen Lied, das er jedoch in so breitem Dialekt vortrug, dass nicht einmal Erasmus alles verstand, aber am gutmütigen Lachen der anderen Gäste war zu erkennen, dass an dem Spott bestimmt nichts Beleidigendes war.

»Doch mich dünkt, dass man sich in deutschen Landen gern mit der Faust misst«, bemerkte Hasan. »Eine Handvoll Tage sind wir nun hier, und schon zwei Mal hat man uns gefordert.«

»Ein gutes Pflaster für uns, dank unserer strengen Übungen in den Bleikammern. Und, wie du gesehen hast, man kann sich immer auch anders einigen, unter *gentiluomini*.«

Derweil war der Wirt herangekommen, ein kleiner, reger Bursche mit fleischigen Lippen, der die Reisenden zu einem gerade frei werdenden Tisch geleitete.

»Was wünschen die Herren zu speisen?«, fragte er in ordentlichem Italienisch.

»Lieber Wirt, überrascht uns mit Euren Spezialitäten, aber seht Euch vor, wir haben *Anspruch*.« Davide sagte das Wort auf Deutsch, und der Wirt lächelte.

»Habt keine Sorge, ich werde Euch verwöhnen«, entgegnete der Wirt, wiederum auf Italienisch, und entfernte sich zufrieden. Solche Kunden schien er zu mögen.

Davide wollte von seinen Begleitern wissen: »Habt Ihr Euch je gefragt, warum dieser Marktflecken so eine hübsche Stadt ist? Für teutonische Verhältnisse zumal?«

»Nun erzählt schon«, sagte Hasan. »Wenn Ihr Eure Geschichten so beginnt, steckt immer etwas Besonderes dahinter.«

»Es hat etwas mit der Familie der Fugger zu tun, nicht wahr?«, fragte Erasmus zaghaft.

»Da habt Ihr recht, mein lieber *Erasmus*«, sagte Davide,

und wie er den Namen betonte, machte den Angesprochenen erkennbar unruhig. Doch glücklicherweise ging es zunächst um die Fugger, deren Geschichte Davide gut kannte, hatte doch sein so früh verstorbener Vater eifrigen Handel mit diesem Augsburger Kaufmannsgeschlecht getrieben.

»Was heute keiner mehr weiß: Der Reichtum dieser Familie gründet auf dem Import eines guten italienischen Produktes.«

»War es der Wein?«, riet Hasan. Davide schüttelte den Kopf.

»Das heilsame Öl der Olive aus dem Süden?«, warf Erasmus ein.

»Marmor aus Carrara?«

»Messer aus Scarperia?«

»Die geheimnisvolle Trüffel aus dem Piemont?«

»Orangen und Zitronen aus dem Königreich Neapel?«

Davide winkte ab. »Nein, es handelte sich um Baumwolle.«

»Baumwolle?«, fragten erstaunt Hasan und Erasmus zugleich.

»Ja, einst hatte Venedig das Monopol auf levantinische Baumwolle. Erst in den letzten Generationen haben uns die Andalusier und Hellenen den Spitzenplatz streitig gemacht. Der alte Hans Fugger also handelte mit Baumwolle, die damals noch genauso teuer war wie Seide, und seine Frau brachte zwei kluge Söhne zur Welt, Andreas und Jakob. Beide gründeten ihre Familien, die unterschiedliche Wappen bekamen. Die von Andreas führte ein Reh im Schild, die Jakobs eine Lilie. Und die Lilien, ich kann es euch sagen, wurden unermesslich reich. Jakob verbrachte zwanzig Jahre in unserem schönen Venedig, um das Handeln zu erlernen. Schon als Zwölfjähriger kam er zu uns, ins *Fontego dei Tedeschi*. Er war ein kluger Bursche, lernte alles über das Bankenwesen, den Handel und auch das Metallgeschäft. Als

Mann reiste er zurück nach Augsburg, ließ Eisen und Silber in Tirol fördern, kaufte Kupfer in Ungarn und Zinnober in Almaden. Selbst eine Fahrt nach Indien soll er veranlasst haben, und eines seiner Schiffe schickte er bis zu den Molukken.«

»Ein Teutone auf großer Fahrt. Das klingt lustig!«, kicherte Hasan etwas despektierlich, schließlich saß ein *Teutone* mit am Tisch.

Erasmus blickte dementsprechend beleidigt auf. »Bedenkt, auch wir haben Ufer, wenngleich im kalten Norden, und der Hansebund der Städte rund um das Baltische Meer ist durchaus erfolgreich. Nur, dass es uns nicht in den Orient treibt wie die Venezianer. Und wer weiß, ob das nicht einmal auch euer Untergang sein wird.«

»Lasst gut sein«, beschwichtigte Davide. »Reden wir weiter über die Fugger.«

»Ja, das ist eine allzu spannende Geschichte«, pflichtete Hasan mit etwas schlechtem Gewissen bei.

»Nun, Jakobs königliche Idee waren die Kuxe. Diese Anteilscheine hatte er sich in Venedig abgeschaut. Er lieh den Salzburger Silbergrubenbesitzern Geld, aber ließ sich dafür keine Schuldscheine ausstellen, sondern Beteiligungen an den Gruben und ihren Erträgen.«

»Verlor er dadurch nicht das Kapital?«, fragte Erasmus.

»Nur kurzfristig«, setzte Davide seine Erzählung fort. »Denn durch die Beteiligungen konnte er bald mitbestimmen, und so ließ sich das Silber direkt, ohne Zwischenhändler, verkaufen. Und damit hatte Fugger bald ein Monopol aufgebaut, das sich über ganz Europa erstreckte. Doch damit nicht genug: Jakob begann auch, den Regierenden Geld zu leihen, etwa dem Erzherzog von Tirol, einem rechten Hallodri, der seinen Staatsschatz nicht im Griff hatte. So bestimmte er auch bei der Politik mit. Tirol ist bis auf den heutigen Tag praktisch ganz in Händen der Fugger. Ihr erinnert euch, wir haben die Hauptstadt Innsbruck durchquert.«

Inmitten der konzentrierten Atmosphäre und all der stillen Esser explodierte mit einem Mal das Leben. Ein bunt gekleidetes Pärchen stand plötzlich zwischen den Tischen, der Mann rief etwas, dann holten beide die Flöten hervor und spielten eine heitere Melodie. Sie zogen von Tisch zu Tisch und priesen unentwegt einander an, dabei tanzten sie eigentümlich auf Zehenspitzen und drehten sich schwungvoll im Kreis.

»Seht, die hübscheste aller Musikerinnen zwischen den Alpen und dem Baltischen Meer!«, rief er.

»Seht, der größte Scharlatan zwischen Etsch und Donau, der selbst den alten Eulenspiegel aus dem Norden ganz schlecht aussehen ließe!«, gab sie zurück.

Allzu aufmerksam wurden sie zunächst nicht beachtet, doch sie blieben hartnäckig und zogen mit ihrem exaltierten Gehabe immer mehr Blicke auf sich. Die angepriesene Musikerin war tatsächlich eine bildhübsche Frau, die allerdings von schlimmen Pockennarben verunstaltet war, gewaltigen Kratern, gegen die keine noch so raffinierte Schminke half. Ihr Partner wirkte wie ein Vogel mit seiner großen, gebogenen Nase und der hageren Gestalt, in der sich schon ein leichter Buckel abzeichnete. Er schien um ein Jahrzehnt älter zu sein als sie, was sich auch an den grauen Haaren zeigte, die unter dem lustigen Hut mit der breiten Krempe hervorlugten.

Am ersten Tisch zeigten sie ein paar Kartentricks, die Davide, Erasmus und Hasan nicht verfolgen konnten, die aber bei den Gästen am Tisch für viele Ahs und Ohs und schließlich für Applaus sorgten.

Das Flötenspiel ertönte wieder; die Frau untermalte geschickt die Parolen des Mannes, was eine gewisse Wirkung erzeugte; stellte er eine Frage, spielte auch sie gegen Ende des Stücks höhere Noten; machte er jedoch eine gewagte Aussage über seine, unterstrich sie es auf ihrem Instrument mit einem festen, tiefen Ton.

Als der Wirt einen Krug an ihren Tisch brachte, schaute Davide ihn nach einem kurzen Blick hinüber zu den Spielleuten fragend an. Der Wirt hob entschuldigend die Hände. »Nicht mein Zirkus, nicht meine Affen«, sagte er, dann deutete er auf den Krug: »Das ist guter Branntwein, mehr Medizin braucht Ihr nicht in Eurem ganzen Leben! Er macht Lunge und Leber gesund und die Milz sowieso, zudem verhindert er Ausfluss aus dem Gehirn und vertreibt die Darmgicht. Und wenn Nase und Mund übel riechen, hilft er auch!«

»Wirt, wir sind keine kränklichen Reisenden! Uns hungert!«, rief Hasan.

»Habt keine Sorge!«

Der Wirt verschwand und kehrte mit zwei Gehilfen und vollen Tabletts an den Tisch zurück. Es gab Mus vom Flusskrebs, halbierte Eier und kalte Kalbsblutwürste. Dazu wurde Wein eingeschenkt. Hasan amüsierte sich über die riesigen deutschen Gläser, die auch noch bis zum Überschwappen gefüllt wurden. »So ist es kein Wunder, dass der Teutone mehr verträgt als der Südländer«, flüsterte er Davide zu.

»Hört dieses«, begann der Wirt nun, »ich sehe, dass Ihr viel über unsere Fugger wisst, doch selbst der ehrwürdige Jakob verhob sich. Er unterstützte Maximilian, den Erzherzog von Österreich, der genauso alt war wie er. Es war eine heikle Wette, wie beim Würfeln: Jakob glaubte, dass die Habsburger einst das wichtigste Geschlecht im Reich würden. Und tatsächlich wurde dieser Maximilian irgendwann deutscher Kaiser, wenngleich er ein Verschwenderling übelster Sorte war, ganz wie der Sigmund von Tirol, doch auf einer viel größeren Bühne. Aber vielleicht hat er den Tod seiner Frau nicht überwunden, der bezauberndsten Frau, die es je gab, wie man erzählt.«

»Berichtet uns alles!«, baten Hasan und Erasmus.

»Nun, es ist eine traurige Liebesgeschichte: Maximilian heiratete Maria von Burgund. Sie muss schöner gewesen sein als jede eurer Venezianerinnen. Oder zumindest«, warf er ein, als Davide protestierend die Hand hob, »genauso schön. Sie schenkte ihm einen Sohn und eine Tochter, welche beide die Kindheit überlebten. Maria selbst starb früh, nicht einmal fünfundzwanzig Jahre alt. Sie war eine sehr gute Reiterin, doch ihr Schimmel stürzte über einen Baumstumpf, und sie fiel mit ihm zu Boden. Nach ein paar Tagen bekam sie hohes Fieber und musste das Bett hüten. Sie berief alle Herzöge und Ritter zu sich und nahm ihnen den Schwur ab, ihrem Gatten auf ewig treu zu sein, dann starb sie. Es heißt, Maximilian habe zehn Jahre lang um sie geweint.«

»Fürwahr eine traurige Geschichte«, seufzte Hasan.

Gäste an einem anderen Tisch verlangten barsch nach dem Wirt, und nach einem kräftigen Schluck Wein setzte nun wieder Davide die Geschichte fort.

»Kaiser Maximilian musste jedenfalls so oft zu den Fuggern reisen, dass man ihn schon ›Bürgermeister von Augsburg‹ nannte. Doch auch alles Geld der Fugger reichte nicht, da heiratete er die reichste ledige Frau, die seine Berater auftreiben konnten, die Italienerin Bianca Sforza. Sie war zwar nur eine Kaufmannsfrau, brachte aber vierhunderttausend Golddukaten mit in die Ehe, in von fünfzig Bediensteten geschleppten Kisten. Dafür wurde ihr Vater Herzog von Mailand.«

»Eure Kenntnisse sind bemerkenswert«, sagte Erasmus bewundernd.

»Oh, wie oft hat mein Vater von den Fuggern geschwärmt!

Ich glaube, sie waren jedem Kaufmann ein Vorbild. Kaiser Karl der Fünfte schließlich, der Enkel Maximilians, herrschte über ein Reich, in dem die Sonne nie unterging, was allerdings kaum seinem politischen Geschick zu verdanken war. Wohl eher den fünfhunderttausend Gulden der Fugger, die er an die sieben Kurfürsten verteilte, die ihn dann wählten. Er war der Herrscher Europas, aber seine Augsburger Freunde vergaß er nie und entschädigte sie mit weiteren Privilegien bei der Silber- und Kupferproduktion in Tirol, später kamen sogar noch die Hydrargyrum- und Zinnoberminen in Kastilien hinzu.«

Unvermittelt stand das bunte Paar der Spielleute am Nebentisch. Die Frau hatte große grüne Augen, die sie effektvoll zu präsentieren verstand; ihr Lächeln blieb lange auf Davide haften, der nun doch etwas interessierter war. Der Vogelmann holte ein dünnes Stäbchen hervor, das er an einer Kerze entzündete und das daraufhin munter zischend Funken sprühte. Der Tisch jubilierte, und auch vom Rest des Lokals kamen Beifallsrufe.

»Ein ganz alter Trick«, raunte Hasan, »ein paar Metalle und gewisse Salze, und dann lasse auch ich Euch Funken sprühen, dass es eine wahre Freude ist.«

Der Vogelmann schwenkte den sprühenden Feuerwerkskörper durchs Lokal. »Diesem hellen Stern würden selbst die Heiligen Drei Könige folgen, nicht wahr?« Fröhlich blinzelte der Vogelmann in die Runde und traf mit einem Zwinkern Davides Blick, der im Nachhall dieser Bemerkung hellwach wurde.

Der Vogelmann stand nun vor ihm. Davide blickte ihn genauer an, seine Stiefel mit den Schellen, die karierten Hosen, den Überrock aus buntem Flickwerk, den schon ziemlich derangierten Hut. Der Vogelmann fächerte ein Kartenspiel verdeckt auf. »Sucht Euch eine Karte aus, edler Herr aus dem fernen Italien.« Ein guter Beobachter, zweifellos. »Doch zeigt sie mir nicht«, schob er hastig nach.

Davide zog eine speckige Karte. Es war ein deutsches Blatt und nicht das spanische, welches in Venedig verbreitet war. Auf der Karte war ein Narr mit einem Dudelsack zu sehen. Er zeigte es auch Hasan.

»Nun steckt sie zurück.«

Der Vogelmann mischte die Karten durch und fächerte sie sichtbar vor Davide auf dem Tisch auf – auch, um zu zeigen, dass das Blatt aus unterschiedlichen Karten bestand. »Ist die Eure noch dabei?«

Davide betrachtete die Karten, die sich ganz von den Spielkarten der Serenissima unterschieden. Es wimmelte von Schwertern, Spießen und Schilden, von Fanfaren, Schellen und Trommeln. Er nickte. Die Flötistin spielte ein paar entschlossen geblasene Töne. Der ganze Speiseraum schaute nun her, einige Neugierige waren gar aufgestanden, um einen besseren Blick zu haben.

Der Vogelmann wiederholte das Kartenprozedere. »Und nun, edler Herr?« Davides Augen fuhren die aufgefächerten Karten entlang, dann sah er zu Hasan, der ebenfalls ratlos dreinschaute. »Nein, dieses Mal fehlt sie.« Die Flötistin kommentierte mit einer fragenden Triole.

»Ach, tatsächlich? Wo mag sie nur sein?«, fragte der Vogelmann. »Seht Euch gut um.«

Davide wurde es etwas unbehaglich; ein Spieler wie er liebte zwar eine gelungene Täuschung, doch wollte man nie selbst der Getäuschte sein. Lässig reckte er den Hals, schließlich spielte er gutmütig mit und sah sogar unter einem der Teller nach, was die Umstehenden zum Lachen brachte.

»Wartet, mein weitgereister Herr, lasst Euch helfen.« Der Vogelmann griff an Davides Kopf vorbei, berührte leicht sein Haar – und hatte den Narr mit dem Dudelsack in der Hand.

»Diese ist es, nicht wahr?«

Der Speiseraum jubilierte, Hasan nickte anerkennend, auch Davide klatschte Beifall, die Flötistin spielte eine heitere Tanzmelodie, in die auch bald der Vogelmann einfiel.

»Diese Karte«, zwinkerte der Vogelmann Davide zu, nachdem er seine Flöte abgesetzt hatte, »hätte nicht einmal der Heilige Antonius aus Padua gefunden.«

Davide war alarmiert, und seine Hand griff das Stilett unter dem Tabarro. Doch dann entschied er sich anders. Er stand lächelnd auf und legte seinen Arm schwer auf die krummen Schultern des Vogelmannes, welcher ob dieser Geste etwas verwirrt schaute, und drückte ihn auf einen freien Stuhl am Tisch. Der Trickser versuchte sich zu wehren, merkte aber, dass er sich dem Griff nicht entwinden konnte.

»Bringt dem Mann einen Krug Wein«, rief Davide fröhlich in die Runde. Und dann beugte er sich mit einem ganz freundlichen Gesicht zu dem Spielmann, der eingekauert unter der Last von Davides Arm auf dem Stuhl hockte. Wollte dieser komische Kerl den Venezianern ein Zeichen geben oder sie gar warnen?

»Was willst du mir sagen, Bursche?«, knurrte Davide unter seinem verbindlichen Lächeln, so dass nur der Vogelmann es hören konnte.

»Was … was meint Ihr, Herr?«, gab er eingeschüchtert zurück.

»Willst du mir eine Botschaft zukommen lassen? Wer steckt dahinter?«

»Ich weiß wirklich nicht, wovon Ihr redet, edler Herr.«

»Wenn du mich anlügst, hast du noch genau drei Atemzüge zu leben.«

Das Gesicht des Vogelmannes wurde weiß wie frisch gefallener Schnee. »Herr, ich bitte Euch, beim Herrn im Himmel und seinem von ihm gesandten Sohn, bei meiner seligen

Mutter, ich weiß nicht, wovon Ihr sprecht. Sollte ich Euch beleidigt haben oder etwas Unrechtes gesagt oder getan, so bitte ich Euch vielmals um Verzeihung.«

Davide betrachtete den Vogelmann, der nun rote Flecken auf der weißen Haut bekam und einen scharfen Geruch verströmte. Diese Sprüche über Antonius und die Könige: Waren sie vielleicht doch nur Zufall?

Der Wirt brachte den Wein, Davide hob seinen Arm von den Schultern des Vogelmannes, der durchschnaufte und hastig aus dem ihm dargebotenen Glas trank.

»Nun denn, fahrt fort mit eurer hübschen Nummer«, forderte Davide die Musikanten mit kräftiger Stimme auf, woraufhin der Vogelmann nebst seiner Begleiterin sich beeilten an den Nebentisch zu verschwinden. Nach der Lautstärke im Wirtshaus zu urteilen, waren die magischen Nummern spektakulär, doch Davide beachtete sie nicht mehr.

»Was hattet Ihr denn mit diesem Bajazzo vor?«, wunderte sich Hasan.

»Kam dir das nicht seltsam vor, dass er gerade jene Heiligen erwähnte, deren Knochen wir suchen?«

»Ein unglücklicher Zufall, so schien es mir.«

»Unglücklich für ihn.« Davide musste die Stimme erheben, weil Applaus aufbrandete. »Aber du hast wohl recht, er führt nichts Böses im Schilde.«

»Erzählt doch weiter von den Fuggern«, bat Erasmus.

»Eine faszinierende Familie, die zum Träumen einlädt«, gab Hasan zu.

»Ja, stellt euch vor, sie wohnen nur ein paar Steinwürfe von hier. Der Zweig der Lilie ist reicher als jeder König und selbst der Kaiser, reicher als jeder Doge, und sogar das Vermögen unseres venezianischen Herrn Krösus ist ein Nichts dagegen. Sie verleihen das Geld an die Herrscher. Die Fugger des Rehs dagegen sind in Schwierigkeiten, wie man hört. Doch ihre Probleme werden von dem Erfolg des anderen Familienzweigs mehr als ausgeglichen. Den Lilien aber genügt ihr Reichtum nicht.«

»Was heißt das?«

Der Wirt kam mit mehr Wein, denn nicht nur das Erzählen, sondern auch das Zuhören machte durstig. Er blieb am Tisch stehen, um Davide auch zu lauschen.

»Geld ist bekanntlich vergänglich. Doch die Macht ist es nur in Maßen. Wer einmal ein Fürst ist, wird immer ein Fürst bleiben, selbst wenn er sich kein Heu mehr für seine Pferde leisten kann.«

Der Wirt mischte sich nun ein: »Redet nicht allzu schlecht über die Fugger«, mahnte er, »sie haben überall Ohren. Und hier in Augsburg sind sie noch mächtiger als sonst irgendwo.«

Davide lächelte. »Oh, ich bin Venezianer und schon dank meiner Herkunft ein großer Freund erfolgreicher Kaufleute.«

Der Wirt nickte eifrig. »Das habe ich mir gedacht. Umgekehrt wissen wir hier wohl, dass der alte Herr Fugger viel in Venedig gelernt hat. Etwas Italienisch zu sprechen gehört daher in Augsburg beinahe zur Pflicht. Habt Ihr einmal die Fuggerei gesehen?«

»Nein, was ist das? Eine ihrer Manufakturen?«

»Nein, die Fugger sind große Menschenfreunde und haben eine ganze Siedlung gebaut für arme Handwerker, die vom Unglück heimgesucht wurden, oder Familien, deren Kinderreichtum sie hungern lässt.«

»Wie großherzig!«

»Sie müssen nur einen einzigen Rheinischen Gulden Mietzins im Jahr zahlen. Das ist vielleicht höchstens der zehnte

Teil Eures guten venezianischen Dukatens. Und die Bewohner müssen sich dazu verpflichten, drei Mal am Tag zum Herrn zu beten.«

»Ist das nicht dasselbe wie unser *Sottoportego*?«, flüsterte Hasan Davide zu.

»Ja, allerdings kümmert sich unsere Republik nur um die armen Adligen, das aber mit viel Liebe.« Dann wandte sich Davide wieder an den Wirt: »Vielleicht bleibt ja noch Zeit, uns diese Siedlung anzusehen.«

»Oh, da gibt es wenig Erbauliches zu sehen, es sind doch recht eintönige Gassen mit sehr schlichten Häusern«, meinte der Wirt, entfernte sich und kam umgehend mit einer großen Fleischplatte wieder. »Seht, immerhin, so etwas Gutes bekommt Ihr in Venedig nicht: Die Hühner haben wir in einer Pfeffersauce zubereitet, mit Essig, Wein und Honig, dazu angeschwitzte Rosinen und zwei Lot Mandeln.«

Es duftete tatsächlich verführerisch. »Dazu müsst Ihr diese Bällchen probieren, mit gutem Gewürz und Nelken. Und hier, dieser Otterschwanz mit Ingwer wird Euch auch gefallen.«

»*Otterschwanz*?« Davide runzelte die Stirn. Erasmus hatte seine liebe Mühe, diesen Ausdruck korrekt zu übersetzen. »*La coda della lontra*«, half der Wirt. »Schön fettig und saftig!«

»Nun aber zu Kaiser Maximilian«, setzte Davide wieder an. »Er war ein erfolgreicher Feldherr und gegen seine Schulden erfand er den ›Gemeinen Pfennig‹: Jeder Bürger des Reiches musste eine Steuer zahlen, die sich nach seinem Vermögen richtete.«

»Das sollte man einmal in Venedig versuchen, es gäbe einen Aufstand«, lachte Hasan.

»Aber bei einer Reise in den Tiroler Bergen um das Jahr 1520 wurde Maximilian sehr krank. Er wusste, dass er sterben würde. Er empfing also die Letzte Ölung und verbot seiner Entourage, die an seinem Bett wachte, ihn mit seinen Titeln anzureden. Er befahl außerdem, dass sein Leichnam gegeißelt werde, dass seine Haare geschoren und die Zähne ausgebrochen werden. Er zog sich noch selbst das Leichenhemd an und verfügte, so in den Sarg gelegt zu werden.«

»Wie furchtbar«, schauderte es Erasmus.

»Und Jakob Fugger hatte sich letztlich mit Maximilian verhoben. Die Schulden des Kaisers bei unserem Augsburger waren so hoch, dass der gar keine andere Wahl hatte, als auch die Nachfolger immer weiter zu unterstützen, um seine Forderungen abzusichern. Wollte er das Geld je wiedersehen, mussten die Habsburger unbedingt auf dem Thron bleiben.«

»Aber was war nun mit den anderen Ambitionen des Herrn Fugger?«, fragte Erasmus.

»Er wollte für sein Geld nicht nur Macht, sondern auch Ehre. Also ernannte ihn der Kaiser erst zum Freiherrn und schließlich sogar zum Reichsgrafen.«

»Und das ging einfach so?«, wunderte sich Erasmus.

»Mit so viel Geld geht eben alles, überall auf der Welt«, schmunzelte Hasan.

»Und da haben wir sie wieder, diese merkwürdige Lust der Deutschen auf Titel und Wappen«, ergänzte Davide.

»Sie sollten sich an den Venezianern ein Beispiel nehmen, denen eine gut gefüllte Speisekammer wichtiger ist als eine hölzerne Schnitzerei über dem Eingangsportal«, kicherte Hasan.

Der Vogelmann und seine Begleiterin hatten ihre Runde durchs Lokal beendet und baten nun überall um eine kleine Gabe. Schüchtern näherte sich der Vogelmann Davides Tisch. Die Hand, die den gezogenen Hut hielt, zitterte ein wenig. Doch der Trickser hatte sich ein ehrliches Trinkgeld verdient; Davide gab ihm eine Dukate.

Als die Gäste mit dem Hauptgericht fertig waren, wurde ein Weidenkorb mitten auf den Tisch gestellt. Dort hinein warf nun jeder in der Runde seinen hölzernen Teller, zuerst der vornehmste, dann die anderen. Der Diener konnte nun mühelos alle Teller auf einmal hinaustragen; danach wurde Obst in einer bunt bemalten, hölzernen Schüssel serviert.

»Mein lieber Erasmus, wir haben gut gegessen, uns ebenso gut unterhalten lassen, haben uns amüsiert; nun aber zu Euch«, wandte Davide sich unvermittelt an seinen Begleiter. »Glaubt Ihr nicht, Ihr seid uns eine Erklärung schuldig?«

Erasmus lief hochrot an, und dann geschah etwas, was zumindest Hasan furchtbar erschreckte: Der Junge brach in bitterliches, lang anhaltendes Weinen aus.

KAPITEL 11

Erasmus' Geschichte

Erasmus hieß nicht Erasmus. Davide hatte schon bald ein Gefühl gehabt, dass er ihnen etwas vorspielte. Nun hatte ihr Reisebegleiter einfach keine Kraft mehr, sein Netz aus Lügen weiter und weiter zu spinnen. Erasmus hieß Cornelia von Blankenstein. Sie stammte aus einem alten, aber inzwischen ziemlich verarmten Adelsgeschlecht, welches im schwäbischen Raum beheimatet war. Ihr Großvater hatte größere Geschäfte um Tuche und Gewürze mit ebenjenen Fuggern gemacht, die ausgesprochen ungünstig für die Blankensteins, aber sehr profitabel für die Augsburger ausgegangen waren. Inzwischen besaß Cornelias Familie nur noch wenige Ländereien, die spärliche Erträge abwarfen. Die meisten Wälder mussten aus Geldnot verkauft werden, demütigenderweise auch noch an einige bürgerliche Krämersleute, die mit Handel reich geworden waren. Im Winter war kaum noch Geld für Feuerholz da. Und ausgerechnet auf Cornelia setzte der stolze Fürst von Blankenstein. Er wollte sie mit Philipp dem Zweiten, dem reichen Markgrafen von Baden, verheiraten, selbst noch ein Kind, und leider ein sehr missratenes dazu. Schon als Zehnjähriger hatte Philipp den Thron von seinem in einer Schlacht gefallenen Vater übernommen, was der Ausbildung angenehmer Charaktereigenschaften des jungen Regenten nicht gerade förderlich war. Bei ihrer ersten Begegnung war sie vierzehn und er zwölf Jahre alt, einen Kopf kleiner, mit den verkniffenen Augen eines alten Mannes und rötlichen Pickeln im Gesicht. Er schaffte es trotzdem, Cornelia abschätzig anzublicken. Er ließ sich ihre Zähne zeigen und wollte ihr auch in den Schritt fassen, was sich Cornelia empört verbeten hatte, trotz des guten und schließlich verzweifelten Zuredens ihres Vaters.

Die Heirat war beschlossene Sache, doch Cornelia hatte ganz eigene Vorstellungen im Kopf, und diese Vorstellungen drehten sich einzig um Ludwig, in den sie seit einigen Monaten bis über die Ohren verliebt war. Sie hatte den Sohn des Herzogs Christoph von Wirtenberg bei einer Feier zum Jahrestag der Schlacht bei Lauffen kennengelernt. Er war wenige Jahre älter als sie und kam ihr wie ein rettender Prinz vor, der ihre Misere beenden würde. So wie in den Rittererzählungen, die doch, wie die Erwachsenen sagten, nichts für Mädchen waren – und daher nur von ihnen gelesen wurden.

Mit seinem dichten Haar, das er ganz kurz trug, den neugierigen Augen und den schönen weißen Zähnen war Ludwig ihr schon beim Dankgottesdienst aufgefallen. Später, auf der Feier, berührten seine Lippen beim Handkuss ungebührlicherweise ihre Haut, doch Cornelia ließ ihn gern gewähren, ja, sie hob die Hand sogar leicht an, um das kitzlig-süße Gefühl des Kusses zu verstärken. Sie wechselten den ganzen Abend über Blicke, am Ende konnten sie sogar ein paar Worte miteinander sprechen, an die sich Cornelia später gar nicht mehr erinnerte, aber umso genauer an den tiefen, warmen, überraschend männlichen Klang seiner Stimme.

Ihr Vater verbot ihr diesen Umgang, hatten doch die Wirtenberger selbst arge finanzielle Probleme, zudem stand er bei Philipp im Wort. Doch die Verliebten ließen nicht voneinander. Ludwig sandte beinahe täglich einen berittenen Boten fast fünfzehn Meilen weit zu Cornelia, der bei ihrer

Dienerin eine Botschaft hinterließ, nur wenige Zeilen, und Cornelia schrieb zurück. Schließlich schickten sie einander kleine Geschenke, eine besonders schöne Blume, einen Federkiel, eine silberne Brosche.

Diese heimliche Liebe gab ihr Kraft, sich der Weisung des Vaters zu widersetzen. Der Vater drohte ihr mit strengstem Zwang oder lebenslangem Nonnenkloster und verprügelte sie sogar mit einem Lederriemen, fast täglich. Und doch brach er ihren Willen nicht. Verschämt zeigte sie Davide und Hasan kurz eine von Narben bedeckte Schulter, und es war deutlich, dass ihr ganzer Rücken bestimmt nicht besser aussah. Sie wollte Philipp, diesen kleinen Bösewicht, unter keinen Umständen heiraten und wäre lieber gestorben. Tatsächlich dachte sie darüber nach, ins Wasser zu gehen, wie es unter jungen, unglücklichen Adligen gerade in Mode war. Doch die Vorstellung der ewigen Verdammnis als Folge dieses unchristlichen Ablebens machte ihr zu viel Angst.

Während die Hochzeit immer näher rückte, hatte Philipp eine äußerst abstoßende neue Passion entwickelt: Er widmete sich mit viel Hingabe und Sadismus der Hexenverfolgung, die doch schon seit Jahrzehnten in den deutschen Fürstentümern nicht mehr praktiziert wurde, und ließ zwei alte Frauen in Rastatt auf dem Scheiterhaufen hinrichten. Als die Kunde neuerlicher Verfolgung vermeintlicher Zauberinnen und Satansbräute die Runde machte, beschloss Cornelia, so bald wie möglich den einzigen Ausweg zu beschreiten, der ihr noch blieb: davonzulaufen. Sie wusste, dass sie nur eine Chance hatte, denn sollte ihr Vorhaben auffliegen oder sie auf der Flucht verhaftet werden, wäre ihr Schicksal besiegelt: die Zwangsheirat oder Kloster für immer. Also plante sie ihr Verschwinden mit einer Kaltblütigkeit, die sie sich selbst nicht zugetraut hatte. Sie stattete sich mit Jungenkleidern aus, die ihrem Bruder zu klein geworden waren, und griff unauffällig immer wieder in die väterliche Geldtruhe, bis sie eine ausreichende Summe zusammenhatte und die Truhe noch leerer war als ohnehin schon.

Vor ihrem Aufbruch schrieb sie Ludwig eine letzte Nachricht. Die Dienerin, die seine Antwort überbringen sollte, kam aufgeregt in ihr Zimmer – Cornelia möge sich schnell zum heimlichen Treffpunkt der Dienerschaft begeben. Denn statt seines Boten sei Ludwig persönlich gekommen. Es war ein warmer Frühlingsabend, die letzten, abflachenden Sonnenstrahlen durchschnitten den dichten Eichenwald hinter dem Blankensteinschen Anwesen. Ludwig versuchte ihr die Flucht auszureden, doch Cornelia war fest entschlossen. Die beiden verabschiedeten sich unter vielen Tränen.

In der Nacht schnitt sie sich die Haare kurz, band ihre kleinen Brüste straff mit einem Leinentuch an den Körper, zog die Mannskleider an, die ihr zwar etwas zu weit, aber dafür bequem waren, und ein Hauch geschickt verteilter Ruß ließ ihr schönes Gesicht älter und männlicher erscheinen. Als gute Reiterin entwendete sie die beiden besten Pferde des Familiengestüts und verschwand früh am Morgen, als alles noch schlief und nur einige Mägde mit dem Zubereiten des warmen Wassers für die Morgentoilette der Herrschaften vollauf beschäftigt waren. So gewann Cornelia ein paar Stunden Vorsprung vor ihren Häschern. Zusätzlich hatte sie noch alles im Gut befindliche Sattel- und Zaumzeug zerschnitten, sodass niemand ihr sogleich folgen konnte, denn die Stallmeister würden einen vollen Tag brauchen, um alles wieder instand zu setzen.

Eine Frau allein zu Pferd hätte es keine fünf Meilen weit gebracht, sie war ein rechtloses Wesen, egal, wie blau ihr Blut sein mochte. Jeder Dorfschulze oder Landvogt hätte sie ausrauben, einsperren, vergewaltigen können. Doch Cornelias Verkleidung reichte für den Eindruck eines sehr jungen, wohlhabenden Junkers, der sich auf Reisen durch Europa die »Hörner abstoßen« sollte, wie es an den adligen Höfen hieß – bevor dann die Gutsverwaltung und ermüdende Repräsentationspflichten sein Leben bestimmten. Sie schloss sich zunächst holländischen Wollhändlern an, dann einer Karawane von Spaniern, die allerlei modische Grillen wie die Kothurnen und Chopinen, unbequeme Damenschuhe, deren Sohlen mehrere Zoll hoch waren, zu den reichen Italienerinnen in die Stadtstaaten südlich der Alpen transportierten, und schließlich ritt sie mit Händlern von Muranoglas quer durch Italien, ohne dass ihre Verkleidung aufgeflogen wäre. Nur einmal hatte sie eine alte Neapolitanerin genau angesehen, gelächelt und mit dem Zeigefinger vor ihren Augen gewedelt. »*Tu sei una guagliuncella!*« hatte sie gerufen, *du bist ein junges Mädchen!*

Weit länger als ein halbes Jahr war sie nun unterwegs, hatte viel Wundersames und Grausames auf ihren Reisen gesehen. Doch jetzt glaubte sie sich sicher genug in ihrer Tarnung, um in die deutschen Lande zurückzukehren. Es war Heimweh, vor allem aber Sehnsucht nach ihrem Ludwig, und auch Neugier, wie es mit ihrem Vater und dem Markgrafen von Baden weitergegangen war. Zudem wurde das Geld knapp, und sie musste wohl oder übel irgendein Auskommen finden.

»Oder einen Mann, der für Euch sorgt«, warf Hasan etwas ungeschickt ein.

»Die Männer, die ich kannte oder getroffen habe, haben mich zumeist entweder unsittlich begrabscht oder blutig geschlagen, bis auf meinen Ludwig …«, Cornelias Blick trübte sich für einen Moment, »… Ihr seid nun die Einzigen, denen ich vertraue. Von Männern habe ich erst einmal die Nase voll. Auch wenn ich nun selbst einer bin.«

Davide hatte eine Idee. »Ihr seid eine tapfere Begleiterin

und könnt gut mit Pferden umgehen, das ist auf einer langen Reise viel wert.«

»Das stimmt wohl.«

»Ich mache Euch einen Vorschlag. Reist weiter mit uns nach Köln, unserem Ziel. Von dort geht es zurück nach Venedig. Habt Ihr die Stadt schon gesehen?«

»Nein, Herr, und ich würde es sehr gern tun!«

»Nun, dann ist es beschlossen. Um das Geld macht Euch keine Sorgen, die Kosten übernehme von nun an ich, und einmal in Venedig angekommen, sehen wir weiter. Dort werden tüchtige Menschen immer gebraucht, egal, zu welchem Geschlecht sie gehören.«

Cornelias Gesicht glänzte vor Dankbarkeit, aber Davide mahnte: »Es ist besser, Ihr bleibt in Eurer Verkleidung. So können wir uns geschickter bewegen und erregen weniger Aufsehen. Seid Ihr damit einverstanden?«

Sie nickte. »Ja, es ist sicher besser so.«

»Also gut, lieber Erasmus, dann ist es beschlossen, und morgen satteln wir auf!«

Doch starker Schneefall verzögerte den Aufbruch, die drei mussten noch einen Tag in Augsburg bleiben. Davide war das ganz recht. Aufwartefrauen machten die Zimmer sauber, während er mit Hasan und Erasmus die Stadt erkundete. Erneut fielen ihnen die vielen Wappen auf, die Deutschen liebten sie einfach. Wappen schmückten die Wände vieler prächtiger Häuser und Kirchen, und niemand konnte glauben, dass der noble Davide aus Venedig kein Familienwappen führte, ja, dass keine venezianische Familie eines hatte, und sei sie noch so reich oder mächtig, nicht einmal die Familie des Dogen. Und, fügte Davide immer hinzu, käme einer der *nobili* auf die Idee, würde er wohl sofort im nächsten Kanal ertränkt.

Auf dem Hauptplatz wurde ein Schaufechten veranstaltet. Das Zusehen war frei, doch wer sitzen wollte, musste einen Taler zahlen. Die Schausteller gingen mit Dolchen, Zweihändern und eisenbeschlagenen Stöcken aufeinander los, recht geschickt und mit viel Geschrei. Außerdem gab es noch ein Wettschießen mit Bogen und Armbrust.

Die Augsburger erzählten, dass es in ihrer Stadt zwar Mäuse gäbe, aber keine Ratten, wie sie das übrige Deutschland heimsuchten. Angeblich läge das an dem wunderlichen Wirken eines Bischofs, der hier begraben liege; findige Kaufleute priesen die Erde über seinem Grab als wirksames Rattengift und verkauften sie in haselnussgroßen Klümpchen für einen Taler.

Die deutschen Frauen trugen eine Kokardenhaube, eine Mütze mit reichlichen Verzierungen aus Seidenquasten oder Pelzstreifen und einem kleinen Schirm vorn. Das Haar fiel geflochten über den Rücken. Sie ließen sich gern mit Handkuss begrüßen. Dazu streckte zuerst der Herr seine Hand aus, dann reichte sie ihm ihre. Nach alter Sitte wurde auf Verbeugungen und Hutlüften nicht reagiert, doch einige der jungen Damen ließen sich dazu hinreißen, doch zurückzugrüßen, indem sie leicht den Kopf neigten. Und Davide wusste, dass es hier als Zeichen des Respekts vor einem Mann galt, sich nur an seiner linken Seite zu halten; rechts von ihm zu gehen war beleidigend. Es hieß, die rechte Seite müsse frei bleiben, damit er jederzeit zu seiner Waffe greifen könne.

Die Fugger hatten es sich viel kosten lassen, das Stadtbild durch schmucke Bauten zu verschönern. Was sie verblüffte: Die Stadtuhr schlug in Augsburg jede Viertelstunde, so genau nahm man es hier; in Nürnberg, so erzählte man sich, schlage die Uhr sogar die Minuten.

Sie kamen an einem Gärtner vorbei, der sein empfindliches Gemüse mit einem überdachten hölzernen Verschlag schützte. Darunter lagerten Artischocken, Kohl, Kopfsalat und Spinat in dicken Schichten Erde; so blieben sie mehrere Monate lang frisch.

Über dem Eingang des Wirtshauses »Zur gescheckten Katze«, das ihnen empfohlen worden war, stand in roter Schrift *Stultorum cavea mundus est.* »Ein Käfig voller Narren ist die Welt«, übersetzte Davide. Es galt bei den Wirten als schlimmes Vergehen, einen leeren Becher nicht sofort wieder zu füllen. Wasser dagegen wurde nie ausgeschenkt, auch nicht, wenn man darum bat. Die Silbergefäße waren reich ziseliert, wie es sie selbst in Italiens vornehmsten Häusern kaum gab. Doch die meisten Silber- und Zinnteller standen blank geputzt in Vitrinen, zum Servieren trugen die praktisch veranlagten Deutschen dann doch Holzteller auf. Als Vorspeise gab es hier halbierte hartgekochte Eier mit frischen Kräutern, danach kam viel Wild auf den Tisch, vor allem Hasen und Schnepfen. Die Platten mit den Speisen wurden auf spezielle Etageren gestellt, die Gäste erhielten Holzlöffel mit silbernen Griffen. Es war verpönt, sich das Essen mit den Fingern von der Platte zu nehmen. Auch sonst war viel mehr aus Holz als in Venedig: Teller, Becher, sogar die Töpfe für die Notdurft im Hof. Doch alles war stets blitzsauber. In das köstliche Brot, das zum Fleisch gereicht wurde, war Fenchel eingebacken. Anschließend gab es Pasteten und eingemachte Früchte, und der Wein, wie zumeist überall in Deutschland weiß, schmeckte hervorragend. Schließlich nannte ihnen der Wirt eine Summe, die Davide klaglos bezahlen wollte, dann aber erkannte der Wirt, dass er sich zu Ungunsten der Gäste verrechnet habe, und nannte einen niedrigeren Betrag.

»Die Deutschen sind zwar Säufer und Raufbolde, aber keine Betrüger und Diebe«, bemerkte Hasan.

»Kein *Comrar de ombra de campanile«,* lachte Davide und zitierte ein altes venezianisches Sprichwort, den Schatten vom Glockenturm würde einem hier keiner anzudrehen versuchen.

Sie besuchten einen evangelischen Gottesdienst, bei dem eine Trauung stattfand. In der Kirche gab es weder Bilder noch Kreuze, dafür aber lauter Bibelsprüche. Der Prediger sprach deutsch, dann sangen alle, auch auf Deutsch. Auf jeden Vers antwortete die neue Orgel, die man erst kürzlich dort eingebaut hatte. Allerdings sang man bei den Protestanten, wie es schien, irgendwie vor sich hin, wie es einem gerade beliebte, was ein ziemliches Durcheinander bewirkte. Wann immer der Priester den Namen Jesu Christi aussprach, entblößte er sein Haupt, und die Gemeinde tat es ihm nach.

Dann traten eine junge Frau und ein junger Mann nach vorn. Der Priester forderte sie auf, nacheinander das Vaterunser zu sprechen, danach las er aus einem Buch die Verhaltensregeln für Eheleute vor. Anschließend durften sich die beiden umarmen, aber nicht küssen, und waren Mann und Frau.

Hochzeiten zwischen Katholiken und Protestanten waren, wie die Besucher erfuhren, etwas ganz Alltägliches; derjenige, der die Ehe am meisten begehrte, musste dann freilich nach den Regeln der Konfession seines Partners leben. Und die Kinder im entsprechenden Glauben erziehen.

Sie schauten auch eine Weile dem Hochzeitsball zu, bei dem auf deutsche Art getanzt wurde. An den Wänden standen rotbespannte Bänke, auf denen die Damen saßen und warteten, bis man sie zum Tanz bat. Die Musik spielte eine Weile, dann brach sie unvermittelt ab, und jeder Herr geleitete seine Partnerin zu deren Platz zurück, setzte sich aber nicht neben sie. Nach einer kurzen Pause forderte der Herr die Dame erneut auf, indem er die eigene Hand küsste, nicht die ihre, und die Dame um die Taille fasste, während sie ihm die rechte Hand auf die Schulter legte. So tanzte man ganz eng, Wange an Wange, und plauderte dabei.

Während Cornelia sich schon für die Nacht ins Hotel zurückzog, besichtigten Davide und Hasan noch den berühmten »Augsburger Einlass«, auch wenn sie dafür kurz die Stadt verlassen und wohl erneut einen Zoll zahlen mussten, doch das war es ihnen wert. Durch den Einlass konnte man noch spät, wenn alle anderen Tore schon geschlossen waren, in die Stadt gelangen. Davide und Hasan passierten eine überaus durchdachte Folge von einzelnen, wie von Geisterhand sich öffnenden und schließenden Pforten. Die Wächter, welche die komplizierte Maschinerie bedienten, blieben unsichtbar, auch der Zoll wurde mit Hilfe einer ausgeklügelten Mechanik kassiert.

»Selbst die Königin von England hat ihre Botschafter hierhergeschickt, um diese Maschinerie zu studieren«, sagte Davide, als sie wieder die Stadt betreten hatten.

»Ach, nennt man nun gewöhnliche Spione *Botschafter*?«, grinste Hasan.

157

KAPITEL 12

Köln

Einige Tage und einige ziemlich verwahrloste Herbergen und bittere Kohlsuppen später waren sie in Koblenz angekommen. Dort besuchten sie eine Heilquelle, die von den Deutschen sehr gepriesen wurde, und kosteten von dem Wasser, dem eine heilende Wirkung nachgesagt wurde. Es schmeckte schal, nach Salz und Schwefel. Die Einheimischen, die fünf bis sechs Wochen in dem Ort blieben, verwendeten das Wasser auch zum Baden und ließen sich dabei mit Schröpfköpfen zur Ader, und zwar so rigoros, dass in den Badezubern mehr Blut als Wasser war.

Auf Cornelias Rat hin bestiegen die drei mitsamt den Pferden ein Frachtschiff auf dem großen Rhein, der stellenweise wie ein kleines Meer wirkte und sie flussabwärts in überaus angenehmer, beschaulicher Fahrt in den Nordwesten brachte. Die Mitfahrt ließ sich der Schiffer saftig bezahlen, aber nach Davides überschlägiger Rechnung war die Reise per Schiff dennoch deutlich billiger und auch unkomplizierter als das ewige Feilschen in den verwanzten Gasthäusern und Herbergen. Und hier auf dem ruhigen Fluss drohte keine Seekrankheit, unter der Davide ansonsten litt. Kurz vor dem Kölner Stadttor gingen die Reisenden von Bord und ritten noch eine halbe Meile der Stadt entgegen, deren Silhouette von dem mächtigen, allerdings unfertigen Dom geprägt wurde, der aber selbst in diesem Zustand beeindruckend aussah, ein Gigant, der sich mählich aus seinem felsigen Bett emporhob.

Ihr Ziel war die Residenz des Kölner Erzbischofs Salentin von Isenburg, der kurioserweise nicht geweiht war. Davide und Hasan befürchteten das Schlimmste: einen teutonischen Kirchenmann und pedantischen Frömmler. Doch schon der Empfang war überaus herzlich, der Erzbischof, ein kleiner, freundlicher Mann mit wachen Augen, umarmte die Gäste aus Venedig und sprach sogar ein recht anständiges Italienisch. Er stellte sich als großer Kunst- und Menschenfreund heraus und ließ die beiden samt ihrem jungen Begleiter in einem Stockwerk seines Bischofssitzes unterbringen – unter der Bedingung, dass man ihm so viel wie möglich von Venedig erzählen möge, »und bitte keine Schauergeschichten, wie sie in den Tavernen zum Besten gegeben werden«.

Zuletzt war Salentin vor acht Jahren dort gewesen; auf einer Reise nach Rom hatte er in der Serenissima Station gemacht, für einen Papisten ein eher ungewöhnlicher Zwischenstopp. Als er ins Schwärmen geriet, versuchte ihn Davide sanft zu bremsen.

»Exzellenz, lasst uns zunächst über den Diebstahl sprechen.«

»Ach ja, der Diebstahl«, entgegnete der Erzbischof in einem recht gefassten Ton. »Was für ein unglückliches Ereignis für unsere Stadt!« Er berichtete, was geschehen war. Auch hier hatten die Diebe in der Nacht zugeschlagen und sich mit Gewalt, aber auch mit Bedacht, also ohne größere Spuren zu hinterlassen, Zugang zum Dom verschafft. Sie hatten den Dreikönigenschrein aufgebrochen und nur die Gebeine entwendet, aber nichts von dem Gold und den Edelsteinen angerührt, die diesen sagenumwobenen Schrein schmückten. Am nächsten Morgen wollte der Bischof mit den Venezianern den Dom aufsuchen.

»Ah, die Deutschen sind doch bessere Gastgeber als ihr Ruf!«, seufzte Davide, als er sich unter die mit Gänsedaunen üppig gestopfte Leinendecke begab. Hasan erwiderte noch etwas, doch Davide war bereits in einen von rhythmischem Schnarchen begleiteten Schlaf gefallen.

Am nächsten Morgen schneite es heftig. Die dicken Flocken fielen so dicht, dass sie den Dom erst sahen, als sie unmittelbar davorstanden. Der Erzbischof hatte mit einigen seiner Lakaien Davide und Hasan begleitet, während Cornelia bei den Pferden geblieben war.

»Sagt, wann wollt Ihr den Dom denn fertigstellen?«, fragte Hasan keck, als sie vor der gewaltigen Fassade standen.

»Am liebsten noch heute«, gab Salentin von Isenburg zurück. »Doch uns fehlt das liebe Geld. Kein Dombaumeister arbeitet für warme Worte oder für das Versprechen, für sein ewiges Seelenheil zu beten, und die Steinmetze stellen ihr Werk ja schon dann ein, wenn sie zur Mittagsstunde nicht ihr Fass Bier bekommen.«

»Aber ist Köln nicht eine reiche Stadt? Und hat nicht auch die Kurie selbst die Mittel in ihren Schatzkästen, um eine solche Pracht vollenden zu lassen?«

»Das war einmal. Der Ablasshandel, der für den römischen Sankt Peter so hervorragend funktionierte, hat in den letzten Jahren doch deutlich nachgelassen. Und Köln hat viele seiner Marktprivilegien verloren. Der Stadt wie der Kirche fehlt es an allen Ecken und Enden. Wir können froh sein, dass der Dom noch nicht als Steinbruch benutzt wird, wie schon viele Ruinen der alten Römer hierzulande. Nun aber hinein, es ist doch allzu frisch hier.«

Der Innenraum war von ungeheuren Dimensionen: »Vierhundert Fuß lang und einhundertzwanzig Fuß hoch«, erklärte der Erzbischof mit hörbarem Stolz in der Stimme.

»Keine Kirche außerhalb Roms ist größer.« Sie war ein eng gewachsener Wald aus Säulen, Bögen und Fenstern. Davide und Hasan bestaunten einige der Seitenkapellen und ein angeblich fünfhundert Jahre altes, zehn Fuß hohes Kreuz aus Eichenholz, bevor sie sich im Osten des Chorumgangs vor einer prächtigen Goldschmiedearbeit versammelten, etwa so groß und hoch wie ein antiker Sarkophag.

»Hier liegen sie. Lagen sie«, korrigierte sich der Erzbischof. »*Sepulcrum Trium Magorum*. Ihr kennt die Geschichte, wie sie hierherkamen ins kühle Germanien?« Seine Besucher blickten unsicher und er erzählte, wie die Heilige Helena, Mutter des römischen Kaisers Konstantin, bei ihrer Pilgerfahrt nach Palästina im vierten Jahrhundert auf wundersame Weise das Kreuz Jesu fand sowie die Reliquien der Heiligen Drei Könige, die vorerst im Familienbesitz blieben und später über viele Umwege nach Mailand gelangten. In den unruhigen Kriegen mit dem lombardischen Städtebund ließ Kaiser Barbarossa über seinen Kanzler und Vertrauten Rainald von Dassel, den damaligen Erzbischof von Köln, die Reliquien an einen sicheren Ort verbringen, und seitdem befanden sie sich hier. Kurz nach Barbarossas Tod fertigte der berühmte Goldschmied Nikolaus von Verdun den prächtigen Schrein an, der seinerseits an eine Kirche erinnerte.

Das Funkeln dieses prachtvollen Reliquiars, das auch noch auf einem Podest über Kopfhöhe stand, war selbst in der relativen Dunkelheit der Kirche nahezu übermächtig. Der Schrein war über und über mit Edelsteinen besetzt, die kostbaren Intarsien zeigten biblische Szenen des Alten und Neuen Testaments, das Leben und den Leidensweg Christi sowie einige Heilige.

»Wie Ihr seht, haben wir ein Schutzgitter aufgebaut. Dies wurde zuerst überwunden.«

»Zeigt uns, wo genau, Hochwürden.« Das Schutzgitter be-

stand aus mit Rotgold beschlagenen, engmaschigen Eisen-
streben, war mehr als zwei Mann hoch und fest im Marmor-
boden verankert.

»Seht, hier.« Das Schloss, welches eine mächtige Kette sicherte, war ohne größere Spuren aufgebrochen, nur ein paar
Kratzer auf der metallenen Einfassung waren zu sehen.

Davide blickte an dem Dreikönigenschrein empor. »Wie
viele Menschen, glaubt Ihr, braucht es, um dieses goldene
Grab aufzustemmen?«, fragte Davide.

»Nun, bei der letzten Graböffnung, die ich noch selbst
miterlebt habe und bei der ich es mir nicht verwehrte, selbst
Hand anzulegen, waren wir zu viert.«

Vier schwachbrüstige Kirchenmänner, überschlug Davide – also mussten die Diebe zu dritt sein, vielleicht auch
nur zu zweit.

»Und wer hat den Raub entdeckt?«

»Das war ich selbst, denn mit dem Küster betrat ich die
Kirche ganz früh für ein kurzes Morgengebet, wie ich es
manchmal zu tun pflege. Da sah ich den ganzen Schrein verschoben, nicht viel, aber man wurde doch sofort gewahr, dass
etwas nicht stimmte.«

»Verschoben?«, fragte Davide nach. »Aber dieser Schrein
muss doch ungeheuer schwer sein!«

»Fünf Doppelzentner mindestens«, nickte der Bischof.
»Dann sah ich das aufgebrochene Schloss. Der Küster holte
sofort ein Gerüst, das für Zwecke der Reinigung in einem
Nebenraum aufbewahrt wird, außerdem ließ ich einige Soldaten kommen. Wir stiegen hinauf und sahen gleich, dass
auch der Deckel nicht richtig verschlossen war. Wir hoben
ihn gemeinsam an und sahen unsere schlimmsten Befürch-
tungen bestätigt.«

»Also haben wohl auch die Diebe das Gerüst benutzt, um
nach oben zu gelangen?«

Der Erzbischof strich nachdenklich seinen Bart. »Ihr seid ein kluger Mann, edler Venezianer. Darüber habe ich noch gar nicht nachgedacht, aber so scheint es wohl zu sein.«

Am Südportal begann es plötzlich zu lärmen. Zwei Männer kamen herangestürmt, einer unzweifelhaft ein Geistesmann, der andere mit allen Insignien eines ranghohen weltlichen Befehlshabers versehen. Ihre Mäntel wippten aufgeregt.

»Das hat uns noch gefehlt«, seufzte der Erzbischof auf eine ganz und gar unchristliche Art.

»Untersucht hier noch jemand außer uns den ungeheuren Fall?«, rief der Geistesmann zornig. Er hieß Gebhard von Waldburg, ein dünner Kerl mit großen, unruhigen Augen. Der Hauptmann hingegen, der Bisonner gerufen wurde, war beinahe unnatürlich dick, ein Eindruck, der durch sein üppig gefüttertes Wams noch verstärkt wurde.

»Ah, Venezianer, so, so.« Waldburg schien sofort etwas milder gestimmt zu sein. »Eure Aufmüpfigkeit gegenüber Rom hat sich auch bis hier herumgesprochen, was mich wohl stimmt. Allerdings wird der Verdacht geäußert, ihr seid nicht so sehr Reformer, sondern betet einen ganz und gar anderen Gott an, nämlich jenes Kalb, welches goldene Dukaten scheißt.«

Davide zog die Brauen hoch und blickte Hasan an, der mit den Achseln zuckte.

»Ich bin erfreut, dass Ihr als Protestantenfreund Euch so intensiv mit der Wiederbeschaffung heiliger Knochen beschäftigt«, grummelte der Erzbischof, zu Waldburg gewandt. »Gibt es nicht einige von euch, die weder an die Heiligen noch an die Jungfrau Maria glauben wollen?«

»Diebstahl ist Diebstahl, Hochwürden, und als solcher muss er mit aller Härte verfolgt werden. Über die Fragen der Glaubensauslegung können wir später noch debattieren. In jedem Falle haben wir einige Hexen festgesetzt, die unter der

163

peinlichen Befragung den Diebstahl der Heiligen zugegeben haben. Stellt Euch vor, in der Nacht sind sie hier hineingeflogen, um die Gebeine zu rauben!«

Der Erzbischof seufzte und schüttelte den Kopf, aber nun meldete sich auch der dicke Hauptmann zu Wort. »Es ist nur eine Frage der Zeit, bis wir erfahren, wo diese kleinen Teufelinnen die Knochen versteckt haben.«

»Vertraut uns, unsere Methoden sind unfehlbar.« Die Augen des Kirchenmannes Waldburg flackerten vergnügt, dann wandte er sich an die ausländischen Besucher. »Sagt, Venezianer, woran erkennt ihr eure Hexen? Rothaarige gibt es doch bei euch im Süden kaum? Bewerft ihr sie mit drei Weizenkörnern, sodass sie urinieren müssen? Legt ihr sie auf die Waage, sodass sie schwerer sind als die Bibel? Achtet ihr darauf, ob sie bei der Folter nicht bluten und nicht weinen? Oder überprüft ihr, ob sie als siebte Tochter zur Welt gekommen sind?«

Davide starrte Waldburg so durchdringend an, dass dieser den Blick abwandte. »Hexen halten sich von Venedig fern, und im Übrigen glaube ich fest daran, dass selbst der Papst unter der Folter zugeben würde, den Schwarzen Künsten zu frönen.«

Waldburg trat ob dieser Ungeheuerlichkeit einen Schritt zurück und blickte Davide erst erschrocken an, dann verengten sich seine großen Augen zu Schlitzen. »So etwas zu behaupten, und das auch noch auf geweihtem Boden: Ein starkes Stück, mein Herr! Ihr wollt doch unsere Gastfreundschaft nicht übel missbrauchen?« Der Hauptmann streckte sich, als mache er sich bereit für einen Schwerthieb, der Erzbischof dagegen kicherte vergnügt.

»Wir werden ja sehen, wer von uns die Gebeine wiederbeschafft«, rief Gebhard von Waldburg und nickte dem Hauptmann zu. Beide verließen ohne weiteren Gruß den Dom.

Der Erzbischof, wie um die unangenehme Begegnung vergessen zu machen, erzählte ihnen von dem Hostienwunder, das hier geschehen sei. Ein Schlossherr wollte sich bei der Osterkommunion nicht mit der gewöhnlichen Hostie begnügen, sondern verlangte die große Hostie des Priesters. Der gab sie ihm widerwillig, doch kaum hatte der hochnäsige Adelsmann sie im Mund, öffnete sich unter ihm die Erde und verschlang ihn; nur der Kopf schaute noch heraus. Er klammerte sich am Altarsockel fest, doch auch der wurde weich. Erst nachdem der Priester ihm die Hostie aus dem Mund gezogen hatte, war er gerettet. Das Loch jedoch gab es noch und wurde Davide und Hasan stolz gezeigt. Die Hostie selbst lag in einem Seitenschiff hinter Glas und war voller Blutstropfen.

Am Abend hatte der Erzbischof seine Gäste zum Essen geladen. Er hatte einen ausgezeichneten Bratenkoch in Diensten, einen fast sieben Fuß hohen, enorm beleibten Flamen mit rauschendem Bart, dem Hasan zusah, wie er den Rinderbraten über einer großen Feuerstelle zubereitete. Das Spießbraten war eine hohe Kunst, verschlang eine enorme Menge Feuerholz und war zudem gefährlich, weil man oft das Brennholz zu nah am Fleisch aufschichtete und heiße Fettspritzer den Koch versengen oder im schlimmsten Fall eine Feuersbrunst auslösen konnten. Dafür wurde das Fleisch aber außergewöhnlich saftig und wohlschmeckend. Der besondere Dreh des Flamen, der Rodrique gerufen wurde: Immer wieder strich er die Kruste des Bratens mit Honig ein, welcher auf köstlichste Art über der Flamme ein süßliches Aroma entfaltete.

»Ich gebe Euch noch einen guten Rat«, brummte der

Flame, dessen Stimme so tief wie seine Brust voluminös war. »Hühner solltet Ihr nie braten, sondern immer nur kochen. Ob alt oder jung, wichtig ist das Fett. Unter den Hühnern am Hofe finden sich immer welche, die deshalb nicht gut Eier legen, weil sie zu fett sind. Nehmt diese für die Küche.« Er gab außerdem Ratschläge zum richtigen Betreiben einer Räucherkammer, zum Anbau von Obst und Gemüse im eigenen Garten – auch wenn er die Gegebenheiten Venedigs offenbar nicht kannte – sowie zum Ausschank von Alkohol. »Wein und Bier verhalten sich wie Geist und Leib«, sagte er. »Bier ist eine Mahlzeit, doch Wein ist Nahrung für unsere Seele.«

Während der Braten eine honigsüße Kruste bekam, bereitete Rodrique eine Markknödelsuppe, ohne die, wie er versicherte, hier in deutschen Landen kein Gericht vollständig wäre.

Der Erzbischof trank Zimtwasser und stark verdünnten Wein. Es gab keinen zentralen Besteckbehälter, wie es in Venedig – auch in den besseren Gasthäusern – üblich war; für jeden Gast lag alles, was er benötigte, neben dem Teller. Eine Besonderheit war, dass der Erzbischof sich zunächst auf seinen Stuhl setzte, und dann wurde der Tisch zu ihm herangeschoben.

Das köstliche Essen befeuerte das Gespräch auf das Schönste. Davide konnte kaum glauben, wie gut es sich in den deutschen Landen leben ließ. In Venedig erzählte man sich Gruselgeschichten von Armut und Kälte, von Wurzeln und Wurst, und von Müttern, die in Zeiten des Hungers ihre Kinder ins Ofenrohr schoben.

Zu Gast beim Erzbischof war auch ein Lederhändler aus Florenz, der sehr oft nach Deutschland reiste, um Felle und gegerbte Haut allerlei Getiers aufzukaufen. Giovanni de Magistris mochte um die sechzig Jahre zählen, war recht beleibt

166

und im Gegensatz zu vielen anderen Florentinern, die Davide in seinem Leben kennengelernt hatte, ein stiller Geselle, allerdings *una buona forchetta*: Geräuschlos vertilgte er alles, was serviert wurde, in hohem Tempo, und den Gesprächen schien er kaum zu folgen.

»Dieser Gebhard von Waldburg, dessen Bekanntschaft zu machen ich Euch nicht ersparen konnte, ist ein gefährlicher Mann«, begann der Erzbischof. »Ich weiß sehr wohl, dass auch in unserer geliebten Kirche nicht nur Engel die Talare überstreifen, es gibt große Intrigen und regelrecht böse Menschen sogar in den obersten Kreisen. Doch dieser Waldburg würde am liebsten *tabula rasa* machen, die Gotteshäuser schleifen und jeden Würdenträger aufknüpfen lassen.«

»Immerhin konnte ich mit meiner Herkunft aus Venedig glänzen.«

»Doch dieser schöne Glanz ist mit Eurer Bemerkung über den Papst schnell wieder verblasst, und das muss man bei einem Papstgegner wie Waldburg erst einmal schaffen«, lachte der Erzbischof. »Eine Bemerkung übrigens, die ich für sehr scharfsinnig hielt.«

»Was genau hat er mit der Aufklärung des Raubes zu tun?«

»Er befiehlt die städtische Soldatenschaft, und ich habe ihn gebeten, in diesem Fall zu ermitteln. Ein wenig bereue ich es jetzt schon. Er lässt an allen Ecken der Stadt Scheiterhaufen aufstellen.«

»Ein unguter Geselle.«

»Aber lasst uns nicht von ihm reden. Lieber etwas Erbauliches: Erzählt mir von Venedig! Isst man immer noch diese köstlichen Krebse? Wer ist gerade der Doge, und wie verhält er sich zu den Osmanen? Und wie kam es, dass man, wie ich hörte, den Markusdom ausrauben konnte?«

Und Davide erzählte von Alvise Mocenigo, dessen Regentschaft als Doge sich bisher vielversprechend anließ, von den Köstlichkeiten der Stadt – hier erklärte auch Hasan als begabter Koch detailliert alle Zubereitungsformen, etwa des *stoccafissa* oder der Polenta, die neuerdings aus dem gelben Mais der Neuen Welt gemacht wurde – und von den Diebstählen der Reliquien der Heiligen Markus und Antonius, die wie hier in Köln äußerst professionell und geräuschlos durchgeführt worden waren.

»Ja, schon der Protonotar berichtete mir, dass man in Venedig und Padua ähnlich schnell zuschlug wie hier.«

»Ach, Costantino Della Valle war hier?«, wunderte sich Davide.

»Ja, wusstet Ihr das nicht? Der Monsignore reist ständig durch die Christenwelt, um die Rechtschaffenheit seiner Schäfchen zu kontrollieren. Aber nun setzt Euren Bericht fort.«

Davide erzählte von den neuesten Glücksspielen, etwa dem Würfelspiel *dodici*, in dem er sich äußerst geschickt angestellt hatte, und auch von dem verheerenden Hochwasser im letzten Oktober und der Hungersnot vor drei Jahren, als das Getreide auf den Feldern verdorrte und die Lagune nur wenig Fisch hergeben wollte, sodass es zu Unruhen vor den Kornspeichern gekommen war und der damalige Herrscher der Stadt den unschönen Beinamen »Hungerdoge« verliehen bekommen hatte. Er erzählte von den Juden und den Osmanen, die friedlich miteinander Handel trieben, was der Erzbischof gar nicht fassen konnte. Das Gespräch prasselte so munter wie ein gemütliches Kaminfeuer.

»Selbst eure Protestanten sind uns hochwillkommen«, lächelte Davide, woraufhin auch der Erzbischof herzlich lachen musste.

»Vielleicht würde uns das hier einige Probleme ersparen.«

»Ich weiß allerdings nicht, ob sich ein Eiferer wie dieser

Waldburg in Venedig wohlfühlen würde. Es gäbe aus seiner Sicht doch allzu viel Sünde dort.«

»Nein, diesen Mann können wir euch Venezianern beim besten Willen nicht zumuten.« Dann wurde der Erzbischof ernst und blickte melancholisch ins Nichts. »Ach, wie bald werde ich wieder in eurer Stadt sein«, seufzte er.

»Ich versichere Euch, dass Ihr jederzeit willkommen seid.«

Nun ließ sich endlich Giovanni vernehmen, der stille Kaufmann. »Ja, auch in Florenz! Jederzeit!«, mümmelte er.

Der Erzbischof richtete sich auf, und man spürte, dass er etwas Formelles auf dem Herzen hatte, eine Ansprache, die er schon seit Längerem vorbereitet hatte und deren Zeit er jetzt gekommen sah. »Wir wissen sehr wohl, dass das Verhältnis zwischen Rom und Venedig nicht das beste ist, aber am Ende sind wir doch alle Christenmenschen. Und nur, weil der Papst Venedig nicht hoch schätzt, ist das für mich noch kein Grund, dieses Wunder der menschlichen Schaffenskraft, welches von der göttlichen Gunst beflügelt worden ist, so einfach zu ignorieren.«

Auf diese Worte stießen sie an.

Am nächsten Morgen hatte man sich gerade zum Frühstück gesetzt, als ein Diener des Erzbischofs hereinkam und ihm etwas ins Ohr flüsterte. Salentin verzog das Gesicht und stöhnte, dann erhob er sich. »Die lästige Pflicht ruft. Ein Delinquent wird von uns zu Unserem Herrn geschickt, um sein endgültiges Urteil zu empfangen. Wollt Ihr mich begleiten?«

Cornelia hatte Davide einen entsetzten Blick zugeworfen und sich hastig entschuldigt, nicht mitkommen zu können; so schritten der Bischof, Davide und Hasan zu Fuß durch den winterlich kalten Kölner Morgen zur Richtstätte. Dort war eine kleine Tribüne aufgebaut worden, in die sich der Erzbischof mit seinen Gästen begab. Auch Gebhard von Waldburg und sein Hauptmann hatten dort Platz genommen. Die Richtstätte selbst war eine hölzerne, etwa mannshohe Bühne, sodass die Leute noch in den hinteren Reihen einen guten Blick aufs Geschehen hatten. Vereinzelte Schneeflocken tanzten im Wind, während sich die Richtstätte schnell mit Neugierigen füllte. Eine Hinrichtung sprach sich schneller herum, als ein Flächenbrand sich durch das morsche Holz der armen Stadtviertel fraß.

»Das gemeine Volk schätzt die Anwesenheit der obersten Repräsentanten«, flüsterte der Erzbischof. »Das stärkt das Zusammengehörigkeitsgefühl zwischen den Menschen und ihren Regierenden, auch wenn es mir eine arg beschwerliche Pflicht ist.«

Ein Buckliger verkaufte Hinrichtungsandenken, darunter liebevoll gefertigte Mini-Stricke aus Hanf und Holzschwerter für die Kleinen.

Davide blickte sich verwundert um. »Wird denn nicht mit dem Galgen hingerichtet?«

Gebhard von Waldburg gesellte sich zu ihnen, setzte sich neben Davide und ergriff das Wort. »Wir lassen seit Neuestem wieder das Schwert für Recht sorgen. Denn wir haben einen tüchtigen Henker aus Magdeburg abgeworben, der sein Ziel selten verfehlt. Es ist doch ein gar zu schöner Effekt, wenn der Kopf munter umherfliegt.«

»Und doch hörte ich, dass Ihr bereits fleißig Scheiterhaufen errichtet«, gab Davide verächtlich zurück.

»Oh ja, der Feuertod reinigt die Seele und ist noch einmal ein größeres Spektakel.« Gebhard von Waldburg war auf beunruhigende Weise ganz in seinem Lieblingssujet. »Doch ich sage Euch, Feuerholz ist teuer, rund um Köln ist schon fast alles abgeholzt, und bis ein Mensch brennt, braucht man ein Klafter mal ein Klafter. So viel Geld hat die Obrigkeit leider nicht mehr. Außer natürlich für die Hexen. Jene müssen unbedingt den Feuertod sterben.« Waldburg rückte näher, und Davide sah Anzeichen von Fieberwahn in seinem Blick. »Noch im letzten Jahr haben wir bei besonders schweren Verbrechen gerädert. Den Frauen haben wir von oben nach unten die Knochen gebrochen, sie hatten es schnell hinter sich. Zu schnell, wenn Ihr mich fragt. Bei den Männern aber verfuhren wir umgekehrt und begannen bei den Fußknöcheln. Ich bin mir sicher, dass wir mit den Hexen, die den Reliquienraub begangen haben, genauso verfahren werden.« Davide wandte sich angewidert ab und blickte auf die Menge, die inzwischen dicht an dicht stand und äußerst vergnügt schien. Man unterhielt sich angeregt in dem wieder stärker werdenden Schneetreiben und dem nun empfindlich pfeifenden Wind, einige Kerle johlten, Frauen verteilten kräftige Backpfeifen an allzu aufdringliche Burschen, die das Gedränge auf ganz unschickliche Art ausnutzen wollten.

Dann plötzlich kam Bewegung in die Menge. Auf einem Ochsenkarren kam der Verurteilte auf den Richtplatz, die Hände hatte man ihm hinter den Rücken gefesselt, die Augen verbunden. Zwei Soldaten standen mit ihm auf dem Karren, ein weiterer führte den Ochsen. Die Menge stimmte Spottlieder an, und der Mann im hellen, stark verdreckten, knielangen Hemd wurde mit allerlei Gegenständen beworfen – faulendem Obst, Eiern, Rüben, sogar Steinen. Als der Karren an der Tribüne der Honoratioren vorbeifuhr und dann zum Stehen kam, sah Davide, dass sein Hemd nicht verdreckt, sondern voll getrockneten Blutes war. Zweifellos hatte man ihn gefoltert.

»Was hat er sich zuschulden kommen lassen?«, rief Davide durch das vielhundertstimmige Getöse dem Erzbischof zu.

Wiederum mischte sich Gebhard von Waldburg ungefragt ein. »Ein Sodomit ist er! Mit siebzehn Knaben hat er's getrieben!«

»Und wie seid Ihr ihm auf die Schliche gekommen?«

»Ein Geschäftspartner, mit dem er wegen einem gemeinsamen Unternehmen im Streit lag, hat ihn denunziert. Zuerst leugnete er alles, doch die peinliche Befragung hat auch hier die Wahrheit schnell ans Licht gebracht.«

»Ihr seid ja ein wahres Genie«, lächelte Davide. »Habt Ihr auch daran gedacht, den Geschäftspartner zu vernehmen, der jetzt die Geschäfte allein führen und alle Gulden und Dukaten selbst einstreichen darf?«

Waldburg wollte etwas erwidern, doch der Lärm schwoll so abrupt an, dass alle auf den Verurteilten blickten. Er war auf die Empore geführt worden, und einer der Soldaten nahm ihm die Augenbinde ab. Seine Bartstoppeln und sein vor Kälte zitternder, abgemagerter, offensichtlich geschundener Körper konnten nicht darüber hinwegtäuschen, dass dort ein gutaussehender Mann von vielleicht Ende zwanzig stand und die letzten Momente seines Lebens verbrachte. Er blinzelte umher, und dann passierte etwas Außergewöhnliches: Er lächelte. Es war ein breites, ehrliches, freundliches Lächeln, und dieses Lächeln war so anrührend, dass die Rufer in den ersten Reihen kurz verstummten. Das Gejohle begann erst wieder, als der Henker die Treppen zur Empore bestieg, mit einer schwarzen Maske, schwarzem Hemd und einem gewaltigen Zweihänder mit silbern beschlagenem Knauf, dessen Klinge selbst in dem grauen Winterwetter funkelte.

Der Verurteilte lächelte auch noch, als die Soldaten ihm die Hände auf die Schultern legten, ihn auf die Knie drückten und ihn in die richtige Position rückten. Der Kniende blickte sich zu dem Henker um und sagte etwas. Der Henker nickte. Dann schließlich blickte der junge Mann geradeaus, das Lächeln erstarb, doch er sah immer noch ausgesprochen gefasst aus. Zwei Tauben zerteilten den Himmel, und die Augen des jungen Mannes schauten nach oben. Die beiden Tauben waren das Letzte, was er sah.

Das Blut spritzte bis in die ersten Reihen, aus dem Körper sprudelte das Blut heftig, während der Kopf über die Holzplanken rollte. Der Leib zuckte noch einige Sekunden, was all jene schockierte, die zum ersten Mal einer Enthauptung beiwohnten. Der Henker hob den Kopf am Haarschopf empor und zeigte ihn der Menge, stolz auf seinen glatten Schnitt.

»Ich habe eine Theorie entwickelt, die ich sehr gern mit Euch teilen und Eure Meinung dazu hören würde, edler Venezianer.«

»So lasst sie denn hören.«

Gebhard von Waldburg, Davide Venier und Hasan saßen in einem hell beleuchteten Wirtshaus nicht weit von der Richtstätte. Waldburg hatte um das Treffen gebeten, war doch auch er neugierig auf die Eigenarten und Ansichten der Venezianer, und der Erzbischof, der administrative Dinge zu erledigen hatte, gab seine Gäste gern für ein paar Stunden ab. Waldburg hatte eine Ecke des Speisesaals absperren lassen, um seine Ruhe zu haben und vertraulich reden zu können. Sie hatten den Saal tatsächlich für sich allein, und die Wände waren so dick, dass sie in beinahe mönchischer Stille speisten. Es war so leise, dass man das Tropfen der Wachskerzen hörte.

»Stellt Euch doch einmal vor, jedes kleinste Verbrechen wird mit dem Tode bestraft.«

»Welche kleinsten Verbrechen meint Ihr?«, fragte Davide, als der Wirt heiße Milch und verführerisch duftendes Kochfleisch in einem Kupfertopf auf den Tisch stellte.

»Alle nur denkbaren Verbrechen! Wir bestrafen derzeit mit dem Tod Folgendes: Mord, Totschlag nach der römischen Rechtsdefinition, schweren Raub, Sodomie, Aufruhr, Verrat, Vergiftung, Ketzerei und Zauberei. Aber was wäre, wenn wir auch kleine Verfehlungen mit dem Tode bestrafen? Brotraub oder Zechprellerei etwa?«

»Was wäre der Zweck solcher Grausamkeit?«

»Ganz einfach: Meint Ihr nicht, das Verbrechen wäre innerhalb einer Generation ausgestorben, und die Welt strebe einer besseren, sichereren Zukunft entgegen?«

Hasan räusperte sich, und Davide trank einen tiefen Schluck Milch. Auch Gebhards weiße, von hervortretenden Adern durchzogenen Hände mit den langen Fingern ergriffen den Milchkrug.

»Seit vielen Hundert Jahren«, begann Davide schließlich, »werden den Verbrechern auf öffentlichen Plätzen die Glieder gerupft, die Stirnen gebrandmarkt, die Augen ausgestochen. Und doch ist das Verbrechen nach wie vor auf der Welt präsent.«

»Seht, wer geblendet wird oder seine Diebeshand verliert, kann immer noch Kinder zeugen.«

»Ihr glaubt demnach, dass der Hang zum Bösen vom Vater auf den Sohn vererbt wird?«

»Ja, oder von der Mutter. Wer aber nun jede kleinste Verfehlung sofort bestraft, der rottet das Übel an der Wurzel aus und tut künftigen Generationen einen großen Gefallen. Dessen bin ich mir sicher. Seid ihr in Venedig nicht auch große Verfechter der Todesstrafe?«

»Auch bei uns wird sie bei schweren Straftaten angewandt, doch behalten sich der Große Rat und die Inquisitoren zahlreiche Abstufungen vor. Und oft ist ein öffentlicher Pranger doch genauso wirksam und abschreckend, oder etwa nicht?«

Waldburg grinste. »Und doch gibt es eure Kommandos bezahlter Meuchelmörder, die des Nachts durch die Stadt ziehen und unliebsame Personen erdolchen oder ertränken und die Leichen verschwinden lassen.«

Davide wollte etwas erwidern, doch Waldburg setzte nach: »Wo bleibt denn bei dieser Methode die doch zwingend notwendige Abschreckung?«

Davide schnitt schweigend ein Stück vom Fleisch ab. »Ich gebe es gern zu, mit diesen Methoden bin auch ich nicht völlig einverstanden, aber die Rechtsprechung in Venedig hat sich in den letzten Jahren auch sehr gebessert.«

»Dabei dachte ich, Ihr seid einer von diesen gedungenen Mördern?«, hakte Waldburg heimtückisch nach.

Davide stand brüsk auf. »Mein Herr, wir danken Euch für Eure Gastfreundschaft, müssen nun aber gehen.« Auch Hasan erhob sich.

»Aber, so wartet doch, Ihr habt noch gar nicht die ausgezeichnete Mehlspeise probiert, eine Spezialität dieses Wirtshauses!«, rief Waldburg, doch Davide und Hasan waren schon an der Tür.

»Was für ein grober, ungezogener Mensch«, empörte sich Hasan, als die Tür des Wirtshauses hinter ihnen ins Schloss gefallen war und in der Dunkelheit Schneeflocken vor ihrem Gesicht schwebten.

»In der Tat, ein widerwärtiger Kerl. Mein Vater hat immer gesagt: Mit seinem Vermögen ist keiner zufrieden, aber jeder ist es mit seinem Verstand.«

Hasan lachte auf. »Wie treffend!«

»Doch nun lass uns in die warmen Betten des Erzbischofs schlüpfen und uns mit angenehmeren Gedanken umgeben.«

Unterdessen geschahen sechshundert Meilen weiter südlich große Dinge. Während der Rhein durch Köln in seinem gewaltigen Bett ruhig in der Winterkälte dahinfloss, zeigten sich Venedigs Kanäle aufrührerisch. Ein hartnäckiger *scirocco*, der gefürchtete warme und feuchte Südwind, hatte Hochwasser um Hochwasser in die Kanäle gedrückt und diese zum Überlaufen gebracht. Die Venezianer wateten knöcheltief im Wasser, einige Palazzi mussten gar vom Boot aus über den ersten Stock betreten werden. Ein betrunkener *nobile*, der frisch von einem Maskenball kam, fiel in den Canal Grande und geriet beim Auftauchen zwischen zwei voll beladene Transportgondeln, wobei sein Schädel zerdrückt wurde wie eine überreife Weintraube. Die Trauer über dieses Unglück hielt sich in Grenzen, war der feine Herr doch bekannt dafür gewesen, Bedienstete zu schlagen und Dienstmädchen zu begrabschen. An eine öffentliche Aufbahrung war nicht zu denken. In derselben Woche erließen die Prokuratien die *quintello*, eine Steuer von fünf Prozent auf Erbschaften, Schenkungen und Geschäftsübernahmen. Die griechische Gemeinde Venedigs beschloss die Gründung der literarischen Schule *Accademia degli Stravaganti*, und die römische Familie Boncompagni wurde ins Goldene Buch der Stadt eingetragen und erlangte damit Zutritt zum Großen Rat. In Cannaregio kamen Zwillinge zur Welt, die an den Köpfen zusammengewachsen waren; viele noble Venezianer strömten herbei, um diese Merkwürdigkeit zu bestaunen, und ließen der verstörten Mutter einige Dukaten auf dem Nachttisch. Bevor jedoch die Wissenschaftler und Doktoren einen Blick auf die armen Menschenkinder werfen konnten, verstarben sie.

Doch all das war für Veronica, Miguel und Tintoretto ganz unbedeutend. Denn schließlich war Barbatto wieder in der Stadt gesehen worden, jener teuflische Kaufmann, dessen gelogene Aussage einen Gutteil zur Verurteilung Davides beigetragen hatte. Miguel hatte bereits einen cleveren Plan ausgeheckt, sich an ihm zu rächen. Veronica und Tintoretto stimmten zu, und das Vorhaben wurde mit der nötigen Umsicht auf den Weg gebracht.

Am nächsten Tag waren Davide und Hasan früh aufgestanden. Die Venezianer hatten Cornelia zurückgelassen und noch einmal den Kölner Dom besichtigt. Im Kirchenschiff war es so kalt, dass der Atem Wölkchen bildete. Sie trafen auf einige betende Alte, die zusammengekauert auf den Bänken hockten, und einen jungen Priester, der mit stinkenden Talgkerzen hantierte, doch verwertbare Spuren rund um den Hochaltar und den Dreikönigenschrein fanden sie nicht. Sie verließen den Dom und spazierten über frischen Schnee, der unter ihren Schuhen knirschte, bis zum Marktplatz, auf dem dick vermummte Händler ihr karges Wintergemüse sowie etwas Wild und Fisch anboten.

Es war eine bleierne Stunde, alles Leben schien wie mit einer dicken grauen Wolldecke fast erstickt. Zur Nachmittagszeit hatte der Florentiner Kaufmann Giovanni de Magistris einen Boten zu ihnen geschickt und ein gemeinsames Essen in einem nahen Wirtshaus vorgeschlagen.

Die Taverne »Zum Goldenen Hirschen« ein paar Straßen nördlich vom Dom, dort, wo der Rhein langsam gen Osten bog, war berüchtigt für ihre Klientel. Richtige Freidenker verkehrten hier, die auf überzeugte Katholiken trafen, es war ein ewiges Gezeter, sehr zur Freude des Wirts, denn heisere Kehlen waren besonders durstig. De Magistris hatte Davide und Hasan hierhergelotst, wusste er doch, dass sie sich für die kirchlichen Angelegenheiten der Stadt sehr interessierten.

Und tatsächlich musste Davide einem offenkundigen Verdacht nachgehen. Steckten die Protestanten hinter der Raubserie? Die Motive lagen auf der Hand: Sie hatten als Allererste ein Interesse daran, die papistischen Reliquien zu diskreditieren, denn in ihrem Glaubensgebäude waren Heilige obsolet, gab es doch nur Gott, den Gottessohn und den Heiligen Geist, alles andere bildete lästerliches Blendwerk. Waren also Luthers aufrührerische Ideen, den Papst als Stellvertreter Christi auf Erden nicht anzuerkennen, die Verehrung der Jungfrau Maria abzulehnen und das Konzept der Beichte zu geißeln, Motiv und Grundlage der Raubserie? Im Augsburger Reichsfrieden von 1555 war zwar die freie Religionsausübung gestattet worden, wie Davide es sich vom Erzbischof hatte erklären lassen, doch überall in den deutschen Fürstentümern brodelte es mächtig, nicht zuletzt in Köln.

»Seht, über die Deutschen und ihre Religion könnte man ein groteskes Theaterstück schreiben«, flüsterte de Magistris, der jetzt ganz gesprächig war. Vermutlich, weil das Essen noch nicht auf dem Tisch stand. »Denn einerseits gilt der Grundsatz *Cuius regio, eius religio.* Der Fürst des jeweiligen Landes bestimmt, welche Religion in seinem Hoheitsgebiet ausgeübt wird. Das funktioniert bislang, der Deckel bleibt auf dem brodelnden Topf. Zum Glück ist Kaiser Maximilian ein gutmütiger Mann, der mit Protestanten wie Katholiken bestens auskommt. Sein Sohn Rudolf allerdings scheint ein arger katholischer Eiferer zu sein, der Himmel stehe uns bei, wenn er an die Macht kommt.«

»Ich sehe, Ihr habt die hiesigen Verhältnisse ausgiebig studiert.«

»Oh, für mich als Kaufmann ist es ganz wichtig, auch politisch gut Bescheid zu wissen. Ein falsches Wort kann die schönste Vereinbarung zunichtemachen. Aber hört zu: Was auf Pergament so friedlich klingt, ist in Wahrheit sehr kompliziert. Denn wenn die Untertanen nicht konvertieren wollen, haben sie dank des *ius emigrandi* zwar das Recht, in ein Gebiet ihres Glaubens auszuwandern. Doch was passiert mit ihren Besitztümern? Ihrem Grund, ihrem Haus? Manchmal konfisziert alles der Landesherr, manchmal nicht. Dann sind da ja noch die Sonderreglungen, namentlich das *Reservatum ecclesiasticum* und die *Declaratio Ferdinandea*. Ersteres bestimmt: Sollte ein geistlicher Territorialherr zum Protestantismus konvertieren, so muss er sein Amt niederlegen und seine Pfründe aufgeben. Der katholische Nachfolger wird daraufhin vom Domkapitel gewählt. Was bezweckt man damit? Nun, die Reichskirche bleibt somit brav katholisch, und allzu viele geistliche Überläufer zum Protestantentum dürfte es nicht geben. Die Protestanten akzeptierten das *Reservatum ecclesiasticum* nur deshalb, weil in den Augsburger Reichsfrieden eine Zusatzklausel aufgenommen wurde, nämlich ebenjene *Declaratio*. Dort wiederum steht geschrieben, dass protestantischen Adligen, ja selbst ganzen Reichsstädten und Gemeinden in geistlichen Gebieten Bekenntnisfreiheit zusteht. Doch nun kommen die spitzfindigen Katholiken und sagen, dass solche Zusatzerklärungen gar nicht rechtmäßig sind. Ja, manche halten die *Declaratio* gar für eine reine Erfindung. Die Protestanten wiederum erkennen das *Reservatum* nicht an. Ich fürchte, da wird noch einiges an Unheil über die deutschen Lande kommen.«

»Mir brummt der Schädel«, seufzte Hasan.

»Oh, und das ist noch nicht alles, denn auch das Reformationsrecht der Reichsstädte ist höchst umstritten. Und dann gibt es noch jene Kirchenterritorien, die vor dem Reichsfrieden zum Protestantismus übergetreten sind und ihre Konfession behalten dürfen, und was ist mit den Calvinisten? Oder anderen protestantischen Abspaltungen?«

»Schön und gut, doch wie verhält es sich mit dem Erzbischof?«

»Salentin von Isenburg ist ein guter Mann. Er ließ zwei Spitäler, ein Leprahaus und ein Waisenhaus errichten. Das Spital ›Zur weiten Tür‹ ist für alle Leute, die elend und wund sind und auf der Straße liegen.«

»Die Katholiken sind sicher überall dort besonders fest und fromm, wo sie sich gegen den konkurrierenden Glauben behaupten müssen«, warf Davide ein.

»Und dann gibt es ja noch diese wahnsinnigen Eiferer wie den Ulrich von Hutten, der einen Aufstand gegen Rom forderte, der zu den Pfaffenkriegen und zum Sturz der *ungeistlichen Geistlichen* aufrief, um die verweltlichte Kirche zur Räson zu bringen. Ein schlimmer Eiferer, fürwahr, gegen den zu Recht die Reichsacht ausgesprochen wurde. Wäre er doch nur bei seinen lateinischen Gedichten geblieben, die, wie ich hörte, durchaus hübsch sein sollen.«

Endlich brachte man das Essen auf den Tisch, und der Redefluss des Florentiners wurde unterbrochen.

»Haltet Ihr es für möglich«, hakte Davide nach, »dass Protestanten oder auch Calvinisten hinter dem Raub der Reliquien stecken?«

»Wer weiß? Warum sollte man das ausschließen?«, mümmelte Giovanni.

»Das Merkwürdige ist: Uns Venezianern stehen die protestantischen Ideen vielleicht näher als so manche papistische Sichtweise«, befand Davide.

»Wobei Gebhard von Waldburg ...«

»Ihr habt recht, ein unangenehmer Mensch, doch kann er nicht alle sinnvollen reformatorischen Gedanken in den Schmutz ziehen«, wandte Davide ein.

»Der Papst dagegen lässt nicht mit sich reden. Habt Ihr gehört, dass er die gesamten Niederlande, jeden einzelnen Bürger, exkommuniziert hat? Er hält die Protestanten für eine Art Affen, jedenfalls keine richtigen Menschen.«

»Denkt an Timotheus«, ertönte plötzlich ein Schrei am Nebentisch. Der Urheber war ein stadtbekannter Protestant und enger Freund Gebhard von Waldburgs, wie Giovanni seinen Gästen zuraunte.

»Und nur aus Timotheus lest Ihr, dass allein die Bibel uns zu sagen hat, was wir zu tun haben? Ihr redet wirr!«, entgegnete einer der Diskutanten, die mit ihm am Tisch saßen, der eine merkwürdige gräuliche Fellmütze auf dem Kopf trug.

»Zweites Buch Timotheus, Kapitel drei, Vers sechzehn«, rief derjenige, der den Disput vom Zaun gebrochen hatte, und fuchtelte dabei mit dem Zeigefinger in der Luft. »›Denn alle Schrift von Gott eingegeben, ist nütze zur Lehre, zur Zurechtweisung, zur Besserung, zur Erziehung in der Gerechtigkeit, dass der Mensch Gottes vollkommen sei, zu jedem guten Werke geschickt.‹ Wie kann man diese Worte anders verstehen als in unserem Sinne?«

»Euer Grundsatz der *Sola Scriptura* ist ein Unsinn«, ergriff ein anderer das Wort, »wozu hat denn Jesus sonst die Apostel in alle Welt und den Paulus nach Rom geschickt, um seine Kirche zu gründen? Irren sich etwa selbst die Apostel?«

»Hört doch auf Johannes 16, Vers 16: ›Ich werde den Vater bitten, und Er wird euch einen anderen Sachwalter geben, dass Er bei euch sei in Ewigkeit, den Geist der Wahrheit, den die Welt nicht empfangen kann, weil sie ihn nicht sieht noch ihn kennt. Ihr aber kennet ihn, denn Er bleibt bei euch und wird in euch sein.‹«

»Oh, mit etwas Willen kann man jeden beliebigen Bibelvers …« Doch weiter kam der Katholik nicht.

»Der Papst untergräbt die Autorität und Ganzheit der Heiligen Schrift und wird dafür in der Hölle schmoren!«, sprang nun ein Protestant vom nächsten Tisch seinem Kollegen bei, und bald entstand ein hübsches, sich zu ganz unchristlichen Schmähungen steigerndes Wortgefecht mit allerlei Beteiligten.

»Hört, hört!«

»Schandmaul!«

»Ketzer!«

»Papist!«

»Häretiker!«

»Verstehe ich das richtig? Es geht zwischen Katholiken und Protestanten also auch um die Bibel?«, fragte Davide, als gerade einen Moment Ruhe herrschte.

»Um ehrlich zu sein, erscheint mir das der wesentliche Unterschied zu sein. Die *Sola Scriptura* ist das, was die Protestanten wollen. Nur die Bibel kann Gottes Wort verkünden. Wir hingegen glauben, dass auch die römisch-katholischen Traditionen bindend für die Christen sind. Stellt Euch vor, die Protestanten beten Heilige, sogar Maria, die Mutter Gottes, nicht an, schließlich stünde in der Bibel kein Grund dafür. Und manche glauben nicht einmal ans Fegefeuer!«

»Die Sache mit der Ablehnung der Heiligen … Macht sie das nicht höchst verdächtig?«, überlegte Hasan leise.

»Schon möglich, dass einige protestantische Eiferer sozusagen Fakten schaffen und die Heiligen verschwinden lassen wollen. Doch das Risiko wäre ungeheuerlich, ein Flammentod so gut wie sicher! Und natürlich die ewige Verdammnis.«

»Wobei ja Protestanten nicht an die Hölle glauben, richtig?«, lächelte Davide.

»Auch das ist eine komplizierte Geschichte, aber bei einigen Strömungen ist das wohl so.«

Es wurde schnell wieder lauter.

»Der Papst ist der Vikar Christi und nimmt den Platz Jesu als sichtbares Haupt der Kirche ein«, wurde von einer Ecke des Raumes gerufen. »Als solches hat er die Fähigkeit, *ex cathedra* zu sprechen, und seine Lehren sind bindend für alle Christen!« Die Antworten darauf waren laut, zahlreich und daher nicht zu verstehen.

Nun kam ein Protestant an ihren Tisch. Das missionarische Bewusstsein dieser Menschen hier war wirklich verblüffend. Der junge Mann mit schlechten Zähnen redete eindringlich auf sie ein, dabei mit dem Kinn zu jenem deutend, der das Papsttum verteidigt hatte. »Wir hingegen glauben, dass kein menschliches Wesen unfehlbar ist. Christus allein ist das Haupt der Kirche. Die Katholiken berufen sich auf die apostolische Nachfolge als einen Weg, um die Autorität des Papstes zu verankern. Aber wir Protestanten glauben, dass die Autorität der Kirche sich vielmehr ausschließlich vom Wort Gottes ableitet. Geistliche Kraft und Autorität liegen nicht in den Händen eines einzigen Mannes, sondern in jedem Wort Gottes, das in der Schrift festgehalten ist.« Er verließ den Tisch wieder, ohne dass er eine Entgegnung der drei abgewartet hätte.

Dann ging ein Raunen durch die Taverne. Drei Personen betraten den Raum und zogen sofort alle Blicke auf sich. In ihren außergewöhnlich langen Bärten schmolzen die Schneeflocken.

»Oh je«, seufzte Giovanni de Magistris.

»Wer sind diese Menschen?«, fragten Davide und Hasan gleichzeitig.

»Jetzt mischen sich auch noch die Calvinisten ein. Damit wird es richtig ungemütlich.«

»Ich hörte schon von ihnen. Wie heißen sie? *Cavi* –?«, fragte Hasan.

»Calvinisten. Die Schlimmsten von allen. Wobei: *Calvinisten*, das hören sie nicht gern, das gilt bei ihnen als Schimpfwort.«

»Findet hier etwa eine Diskussion über den rechten Glauben ohne uns statt?«, rief der Älteste der drei kampfeslustig in den Raum.

»Oh, wer könnte auf euch verzichten?«, entgegnete ein Protestant – oder war es ein Katholik? – ironisch.

»Auch wenn Ihr alles in der *Institutio Christianae Religionis* nachlesen könnt, der Schrift unseres lieben Gründers, sind wir doch immer gern bereit, uns mit allen kritischen Geistern auseinanderzusetzen und sie schließlich zu überzeugen«, gab der Alte zurück. Und schon stürzten sie sich in den intellektuellen Disput wie Kinder in eine Wasserpfütze.

»Mir kreist langsam wirklich alles komisch im Schädel umher«, verzweifelte Hasan. »Was wollen denn nun diese Calvinisten? Sind sie Protestanten oder Katholiken?«

»Oh, wie viel Zeit habt Ihr? Ich versuche es kurz zu machen. Der Herr Calvin, das war ein Schweizer. Und er sagte: Der Mensch ist ein Sünder. Ein böser Geselle. Denkt nur ans Schlechte. Er allein findet den rechten Weg nicht, er braucht nur den Heiligen Geist. Aber bestimmt nicht den Papst. Der Papst, das ist für Calvin reiner Aberglaube.«

»Also ein Protestant?«

»Ganz so einfach ist es nicht mit den Calvinisten, denn wie einige frühe Katholiken glauben sie auch an die göttliche Vorherbestimmung: Gott habe die Menschen in eine Gruppe der Auserwählten und eine der Nicht-Auserwählten geteilt. Für die Auserwählten hat Gott die Auferstehung vorgesehen, die Übrigen bleiben unwissend. Laut Calvin sind sie gar auf dem Weg in die ewige Hölle. Diese Entscheidung sei noch vor der Schaffung des Universums getroffen worden und somit erst recht vor der Geburt des einzelnen Menschen sowie vor irgendwelchen Entscheidungen, die der Mensch in seinem Leben trifft.«

»Also war Jesu Kreuzestod umsonst?«, fragte Davide.

»Jedenfalls für den Herrn Calvin. Jesus Christus ist nicht gestorben, um alle Menschen zu retten. Er erlöst nur diejenigen, die vorherbestimmt sind, aber sich auch asketisch verhalten, dazu fleißig und eifrig sind. Ein Schweizer eben. Die sind penibler als die Deutschen. Und da man ja nicht weiß, ob man auserwählt worden ist oder nicht, muss man stets so handeln, als ob. Wenn man Erfolg hat und ordentlich schafft, dann hat man die Gewissheit, dass man von Gott auserwählt ist. Je fleißiger und erfolgreicher, desto besser.«

»Wenn ich es recht überlege, wäre dieser Calvinismus eine recht passende Religion für uns Venezianer«, lachte Davide.

»Tatsächlich! Viele Marketender jedenfalls sind schon Calvinisten, ohne es zu wissen. Laut diesem merkwürdigen Schweizer sind all jene vom Herrn auserwählt, die besonderen Fleiß zeigen und Reichtum anhäufen. Aber das sind nur Indizien, denn der Mensch hat keinerlei Einfluss auf die göttliche Entscheidung. Ob jemand nach dem Tod in der Hölle landet oder zum Himmel auffährt, wurde ja bereits zu Anbeginn der Zeit festgelegt. Was der Mensch nun versucht, ist, sich selbst durch seine Tugendhaftigkeit Gewissheit darüber zu verschaffen, dass er auserwählt ist. Ach ja, und das Abendmahl, das ist eine bloße Erinnerungsfeier, und die Priester haben erst recht nichts zu sagen.«

»Nicht gerade eine sehr katholische Auffassung. Calvin ist sicher auf dem Scheiterhaufen verbrannt worden?«

»Nein, es ist ein wirkliches Wunder, aber er starb friedlich in seinem bequemen helvetischen Bett, erst vor ein paar Jahren.«

Davide blickte sich lange in der Taverne um, in dem der Lärm immer wieder anschwoll wie sich leise auftürmende Wellen, die dann mit großem Getöse an den Gestaden brechen.

»Mein lieber Hasan, was meinst du?«

»Zu was, Herr?«

»Zu diesen religiösen Eiferern?«

»Nun ja, wie Kriminelle wirken sie dann doch nicht.«

»Unter diesen Scholaren werden sich wohl keine Meisterdiebe befinden. Brechen wir auf?«

Draußen war es längst dunkel geworden; Davide, Hasan und der Florentiner bestellten beim Wirt zwei Fackelburschen, die sie zum Wohnhaus des Erzbischofs begleiteten.

Am Abend lud der Erzbischof noch zu einem Umtrunk in seine gemütliche Lesestube, ausdrücklich auch Cornelia. Nur der Kaufmann hatte sich mit dringenden Geschäften am frühen nächsten Morgen entschuldigt. Es war ein kleiner, aber hoher Raum, der leicht süßlich nach Papier roch, denn bis zur Decke standen dicke Folianten in den Regalen aus Eichenholz. Auch der Schreibtisch war voller Bücher, Papiere und Schriftbündel. Hier war ein Mann daheim, der es offenbar liebte, seine Nase tief in die Ideen anderer zu stecken. Er entschuldigte sich auch für die Unordnung, die aber den Gästen, die auf ihre Art ähnlich wissbegierig waren, gut gefiel.

»Wie es der Zufall will und wie es auch meine Position mit sich bringt, habe ich lange zu den Heiligen Drei Königen geforscht, und da gibt es doch einiges an interessanten Dingen zu berichten. Ganz unter uns Katholiken: Wusstet Ihr, dass in der Bibel weder von Königen noch von der Zahl Drei die Rede ist?«

»Ja, ist das möglich?«, fragte Cornelia.

»Ja, das ist es«, nickte Salentin von Isenburg. »Nur im Matthäusevangelium sind sie erwähnt, und dort bezeichnet sie der heilige Skribent lediglich als *Weise*. Er beschreibt eine Reise aus dem Osten, und dass sie einem Stern folgten, und dass sie Gold, Weihrauch und Myrrhe dabeihatten. Auch hätten sie sich geweigert, Herodes den Aufenthalt des Jesuskindes zu nennen. All das ist verbürgt, mehr aber nicht, egal, wie man die Schrift auch dreht und wendet. Die Zahl Drei kam später auf, weil sie drei Gaben dabeihatten. Und auch, dass einer von ihnen ein Mohr war, steht nicht in der Bibel, soll aber darauf hinweisen, dass Jesu Erlösung für die ganze Welt gelten sollte.«

»Auch wenn die Calvinisten das anders sehen«, warf Davide ein.

»Oh, die Calvinisten sehen so ziemlich alles ganz anders«, lächelte der Erzbischof. »Wenn einst nur noch die Protestanten das Sagen haben, dann werden sie wohl, weil sie Wert auf die genaueste Auslegung der Heiligen Schrift legen, von der Zahl Drei und auch von den königlichen Kronen abrücken müssen. Entschuldigt mich.« Er rief nach seinem Sekretär und flüsterte ihm etwas ins Ohr, woraufhin sich dieser entfernte und wenig später mit einem Stapel vergilbter Papiere zurückkam, den er mit großer Ehrfurcht dem Bischof reichte. Der blickte zufrieden darauf und strich die erste Seite glatt.

»Johannes von Hildesheim, der brave Prior des Klosters Marienau, welches ein paar Tagesreisen von Köln liegt, schrieb vor zweihundert Jahren die *Historia trium regum*, die *Geschichte der drei Könige*, und er vermutet, dass es zoroastrische Astronomen waren, die sich mit der Sternenforschung auf dem Berg Vaus beschäftigten. Sie bestiegen den heiligen Berg, weil sie einen Stern erwarteten, der die Ankunft eines Gottes auf Erden ankündigen sollte. Laut Johannes sollen sie ursprünglich aus Indien stammen. Doch die Bibel ist nicht die einzige Quelle, wie der Prior herausgefunden hat. Auch arabische Texte sprechen von ihnen, und in den frühen christlichen Kirchen war mal von zweien, dann wieder von zwölfen die Rede, die Hormidz, Jazdegard, Peroz, Hor, Basander, Karundas, Melco, Caspare, Fadizzarda, Bithisarea, Melichior und Gataspha genannt worden. In der *Concordia evangelistarum* des Zacharias Chrysopolitanus sind sie dann wieder zu dritt und heißen Appelius, Amerus und Dams, bei den Hebräern Magalath, Galgalath und Saracin.«

»Alle Achtung, Ihr kennt Euch aus mit Euren Königen«, staunte Hasan.

»Was hat man als Kirchenmann sonst zu tun?«. Lächelnd hob der Erzbischof die Hände. »Eine Leidenschaft braucht man schließlich für sein allzu kurzes Erdendasein. Wohl schon um das Jahr 350 unseres Herrn, vielleicht sogar noch früher, kamen die Leichname nach Mailand. Der dortige Bischof Eustorgius ließ sie aus Konstantinopel kommen, weil er dereinst neben ihnen begraben werden wollte. Den Rest der Geschichte kennt Ihr. Doch woher kamen sie ursprünglich? Und da ist einer Eurer Landsleute aus Venedig, der weit nach Osten reiste, eine besonders wichtige Quelle.«

»Ihr meint doch nicht den Marco Polo?«

»Oh doch, genau den!«

»Wir halten ihn für ein großes Schlitzohr, muss ich gestehen, der uns Venezianern nicht sonderlich zur Ehre gereicht«, sagte Davide.

Der Erzbischof lachte: »Der Prophet im eigenen Land, der zählt selten viel. Ich hingegen schätze ihn sehr. Wartet, ich habe den italienischen Originaltext hier.« Er wandte sich zu seinem Sekretär, der stehend etwas abseits gewartet hatte und nun dem Erzbischof einen weiteren Pergamentstapel reichte, der von Kordeln etwas nachlässig zusammengehalten wurde.

»Bitte entschuldigt den Zustand, es ist unser einziges Exemplar, ich lasse es gerade von Kopisten vervielfältigen.« Der Erzbischof räusperte sich, blickte noch einmal auf, um sich der Aufmerksamkeit seiner Zuhörer sicher zu sein, und sagte: »Das ist also der Bericht des Marco Polo, welchen er, wie Ihr sicher wisst, in genuesischer Haft seinem Mitgefangenen Rustichello da Pisa diktierte, welcher als Autor von Ritterromanen bekannt war. Er beginnt so: ›Persien war einst ein bedeutendes Reich; in letzter Zeit haben es die Tataren zerstört und das Land verwüstet. Aus der persischen Stadt Sava stammen die Drei Weisen, die Jesus Christus angebetet haben. Sie sind hier in drei schönen Gräbern beigesetzt. Die drei kubischen Grabmäler mit Kuppeldächern stehen eins neben dem andern. Kopfhaar und Bart, sogar die Körper der Toten sind noch erhalten. Wir kennen die drei Namen: Balthasar, Kaspar und Melchior.‹ Marco Polo erkundigte sich, wer sie eigentlich gewesen seien, konnte jedoch nichts Weiteres in Erfahrung bringen. Gewiss war man sich nur, dass sie einst Könige gewesen und vor langer Zeit hier begraben worden seien.«

»Aber Moment einmal: Dann sind die Leichname also gar nicht in Köln, sondern in Persien?«, fragte Cornelia.

»Gut aufgepasst, junger Mann. Ich komme später auf Euren klugen Einwurf zurück. Marco Polo berichtet, dass er in einen Ort namens Cala Atapersistan kam, drei Tagesreisen von Sava entfernt. Dort erzählte man sich, dass einst drei weise Könige aus der Gegend ausgezogen seien, um einen neugeborenen Propheten zu suchen und anzubeten, sollte er ein Gott sein. Dies zu prüfen, hatten sie drei besondere Gaben für das Kind dabei: Weihrauch, Myrrhe und Gold. Wenn der Knabe nach dem Golde greife, sei er ein König, wenn er die Myrrhe nehme, ein Arzt, wenn er den Weihrauch bevorzuge, sei er ein Gott. Das Kind aber machte zwischen den Gaben keinen Unterschied, sondern nahm alle an. Da stand für die Weisen fest, dass dies der neue Gott war, zugleich ein König und ein Heiler. Als Gegengabe erhielten sie ein Kästchen, in dem sich nichts weiter als ein Stein befand. Die drei begriffen die Symbolik: Das Geschenk war ein Sinnbild für den neuen Glauben, der fest wie Stein werden sollte. Ihr seht, Euer Herr Polo ist ein begnadeter Geschichtenerzähler! Zum Schluss sagt er noch, dass einer der drei Weisen aus Saba, einer aus Ava und der dritte aus Cashan kam.«

»Eine bemerkenswerte Geschichte«, nickte Davide. »Und sie scheint nahezu glaubhaft.«

»Nicht wahr? Keine Frage, Signor Polo war ein fantasiebegabter Mensch. Doch hier kommt noch ein Bericht, der etwas ganz anderes über die drei Weisen sagt. Er stammt von Bonvicinus de Rippa, dem Poeten aus Mailand, wartet …« Der Erzbischof holte ein weiteres Pergament hervor, es war in sehr gutem, frischem Zustand und in einer prachtvollen, schnörkeligen Schrift abgefasst.

»Dies ist die ganz neue Abschrift eines alten Berichts, darin schreibt Bonvicinus empört, dass die sterblichen Hüllen der Heiligen Drei Könige von Kaiser Friedrich dem Ersten aus Mailand geraubt und nach Norden verbracht wurden. Ich darf Bonvicinus zitieren: ›Wehe den Bürgern dieses Landes, die, eines derart großen Schatzes beraubt, sich eher gegenseitig zu vernichten trachten, als einen Weg zu suchen, auf dem sie ihre Schande auszulöschen und den Raub eines so großen Schatzes durch die Strenge des Kirchenrechts ruhmreich rückgängig zu machen vermöchten! Wehe den Erzbischöfen dieses Landes, deren Gleichgültigkeit bewirkt hat, dass die Reliquien noch nicht durch das Schwert der Kirche zurückerstattet worden sind, welche nicht durch die Schuld der Bürger, sondern aufgrund ihrer außerordentlichen Treue und Standhaftigkeit in Verteidigung der Kirche verlorengegangen sind!‹ Für Bonvicinus war dieser Raub die größte Schmach für Mailand«

»Wem sollen wir nun glauben?«, stöhnte Hasan. »Dem Ersten, den Ihr nanntet ... Johannes aus Hildesheim, Marco Polo oder Bonvicinus de Rippa?«

»Oder gar keinem von ihnen?«, bemerkte Davide.

»Der Herrgott hat uns nicht umsonst mit Verstand und Urteilsvermögen gesegnet, daher sollten wir den Bericht Marco Polos zumindest ernst nehmen. Sicher ist aber auch, dass etwas aus Mailand geraubt und hierher nach Köln geschafft wurde.«

»Verratet mir eines, hochwürdigster Herr«, stellte Davide die Frage, die nun im Raum stand. »Sind es wirklich die Knochen der Heiligen, die wir suchen? Oder jagen wir alten Knochen unbekannter armer Burschen hinterher, die es doch eigentlich nicht wert sind?«

Salentin von Isenburg räusperte sich. »Nun, wir sind unter erwachsenen Menschen. Der Herr stellt uns immer wieder auf die Probe, lässt uns zweifeln und verzagen. Und mit den drei Weisen scheint er uns auf besonderem Wege zu fordern. Ich befasse mich seit meiner Jugend mit ihnen. Es erscheint mir als die Aufgabe, die der Herr für mich ausgewählt hat. Bedenkt einmal Folgendes: Ist das Jesuskreuz, das in jeder Kirche hängt, ein echtes? Nein, natürlich nicht. Es handelt sich um das Schnitzwerk eines örtlichen Handwerkers, meistens nicht sonderlich geschickt ausgeführt. Und doch ruft es beim gläubigen Menschen tiefe Reaktionen hervor, als hinge der Gottessohn selbst im Martyrium daran. Unterschätzt nie die Macht der Symbole.«

Der Erzbischof unterbrach sich und nahm einen tiefen Schluck Wein. »Und noch etwas: Seid bei Euren Nachforschungen auf der Hut. Wer die Reliquien besitzt, ist ein mächtiger Mann.«

Mit diesen Worten verabschiedeten sich die drei, suchten ihre Gemächer auf und fielen in einen unruhigen, aber traumlosen Schlaf.

Am frühen Morgen klopfte es an Davides Zimmertür. Er öffnete sie einen Spalt breit. Es war Cornelia, die errötend zu Boden blickte. »Ein Bote für Euch ist angekommen. Er sagt, sein Brief dulde keinen Aufschub. Und er darf ihn Euch nur persönlich überreichen.«

Davide warf sich seinen Tabarro über, stieg die Treppe hinunter, wo auch schon der erzbischöfliche Hausherr stand, auf eine komische Art mit Schlafmütze und Öllampe bewaffnet. Davide trat vor die Tür.

Der Bote stieg mit wackligen Beinen von seinem schäumenden Rappen, den er bis fast zur völligen Erschöpfung hierhergetrieben hatte. Der Reiter keuchte und beugte sich vor, um zu Atem zu kommen, und Davide fürchtete, er könne tot umfallen wie jener griechische Bote, der den Athenern vom Ausgang der Schlacht bei Marathon berichtet hatte. Doch nach einigen Augenblicken erholte sich der kleine schlanke Mann mit gewaltiger Nase. Zitternd griff er unter seinen von Schmutzspritzern verdreckten Umhang und holte einen Brief hervor, der mehrfach mit Wachs versiegelt war. Davide erkannte schnell den vertrauten Löwen der Markusrepublik.

»Von Venedig bis hierher in sechseinhalb Tagen«, berichtete der Bote noch immer etwas keuchend. »Wenn das keine neue Bestleistung ist, dann will ich auf der Stelle verdammt sein und in den untersten Kreis der Hölle fahren.« Wiederum schnappte er nach Luft. Davide blickte auf das vom Schweiß bedeckte Pferd, um das sich bereits zwei Stallknechte des Bischofs kümmerten. Wie viele Pferde mussten wohl für die Strecke in dieser Zeit zugrunde geritten worden sein?

»Herr, mir wurde aufgetragen, ich möge den Brief mit meinem Leben verteidigen, und glaubt es mir, es gab Momente, da wäre es fast so weit gekommen.«

»Nun ist's aber gut, tapferer Bote«, herrschte ihn Davide an, der das Spiel gut verstand. Er griff in seinen Umhang und holte die Summe von zwei Dukaten hervor, die der Bote mit artistisch tiefer Verbeugung in Empfang nahm. Allerdings blieb er bei Davide stehen, war er doch allzu erpicht darauf, den Inhalt des Schreibens zu erfahren, mit welchem er so heldenhaft über die Alpen gejagt war. Davide blickte ihn scharf an und bedeutete ihm energisch mit dem Kinn, sich zu entfernen.

KAPITEL 13

Veronicas Rache

Davide und Veronica hatten seinerzeit mit der Hilfe ihrer Freunde fast alle Verschwörer aufgespürt, die für die Verurteilung Davides und die Beschlagnahmung seines nicht unerheblichen Vermögens verantwortlich waren. Veronica und ihre Freundin, die portugiesische Adlige Bibiana Ribeiro, hatten den Inquisitor Severgnini bei Fesselspielen überrascht, Davide hatte seinen verräterischen Gondoliere Enrico in den Bergen Tirols aufgespürt, Miguel de Cervantes hatte in Verona die wahre Identität des Inquisitors Gioia enthüllt, welcher ihnen seitdem aus der Hand fraß, und Tintoretto hatte den römischen Kaufmann Andretti, der Davide vor den Inquisitoren als Kuppler bezichtigt hatte, in einem Kirchenfresko als Teufel gemalt, für alle deutlich erkennbar – und das war eine wirklich perfide und grässliche, dennoch wohlverdiente Strafe. Davides ehemaliger Leibkoch Rigoberto, ein ebenso fähiger wie korrupter Hallodri, musste eine lebendige Kakerlake verspeisen, was für all jene, die an der Rache beteiligt waren, ein großes Vergnügen darstellte. Außer natürlich für Rigoberto selbst. Und für die Kakerlake.

Doch einer fehlte. Der beleibte Kaufmann Barbatto mit seiner juckenden Schuppenflechte im Gesicht war kurz nach dem Urteilsspruch auf Reisen gegangen und hatte sich in Venedig wohlweislich lange nicht mehr blicken lassen. Doch jetzt, beinahe zwei Jahre später, war er zurückgekehrt, wie

Bartolomeo, der treue Gondoliere der Bellinis, seiner Herrin berichtet hatte. Bald sah man ihn wieder auf den Festen der *nobili*, noch ein wenig runder als zuvor. Auch sein Reichtum sollte noch einmal beträchtlich zugelegt haben. Seinerzeit hatte Barbatto Davide vorgeworfen, sein Dienstmädchen unsittlich berührt und sogar dem jungen Koch nachgestellt zu haben. Insgesamt keine schweren Anschuldigungen im traditionell toleranten Venedig, aber doch Mosaiksteine, welche, einmal zusammengesetzt, ein katastrophales Bild von Davide gezeichnet hatten.

Veronica hatte, unter anderem bei Venedigs offiziellem Chronisten Furetto, dem spitzgesichtigen Frettchen, reichlich Erkundigungen über Barbatto eingeholt, der auf den ersten Blick so unangreifbar schien. Doch irgendwann bekam sie endlich die Auskunft, die sie brauchte. Sie hatte die Schwachstelle des cleveren Kaufmanns entdeckt.

Miguel und Bibiana spielten die Köder. Am ersten Tag lockten sie Barbatto in eine Taverne. Bei Quattrodenti in Cannaregio, einer der verruchtesten Spelunken Venedigs. Quattrodenti wusste Bescheid und hatte im Vorfeld unter seinem rabiaten Publikum für Ruhe gesorgt, unter anderem mit reichlich Wein. Die Taverne mit dem mehr als zweifelhaften Ruf war klug gewählt. Sie sollte auf Barbatto verrucht genug wirken, um seine Skepsis zu zerstreuen. Ein betrügerisches Geschäft wurde viel eher bei teuren Einladungen getätigt. Das wusste auch Barbatto sehr genau.

Der Kaufmann lehnte sich in seinem Stuhl am Ecktisch zurück. »Erzählt mir also, warum Ihr mir meine Zeit stehlt«, gab er sich gönnerhaft.

Miguel schob dem Kaufmann zwei Goldmünzen hin.

Keine Dukaten, sondern ungeprägte, dicke Scheiben. Sie funkelten im schummrigen Licht. Barbatto blickte zunächst skeptisch, betrachtete sie eingehend, biss auf sie – und musste erkennen, dass es sich tatsächlich um echtes Gold handelte.

»Zweifellos hübsche Münzen«, sagte er bemüht beiläufig. »Und warum zeigt Ihr sie mir?«

Der Wirt Quattrodenti, der gerade zwei Streithähne getrennt und mit Hilfe seines friulanischen Türstehers nach draußen befördert hatte, kam an den Tisch und schenkte Wein nach. Er hatte extra seinen eigentlich für heute angesetzten Damen-Armdrück-Abend um einen Tag verschoben. Zu jenem Spektakel, welches einmal pro Woche stattfand, strömten inkognito sogar die reichsten Venezianer, die sich dem Kitzel des Unterschichtenvergnügens hingaben. Es konnte nur eine Frage der Zeit sein, bis der Große Rat das Armdrücken hier verbot, fürchtete Quattrodenti, denn es traf ja immer die Kleinen, die sich einen Buckel arbeiteten.

»Weil wir sie Euch schenken wollen«, flötete Bibiana, die hübsche Portugiesin, mit ihrem gewinnendsten Lächeln.

Barbatto zuckte leicht zusammen und blickte sich misstrauisch um. »Macht Ihr Scherze?«

»Oh, keineswegs. Steckt die Münzen nur ein«, sagte Miguel. »Sie sind von beachtlichem Umfang und sicher fünf oder sechs venezianische Golddukaten wert. Ich habe genug davon.«

Barbatto zögerte kurz, dann griff er rasch zu. »Also dann, erzählt mir, was dieses großzügige Geschenk zu bedeuten hat.«

Der Spanier lächelte. »Ich habe einen Freund.«

»Das soll vorkommen.«

»Dieser Freund ist ein Nachfahre des großen Raimundus

Lullus«, warf Miguel den Köder aus. Veronica hatte in Erfahrung gebracht, dass der Philosoph und Astrologe Barbattos großes Idol war. Er hielt sich für einen Experten und glaubte fest an die alchemistischen Wundertaten, die man Lullus nachsagte. »Er ist mit den seit Generationen in der Familie weitergereichten Kenntnissen des großen Vorfahren wohlvertraut«, spann Miguel den Faden weiter. »Er ist hier in Venedig, um seine Kunst zu verfeinern, wenn möglich, und natürlich um unsere Freundschaft zu beleben.«

Die letzten Worte hörte Barbatto schon nicht mehr. Sein Bauch begann vor Erregung zu zittern.

»Und er stellt Gold her?«, fragte er, bemüht gleichgültig, doch seine Stimme klang aufgeregt heiser.

Miguel nickte. »Genau so ist es. Doch bedauerlicherweise ist unsere Zeit heute begrenzt, wir müssen weiter. Bitte denkt darüber nach, ob wir in Kontakt bleiben sollten oder nicht.« Miguel und Bibiana erhoben sich brüsk und schüttelten dem verdutzten Kaufmann die Hand.

Barbatto saß in der Felze seiner Gondel und atmete heftig, als die Ruderer ihn durch die Nacht in seinen Palazzo direkt am Canal Grande brachten, den er erst vor wenigen Monaten erworben hatte. Lullus, der große Alchemist, hatte im Jahr 1323 für König Edward den Zweiten sechzigtausend Pfund Gold hergestellt! Das war bewiesen, Chronisten hatten darüber berichtet! Also war es doch so! Damit hatte Edward seinen Kriegszug gegen Frankreich finanziert. Und hielten sich nicht längst auch die deutschen Fürsten ihre Hofalchemisten? Ja, warum hatte es das eigentlich noch nicht in Venedig gegeben? Oh, er würde in Gold schwimmen können, reicher als Krösus Senior sein … Bei dem Namen zuckte er zusammen. Dann griff er in die Tasche, ertastete die Goldstücke und fühlte sich gleich wieder ein wenig ruhiger.

Die nächste Verabredung hatte Barbatto mit Hilfe eines Boten ausdrücklich erbeten. Treffpunkt war wieder die Taverne von Quattrodenti, doch dieses Mal ging es dort recht hoch her. Auch das war von Veronica, Miguel und Bibiana so gewünscht. Denn die beiden Lockvögel und Barbatto mussten nun noch enger zusammenrücken, um einander zu verstehen. Barbatto war auf der Hut. »Sagt, warum Ihr zu mir gekommen seid. Und nicht zu einem anderen großen Kaufmann der Stadt.«

»Ihr meint, zu Krösus Senior?«, erriet Bibiana.

»Ganz genau.«

Miguel rückte so nah heran, dass seine Lippen fast Barbattos knorpeliges Ohr berührten. »Nun, wisst Ihr, ich sage es Euch ganz im Vertrauen, mein guter Freund, der Alchemist, ist auch hier in Venedig, um Geschäfte zu machen. Aber an einem seiner ersten Abende ist er von Krösus Junior beim Würfelspiel aufs Ärgste betrogen worden …«

Barbatto lachte auf. »Von Mattia Marchesan. Ja, mit ihm sollte man das Würfeln lassen. Er ist nicht nur ein guter Spieler, sondern auch ein rechter Lump.«

»Und deswegen will er mit dieser Familie nichts mehr zu tun haben«, fuhr Miguel fort.

Diese entwaffnende, ganz und gar offen und ehrlich erscheinende Antwort ließ Barbattos Misstrauen beinahe schwinden. Dennoch fragte er: »Was wollt Ihr nun ausgerechnet von mir?«

»Unser Alchemist ist kein Betrüger. Ihr wisst sicher, dass es allzu viele davon gibt, die reichen Herren und großherzigen Fürsten das Geld nur so aus der Tasche ziehen. Und über kurz oder lang im Kerker oder am Galgen enden.«

»Das ist mir allerdings bekannt«, nickte Barbatto langsam. Unterdessen brach in der Taverne eine wüste Schlägerei mit mehreren Beteiligten aus. Fäuste und Becher flogen, Knüppel wurden gezückt, und Quattrodenti versuchte mit dem Türsteher, Ruhe und Ordnung wiederherzustellen, wenigstens für ein paar Augenblicke. Die drei waren an ihrem Ecktisch allerdings vor dem Trubel einigermaßen sicher. Und zur Not hatten sie ja auch noch Miguel, der es mit allen aufnehmen konnte, außer vielleicht mit dem Rausschmeißer. So abrupt, wie der Händel entstanden war, beruhigte sich alles wieder, und der Ärger verschwand so rasch wie Wasser aus einem Badezuber, an dem man den Abfluss geöffnet hat.

»Mein Freund, der Alchemist, ist also kein Betrüger«, wiederholte Miguel. »Daher kann er nicht aus Sand oder Schlick pures Gold zaubern, wie es einige Märchenerzähler uns glauben machen wollen.«

»Sondern?«

»Er hat ein Verfahren seines seligen Vorfahren Raimundus weiterentwickelt, mit Hilfe des rätselhaften Hydrargyrums aus wenig Gold viel Gold herzustellen. Von der gleichen Schwere und Reinheit. Quattrodenti!« Miguels tiefe Stimme mit seinem spanischen Akzent hallte durch die Taverne. »Noch einen Krug Wein! Aber von dem guten Zeug!«

Quattrodenti kam alsbald herangeeilt, stellte den Krug auf der schmutzigen Tischplatte ab und bedachte die dort sitzenden Frauen mit einem zahnlosen Lächeln. Die kleine Portugiesin gefiel ihm ausgesprochen gut, doch bei Frauen hatte der Wirt generell wenig Glück, und erst recht nicht bei adligen Damen aus fremden Ländern. Denn er hatte wenig zu bieten außer einer Taverne und einer Zahnlücke.

»Ihr seht mich neugierig«, ließ sich Barbatto vernehmen, als der Wirt gegangen war. »Wie viel Gold ist Euer Freund zu produzieren in der Lage?«

Miguel sah sich um und beugte sich dann wieder vor. »Aus einem venezianischen Goldstück kann er zehn Goldmünzen von der Art herstellen, wie ich sie Euch beim ersten Treffen geschenkt habe.«

»Eins zu zehn!«

»Ja, es ist wirklich ein Wunder«, juchzte Bibiana vergnügt.

»Und daher ist es für ihn sinnvoll, nicht für irgendeinen mittelvermögenden Mann herumzuzaubern und in Gefahr zu geraten, sein Geheimnis mit allzu vielen Neugierigen zu teilen, sondern gleich mit jemandem zu beginnen, der auf einen Schlag sehr viel Gold bekommt. Weil er nämlich auch viel Geld zu Beginn des Prozesses investieren kann«, fabulierte Miguel weiter.

»Wie ist sein Salär?«

»Er verlangt nur eine Goldmünze pro zehn Stück, die er anfertigt.«

»Mir bleiben also neun, abzüglich der einen, die ich selbst beisteuere. Macht acht für eine.« Barbatto war ein abgebrühter Kaufmann, doch bei diesen Gewinnspannen wurde auch er fahrig. Er leckte sich die Lippen, bemühte sich aber zugleich darum, die Fassung zu wahren.

»Ihr werdet verstehen, dass ich all dies mir zeigen lassen will, bevor wir über weitere Dinge nachdenken können.«

»Dafür haben wir natürlich vollstes Verständnis.«

Das Wasser war so schwarz wie der Himmel, die Neumondnacht zeigte sich äußerst ungemütlich und schenkte nicht das geringste Licht. Selbst die Karnevalisten feierten nun lieber in den warmen Palazzi. Die Gondolieri hatten Mühe, den Weg zu finden, ohne mit den vertäuten Booten links und rechts der Kanäle zu kollidieren. Miguel und Bibiana hatten Fackeln dabei, um den Weg auszuleuchten. Kein Windhauch wehte, und bald würde es Mitternacht schlagen.

Als sie Barbatto von seinem Palazzo am Canal Grande abholten, dümpelten sie allerdings vor einer Wand aus Licht. Aus jedem Fenster des dreistöckigen Gebäudes strömte flackernde Helligkeit. Barbatto ließ nicht lange auf sich warten, kam in kleinen, schnellen Schritten zum Anleger und bestieg mit Hilfe eines seiner Lakaien die Gondel. Er hatte wegen seines Bauches, dem Grab von Millionen *moeche*, deutlich an Beweglichkeit eingebüßt.

»Wo geht es also hin?«

»In das Labor meines Freundes in Castello.«

»Schön, schön.« Barbatto trommelte die Fingerspitzen aneinander. »So ein Abenteuer hatte ich schon lange nicht mehr. Meine gewöhnlichen Geschäfte sind doch zumeist recht ermüdend.«

»Ich muss nicht erwähnen, dass ich Eurer Verschwiegenheit voll und ganz vertraue«, mahnte Miguel.

»Seid meiner Kooperation versichert. Hier, die Dukaten.« Barbatto hatte wie vereinbart zehn Dukaten mitgebracht, aus denen Miguels Alchemist hundert Dukaten machen würde. Zehn Dukaten waren für die meisten Venezianer eine ordentliche Summe, für Barbatto dagegen ein Taubendreck. Unterdessen bog die Gondel direkt hinter dem Dogenpalast in einen kleinen Kanal ein und ließ das noble Venedig schnell hinter sich. Die Fassaden waren nicht mehr hübsch gestrichen, sondern unverputzt und fensterlos. Die Boote an den Anlegern glichen notdürftig zusammengeflickten Flößen. Es herrschte auch noch in der Dunkelheit viel Trubel, die Menschen standen vor ihren Eingängen und den Anlegern und palaverten munter. Davide wusste: Je ärmer das Viertel, desto mehr Leben spielte sich auch am späten Abend noch vor der Haustür ab. Die Wohnungen waren ganz einfach zu klein, um sich darin aufzuhalten. Selbst die Betten mussten oft schichtweise belegt werden, manchmal teilten sich sogar zwei oder mehr Familien einen einzigen Schlafraum. Castello wie Cannaregio waren die Anlaufstationen für die vielen Einwanderer, die seit Jahrhunderten hierherströmten, denn Venedig war ein Glücksversprechen für all jene, die anderswo gescheitert waren oder unterdrückt wurden.

Die Kanäle verzweigten sich immer weiter, doch Barbatto passte auf wie ein Falke, merkte sich jede Biegung. Miguel schien darüber besorgt und beobachtete ihn aus den Augenwinkeln. Was dem gewieften Barbatto nicht entging.

Das Labor lag im ebenen Geschoss eines besonders schäbigen Palazzos, was der dicke Kaufmann mit Wohlwollen bemerkte. Wer auf Betrug aus wäre, meinte er, hätte sich mehr Mühe gegeben. Am Anleger standen zwei alte Frauen in schwarzen Kleidern und Kopftüchern, offenbar Bewohnerinnen der oberen Stockwerke, die sich über die Gemüsepreise des örtlichen Marktes aufregten und die drei Ankömmlinge nur mit einem Kopfnicken beachteten. Ein junger Bursche hockte im Schneidersitz vor der Tür und schnitzte gelangweilt auf einem Stück Holz herum. Auch er blickte nur kurz auf und widmete sich dann wieder seiner Handwerksarbeit, was Barbatto kurz wunderte. Schließlich kannte man ihn in ganz Venedig, und auch Miguel und Bibiana machten viel her und waren erkennbar keine Krämersleute.

Miguel und Bibiana führten ihn in den schmalen, langgezogenen Eingang, von dem zwei Türen abgingen. Vor der rechten Tür blieben sie stehen und klopften an, mit einem vereinbarten Zeichen: drei Mal, kurze Pause, zwei Mal, kurze Pause, drei Mal.

Die Tür öffnete sich nach innen, ohne dass jemand zu sehen war, der sie bedient hätte. Der Raum dahinter war von enormen Dimensionen, doch man konnte die Ausdehnung kaum erahnen, denn jeder Winkel war mit außergewöhnlichen Apparaturen vollgestellt. Barbatto hatte wenig Zeit, sich zu wundern, sprang doch seine Neugier zwischen Gläschen, Röhren und Pipetten, blubbernden Flüssigkeiten und aufsteigenden Dämpfen mit stechenden Gerüchen hin und her. Kerzen aus Rindertalg spendeten stinkendes Licht. Der Alchemist stand gerade über ein tropfenförmiges Glas gebeugt, in dem eine violette Wolke waberte. Er war klein und hager, trug einen fleckigen Umhang und einen exaltiert nach oben gebogenen Schnurrbart, wie es bei den Spaniern gerade Mode war.

»Ah, willkommen, liebe Gäste«, rief das hagere Männchen und rannte seinen Besuchern entgegen. Er schüttelte jedem die Hände. »Freut mich sehr, freut mich sehr.« Bei jedem Wort vibrierten seine Bartspitzen. Miguel stellte den Mann als Alfonso Quichote-Lullus vor.

»Nun denn, ich hoffe, die späte Stunde macht Euch nichts aus?« Der tiefe spanische Akzent des Mannes war nur selten hörbar, er sprach ein gutes Italienisch.

»Für gute Geschäfte ist es nie zu spät«, dröhnte Barbatto und lachte über seinen Witz selbst am lautesten.

»Wer weiß?« Der exzentrische Alchemist hob warnend seinen Zeigefinger in die trübe Luft. »Vielleicht bin ich nur ein Betrüger solcher Art, wie ihn so mancher Fürst zu seinem Leidwesen unter seine Fittiche genommen hat?« Er winkte seine Gäste zu sich in einen Winkel des Raumes, in dem sich geheimnisvolle Ampullen stapelten.

»Seht also her. Ich will Euch gern erklären, wie ein Betrüger arbeitet. So seid Ihr gewappnet und wisst um meine Ehrlichkeit.« Der Alchemist nahm einen Tiegel mit einem bräunlichen, feinkörnigen Pulver und erwärmte es über der Feuerstelle. Nach kurzer Zeit fing das Pulver an zu rauchen, die Luft roch plötzlich stechend, dann nahm es eine hübsche, goldglänzende Farbe an.

»Dies nun ist der plumpeste Trick von allen. Man besprenkelt Steine mit dieser Farbe und erhält schönste Goldklumpen. Es mag kaum zu glauben sein, aber ich weiß von mindestens zwei Hoheiten aus deutschen Landen, die darauf hereingefallen sind.«

»Kaum zu glauben!« Bibiana schüttelte den Kopf.

»Denkt immer daran, verehrte Contessa, dass der Mensch betrogen werden will. Allerdings ist es meinen Berufskollegen schlecht ergangen. Einer sitzt noch immer im Kerker, bei dem anderen wurde sofort das Halsgericht angewandt. Doch hier nun ein etwas ausgefeilterer Trick, mit dem die beiden vielleicht besser reüssiert hätten.« Der Alchemist mit dem zitternden Schnurrbart nahm einen größeren Tiegel, in dem einige Silbermünzen lagen. Wiederum wurde der Tiegel erhitzt, und die drei Gäste bestaunten, wie sich der Überzug der Münzen löste und echtes Gold hervorkam!

»Die Wunder des Hydrargyrums, das schon bei geringer Temperatur flüssig wird. Man überzieht Goldmünzen damit und bringt sie vor dem staunenden Hof zum Vorschein.«

Der Alchemist erklärte zwei weitere beliebte Tricks seiner Zunft. Manche der Goldmacher ließen unedle Metalle in einem Gefäß schmelzen und mogelten dabei das Gold mit hinein. Sie versahen dafür das Gefäß mit einem doppelten Boden, unter dem sich das Gold befand. Wurde dieser Boden dann beim Erhitzen durchstoßen, so vermischte sich das versteckte Gold mit dem übrigen flüssigen Metall im Gefäß. Andere Betrüger benutzten einen Rührstab mit einer mit Wachs verschlossenen Aushöhlung. In dieser Aushöhlung befand sich Gold, das während des Prozesses ins Gefäß gelangte. Das Ergebnis war in allen Fällen gleich: Nach dem Erhitzen war in der Probe Gold nachweisbar, der Betrüger hatte die Hoheiten von seinem Können überzeugt.

»Ich hingegen habe das wahre Geheimnis des Goldes gefunden. Seid dessen versichert. Ihr seid der erste Venezianer, der mit mehr Gold einen Alchemisten verlässt, als er ihm gebracht hat.«

»Ich kann es kaum erwarten.«

Alfonso berichtete von seiner Familie und wie seine Vorfahren das Geheimnis über Generationen gehütet und nur im äußersten Notfall geteilt hätten. Denn wer sich als veritabler Goldmacher entpuppte, wurde von den Herrschenden eingesperrt, und, falls er seine Dienste verweigerte, gefoltert. Niemand wollte einen Menschen ziehen lassen, der den Stein der Weisen gefunden hatte. Besonders tragisch war das für all jene, die nur betrügen wollten und selbst nach den schlimmsten Qualen keinerlei Wunder zu leisten in der Lage waren.

»Habt Ihr die zehn Dukaten dabei?«, kam der Alchemist schließlich auf das Geschäft zurück.

Etwas zögerlich gab ihm Barbatto den Lederbeutel mit den venezianischen Golddukaten. »Denkt daran, ich bin ein mächtiger Mann und kein trotteliger teutonischer Fürst. Spielt Ihr mir übel mit, sollt Ihr es büßen. Und Ihr auch«, setzte er nach, an Bibiana und Miguel gewandt. Alle Angesprochenen nickten ernst.

Nun nahm der Alchemist einen großen Kupferkessel und stellte ihn aufs Feuer. »Ich werde es Euch erklären. Mit Hydrargyrum, wie es einige Betrüger verwenden, sind wir beinahe auf dem richtigen Weg, denn es ist dem Golde eng verwandt, zeigt sich von gleicher Dichte und Schwere, und es braucht nur ein besonderes Geheimmittel, um das eine in das andere zu verwandeln, aus dem wertlosen silbrigen Schimmer das gute Gold zu machen.«

Als die Dukaten in den Kessel fielen, begann es zu lärmen, zu zischen und zu brodeln. Wahre Höllenprozesse schienen da vor sich zu gehen, und alle traten unwillkürlich einen Schritt zurück. Alfonso bedeckte den Kessel mit einem schweren Deckel, doch auch das verhinderte nicht, dass der Lärm sogar noch anschwoll. Barbatto zuckte leicht zurück, als befürchte er, der Kessel könne explodieren, doch Alfonso, der den sorgenvollen Blick seines Gastes sah, nickte ihm beruhigend zu. Alles verliefe in geordneten Bahnen und entsprechend der chemischen Vorhersehung, versicherte er.

Nach einigen Minuten endlich schwoll das Getöse ab, und der Alchemist hob den Deckel vom Kessel. Eine gewaltige Rauchwolke hüllte den ganzen Raum ein, und es dauerte, bis sich der Rauch verzogen hatte. Und dann sah Barbatto in einen goldenen Hügel auf dem Grund des Kupferkessels. Er benetzte seine Lippen mit der Zunge. »Es ist ein wirkliches Wunder!«, stöhnte er vor Glück.

»Ja, es ist echtes Gold, wie Ihr seht, macht ruhig den Test.« Der Alchemist schüttete einen Eimer Wasser über das Gold, das zischend abkühlte.

Wie man echtes von falschem Gold unterscheiden konnte, wusste kaum jemand besser als Barbatto. Er nahm eine der noch heißen Goldmünzen in die Hand und biss fest hinein. Und tatsächlich zeigte sich sein Zahnabdruck auf der Oberfläche. An der Tiefe erkannte er sogar, dass es besonders weiches und damit hochwertiges Gold war. Doch das reichte Barbatto nicht, er holte einen Magneten hervor und strich damit über die Münzen. Sie reagierten nicht. Gold war nicht magnetisch, viele Ersatzstoffe, die Betrüger gern verwendeten, dagegen schon.

»Zählt nach, mein lieber Kaufmann, es dürften genau einhundert Goldmünzen sein.«

Der Alchemist hatte recht. Aus Barbattos zehn geprägten Dukaten hatte er einhundert ungeprägte Münzen erzeugt!

»Und so habt Ihr einen hübschen Gewinn gemacht, und wenn es Euch gefällt, bringt mir noch mehr Dukaten.«

Zwei Tage später ließ sich Barbatto wieder zum Alchemisten rudern. Er hatte die Gondel mit vier stabilen unscheinbaren Holzkisten beladen lassen. In diesen Kisten lagen beinahe 25 000 Dukaten, nahezu das gesamte Barvermögen Barbattos, welches er aus geheimen, mehrfach verriegelten und gut bewachten Räumen in allen drei Palazzi geholt hatte, die er in Venedig besaß und je nach Laune bewohnte. Er bedauerte es, dass er nicht mit seinen eigenen Ruderern fahren konnte. Aus Gründen der Geheimhaltung hatte der Alchemist darauf bestanden, dass er von Ruderern in seinen eigenen Diensten abgeholt wurde, und er stellte auch die Bedingung, dass Barbatto ohne jegliche Begleitung, etwa seiner Diener, kam. Er hatte dem Kaufmann eingeschärft, dass mehr Mitwisser zwangsläufig auch mehr Anfragen bedeuten würden. Und was passierte, wenn sich das Gold allenthalben wundersam vermehren würde, musste man einem Mann des Handels nicht erst umständlich erklären.

Die Ruderer halfen beim Entladen der Kisten und stellten sie auf dem Anleger ab, auf dem erneut der gelangweilte Junge saß und wiederum mit einer Schnitzarbeit beschäftigt war. Als sich die Ruderer entfernten, stand der Kaufmann

207

mit all seinem Gold etwas verloren da. Aber Träger oder andere Helfer waren nicht in Sicht, also trug er hastig eine Kiste nach der anderen höchstselbst in das Labor des Alchemisten. Jede Kiste wog mehr als hundert venezianische schwere Pfund, und Barbatto kam mächtig ins Schwitzen, aber trotz seines allgemein weichen Fleisches besaß er einiges an Körperkraft.

Mit Hilfe des Alchemisten, der sich ob des Goldschatzes höchst erfreut zeigte, wurden die vier Kisten um den gewaltigen Kupferkessel versammelt, in welchem es schon munter brodelte.

»Nun, wann werde ich mein Gold abholen können?«, wollte Barbatto wissen.

»Kommt morgen am Nachmittag, und bringt ausreichend Kisten zum Abtransport mit.«

»Schickt Ihr mir wieder Eure Ruderer?«

»Oh nein, es ist ja nicht ungewöhnlich, dass Ihr als Kaufmann Waren abholen müsst. Das ist nicht auffällig. Ihr könnt mit Euren eigenen Helfern erscheinen. Aber sucht kräftige Männer aus, so wie Ihr selbst einer seid.« Der Alchemist verschränkte die Finger und drückte die Handgelenke nach unten, dass die Glieder in den Gelenken knackten. »Nun will ich mich ans Werk machen, es wird eine lange Nacht. Ihr werdet verstehen ...«

»Selbstredend, ich schaue Euch nicht dabei zu. Ich vertraue Euch, in so etwas habe ich ein gutes Gespür. Aber nochmals: Wenn Ihr mich betrügt, betrügt Ihr einen sehr mächtigen Mann, der Euch nicht weniger übel mitspielt als ein König.« Barbatto fühlte sich bereits wie ein König, als er sich von den Ruderern des Alchemisten in seinen Stammpalazzo bringen ließ. Die Aussicht auf den Gewinn einer Viertelmillion Goldstücke beflügelte seine Phantasie. Kaum konnte er sich auf den Papierkram konzentrieren, den er noch zu erledigen hatte, einen Boten aus Mailand vertröstete er auf einen der nächsten Tage, und in der Nacht schlief er schlecht.

Dennoch war er am nächsten Morgen putzmunter, obwohl er wie im Fieber wach gelegen hatte. Um sich abzulenken, stürzte er sich in die Arbeit, bekam aber kaum einen klaren Gedanken zustande. Also rief er zwei seiner Hausdiener zu sich und erklärte ihnen, vier Transportgondeln mit je zwei zuverlässigen, jungen und kräftigen Ruderern zu organisieren und zur dritten Nachmittagsstunde bei ihm vor dem Palazzo zu erscheinen.

Schließlich legten sie ab, es war nach dem nebligen Beginn ein überraschend sonniger, geradezu warmer Tag geworden, was Barbatto, der sich in die hölzerne Verschalung der Felze in der Mitte des Rumpfs zurückzog, als gutes Zeichen wertete. Die Ruderer zerteilten das durch die ungewöhnliche Hitze übel riechende Kanalwasser mit langen Zügen.

Bei der Ankunft saß wiederum der Junge vor der Tür und beachtete die Ankömmlinge nicht weiter, dabei waren gleich vier Gondeln doch außergewöhnlich genug, dass sogar auf dem Markusplatz die meisten Venezianer aufgeblickt hätten. Barbatto sah, dass er dieses Mal nicht mit seiner albernen Schnitzarbeit beschäftigt war, sondern einfach nur ins Wasser starrte.

Als das windschiefe Portal an dem schäbigen Palazzo verschlossen schien, spürte der Kaufmann für den Bruchteil eines Augenblicks diesen leichten süßlich-metallischen Geschmack im Mund, der ihn immer überfiel, wenn er sich um seine Geschäfte Sorgen machte. Doch mit etwas mehr Kraft ließ sich das Portal öffnen.

Im Durchgang war die Tür zur rechten Hand allerdings tatsächlich verriegelt, nur mit viel Mühe bekamen Barbattos Diener sie mit Hilfe einiger Ruder aufgestemmt. Dahinter: Staub, Spinnenweben – und Schweine, in einem großen Verschlag abgesperrt, die sich in Stroh und Exkrementen suhlten. Was für ein bestialischer Gestank! Wo waren die Phiolen, die Flammen, der Kupferkessel? Wo war der Geruch von geschmolzenem Metall, wo das Gold? Und vor allem: Wo war Alfonso, der magere Alchemist mit seinem gezwirbelten Bart? Barbatto ließ die andere Tür des Durchgangs aufbrechen, doch dahinter fanden sich nur Staub und Unrat. Fast wahnsinnig, stürmte er in jeden der Räume, warf den Sperrmüll um und wühlte im Dreck, schrie nach Alfonso und Miguel und Bibiana. War das möglich? War er tatsächlich Opfer eines dreisten Betrugs geworden? Er, der doch immer äußerste Vorsicht hatte walten lassen? Selbst im Stroh der Schweine wühlte er, verzweifelt und immer irrer werdend. Eine schwache Hoffnung flackerte plötzlich auf: War es das falsche Gebäude? Er stürzte hinaus, blickte hektisch um sich, die Augen geweitet, die Lippen nass. Doch nein, es war genau jener Anleger. Jenes Portal. Jener Durchgang. Doch nun war nichts mehr, wie es noch vor einem Tag war. Staub statt Reichtum. Vieh statt Gold.

Die beiden Tratschtanten, die am ersten Tag vor der Tür gestanden hatten, kamen ihm entgegen. Er hielt sie auf. »Wo ist Alfonso Quichote-Lullus, der Alchemist?«

Die alten Frauen blickten ihn ratlos an, als hätten sie den beleibten Mann in seinem eleganten purpurfarbenen Umhang mit Pelzbesatz nie zuvor gesehen.

»Wo ist der Alchemist?«, wiederholte er, diesmal schreiend und spuckend.

»Was meint er bloß?«, flüsterte die eine Frau der anderen zu.

»Vielleicht ist er nicht ganz richtig im Kopf«, erwiderte die andere ebenfalls flüsternd.

Er hob die Hand, um sie zu schlagen. Aber seine Diener und Ruderer, die hinter ihm standen, ließen ihn einhalten. Das bittere Bewusstsein, betrogen worden zu sein, wuchs in ihm an wie eine Springflut bei Neumond. War das möglich? Hatte er sich wirklich hereinlegen lassen wie auf einem billigen Jahrmarkt? Nein, sicher handelte es sich um ein Missverständnis, einen falschen Anleger, einen anderen Palazzo, hier im schmuddligen, schlammigen Castello konnte man sich schon einmal täuschen. Doch – nein, er war genau hier gewesen, hatte genau hier beim Wunder der Goldentstehung zugesehen und hatte genau hier seine 25 000 Dukaten hinterlegt.

Rasend vor Wut, biss er sich die Lippen blutig, schlug mit der Faust auf einen Holzverschlag ein. Die Ruderer blickten einander an. War ihr Dienstherr verrückt geworden? Es schien in jedem Fall nicht angeraten zu sein, ihn zu fragen, was denn nun mit all den leeren Kisten passieren solle.

Nachdem sich der erste Sturm der Wut gelegt hatte, übernahm der kaufmännische Verstand Barbattos das Nachdenken. Nun gut, gestand er sich ein, er war also betrogen worden. Aber hier, mitten in Venedig, würden die Schuldigen nicht davonkommen. Miguel und Bibiana waren vielen Leuten bekannt, wie glaubten die beiden nur, mit dieser dreisten Scharade davonkommen zu können? Der Raum, der noch bis vor Kurzem als Alchemistenlabor gedient hatte, musste genauer untersucht werden. Doch die Schweine ließen Barbatto zögern, im Dreck wollte er nicht mehr wühlen. Nicht vor seinen Dienern. Oder … er hatte eine Idee.

»Männer, hier müssen merkwürdige Geräte versteckt sein, die nicht in einen Schweinestall gehören. Jedem, der etwas Außergewöhnliches findet, winkt eine Belohnung!«

Die Diener murrten zwar, kannten sie doch die Kleinherzigkeit ihres Herrn, was Belohnungen anging, aber es blieb ihnen nichts anderes übrig. Also stürzten sie sich in den Stall, schubsten die Schweine beiseite, die sich wehrten; bald war eine muntere, lärmende Hetzjagd zwischen Mensch und Vieh im Gange.

Doch tatsächlich zeitigte die schweinische Mission bald einen Erfolg. »Ein Brief, Herr!«, rief einer der Ruderer.

Barbatto stürzte heran und riss ihm das Fundstück aus der Hand. In dem mit Wachs, aber ohne Siegelwappen verschlossenen Umschlag steckte ein kleines Stück Papier. Darauf stand in einer hübschen, wie zum Hohn verschnörkelten Schrift: »*Cordialmente, Venier*«.

Venier, Venier … Doch schnell verstand Barbatto alles: Er war Opfer eines Racheaktes geworden, und was ihn noch viel mehr ärgerte: Er hatte unterm Strich ein miserables Geschäft gemacht. Für die Falschaussage vor den Inquisitoren gegen Davide Venier hatten ihm diese zwei merkwürdigen Brüder vom Festland gerade einmal fünfhundert Dukaten geboten, und nun hatte er fast das Fünfzigfache verloren. Er lachte und heulte gleichzeitig auf, dann schleuderte er den Zettel zu Boden und stürmte aus dem Schweinestall.

Der Ruderer, der den Zettel gefunden hatte, wusste: Es war zwecklos, nun nach seiner Belohnung zu fragen.

Der Alchemist hieß eigentlich Pablo und war der Sohn eines andalusischen Schafhirten, der als fünfzehnjähriger Ausreißer nach Madrid kam und sein Brot fortan mit ein paar Taschenspielertricks verdiente. Irgendwann lernte er den jungen Miguel kennen, der ihn das eine ums andere Mal aus Schwierigkeiten rettete. Doch als Miguel in Richtung Venedig abgereist war, hatte Pablo den Bogen überspannt: Kurz nachdem Philipp der Zweite den königlichen Hof von Valladolid nach Madrid verlegt hatte, betrog er einen Bruder der gerade verstorbenen Elisabeth von Valois mit Hilfe gezinkter Würfel um eine erhebliche Summe Geldes. Der ließ ihn daraufhin verhaften und in den Kerker werfen. Pablo konnte sich eines Nachts mit Hilfe eines Mitgefangenen befreien und flüchtete zuerst nach Barcelona und von dort nach Venedig, wo er Kontakt zu Miguel aufnahm. Diesem war es zunächst gar nicht recht, mit dem kleinen Dieb erneut zu tun zu haben, wollte er sich doch von seiner Vergangenheit lösen, als Söldner in den Krieg gegen die Osmanen ziehen, eine reinigende Erfahrung machen, Stoff für seinen lange geplanten Roman sammeln und, wie ein gehäuteter Krebs, ein neues Leben beginnen. Doch als Miguel sah, wie geschickt Pablo sich das Venezianische aneignete und was für ein vorzüglicher Schauspieler er war, kam ihm die Idee, dass er doch irgendwann einmal nützlich werden könnte – gerade in dieser Stadt des schönen Scheins, in der das ganze Leben hinter einer Maske gelebt wurde, nicht nur im Karneval.

Als der Plan heranreifte, Barbatto übel mitzuspielen, baten Veronica und Miguel zunächst Eppstein um Hilfe, der mit seinem Wissen und vor allem den nötigen Gerätschaften aushelfen konnte, um die geheimnisvolle Aura eines alchemistischen Labors zu schaffen. Viele der Phiolen, Töpfe, Waagen, Pumpen und Ampullen hatten rein gar nichts mit chemischen Prozessen zu tun, waren oft sogar nur Küchenutensilien, sorgten aber bei Menschen, die sich sonst nur mit Dokumenten und Münzen beschäftigten, für den gewünschten Effekt. Ungeprägte Goldmünzen zu beschaffen war mühsam gewesen, aber Veronicas Mann half mit seinem Kontakt zu den Prokuratien aus. Der Trick, den sich Eppstein, Miguel und Pablo ausgedacht hatten, funktionierte folgendermaßen: Sie hatten den schweren Kupferdeckel, der den Kessel beim alchemistischen Prozess abdeckte, mit einer Wachsschicht versehen, die in der Hitze schmolz und die Goldstücke freigab, die auf den Kesselboden fielen. Damit man das Klimpern nicht hörte, hatte Eppstein ein paar Lösungen zusammengerührt, die bei Erhitzen äußerst geräuschvoll miteinander reagierten, was zudem für noch mehr Schaueffekte sorgte.

Abgesehen davon, dass Barbatto aufgrund der schändlichen Falschaussage gegen Davide ohnehin das Ziel der Aktion war: Jeder kluge Alchemist hätte sich ihn ausgesucht. Denn die Zweitreichsten, die Zweitmächtigsten, egal, wie wohlhabend oder einflussreich sie auch sein mögen, sind immer die Getriebensten. Sie wollen die letzte Stufe erreichen, den ultimativen Triumph, was auch immer es kostet. Krösus Senior, Venedigs heimlicher Herrscher und ganz sicher der reichste Mann der Stadt, wäre vermutlich zu klug und umsichtig gewesen, um auf den Betrug hereinzufallen.

Barbatto jedenfalls war zwar nicht verarmt, aber bei den fünfundzwanzigtausend Dukaten handelte es sich doch um einen erheblichen Verlust, den er nur mit dem zügigen Verkauf einiger seiner Besitztümer ausgleichen konnte; so überließ er seinen schönsten Palazzo direkt am Canal Grande für fünfzehntausend Dukaten einem Kaufmann aus Padua, um wieder liquide zu werden. Und jedes Mal, wenn er dort vorbeifuhr, knirschte er vor Wut mit den Zähnen.

Barbattos Dukaten wurden unterdessen unter den Rächern aufgeteilt: Mit fürstlichen zweitausend Dukaten machte sich der einstige Schafhirt auf den Weg zurück nach Spanien. Dort konnte er seine Schulden bezahlen und ein neues Leben aufbauen, in dem es ihm an nichts mangelte. Fünftausend Dukaten gingen an Eppstein, der damit die neuesten Bücher und wissenschaftliche Apparaturen aus ganz Europa heranschaffen ließ. Jeweils dreitausend Dukaten bekamen Miguel und Bibiana, eintausend legten sie für Hasan beiseite. Die restlichen elftausend Dukaten gehörten Davide. Die Summe sollte ausreichen, um den Palazzo seiner Familie zurückzukaufen, der sich immer noch im treuhänderischen Besitz der Prokuratoren befand.

KAPITEL 14

Champagner

Davide faltete den Brief, den der Bote gebracht hatte, zusammen. »Der Karneval muss noch ein wenig auf uns warten«, verkündete er beim Frühstück.

Hasan blickte erschrocken auf. »Was meint Ihr damit?«

»Wir werden auf eine neue Reise geschickt.«

Der Erzbischof ahnte, was geschehen war. »Ein neuerlicher Reliquiendiebstahl?«

Davide nickte. »In Paris.«

»Paris?« Der Erzbischof seufzte. »Dann kann es sich nur um die Dornenkrone Christi handeln.«

Davide antwortete nicht und blickte in den dunkelgrauen Himmel. Hasan erriet seine Gedanken. »Das Wetter lädt nicht gerade zum Reisen ein. Wir sollten baldmöglichst aufbrechen.«

»Immerhin müsst Ihr diesmal keine Berge überqueren, und die Wege nach Frankreich sind gut, oft noch aus der Zeit der alten Römer, nicht so verschlammt wie hier«, sagte der Erzbischof.

»Wie viele Tage werden wir brauchen?«, fragte Davide.

»Nicht mehr als fünf oder sechs, je nach den Launen des Wetters, versteht sich. Aber nehmt meine Kutsche. Eure Pferde können sich ausruhen, und Ihr reist bequemer.«

»Diese Offerte ist wirklich außergewöhnlich großzügig, doch wir können sie kaum annehmen, bleiben wir doch möglicherweise mehrere Wochen fort.«

»Ihr würdet mir jedoch einen großen Gefallen tun, wenn Ihr meinen Vorschlag akzeptiertet.«

Gerade kam Cornelia von den Ställen, wo sie die Hufe der Pferde neu beschlagen hatte, machten doch die winterlichen Wege andere Eisen notwendig. Davide winkte sie zu sich.

»Unser Weg führt uns noch nicht direkt zurück nach Venedig. Wir werden für eine Weile nach Paris müssen, der Hauptstadt des Frankenreiches. Begleitet Ihr uns dennoch?«

»Wenn ich Euch keine Last bin, komme ich gern mit, bin ich doch ganz ohne Heimat«, antwortete Cornelia.

»Wir können Euch gut gebrauchen, und es wäre uns eine Freude.«

Nach herzlichem Abschied von dem Erzbischof machten es sich Davide, Hasan und Cornelia in der vierspännigen Kutsche bequem, die bereits nach ungarischer Art gefedert war, was Davide wohlwollend registrierte. Tatsächlich würde die Fahrt recht komfortabel werden, zumal die Sitze überreichlich mit Gänse- und Entendaunen gepolstert waren. Der Kutscher, ein gemütlicher, stets gut gelaunter Deutscher, hatte einen mürrischen Reitknecht mit auf dem Bock, der nie sprach, nicht einmal grüßte und auch jeden Blickkontakt vermied. Davide behielt den merkwürdigen Burschen fürs Erste im Auge.

An den Wegen standen Mönche und besprengten die Reisenden mit Weihwasser, dafür erwarteten sie ein Almosen. Bettelnde Kinder hielten Rosenkränze empor und versprachen, für eine kleine Spende sämtliche Gebete zu sprechen, die den Reisenden nutzen könnten.

Nach zwei knapp verhinderten Überfällen, einem Achsbruch, einer Magenverstimmung von Hasan, die zu häufigem außerplanmäßigem Anhalten zwang, einem heftigen, stechend kalten Regenschauer und eher unterdurchschnittlichen Herbergen auf der Strecke erreichte die Kutsche nach vier Tagen Reims. Man besuchte die Kathedrale, bestaunte die gewaltige Fensterrose und die Königsgalerie mit ihren unzähligen Statuen. Zur Nacht aber begab man sich auf Empfehlung des Kölner Erzbischofs in die Benediktinerabtei Hautvillers in der sogenannten Champagne.

Die dortigen Mönche, allesamt wohlbeleibt und mit glänzenden Gesichtern, empfingen die noblen Gäste äußerst herzlich. Es dämmerte schon, doch der Schneeregen, der die Reisenden von Reims bis hierher begleitet hatte, ließ nach, und bald erschienen ein zunehmender, beinahe voller Mond und blitzende Sterne am Himmel. Fleißige Helfer, junge Mönche noch ganz ohne Bartwuchs, kümmerten sich sofort um die Pferde, schirrten sie aus und brachten sie in die Stallungen, wo sie fürstlich versorgt wurden. Der Kutscher wollte noch ein paar Anweisungen bellen, wie er es gewohnt war, merkte aber schnell, dass hier wissende Hände an der Arbeit waren.

Der Abbé hieß Dom Gérard und freute sich über die Reisegruppe, zumal Davide ihm ein Schreiben des Kölner Erzbischofs übergab. Darüber hinaus entpuppte er sich als großer Freund italienischer Genüsse und wollte, wie so viele vor ihm auch, alles über die Eigenheiten Venedigs erfahren. Auch Hasan und Cornelia behandelte er sehr zuvorkommend, und selbst Wuschel bekam seine wohlverdienten Streicheleinheiten. In der Nacht schlief der Hund wie fast immer während ihrer Reise bei Davide, der sich längst an diese pelzige, erdig duftende Decke gewöhnt hatte.

Nach erholsamem Schlaf in den kleinen Gemächern unternahmen Davide, Hasan und Cornelia am nächsten Morgen einen ausgiebigen Rundgang, gemeinsam mit einem ganz jungen Novizen, der nicht älter als zwölf Jahre sein konnte und die Gäste aus der Fremde interessiert betrachtete. Überall wurde gewerkelt, war die Abtei doch erst vor wenigen Jahren in den Hugenottenkriegen arg in Mitleidenschaft gezogen worden; dank einer großzügigen Spende von Caterina de' Medici war der Wiederaufbau aber beinahe abgeschlossen. Den quadratischen Grundriss um einen großzügigen Innenhof mit allerlei Kräuterbeeten dominierte im Norden die Abteikirche, während die drei anderen Seiten von Konvent, Stallungen und Wirtschaftsgebäude gebildet wurden. Sie betraten das Konventsgebäude und kamen an einer leerstehenden Zelle vorbei.

»Dies war das Gefängnis von Gottschalk von Orbais«, erklärte der Novize. »Zwanzig Jahre blieb er hier, bis zu seinem Tod, und er wollte seine Lehre von der zweifachen Vorherbestimmung einfach nicht widerrufen, dieser Dickkopf.«

»Erklärt Ihr mir, was es mit dieser Vorherbestimmung auf sich hat?«, fragte Davide.

»Gottschalk behauptete, dass Gott den Menschen schon vor der Geburt zur ewigen Verdammnis oder zum ewigen Leben bestimmt, was auch immer die Taten dieses Menschen später sein mögen. Auch wenn der Heilige Augustinus eine ähnliche Auffassung hatte, so war Gottschalk doch wesentlich radikaler. Keine noch so heilige Tat, nicht einmal ein Martyrium könne das vorherbestimmte Schicksal des Menschen ändern, behauptete er. Und er widerrief nichts davon, bat sogar selbst um die Folter! Er wollte nacheinander in kochendes Wasser, Fett und Öl geworfen werden, um mit Gottes Hilfe zu zeigen, dass er auch unter furchtbaren Schmerzen keine seiner Auffassungen widerrufen werde.

Dies lehnte man ab, folterte ihn aber im Beisein Königs Karl des Kahlen so heftig, dass er endlich, beinahe halb tot, gezwungen werden konnte, seine Schriften selbst ins Feuer zu werfen. Er kam zu uns in lebenslange Haft, und sprechen durfte er nicht. Viele Jahre, so erzählt man sich, betete er täglich stumm, aber mit sich bewegenden Lippen. Irgendwann stellte er seine Körperpflege ein und wechselte seine Kleider nicht mehr und starb schließlich. Selbst auf dem Sterbebett hatte er sich geweigert, wenigstens einigen seiner Lehren abzuschwören. So erhielt er keine Letzte Ölung und wurde unchristlich begraben.«

Die Geschichte machte Eindruck auf die Zuhörer, zumal ihnen ein Mann in einer unheimlichen Eisenmaske entgegenkam, der nach dem schaurigen Ende der Geschichte um den tapferen, verbohrten Gottschalk umso beeindruckender wirkte. Die Maske hatte nur Schlitze für die Augen und eine kleine Öffnung zum Atmen. Cornelia und Hasan zuckten zusammen, Wuschel knurrte, und auch Davide wurde wachsam.

»Habt keine Angst, das ist nur unser Kellermeister, Dom Pierre«, beruhigte sie ihr Führer.

Der Kellermeister nahm die schreckliche Eisenmaske ab, und darunter erschien ein ebenso freundliches, wohlgenährtes Gesicht, wie es den anderen Mönchen eigen war, wenngleich es bei Pierre von Schweiß glänzte.

»Haben die Herren noch etwas Zeit?«, wollte er wissen und strich sich die verklebten Haare aus der Stirn. »Dann zeige ich Euch gern, warum wir uns so furchterregend verbergen müssen.«

»Aber …«, zögerte der junge Novize und flüsterte dem Kellermeister etwas ins Ohr. Sein Gesicht sah wie immer besorgt aus.

»Ach, ich denke, Venezianer können uns schlecht Konkurrenz machen«, prustete der Kellermeister amüsiert, »denn noch wächst kein Wein aus Wasser.«

Dom Pierre führte die kleine Gruppe in den Weinkeller, wo staubige Flaschen auf ganz eigenartige Weise beinahe kopfüber in speziellen Regalen steckten. Der Mönch erklärte die komplizierte Lese, die Lagerung und das Rütteln, um den Bodensatz zu entfernen. Man stünde, gab er zu, noch am Anfang des Prozesses, vieles war noch nicht perfekt, und das merkwürdige Moussieren stellte auch ihn vor ein Rätsel; vor allem die unkontrollierten Explosionen der Korken sorgten nicht nur für empfindliche Verluste an Wein, sondern auch für echte Verletzungen und blaue Augen. Daher habe er sich vom Schmied jene Eisenmaske fertigen lassen, und weil sie so diabolisch aussah, habe das von ihm produzierte Getränk auch den Beinamen »Wein des Teufels« bekommen.

»Wir halten das Verfahren bewusst geheim; niemand weiß davon, nur die allerhöchsten Kreise. Wer weiß, wie lange wir dieses Geheimnis bewahren können …«, erklärte der Kellermeister.

»Macht Euch um uns keine Sorgen«, beruhigte ihn Davide. »Wir Venezianer sind keine Kopisten, sondern Käufer.«

Pierre lächelte und hatte keinerlei Bedenken, seinen Diskurs fortzusetzen. »Zunächst hatten wir große Probleme mit dem Wein, da er in der Flasche weiter gärte, aber die Engländer waren ganz verrückt nach dem entstandenen Sprudel. Wir haben glücklicherweise inzwischen eine Methode gefunden, die Flaschen einigermaßen sicher zu verschließen.«

Beim Abendessen ging es nicht allzu mönchisch-enthaltsam zu. Es gab zunächst Suppe von geriebenen Mandeln, die in Milch und Zucker aufgekocht und mit Käse bestreut wurden, danach Rosinengelee in der Hausenblase und Senf. Als Hauptspeise kamen Reiherbeine auf den Tisch, die klein gehackt und mit Weißbrot und Eiweiß vermischt und ordentlich verquirlt worden waren. Davide, Hasan und Cornelia saßen an der U-förmigen Tafel dem Abt und seinen Stellvertretern sowie dem ängstlichen Novizen gegenüber. Jener musterte Cornelia misstrauisch. Ahnte er etwas? Dem Wein wurde reichlich zugesprochen, doch die sprudelnde Variante ließ noch auf sich warten. Cornelias Wuschel stritt sich mit den Katzen und anderen Hunden um die Reste, die großzügig vom Tisch abfielen; es ging unter der Tischplatte so munter zu wie oberhalb. Die Mönche ließen es sich gutgehen und genossen jeden Bissen. Schlemmen, Trinken, lustig Debattieren: Der Kölner Erzbischof hatte von Hautvillers nicht zu viel versprochen.

»Seht Ihr, wir Franzosen machen eigentlich keinen guten Wein«, gestand der Abt ein. »Vielleicht ändert sich das bald. Doch gerade hier in der Champagne und im Burgund hat man viel Werbung betrieben. Wisst Ihr, was damit gemeint ist?«

Davide hatte den Begriff schon einmal gehört, aber Hasan, dessen Französisch nicht so gut war, schaute ratlos drein.

»Damit ist gemeint, seine Ware ordentlich anzupreisen«, erklärte der Abt. »Und niemand hat das besser verstanden als unser Philipp der Kühne, der mächtige Herzog von Burgund. Er ahnte schon vor vielen, vielen Jahren, dass aus dem Wein einmal ein wichtiges Exportgut werden könnte. Also erließ er Regelungen, den Weinbau zu begrenzen, sogar Güter mussten schließen, Rebstöcke wurden verbrannt.«

»Wie passt denn das zusammen?«, fragte Hasan erstaunt.

»Aber versteht Ihr denn nicht? Wer für eine Verknappung sorgt, erhöht die Begehrlichkeiten.«

»Aha! Wie die Karotte, die man dem Esel vor die Nase hält«, folgerte Davides Gefährte.

»Genau so«, lachte der Abt, »und wenn man sie dann doch bekommt, diese verflixte Karotte, dann schmeckt sie umso besser.«

»Erklärt mir aber einmal, warum Philipp den Beinamen *der Kühne* erhielt«, ließ sich Davide vernehmen. »Doch sicher nicht wegen seiner Werbung für den französischen Wein?«

Und der Abt gab die Geschichte, die man sich auch nach so vielen Generationen noch in ganz Frankreich erzählte, zum Besten: »Als Fünfzehnjähriger war Philipp in der Schlacht von Maupertuis gegen die Engländer in Gefangenschaft geraten, gemeinsam mit seinem Vater Johann, dem König von Frankreich. Als man nun beim Bankett mit dem englischen König Eduard saß, bediente der Mundschenk zuerst den Engländer, worauf ihm der junge Wildfang ins Gesicht schlug. ›Wer hat dich gelehrt, den englischen König vor dem französischen zu bedienen?‹, soll er den Diener angeherrscht haben, was ihm selbst von seinem siegreichen englischen Cousin Eduard als außerordentliche Kühnheit angerechnet wurde.«

Nun kam endlich Kellermeister Pierre höchstpersönlich zu Tisch, diesmal ohne Maske, und kredenzte die seltenen Flaschen, die mit einem dicken Korken verschlossen waren. Und der so eigenartig sprudelnde Wein lockerte die Zungen aufs Schönste. Allenfalls Cornelia fühlte sich offenkundig etwas unbehaglich in dieser Männerrunde, aber Davide lächelte ihr immer wieder aufmunternd zu, was sie etwas heiterer stimmte.

»Sagt, was ist dran an den Gerüchten, dass überall Reliquien wie von selbst verschwinden?«, rief einer der Mönche.

»Ja, man hört, sie steigen aus ihren Gräbern und gehen ganz einfach fort!«, mischte sich ein anderer ein.

»Das Jüngste Gericht ist nah!«, flüsterte der Novize verschreckt.

»Unsinn«, fuhr der Abt den Jungen an. »Aber berichtet mir doch«, wandte er sich wieder an Davide, »stimmt es, dass Reliquien aus den Kirchen gestohlen werden, und zwar in einem Ausmaß, welches über plumpe, niederträchtige Räuberei hinausgeht und auf ein systematisches Vorgehen schließen lässt?«

Der Angesprochene sah keinen Grund, aus seiner Mission ein Geheimnis zu machen. Und so erklärte Davide in knappen Worten, dass in Padua, Venedig, Köln und nun offenbar auch in Paris tatsächlich Reliquien geraubt worden waren, darunter die heiligsten und wertvollsten Objekte der Christenheit. Die Raubzüge seien allesamt mit großer Sorgfalt und Schläue durchgeführt worden, und nirgends habe es brauchbare Spuren gegeben. Es sei keine Lösegeldforderung aufgetaucht oder, soweit man das bisher wisse, auch keine sonstigen Rückkaufangebote. Man könne nichts anderes tun, als zu reagieren. Den Diebstählen nachzureisen und zu hoffen, dass sich irgendwann ein Hinweis ergebe.

Die Mönche am Tisch hatten gebannt zugehört, und als Davide geendet hatte, bemühten sie sich eifrig, bei der Lösung dieser ebenso merkwürdigen wie beunruhigenden Raubserie mitzuwirken.

»Vielleicht ist es der Teufel höchstselbst?«, rief einer. »Er will uns auf die Probe stellen!«

»Vielleicht ist es ein Flügelmann«, überlegte ein weiterer Bruder. »Er fliegt in die Kirche und öffnet die Schreine, so dass er keinerlei Spuren hinterlässt.«

»So, so, glauben wir plötzlich an Fabelwesen?«, tadelte ihn sein Nebenmann.

»Aber sind nicht auch die Dämonen der Hölle geflügelt?«, verteidigte er sich.

»Doch Dämonen können keinen geweihten Ort betreten, ob nun zu Fuß oder in der Luft«, wandte ein anderer ein.

So ging es eine Weile hin und her. Man verdächtigte die Osmanen, die Juden und vor allem die Protestanten aus dem Norden, für die Heilige nichts als Götzen waren. Dann räusperte sich der kleine Novize, der zwischen dem Abt und Davide saß. »Möglicherweise waren es Jahrmärktler.«

»Still, du Dummkopf«, ermahnte ihn Dom Gérard.

»Mit Verlaub, ehrwürdiger Abt, lasst ihn sprechen«, bat Davide. Der Abt nickte dem Novizen schließlich etwas unwillig zu, und der begann erst schüchtern, dann immer eifriger, seine Theorie zu erklären: »Es müssen unzweifelhaft mehrere Menschen sein, um solche Raubzüge zu begehen, oder nicht? Und es müssen Menschen sein, die von Ort zu Ort ziehen, ja sogar von Land zu Land, ohne Aufsehen zu erregen, oder nicht?« Er hielt inne und sah, dass ihm die Mönche und auch die Gäste aufmerksam zuhörten. »Dazu bedenkt Folgendes, unter Jahrmärktlern gibt es geschickte Artisten, Kletterer, Gaukler. Vielleicht solltet Ihr Euch bei solchen Gesellen umsehen, die es gewohnt sind, ungewöhnliche Dinge zu tun, die uns Normalsterblichen wie übersinnlich vorkommen.«

Davide strich sich den Bart und wechselte mit dem Abt einen Blick. »Ich sehe, dass Ihr nur die aufgewecktesten Kinder in Euren Orden aufnehmt«, sagte er anerkennend – ein geschicktes Kompliment, welches sowohl dem Ersten als auch dem Letzten unter den Mönchen schmeichelte. Dann sprach er den jungen Novizen direkt an.

»Ich bewundere Euren Scharfsinn. Auch meine Überlegungen kreisten zunächst um Gaukler, die munter durch die Welt ziehen. Doch wisset: Niemand wird schärfer kontrolliert und genauer durchsucht als die Jahrmärktler. An jedem Stadttor müssen sie ihre Planen vom Wagen lüften, und jeder Soldat hat das Recht, ihr Hab und Gut zu untersuchen. Ich halte es für nahezu ausgeschlossen, dass sie ein solch gut organisiertes Verbrechen über so weite Strecken geheim halten könnten.«

Der Nachschub an dem sprudelnden Wein schien nicht abzureißen, und die Theorien wurden im Verlauf des Abends immer abenteuerlicher. Bald hörte Davide gar nicht mehr hin, wechselte einen auffordernden Blick mit seinen Gefährten, und die drei begaben sich nach herzlichem Abschied in ihre Zellen.

Sie baten darum, nicht gleich zum Frühgebet in der vierten Morgenstunde geweckt zu werden, und tatsächlich ließ man sie schlafen, immerhin bis sechs Uhr. Gemeinsam mit den Mönchen frühstückte man im Speisesaal. Es gab Milch, herrlich duftendes Brot und einen scharfen Ziegenkäse. Alle Brüder waren am Morgen deutlich kleinlauter.

»Wer weiß, wie lange man am Abend noch dem Wein zugesprochen hat«, flüsterte Hasan.

»Genau deswegen habe ich ja zum Aufbruch gedrängt«, lächelte Davide. »Vielleicht schaffen wir es heute noch nach Paris, da sollten wir hellwach sein. Die Stadt ist kein einfaches Pflaster, es brodelt dort, wie man hört.«

Die Pferde standen gesattelt im Hof bereit. Die Kutsche des Kölner Erzbischofs ließen sie im Benediktinerkloster, wo man versprach, sich um die Rückführung zu kümmern. Der Abt und der Novize verabschiedeten sie herzlich. Auch einige der Mönche nutzten die willkommene Abwechslung, um ihre Arbeit zu unterbrechen und den Reisenden einen letzten Gruß und Gottes Segen für ihre Mission mit auf den Weg zu geben.

»Sucht nach jenen, die viel reisen, ohne aufzufallen«, erinnerte sie der Novize noch rasch an das abendliche Gespräch, als sie die Pferde bestiegen. Davide spürte, dass in diesen Worten ein Fünkchen einer Erkenntnis lag, schob aber den Gedanken zunächst beiseite.

KAPITEL 15

Paris

Als sie, von Osten kommend, von einer kleinen Anhöhe aus die Stadt zum ersten Mal sahen, konnten sie es kaum glauben. Vor ihnen breitete sich eine nicht enden wollende Landschaft aus Häusern, Türmen, Mauerwerk aus, es wirkte, als wären zehn oder zwölf Städte aneinandergerückt. Wie weit man auch blickte, nur Bauten, Brücken und Zitadellen. Doch viel Zeit zum Schauen hatten sie nicht, der Verkehr war so heftig, dass sie regelrecht mitgerissen wurden.

Je näher sie der Stadt kamen, desto voller wurden die Straßen, die beinahe schon wie Ausläufer der Stadt wirkten, denn links und rechts hatten arme Menschen Hütten errichtet; Hasan blickte mitleidig auf sie. Wie konnten sie in dieser Jahreszeit überleben? Immer wieder versuchten Bettler, den Verkehr aufzuhalten, darunter kleine Mädchen und Jungen, erbärmliche Geschöpfe. Den ersten von ihnen gaben Davide und Hasan noch Münzen, auch etwas von dem Proviant, den sie mit sich führten, doch bald wurde es unmöglich, die Trauben der Bettler nahmen zu, man zerrte an ihnen, und mehr als einmal wäre Cornelia beinahe vom Pferd gefallen.

Irgendwann wurden die Hütten größer und waren bald nicht mehr aus Holz, Lehm und Flechtwerk, sondern aus Stein; der Übergang zur Stadt war fließend, denn kein Stadttor konnte diese ungeheuren Menschenmassen auf Dauer umschließen. Und so kamen Davide, Hasan und Cornelia irgendwann in die eigentliche Stadt, ohne dass es dafür eine

Gemarkung gab. Der Unrat lag knöcheltief auf den Straßen und wurde von den Pferdehufen und Kutschenrädern ständig aufgewirbelt. Die Menschen schrien einander an, dass es die Ohren ganz taub machte, was ein Glück war, doch den Nasenlöchern war diese Gnade nicht beschieden; es stank, dass einem vor Ekel die Tränen in die Augen traten.

Zwei Stunden brauchten sie, bis sie sich in die Stadtmitte vorgequält hatten. Denn immer wieder versanken Kutschenräder im Schlamm, blieben Transportwagen stecken, kam es zu Streitigkeiten zwischen Fußgängern und Reitern, zwischen Marketendern und fliegenden Händlern, zwischen Zweispännern und Vierspännern. Sogar ein Achtspänner mit päpstlichem Wappen kam ihnen entgegen, doch auch mit dem höchsten Segen gab es kaum ein Vorankommen. Neben den allgegenwärtigen Bettlern drängten sich nun auch kobernde Huren vor, während freche Jungs, die sorglos zwischen Hufgetrappel und Kutschenrädern hin und her sprangen, Herbergen, Schenken und Tavernen anpriesen, sogar mehrsprachig und mit viel Phantasie. Erst im Schatten von Notre-Dame wurde es etwas ruhiger, ein aufgeweckter Bengel zeigte ihnen den Weg zu den Tuilerien, dem Königspalast und ihrem eigentlichen Ziel; Davide hob den Jungen zu sich in den Sattel, und er führte sie auf einen kleinen, halbwegs ruhigen Weg abseits der Hauptstraße, der sie deutlich schneller vorankommen ließ. Die Papiere, die sie als Gesandte des Dogen auswiesen, zeigten auch hier in Paris an den vielerlei Passierstellen bis zum Palast ihre Wirkung.

Cornelia wurde im Trakt der Bediensteten untergebracht. Ihr war schon auf der Herreise zuletzt nicht wohl gewesen, und ihr Zustand hatte sich nicht gebessert. Hasan blickte sie sorgenvoll an. »Es ist nichts weiter«, versicherte ihm Cornelia leicht verlegen, »ich … es ist nur eine Unpässlichkeit. Ich werde mich ein paar Tage ruhig halten, dann … dann ist es sicher wieder besser.« Hasan beruhigte sich, als er sah, dass die Unterkünfte der Bediensteten von einem gewissen Komfort waren, sogar einige Betten standen zur Verfügung. Hasan und Davide sorgten mit einer dezenten Dukate dafür, dass Cornelia in einem davon schlafen konnte.

Doch würde es im Königspalast nun endlich ruhiger zugehen? Nein: Auch hier herrschte überall Chaos. Die Luft stand vor Staub, auf wackligen Brettern balancierte man über den Boden. Der Lärm der Hämmer und die Rufe der Handwerker hallten in den noch ganz nackten, wenngleich riesigen Räumen wie verstörende, von unrhythmischem Klatschen begleitete Chorgesänge. Ein Mann hatte Fliesen geschultert und stürmte wild an Davide und Hasan vorbei, ganz gebeugt von der Last auf dem Rücken und doch behände. Ein zweiter Mann maß mit einem Band die Breite einer Tür ab, ein dritter Mann schrie einen vierten an. Ähnliche Szenen spielten sich in jedem Winkel ab und auch im Empfangssaal; wohl zwei Dutzend Männer schufteten in erkennbarer Eile, bewegten sich hastig, wirkten aufgeregt und anscheinend ohne größeren Plan.

Und mittendrin, wie ein Poller in der Flut, sie. Eine kleine Frau mit schmalen Schultern, breitem Becken und hässlichem, gelbem Gesicht, die barsche Anweisungen gab. Auch ihr Kleid war beinahe unförmig, eher schmucklos und von merkwürdig indifferenter Farbe. Ihre Augen aber funkelten hellwach und gaben ihrem ganzen Wesen Leben. Und nun erblickten diese Augen die beiden Gestalten, die sich ihr näherten. Sie musterte die Ankömmlinge, und ihre Miene hellte sich etwas auf.

Davide begriff als Erster, wen er vor sich hatte, stieß Hasan unauffällig in die Seite und kniete nieder.

»Majestät.«

Hasan tat es ihm hastig gleich. Tatsächlich war die kleine, beleibte Frau niemand anderes als die Königinmutter Caterina de' Medici, eine Frau, vor der selbst die mächtigsten Herrscher zitterten. Doch während Davide und Hasan niederknieten, wischte sie sich ganz unmajestätisch den Baustaub von der Brust.

»Erhebt euch, Venezianer. Machen wir uns ja nicht die Pariser Albernheiten zu eigen.« Ihr Gesicht gewann auch bei näherem Hinsehen nicht an Charme, die Augen standen etwas hervor und ihre Unterlippe war so wulstig, dass sie ihr kaum gehorchen wollte. Doch ihre Stimme tönte voll und angenehm. »Wie schön, endlich einmal Italiener zu Gast zu haben! Ihr müsst entschuldigen, aber Pariser Handwerker sind wirklich die Schande ihres Berufsstandes. Egal, wem von diesem Lumpen man eine kräftige Ohrfeige verpasst: Es trifft ganz sicher den Richtigen.«

Zwei der soeben Gescholtenen verputzten das Mauerwerk, ein weiterer maß die Fenster aus, denen sowohl Rahmen als auch Verglasung fehlten. Schneeflocken wirbelten respektlos in den Palast hinein. Es war empfindlich kühl, denn im Kamin brannte noch kein Feuer, war doch ein Maler mit dem Verzieren des Simses beschäftigt (und noch nicht allzu weit vorangekommen). Auf einem Gerüst in der Mitte des Raumes, welcher einmal ein prächtiger Saal werden sollte, lagen drei weitere Maler auf dem Rücken, die auf dem feuchten Putz Kohleskizzen umrissen. Die Frivolität der Szenen, die sich in einigen Strichen überdeutlich zeigte, schien eher auf antike denn auf biblische Motive hinzudeuten. Es war beinahe ein Wunder, wie schnell sie mit ihren Passierscheinen und Empfehlungsschreiben in den Tuilerien-Palast vorgedrungen waren; die Türen waren geradezu aufgeflogen. Hier, in dieser augenscheinlich trüben Atmosphäre, hatte man offenbar Sehnsucht nach etwas Abwechslung und einem Besuch, und dann noch aus jenem Venedig, das vielen Ausländern als eine Art Insel der Seligen erschien, einer Stadt aus Gold und Marmor und Magie.

»Der Ausbau des Palastes ist bitter nötig«, erklärte Caterina den beiden. »Für mich war hier gar kein Platz vorgesehen. Zwar bin ich nur eine Italienerin für diese Banausen, aber immerhin eine, die etwas zu sagen hat.«

Daraufhin mussten Davide und Hasan lachen, und auch Caterina grinste über ihren Scherz. Immerhin war sie ganz sicher die einflussreichste Frau der christlichen Welt. Dabei war sie zeit ihres Lebens nicht gerade vom Schicksal begünstigt gewesen. Ihre Mutter starb im Kindbett, ihr Vater drei Tage darauf am Kummer. Die wohlhabende Waise – das Geld kam vor allem von der mütterlichen Seite – wuchs bei ihrem Großonkel auf, der als Leo der Zehnte das Papstamt bekleidete. Der dicke Leo, ein Schlemmer sondergleichen, starb allzu bald, doch nur zwei Päpste später saß wiederum ein Medici auf dem Thron, der Sohn des Bruders von Caterinas Urgroßvater. Ziemlich verwirrend, aber das machte sie interessant genug für den europäischen Hochadel, dabei war Caterina noch nicht einmal acht Jahre alt. Und: Sie wurde, nachdem der Papst sich mit den falschen Freunden verbündete und um ein Haar mit dem Leben bezahlte, eine Geisel der Medici-Gegner und in Konventen versteckt, wo sie Griechisch, Französisch, Latein und Mathematik lernte – und das Kochen, denn viel sonstige Sinnesfreude blieb ihr nicht. Dann wurde Florenz von den Medici-Freunden belagert, und die Zwölfjährige befand sich mitten in der Stadt, mithin unter ihren Feinden. Zunächst erwog man, sie an die Stadtmauer zu binden, um sie von den Kanonenkugeln der Söldner ihrer eigenen Familie zerschmettern zu lassen. Dann erwog man, sie in eines der Bordelle zu stecken und als Prostituierte arbeiten zu lassen, um jegliche Heiratspläne zunichte zu machen, die der Papst für seine junge Verwandte hatte. Schließlich holte man sie ab, sie rechnete mit ihrer Exekution, hatte sich sogar extra die Haare geschoren und ein Nonnengewand übergeworfen. Doch irgendjemand hatte Mitleid, und kurz vor der Ausführung der grausamen Tat brachte man sie doch nur wieder ins Kloster zurück. Heiratskandidaten kamen und gingen, und schließlich wurde Heinrich der Zweite von Frankreich zum Bräutigam erwählt, der bei der Hochzeit, wie Caterina selbst, vierzehn Jahre alt war. Die Feierlichkeiten hatten jedes bekannte Maß gesprengt; sie sollten zunächst in Nizza stattfinden, wurden dann aber nach Marseille verlegt, wo man für Caterina und ihre Familie einen provisorischen Palazzo aus Holz errichtete. Die Feier selbst zog sich drei Tage lang hin, doch all dies machte die Franzosen nur noch skeptischer. Was wollte der Königssohn bloß mit dieser Krämertochter, deren Schönheit wohl nur die eigene Mutter gewürdigt hätte?

Heinrich war der zweitgeborene Sohn von König Franz dem Ersten und hatte wenig Hoffnung auf die Krone, ein Leben in gepflegter Langeweile erwartete ihn. Doch François, der Erste in der Thronfolge, starb mit achtzehn Jahren nach dem Genuss eines Glases Wassers, welches offenbar sein Sekretär Montecuccoli mit Gift angereichert hatte, jedenfalls gestand er genau das unter peinlicher Befragung auf der Streckbank. Heinrich rückte in der Thronfolge auf und wurde im Jahr 1547, nach dem Tod seines Vaters, zum König gesalbt. Und damit war Caterina, die von den Franzosen so ungeliebte Frau, Königin von Frankreich.

»Nun lasst mich hier noch ein wenig mit bitter notwendigem Terror über die Handwerker herrschen«, sagte die

Königinmutter nun auf Italienisch zu ihren Gästen. »Es wäre mir ein Vergnügen, Euch heute zum Diner zu begrüßen.«

Das Gästezimmer, das man Davide und Hasan zuwies, war ein gewaltiger Raum mit marmornem Boden, bunten Wandteppichen, Ottomanen und einem Separee für den Abort. Kerzen flackerten, im Kamin brannte ein kleines Feuer. Allerdings war das Zimmer nur mit einem recht schmalen Bett bestückt, das sich Davide und Hasan zu teilen hatten. Doch Hasan arrangierte für sich ein paar Kissen auf dem Boden. Die beiden beschlossen, sich eine Weile auszuruhen, doch es klopfte zögerlich an der Tür. Dort stand ein Diener, ein junger Mann mit streng zurückgekämmtem Haar im roten Rock, der ein silbernes Schälchen mit beiden Händen hielt und es Davide reichte.

»Macarons, edler Herr. Aus unserer Küche, edler Herr.«

»Macarons? Um was handelt es sich dabei?«

»Es ist eine Süßspeise.«

Davide nahm die Schale, und der Diener zog sich zurück. Die Macarons schmeckten vorzüglich, mal nach Minze, mal nach Früchten, und sie hatten eine ungewöhnliche Konsistenz, mit einer harten, süßen, brotartigen Umhüllung und einem weichen Kern, der im Mund schmolz. Davide und Hasan naschten die Speise schnell. Und gerade, als sie sich wieder hingelegt hatten und Hasan sogar schon in ein leichtes Schnarchen überging, welches Davide allzu gut aus der gemeinsamen Kerkerzeit kannte und das er sich stets zunutze gemacht hatte, um im gleichen Rhythmus zu atmen und schließlich einzuschlafen, klopfte es erneut an der Tür. Wieder stand ein Diener dort, und es war beinahe unmöglich zu sagen, ob es sich um denselben Menschen handelte, der kurz zuvor die sogenannten Macarons dargebracht hatte, war er doch identisch gekleidet und gekämmt, von gleicher Statur und von gleicher Unterwürfigkeit.

Auf einer silbernen Schale standen dieses Mal zwei Gläser, die mit einem dampfenden schwarzen Sirup gefüllt waren. »Dies ist Kakao aus dem neuen Kontinent«, erklärte der Diener, »mit reichlich Zucker versüßt, auf dass es den edlen Herren wohl bekomme.« Das heiße Getränk, das beide Venezianer neugierig probierten, hatte zunächst eine leicht bittere Note, aber wirkte außergewöhnlich belebend. Obwohl sie doch beide so müde waren.

An ein Ausruhen war nicht zu denken, und das war nicht dem Kakao geschuldet, denn beinahe im Minutentakt kamen Diener heran, und sie abzuweisen wäre äußerst unhöflich gewesen. Also ging es im Minutentakt weiter. Frische Hemden wurden gebracht, weitere Macarons, zwei Gläser Wein, eine Platte mit Schinken und Käse, eine Schale Obst, frisch aus dem andalusischen Teil Iberiens, wo es keinen Winter gab.

»Dieser Palast scheint nie zur Ruhe zu kommen«, bemerkte Davide. Auch kümmerten sich die Diener um das Feuer, legten Holz nach und tauschten herabgebrannte Kerzen aus.

»Ich wünschte, es gäbe ein schweres Schloss, um diese vermaledeite Tür zu verriegeln«, seufzte Hasan.

»Nun denkt einmal, wie es erst dem König selbst gehen muss, mit all diesem Hofstaat, der beschäftigt werden will.«

»Und mit einer solchen Königinmutter ständig an seiner Seite.«

»Halte ein!«, rief Davide endlich einem der Diener zu, der einige Kissen brachte, von welchen ohnehin schon reichlich vorhanden waren, »bitte frag den Hofmarschall, ob mein

Freund hier die viel gerühmte Palastküche einmal besuchen darf, von der die ganze Welt spricht.«

Der Lakai nickte, zog sich kratzfüßig zurück und kam kurz darauf in Begleitung von zwei weiteren Dienern wieder. So nebeneinander fiel Davide die tatsächlich verblüffende Ähnlichkeit von ihnen allen auf; sie wirkten wie Drillinge, schienen das gleiche Alter, den gleichen scharfen Gesichtsschnitt und die gleiche Haarfarbe zu haben, und wer weiß, wie viele von ihnen noch herumliefen. Die Bitte wurde Hasan gewährt.

Es war die größte Küche, die Hasan jemals gesehen hatte. Ihre Ausmaße sprengten jede Dimension. Sie war größer als der größte Palazzo in Venedig, größer als der Große Saal im Dogenpalast, drei Fluchten endloser Gänge, Hunderte von Köchen, alle in der beinahe selben Haltung, leicht vornübergebeugt, mit stillem Oberkörper, doch aktiven, ja wirbelnden Händen. Es war laut, aber gewissermaßen strukturiert. Man hörte das Hacken von Messern auf Schneidebrettern, das klackernde Rühren von Holzlöffeln in Schüsseln, das gemütliche Brodeln von Suppen in großen Töpfen, das verführerische Knistern von Fleisch in den Pfannen. Als die drei Diener mit dem orientalisch wirkenden Gast im Eingang der Küche standen, blickten einige der Köche auf, aber widmeten sich bald wieder ihrer Arbeit. Denn viel Zeit zum Aufschauen konnte hier niemand entbehren. Anweisungen wurden leise, aber bestimmt gerufen, und zwar auf Italienisch. Denn schließlich hatte Caterina gleich nach ihrer Hochzeit dreihundert Köche, Metzger und Konditoren aus Italien mit nach Paris gebracht, sogar ein Eismacher aus Urbino reiste mit nach Paris (oder musste es wohl oder übel tun). Es war die wohl größte kulinarische Übersiedlung der Menschheitsgeschichte und sollte die französische Hofküche, die bis dahin kaum weniger barbarisch war als die englische – selbst Gabeln waren völlig unbekannt – gewaltig verändern.

Die Diener entfernten sich, und Hasan stand etwas verloren da, blickte aber fasziniert auf das Treiben. Aus der Menge der weiß beschürzten Männer und Frauen – ja, tatsächlich, er entdeckte auch einige Frauen – löste sich eine Gestalt und kam in langsamen Schritten auf ihn zu. Der Mann, von hohem Wuchs, hatte gewelltes, graues Haar und einen gepflegten, kurz geschorenen Bart. Er fixierte Hasan mit seinen kleinen blauen Augen.

»Ihr seid mit dem venezianischen Gesandten hier, Herr?«, fragte er und betonte jede Silbe. Alles an ihm wirkte kontrolliert und überlegt.

»Das ist richtig«, nickte Hasan eifrig.

Plötzlich lächelte der Küchenchef. »Ihr seid gewiss neugierig, wie es hier zugeht, das sehe ich Euch an.«

»Das Kochen ist meine Leidenschaft, doch diese Größe ist beinahe zu viel für mich.«

»Bedenkt, dass wir für viele Hundert Personen kochen müssen, dazu auch noch für Ihre Majestät, die Königinmutter, die wahrlich eine *buona forchetta* ist, eine gute Gabel. Mein Name ist Antonino, und Ihr wurdet mir angekündigt. Nun kommt also, ich zeige Euch herum.«

Und so lernte Hasan zunächst, wie man die *salsa colla* machte, die beliebte »Klebesauce«, die dazu diente, die verschiedenen Zutaten elegant miteinander zu verbinden. Einer von Antoninos Köchen vermischte Milchrahm, Fleischbrühe und allerlei Kräuter miteinander, bis eine sämige Flüssigkeit entstand, die verführerisch duftete.

»Eine der Lieblingsspeisen unserer Königinmutter ist

canard à l'orange. Am heutigen Abend nun esst Ihr aber eine Variation davon, die ich mir erlaubt habe. Seht, es ist schon alles bereit!« Antonino zeigte auf vier gerupfte, ausgenommene Enten, die in diesem Zustand allerdings wenig appetitlich wirkten. »Wir nehmen für jede Ente den Saft von drei Granatäpfeln, einen Schöpflöffel Butter, ein Glas Cognac, etwas Zucker, Salz und Pfeffer. Wir werden die Ente in kleine Stücke schneiden, in einer großen Pfanne die Butter schmelzen und zuletzt den Granatapfelsaft hinzugeben. Dann kommen das Entenfleisch und die Gewürze dazu. Am Ende rühren wir noch den Zucker hinein und erhöhen die Hitze scharf, was für einen besonderen Geschmack sorgt.«

»Keine Kunst scheint es, wenn man denn weiß, wie es geht.«

»Da habt Ihr recht, doch wenn Ihr seht, wie das Geflügel von den meisten Köchen misshandelt wird, dann ist dies doch ein besonderes Gericht. Das Geheimnis ist die Kombination von edlen, teuren Zutaten mit den gewöhnlichen Nahrungsmitteln, die unseren Eingeweiden doch mindestens genauso guttun«, erklärte Antonino, in dessen ruhiger Stimme es sich ein norditalienischer Akzent so bequem gemacht hatte wie eine Jakobsmuschel im Speckmantel. »Doch es geht auch ganz einfach, wenn man die Zubereitung versteht. Seht, eine gewöhnliche *soupe d'oignons*, eine Zwiebelsuppe, wie sie Ihre Majestät, die Königinmutter, beinahe täglich wünscht: Erhitzt Butter in einem Topf, schneidet die Zwiebeln in Ringe und den Knoblauch in Würfel und lasst beides golden anrösten. Bestäubt es mit Mehl, rührt tüchtig, schwitzt alles gut durch, füllt mit Fleischbrühe und Weißwein auf. Lasst es zwanzig Minuten auf kleiner Flamme kochen, gebt Salz und Pfeffer hinzu. Röstet in einer anderen Pfanne Weißbrotscheiben, gebt sie in eine tönerne Form, gießt die Suppe darauf, streut geriebenen Käse darüber und lasst alles im Ofen backen. Schmackhaft, nahrhaft und ohne viel Aufwand zu erledigen.«

»Darf man das am heutigen Abend kosten?«

Antonino lächelte. »Kein Mahl wäre für Ihre Majestät, die Königinmutter, vollständig ohne eine Zwiebelsuppe!«

»Ist es denn wahr, dass Caterina de' Medici Euch alle hierhergebracht hat?«

»Oh ja, in Paris wusste man gar nichts vom guten Essen. Man schmiss Scharfes und Süßes und Saures und Salziges munter zusammen, man aß mit den Händen, und die gute Bitterkeit des Gemüses war hier ganz unbekannt. Erst Ihre Majestät …«

»… die Königinmutter …«

»Richtig, Ihre Majestät, die Königinmutter, brachte Brokkoli, Spargel, Tomaten und Erbsen mit an den Hof, nicht zu vergessen ihre Leibspeise, die *carciofi*. Auch wenn diese Passion, Ihr versteht mich sicher, eine *pericolosa digestione* auslösen kann.«

Hasan lachte auf. »Oh ja, Artischocken können ordentlich aufs Gedärm schlagen.«

»Denkt nur, selbst Pastateig war hier völlig unbekannt. Man ernährte sich praktisch nur von Wildbret. So machen wir heute *pezzole alla nonna*. In meiner Region, dem Piemont, nehmen wir für den Teig dieser ›Taschentücher der Großmutter‹ Mehl, Eier, Milch, Butter, Salz und etwas vom guten Olivenöl. Wir kneten und lassen ihn dann ruhen, denn der Teig ist aufgeregt und muss erst wieder zu sich selbst finden.«

»Scherzt Ihr mit mir?«

»Nein, keinesfalls! Behandelt die Zutaten stets, als hätten sie eine Seele. Wir haben einen Koch, einen Deutschen, den es auf Umwegen erst nach Italien und nun hierher verschlagen hat, und man mag es kaum glauben. Er spricht mit jeder Kartoffel, bevor er sie schält, und bittet sie um Verzeihung!«

»Ja, ist das möglich?«

»Schaut, es ist der dort hinten, der die Möhren klein schneidet.«

Tatsächlich sah man den Mann, der von beängstigend blasser Gesichtsfarbe war, auf die Möhren einreden. Die Köche neben ihm störte das nicht, man hatte sich offenbar an seine Schrullen gewöhnt.

»Ich gebe zu: Man muss nicht mit jeder Knolle sprechen, um ein guter Koch zu sein«, lächelte Antonino. »Aber spricht nicht auch der Bildhauer mit seinem Stein, der Tischler mit seinem Holz?«

»Da habt Ihr gewiss recht«, stimmte Hasan ihm zu.

»Als Füllung nehme ich heute Spinat, der jetzt im Winter gut zu bekommen und ebenfalls ein Lieblingsgemüse Ihrer Majestät, der Königinmutter ist. Er wird gekocht, wenn er abgekühlt ist, klein gehackt und in einem Gefäß mit Ricotta, Eiern, Parmesankäse, Salz, Pfeffer und etwas Rieb von der köstlichen Muskatnuss beiseitegestellt.«

»Muskatnuss! Mein Lieblingsgewürz«, schwärmte Hasan.

»Meines auch, werter Venezianer.«

»Um ehrlich zu sein, bin ich Orientale, stehe nur in den Diensten Venedigs, bin darüber aber recht glücklich.«

»Ja, so etwas habe ich mir fast gedacht. Nun, das gute Essen verbindet doch die Menschen, egal, unter welcher Sonne sie geboren wurden.«

»Ganz gewiss.«

»Machen wir weiter mit der *besciamella*, nach der die Pariser ganz verrückt sind. Ihr kostet sie nachher, und Ihr könnt sie ganz einfach nachmachen, wenn Ihr wieder in Venedig seid. Lasst Butter in einer Pfanne schmelzen und gebt Mehl, Salz, Pfeffer und warme Milch hinzu. Hört genau hin, warm muss sie sein! Und rührt fleißig, dass nichts anbrennt.«

»Und diese *bescia* ... – *besciamella*-Sauce kommt über die Pasta?«

»Beinahe richtig. Wir geben *besciamella* zuerst auf den Teller und legen die Pasta darüber.«

»Alles schön und gut, aber wie kommt der Spinat in den Teig?«

»Gebt aufs Backblech etwas Öl und verteilt den Teig, drückt ihn, dass er wie eine große venezianische Dukate wirkt. Dann kommt die Spinatfüllung in die Mitte, und Ihr faltet die Dukate wie ein Tuch zusammen. Sie kommt dann für eine Viertelstunde oder etwas länger in den Ofen, dann auf den *besciamella*-Teller und dann an Eure Tafel. Und weil heute frische Tomaten aus den spanischen Kolonien angekommen sind, erlaube ich mir dazu ein wenig Sauce aus dieser zauberhaften Frucht. Ihr werdet begeistert sein.«

»Ich kann es kaum erwarten!«

Davide und Hasan wurden von zwei Bediensteten zum Diner mit der Königinmutter begleitet, doch auf dem Weg dahin über die endlosen Teppiche kamen sie zufällig an einer seltsamen Gruppe vorbei.

»So schreib es denn«, befahl ein herausgeputzter Kammerherr einem Skribenten, der an einem hübsch aufgeräumten Schreibtisch saß und den Federkiel gezückt hielt: »Ihr beliebt es nur nach eigenem Willen zu handeln und zu kochen. Sie zeigt sich widerspenstig, zudringlich, grob und sucht diejenigen, die ihr zu befehlen haben, auf alle Weise zu ermüden. Unruhig und tückisch verhetzt sie ihre Mitdienenden und macht ihnen, wenn sie nicht mit ihr halten, das Leben sauer.«

»Nein, das könnt Ihr nicht schreiben.« Vor dem Schreibtisch stand eine dicke Frau mit groben Gesichtszügen.

»Und doch ist es wahr«, erwiderte der Kammerherr, »Ihr seid ein garstiges Weib und verdient kein besseres Zeugnis. Schreib nun weiter«, wandte er sich dem Skribenten zu. Die dicke Frau wollte noch etwas sagen, doch der Kammerherr blickte sie so streng an, dass sie erschrocken schwieg. Davide und Hasan gingen an der Szene vorüber, während der Kammerherr weiterhin wenig Schmeichelhaftes diktierte.

»Das wird aber ein schönes Empfehlungsschreiben«, flüsterte Hasan, als sie außer Hörweite waren.

»Andererseits hat sie für den König Frankreichs gekocht. Ich bin mir sicher, es findet sich eine Gaststätte im großen Paris, die ihre Kenntnisse zu schätzen weiß und sie aufnimmt. Das Empfehlungsschreiben sollte sie allerdings im nächsten Feuer verbrennen.«

Die Szenerie hatte etwas Gespenstisches, denn der Saal war von unerhörter Dimension und doch hell mit Hunderten Kerzen erleuchtet. An einem hufeisenförmigen Tisch, der einer Armee hätte Platz geben können, hatte man lediglich für einige Handvoll Personen gedeckt. Auf den Damast-Tischdecken stapelte sich Silberware: Teller, Besteck, Gläser, alles blitzte und funkelte. Gleich vier Kaminfeuer sorgten für angenehme Wärme, denn draußen rüttelte der kalte Wind an den großen Glasfenstern. Für die Beleuchtung waren die vielen Kerzen zuständig, die nicht nur den Tisch beschienen, sondern auch gute zwei Dutzend Diener, die in präzisem, mit Sicherheit gut eingeübtem Abstand rund um den Saal ebenso still standen wie die gewaltigen Kerzen aus Bienenwachs.

Davide und Hasan wurden zu ihren Plätzen im Inneren des Hufeisens geführt. Sie blieben stehen, betrachteten die wohl angeordneten Teller, in die das königliche Wappen eingeprägt war, und versuchten, einen Blick der Diener zu erhaschen, die allerdings mit großer Selbstdisziplin geradeaus ins Leere starrten. So warteten sie auf ihre Gastgeberin. »Man sagt über sie, sie habe hübsche Hände«, flüsterte Hasan.

»Was beinahe eine schlimmere Beleidigung für eine Dame darstellt als zu sagen, sie habe hübsche Augen«, entgegnete Davide.

Zu Tisch kam lediglich sie. Caterina de' Medici. Und niemand sonst. Sie stürmte mit großen Schritten herein, und man spürte ein unmerkliches, panisches Zucken in der Dienerschaft. Streng blickte sie auf die Tische, die Servietten, das Besteck. Davide entdeckte Gabeln, was ihn nicht erstaunte, in Venedig waren sie schon seit der Zeit seiner Eltern üblich. Verwundert aber sah er auf die Stapel leerer Teller, die auf jedem Tisch standen.

Dann, nachdem sie die gedeckte Tafel inspiziert hatte, wandte sie sich zu ihren Gästen und lächelte so liebenswürdig, wie es ihr mit ihrem unglücklichen Äußeren gerade möglich war. Schwerfällig nahm sie in einem Stuhl mit außergewöhnlich hoher Lehne Platz, der über und über mit Schnitzwerk verziert war. Sie rückte ihr nicht schmales Gesäß hin und her, bis alles zu passen schien.

»Ach, Ihr fragt Euch, warum ich so gut esse und warum ich einen Bauch vor mir hertrage wie ein Fass«, seufzte sie, dabei schwer atmend. »Nun, ich werde es Euch erklären.«

Davide wollte galant protestieren, doch Caterina winkte ab. »Wagt es nicht, mir zu schmeicheln, für diese Zwecke habe ich achthundert Bedienstete, die den ganzen Tag und die ganze Nacht nichts anderes zu tun haben.«

Sie machte eine Pause, weil ein Diener den Wein mit einer

so unvorteilhaften Armhaltung einschenkte, dass er der Königinmutter kurzzeitig den Blick auf ihre Gäste versperrte. Caterina grunzte ungeduldig, verzichtete aber auf eine Kujonierung.

»Nun, von meiner Kindheit erzählt man sich ja in ganz Europa, und ich muss leider sagen, dass alles wahr ist. Doch auch mein Leben als Mädchen und Heiratskandidatin war nicht gerade ein Paradies. Wenn Ihr wüsstet, mit wem ich alles verheiratet werden sollte! Wie viel Hoffnung, wie viel Schmerz! Zuerst mit meinem Cousin Ippolit, doch das wäre aus politischen Gründen nicht klug gewesen, einen Medici mit einer Medici zu verheiraten, nicht wahr? Also schickte man ihn fort, um als Kardinal in Ungarn zu dienen. Dann war ein entfernter Cousin namens Alessandro dran, Sohn eines Papstes, doch für ihn war ich nicht gut genug, er heiratete die Kaisertochter Margarethe von Habsburg. Der nächste, Ercole d'Este, heiratete doch lieber Renata von Frankreich. Das brachte ihm jede Menge Probleme, denn die Prinzessin war eine Freundin von Herrn Calvin und brachte die Reformation an den Fürstenhof von Ferrara, was dem Ehemann allerlei missliche Situationen bescherte. Als nächster buhlte John Stuart um mich, doch dann wollte er unbedingt eine Valois, um das schottische Bündnis mit Frankreich zu stärken, und heiratete Maria de Guise. Wie diese Hochzeit ausging, muss ich wohl nicht erwähnen. Jedenfalls bin ich froh, meinen Kopf noch auf den Schultern zu tragen. Dann wurde ich Filibert di Châlons angedient, von meinem Stiefvater, gewissermaßen als Lösegeld für das eingenommene Florenz, unsere geliebte Heimatstadt, und um eine Plünderung zu verhindern. Aber diese Pläne scheiterten an einem Arkebusenschuss, der meinen möglichen Gemahl für immer niederstreckte. Dann kam Guidobaldo della Rovere ins Spiel, der Herzog von Urbino. Doch meinem Stiefvater schien die Partie nicht gut genug. ›Was für ein Titel ist denn Herzogin von Urbino?‹, rief er. Und dann war da noch Francesco Sforza, der Herzog von Mailand. Der war allerdings eine gute Partie, doch keine Stadt stand unter heftigerem Kriegsbeschuss. Wer würde seine Tochter in eine solche, auch pekuniär unsichere Zukunft ziehen lassen? Nun, und schließlich kam Heinrich der Zweite, und den Rest der Geschichte kennt Ihr ja.«

Die Geschichte war in der Tat bekannt. Die Verbindung schien eine Mésalliance, und selbst bei ihrer Hochzeit war die Vierzehnjährige so hässlich, dass sich ihr Bräutigam, der junge Heinrich von Orleans, noch am Altar nach einer anderen Braut unter der Hochzeitsgesellschaft umgesehen haben soll. Und es ist wahrlich nicht einfach, schon mit vierzehn Jahren so unansehnlich zu sein.

»Und in all diesen Zeiten habe ich gelernt, dass die einzige verlässliche Freude das gute Essen ist, das mir auch in größtem Kummer das Innere wärmt und mich am Abend tief schlafen lässt. Und daher entschuldigt, ich weiß wohl, dass ich um einiges magerer sein und Maß halten sollte. Man spürt ja die Blicke des Adels und auch jene des Volkes.«

»Eure Offenheit ist bewunderungswürdig«, sagte Davide.

»Umgekehrt freut es mich außerordentlich, einmal jenseits aller Förmlichkeiten zu schlemmen und zu plaudern, und vergesst nicht, mir die Neuigkeiten aus der Heimat zu erzählen. Und vergesst dabei auch nicht, dass nichts Menschliches mir fremd ist. Die Lakaien hier« – sie wies mit einer nachlässigen Handbewegung auf die umstehenden Diener, die sofort verschreckt zusammenzuckten – »sind zu beschränkt fürs Italienische.«

»Majestät, apropos, wenn Ihr gestattet: Die Ähnlichkeit Eurer Diener untereinander ist verblüffend.«

Caterina lachte auf. »Ja, ich suche sie unter den vielen Bewerbern danach aus. Ich will doch gar nicht wissen, mit wem genau ich es zu tun habe. Die Dienerschaft ist eine einzige Masse, und stellt sich einer dumm an, werden alle gescholten. Ihre ähnliche Physiognomie ist wie eine zusätzliche Uniform.«

Und so begann Davide der alten Florentinerin, die auf so merkwürdigen Umwegen Königin von Frankreich geworden war und immer noch als Königinmutter über einen größeren Einfluss auf die Regierungsgeschäfte verfügte als der König selbst, allen Klatsch und Tratsch aus Venedig zu erzählen. Er machte das außerordentlich geschickt, konnte auch Personen und Dialekte trefflich nachmachen, und Caterina lachte mehrmals herzhaft auf, etwa bei der Geschichte vom alten Dogen Leonardo Loredan, der sich nicht viel aus Karneval machte und einmal, auf dem Höhepunkt des Trubels, seinen Dogenpalast verließ und von einer beschwipsten Menge attackiert wurde – man hielt ihn für einen Maskierten und überhäufte ihn mit übertriebenen Ehrbezeugungen, und weil er jeden Spaß entrüstet ablehnte, johlten die Leute umso mehr: »Was für ein trefflicher Schauspieler!«, riefen sie. »Genau so würde es der echte Doge machen. Fürwahr, wie gut er den alten Griesgram imitiert!« Man entriss ihm schließlich Corno und Mantel, sodass er in seinem Unterrock mitten auf dem Markusplatz stand und nur mit großer Mühe zurück in seinen Palast flüchten konnte, wo ihn die zuständigen Wachen zunächst nicht hereinlassen wollten, denn ein Doge ohne Insignien ist doch insgesamt eine recht klägliche Gestalt. Davide erzählte auch von dem ehrwürdigen Signor Fantozzi, dem Gewürzhändler, der eines Abends heimkam und seine Frau in kompromittierender Lage vorfand, nämlich im Ehebett mit dem Signor Galliani, einem argen geschäftlichen Konkurrenten. Doch er konnte den beiden kaum Vorwürfe machen, hatte er selbst doch noch vor wenigen Minuten unter den warmen Gänsedaunen von Signora Galliani gelegen. Wie es hieß, traf man danach ein Arrangement, welches für alle vier Beteiligten vorteilhaft war. – Bei dieser Geschichte sog Hasan vor Schreck die Luft ein, doch Davide ahnte: Genau so etwas wollte die Medici hören. – Dann erzählte er von dem dicken Habsburger, der unbedingt seine Pferde bei sich haben wollte, in Venedig! Er hielt es für ein Ammenmärchen, dass man sich nur im Boot fortbewegen konnte, also mussten Lakaien die Pferde auf die Gondeln verladen. Was die armen Tiere allerdings in äußerste Unruhe versetzte und die schmalen Gondeln eine nach der anderen bereits bei der Einfahrt zum Canal Grande kentern ließ, unter großem Geschrei der Bediensteten und Gejohle der *curiosi* aus den Fenstern. Die Pferde wurden mit viel Aufwand und unter Mithilfe der Gondolieri allesamt an die flache Anlegestelle eines Palazzos gerettet, doch an einen Abtransport und damit eine erneute Verladung war nicht zu denken; der dicke Habsburger kaufte daraufhin kurzerhand das Haus und ließ es in einen Stall umwandeln, wo die Pferde seitdem ein feines Leben mit viel Stroh und Hafer führen, welches täglich vom Festland herangebracht wird. Die Bewohner der umliegenden Palazzi beschweren sich regelmäßig über den ungewohnten Gestank und die Geräusche – ein Wiehern war in der Lagune so fremd wie das Fauchen eines Drachens und ließ zudem, wie jedermann wusste, die Milch sauer werden.

Dann wurde das Essen aufgetragen. Nach der Zwiebelsuppe brachten die Diener kleine weiße Tücher, mit denen sich Caterina die Lippen säuberte.

»Als ich hierherkam, schnäuzte man sich noch ins Tischtuch.«

»Man mag es kaum glauben.«

»Und doch war es so. Denn …« Aber Caterina kam nicht

dazu, weiter von den rauen Sitten der Franzosen zu erzählen, bevor sie für ein Mindestmaß an Manieren gesorgt hatte, denn ihr Leibgericht kam auf den Tisch, dessen säuerlicher Geruch sofort den großen Saal erfüllte.

»Ah, es ist die Zeit der Artischocken, ist das Leben nicht wunderbar?«, juchzte Caterina ganz unköniglich. Die Artischocken wurden auf tiefen Tellern aufgetragen, dazu gab es allerlei kleinere Schüsseln mit Saucen, in welche die Blätter, wie es Caterina vormachte, zu tunken waren. Es gab scharfe und süßliche Saucen; alle waren köstlich, obwohl Davide und Hasan sich sonst nicht allzu viel aus Artischocken machten, auf solche Art schmeckten sie doch hervorragend. Eine der Schüsseln enthielt die *besciamella*-Sauce, die Hasan schon in der Küche kennengelernt hatte, und die sich aufs Wunderbarste mit dem doch eher störrisch schmeckenden Gemüse paarte.

Caterina rupfte die gekochten Blätter so schnell und behände vom Strunk, als handelte es sich um Gänseblümchen, und sie verschwanden in einer kontinuierlichen Bewegung in ihrem mahlenden Mund.

»Ihr müsst entschuldigen«, mümmelte sie, nun offenbar selbst die guten Manieren vergessend, »aber das Leben ohne Artischocken wäre doch ein sinnloses.«

Mehrmals klopfte es an der Tür, durch die auch Davide und Hasan den Saal betreten hatten. Zwei Lakaien öffneten das Portal. Herein kam Karl der Neunte, der König der Franzosen. Er hatte alle unvorteilhaften Züge seiner Mutter geerbt, dazu noch ein schmächtiges, rachitisches, leicht gebücktes Äußeres und wie zur letzten Zier auch noch viele Pickel im Gesicht, war er mit seinen neunzehn Jahren doch gerade erst zum Mann geworden. Etwas nachlässig nickte er zum Kniefall der Venezianer und setzte sich neben seine Mutter. Bis zu seiner Volljährigkeit hatte Caterina regiert.

Und eigentlich tat sie das immer noch. An Karls Seite schritt Elisabeth. Die Erzherzogin von Österreich, seine Frau und Königin Frankreichs, war eine streng dreinblickende Person mit schmalem Mund und großem Kinn, die aber insgesamt doch recht hübsch wirkte und ausgezeichnetes Italienisch sprach, ganz ohne den harten deutschen Akzent. Auch ihr Französisch, sofern Davide das beurteilen konnte, schien makellos. Sie gab sich alle Mühe, den Gästen zuzulächeln, aber sie hatte doch einen kränklichen Gesichtsausdruck. Die Königin von Frankreich verabschiedete sich sogleich wieder, ohne sich auch nur hingesetzt zu haben.

»Sie ist guter Hoffnung«, flüsterte Caterina.

Kaum hatte Elisabeth sich entfernt, ging eine Seitentür zum Saal auf, die dank der Intarsien kaum zu sehen war. Und herein trat Marie Touchet, die offizielle Mätresse des Königs, eine eher unscheinbare, sehr kleine Person, die aber doch ihre Vorzüge haben musste. Pikanterweise, das wusste Davide, war sie eine Hugenottin. Caterina begrüßte sie herzlicher als Karls Ehefrau, was die beiden Venezianer mit großer Verwunderung registrierten. Marie kam aber nicht allein. Sie hatte ihre beste Freundin dabei, Margarete de Valois.

Die Blicke. Ja, damit hatte es angefangen. Sie hatten an Eindeutigkeit nichts zu wünschen übrig gelassen. Dabei wusste Davide, dass Margarete eine gefährliche Frau war. Ihr Ruf war in ganz Europa bekannt, sie hatte ein Heer von Verehrern und mindestens ein Bataillon von Liebhabern. Grafen wollten ihr Burgen und Wälder schenken, Könige ganze Reiche. Doch sie blieb, skandalöserweise, allein, unverheiratet und lebensfroh.

Nun gut, sie war also gefährlich. Doch seit der Verschwörung, dem Kerker und dem erzwungenen Leben diesseits des Gesetzes hatte Davide Geschmack an der Gefahr gefunden. Und, bei Gott, die Beschreibungen ihrer Schönheit, die kursierten, waren noch untertrieben. Ihr Auftritt allein schien die Raumtemperatur zu erhöhen, dabei hatte sie nichts Divenhaftes oder Schauspielerisches an sich, sondern kokettierte mit ihrer Schüchternheit oder setzte sie zumindest sehr geschickt ein. Die Gespräche verstummten oder wurden gewissermaßen mechanisch weitergeführt, während man, ob König, Venezianer oder Bediensteter, verstohlen zu ihr blickte. Und als wäre sie eine Magierin, schaffte sie es, jeden dieser heimlichen Blicke zu registrieren und zu erwidern, bevor sie wieder schüchtern nach unten schaute. Ja, das war das Geheimnis ihrer Fähigkeit, einem ganzen Hofstaat den Kopf zu verdrehen.

Auch Davide blickte sie zunächst nur an wie alle anderen auch. Und erhielt einen Augenaufschlag lang einen Blick zurück, aus den großen Augen unter dem zurückgekämmten blonden Haar, das zu einem kunstvollen Reif verflochten war.

»Ich genieße das informelle Beisammensein«, ließ sich nun Caterina vernehmen. »Überlassen wir das Hofzeremoniell doch den Franzosen, die dieses so überflüssige Gebaren zu einer Kunstform erhoben haben, weil ihnen sonst fad war. Nun erzählt aber von den Diebstählen, das scheint mir doch eine größere Angelegenheit zu sein?«

Und Davide berichtete von dem Diebstahl der Gebeine des Heiligen Markus in Venedig. Er sei offenbar der Auftakt zu einer erschütternden Serie gewesen, denn auch die Überreste des Heiligen Antonius von Padua, die Kölner Reliquien der Heiligen Drei Könige sowie nun auch die Pariser Dornenkrone seien verschwunden, von cleveren Dieben geraubt, die, nach der Art ihres Vorgehens zu urteilen, mit großer Methodik und ebensolchem Geschick zu Werke gingen. Und es sei völlig ungewiss, ob und wann diese schlimme Serie ein Ende haben würde. Alle im Saal hingen an seinen

Lippen, aber darauf bildete er sich nichts ein, immerhin referierte er über den wohl aufregendsten Kriminalfall, der gerade ganz Europa beschäftigte. Denn geheim halten konnte man angesichts der Ausmaße der Raubserie nichts mehr, das ahnte Davide.

»Ach, ich wünschte, mein guter Nostradamus wäre noch unter uns. Er hätte die feigen Diebe sicher enttarnt!«, seufzte Caterina.

»Nostradamus? Wer ist dieser Herr?«, fragte Davide.

»Ein teurer Vertrauter, ein Arzt und vor allem ein Seher«, ließ sich nun zum ersten Mal Marie Touchet vernehmen.

»Ein Seher?«, fragte Hasan neugierig.

»Oh ja, er konnte in der Zukunft lesen wie Ihr und ich in einem Buch. Leider ist er vor einigen Jahren verstorben«, antwortete die Touchet.

»Er war mir ein treuer, guter Freund«, ergänzte die Königinmutter.

»Majestät, bei allem Respekt, seid Ihr ganz überzeugt von dieser seiner Gabe?«, fragte Davide, wie um sich von den Blicken der Valois abzulenken, die er spürte, doch jedes Mal, wenn er ihr einen Blick zuwarf, sah sie rechtzeitig weg.

»Zweifelt nicht an ihm! So sagte er den tragischen Tod meines Gatten voraus.«

»Ja, ist das möglich?«, staunte Hasan.

»Ach, Majestät, lasst doch diese alten Geschichten«, ließ sich nun Karl vernehmen. Er saß linkisch am Tisch, seine Schultern bewegten sich unter dem scharlachroten Umhang unaufhörlich.

Caterina ignorierte ihren Sohn und nickte Hasan bejahend zu. Der Unfall, bei dem Heinrich der Zweite starb, war von einer furchtbaren Dynamik gewesen. Bei einem Schaukampf mit Lanzen zu Pferde zersplitterte die hölzerne Waffe des Grafen Montgomery, und ein fingerlanger Splitter drang durch das königliche Visier und durch das linke Auge bis ins Hirn. Die besten Ärzte Frankreichs kämpften vierzehn Tage lang um das Leben des Unglücklichen. Man brauchte drei Tage und Nächte, um mit Hilfe von Schmieden und Feuer den Helm zu zerteilen und zu entfernen, denn der Splitter steckte ebenso fest im Visier wie im Kopf. Man debattierte weitere drei Tage, bis einer der Ärzte kurzentschlossen den Splitter am Rest des Visiers herauszog. Die gräulich-rote Fontäne, die daraufhin hervorschoss, bewog einige der anwesenden Mediziner dazu, den Beruf zu wechseln. Zu retten war der König nicht mehr, aber er musste lange warten, bis er endlich von seinen grässlichen Schmerzen erlöst wurde. Caterina war die ganze Zeit an seiner Seite, hatte sich gar ein Bett bringen lassen, um auch die Nächte bei ihm zu verbringen.

»Majestät, wenn Ihr an die Astrologie glaubt, könnte Euch vielleicht unser Girolamo Cardano beraten«, schlug Davide vor, »ist er Euch bekannt?«

»Ich hatte noch nicht das Vergnügen, wer ist das? Offenbar ein Landsmann?«

»Ja, er stammt aus Pavia oder Mailand, wenn ich nicht irre.« Und Davide berichtete von dem Mathematiker, der mittlerweile in Bologna lehrte, obwohl er Angebote aus allen Herrscherhäusern Europas und sogar vom Vatikan hatte. Er beschäftigte sich nicht nur mit Zahlen und stellte Wahrscheinlichkeitsberechnungen für Glücksspiele an, sondern war auch ein gewichtiger Philosoph und Astronom. Als Astrologe sagte er mächtigen Männern die Zukunft voraus, und ein weiteres seiner Spezialgebiete war die Traumdeutung.

Caterina klatschte verzückt in die Hände. »Das klingt ja wunderbar, ich werde sofort nach diesem Herrn schicken.«

»Er soll allerdings ein schwieriger Charakter sein«, mahnte Davide zur Vorsicht.

»Nun, nach meinen Jahren am Hof von Frankreich bin ich komplizierte Persönlichkeiten gewohnt«, lachte die Königinmutter, und die beiden Frauen an der Tafel lachten herzlich mit.

Davide beobachtete unterdessen Karl, den König der Franzosen, der nur schwach lächelte und sich in diesem so ungezwungenen Ambiente sichtlich unwohl fühlte. Er trank den Wein in kleinen Schlucken, aber sehr hastig. Das wies, wie Davide aus seinen vielen Tavernenabenden wusste, auf einen schweren Trinker hin.

»Sagt, was hat Nostradamus über die Zukunft Frankreichs gesagt?«, fragte nun Margarete de Valois die Königinmutter, und dabei geschah etwas Seltsames: Sie sah ganz unverblümt Davide in die Augen.

»Er versprach uns eine große Zukunft«, berichtete Caterina, »doch nur, wenn wir uns mit allen christlichen Nationen gegen den Sturm aus dem Osten zusammenschließen.«

Hasan verzog das Gesicht, doch er ersparte sich eine Erwiderung. Margarete hingegen kam mit Davide ins Gespräch, ganz leise und unauffällig, fragte ihn in entzückend rudimentärem Italienisch nach banalen Dingen, an die er sich anschließend kaum mehr erinnern konnte.

Schließlich schickte Caterina nach Antonino, dem Koch. Als er kam, trat er gewohnt ruhig und selbstsicher vor die Königinmutter und verbeugte sich.

»*Allez-y*, mein Lieber! Meine Gäste wollen dich noch mit Fragen löchern«, sagte die Medici.

Antonino lächelte und nickte den Venezianern aufmunternd zu. Er ließ sich von Hasan noch ein paar seiner Geheimnisse entlocken. Der Koch durfte sogar – hatte man so etwas schon mal erlebt? Die Lakaien warfen einander vielsagende Blicke zu – an der Tafel Platz nehmen, genau so, wie er war, mit fleckiger Schürze, sehr zum Missfallen des Königs, der sich aber dann wieder einem Pickel unter seinem Kinn widmete, den er auszudrücken versuchte (was misslang), und dem Weinglas, welches er leeren wollte (was gelang). Antonino war erkennbar Caterinas ganzer Stolz. Und auch wenn sich Venezianer in kulinarischen Freuden nicht verstecken mussten, so war dieser Antonino doch ein ganz besonderer Koch. Wer weiß, welchen Schub er dieser entsetzlich derben französischen Küche noch geben mochte?

»Wenn Ihr gestattet«, begann Hasan. »Wie habt Ihr diese Crêpes gemacht? Sie waren vorzüglich!«

»Ach, das ist ganz einfach Das Rezept stammt aus der Bretagne, und auf die richtige Pfanne kommt es an. Zunächst mischt Ihr Mehl, Milch, Öl, Ei und Muskat. Lasst den Teig ein paar Minuten ruhen, dann verteilt Ihr den Teig in der Pfanne, so dünn wie gewünscht, und lasst ihn auf beiden Seiten hellbraun anbraten. Und dann belegt Ihr ihn mit Honig oder Konfitüre oder mit allem, wonach Euch der Sinn steht.«

»Klingt wirklich ganz einfach.«

»Oh ja, und die richtige Mischung der Zutaten habt Ihr auch schnell heraus. Doch ich habe noch eine Überraschung für Euch! Kennt Ihr *scherbetts?*«

»Nein, aber wir werden sie sicher gleich kosten«, freute sich Hasan, der wackere Schlemmer.

Antonino, der offenbar auch ein Verfügungsrecht über die umstehenden Lakaien hatte – eine unerhörte Sache für einen Koch, es signalisierte Davide, wie viel Bedeutung hier der Küche eingeräumt wurde –, nickte einem von ihnen zu, der aus dem Saal eilte und bald mit weiteren Dienern zurückkam, die Tabletts mit gläsernen Schalen auftrugen, welche mit etwas Buntem gefüllt waren. Es waren rote und orangefarbene und vor allem weiße Bällchen.

»Nur zu, kostet sie!«, forderte Antonino die Gäste auf. Etwas skeptisch griffen Davide und Hasan zu den Löffeln, während die Königinmutter lächelte. Die Bällchen waren eiskalt und schmeckten verblüffend fruchtig.

»Hier in Paris heißen sie auch *sorbets*«, erklärte Antonino, »gerade so, als wäre es eine französische Erfindung. Wir machen sie aus Eis, das in dieser Jahreszeit glücklicherweise leicht zu bekommen ist. Wir müssen nicht wie einst Kaiser Nero Boten in die Alpen und auf die sizilianischen Berge schicken und den langsameren Überbringer den Löwen zum Fraß vorwerfen. Wir mischen das Eis mit pürierten Früchten und Fruchtsaft, besonders mit den guten Zitronen aus dem italienischen Süden. Spürt Ihr nicht eine außergewöhnliche Frische im Gaumen?«

Hasan nickte eifrig, während Davide kein Freund dieser süßlichen Speise war und sich lieber noch ein Glas Wein einschenken ließ. Doch Antonino hatte noch einen weiteren Pfeil im Köcher: Er ließ eine Speise namens *sabayon* auftragen, die aus aufgeschlagenem Eigelb, Zucker, sizilianischem Marsala und Zimt gemacht wurde. Diese wiederum schmeckte auch Davide.

Der König von Frankreich machte noch keine Anstalten, sich zu erheben. Er genoss den endlosen Strom des Weines. Auch die Diener wussten ihn zu umschmeicheln, und je schneller das Glas gefüllt wurde, desto größer war das Lob des Königs für seine Lakaien, während Caterina ob dieser Barbarei nur seufzend den Kopf schüttelte. Zudem wurde der König nun etwas zudringlich und versuchte immer wieder, seine Mätresse zu küssen – Avancen, die diese kokett ablehnte. Das wiederum schien Caterina zu gefallen, kursierten doch lange Zeit Gerüchte, dass ihr zweiter Sohn nicht viel für Frauen übrig habe. Dem war offenkundig nicht so, wie sich auch die Venezianer überzeugen konnten; mit zunehmender Trunkenheit wurde er immer aufdringlicher, begann auch, seine Mätresse plump zu betatschen.

Doch irgendwann wurde es Marie Touchet zu viel, und sie schickte sich an, sich zurückzuziehen. Auch Margarete de Valois täuschte mit einem anmutigen Gähnen Müdigkeit vor. Einige Diener näherten sich, um ihr und ihrem bezaubernden Rüschenkleid mit allerlei Schleifen aus dem Sitz zu helfen. Und als sie aufstand, bewunderte Davide die schmale, beinahe knabenhafte Figur, die neben jener der üppigeren Marie Touchet umso schlanker wirkte. Zunächst erhob er sich, um den Damen eine gute Nacht zu wünschen, doch mit einem kurzen Blick zu Caterina, die wissend lächelte, holte er sich zuvor den Segen für die Galanterie. Die Königinmutter schien das Verhalten Margaretes durchaus wohlwollend zu betrachten, was Davide etwas verwunderte, doch in diesem Augenblick nicht weiter störte. So unauffällig, wie es angesichts der Tischgesellschaft und der zahlreichen Bediensteten möglich war, folgte er den beiden Damen. Es war beinahe eine komische Situation und in jedem Fall für einen Venezianer sehr ungewohnt: Zwei Bedienstete begleiteten Davide, je zwei die beiden Damen. Und als Marie Touchet in ihre Gemächer geleitet wurde (die Bediensteten halfen mit der Tür), ließ sie sich einen wissenden Schulterblick nicht nehmen. Auch Margarete ließ Davide mit einem nicht sehr unauffälligen Augenaufschlag verstehen, dass sie gern begleitet werden wollte. Was dieser auch tat, nicht nur bis vor die Tür ihres Gästegemachs. Die Bediensteten, diskretes Verhalten gewohnt, schlossen die Tür hinter ihnen.

Und während Hasan und Antonino unermüdlich Rezepte austauschten, küssten Margarete und Davide einander ungestüm und gaben sich ganz anderen Tauschgeschäften hin.

KAPITEL 16

Das Levée

E in Schwall Luft traf auf den Hofmarschall, der in leicht gebückter Haltung und in routinierter Demut vor dem Bett stand, den Kopf zur Seite geneigt. Die Luft offenbarte vieles über die Nacht, den Alkohol, die Damen, die zu Gast waren. Und natürlich auch über das viele scharfe Essen, dessen Gase sich offenkundig einen Weg durch die Gedärme gebahnt hatten.

Karl der Neunte, der junge König von Frankreich, versuchte die Augen zu öffnen, aber ließ es gleich wieder. Er legte die freie Hand auf die Stirn und stöhnte. Ja, die Nacht, der Wein. Er kannte das schon. Von jedem Morgen. Erstaunt stellte er fest, dass er zwischen einem Weißweinkopfschmerz und einem Rotweinkopfschmerz unterscheiden konnte. Weißweinkopfschmerz war stechender und eher pochend, er kam und ging in Schüben. Rotweinkopfschmerz, wie er ihn jetzt spürte, war umfassender, dumpfer.

Die Augen öffnen? Nein, das kam ja gar nicht in Frage, denn kaum versuchte er es, schoss das Licht in sein Hirn, wurde von der Schädelwand hin und her reflektiert wie ein Glockenklöppel, ähnlich laut, furchtbar schmerzend. Er wälzte sich herum, um dem Tageslicht zu entgehen, und stieß in etwas Weiches, säuerlich Riechendes. Nun musste er die Augen doch öffnen, nur kurz. Oh, und was er sah, gefiel ihm nicht. Er drehte sich zur anderen Seite und befürchtete Schlimmes. Da lag etwas anderes, auf eine andere Art säuerlich riechend. Es war seine Mätresse. Das würde ganz sicher die Stimmung bei seiner Königin sinken lassen, zumal sie gerade schwanger war, und man wusste ja, wie launisch diese Weiber in guter Hoffnung werden konnten, und sei der Anlass auch noch so nichtig.

»Majestät«, flüsterte der Hofmarschall.

Leise, unsichere Trippelschritte auf und ab vor dem Bett. Dann ein erneutes, zögerliches Flüstern. »*Majestät. Majestät.*«

»Hmmmmmgggggrrrr.«

»*Majestät.*«

»Hmpf.«

»Majestät, Ihr batet mich gestern Nacht, Euch am heutigen Tage unter allen Umständen zur Mittagsstunde zu wecken. Die Amtsgeschäfte, Ihr wisst …«

»Grrrrrr«, knurrte Karl, drehte sich um und wickelte sich noch eine halbe Umdrehung mehr in seine purpurfarbene Seidendecke.

»Ihr wisst, die Bauten an den Tuilerien sind ins Stocken geraten, und Herr Philibert de l'Orme wartet auf Ihre Zusage für weitere Mittel. Der polnisch-litauische Großherzog bittet seit zwei Tagen um eine Audienz, die Händler aus England erfragen untertänigst neue Handelsurkunden, und dann sind da natürlich noch die Venezianer …«

»Schluss jetzt!«

Der Hofmarschall zuckte zusammen. Ein fleischiger Arm schälte sich aus der Seidendecke. Der König öffnete die Augen ein wenig und schloss sie sogleich wieder. Er legte die freie Hand auf die Stirn und stöhnte.

Diese verdammten Mätressen. Kein Traum, sondern eine echte Bürde. Sie waren fast schon wie ein Kabinett, das über Minister und Berater entschied. Das führte ja erst zu dem Schlamassel, dass die Meute hübscher blonder unfähiger Adliger, meist ihre Brüder, Cousins oder ihre eigentlichen

Liebhaber, auf wichtige Posten gehievt wurden, deren man sich dann mühsam und nicht allzu auffällig mit Gift entledigen musste. Da lobte sich Karl doch die Sultane. Einer von ihnen hatte fünfhundert Haremsdamen in einen gewaltigen Sack nähen und wie junge Katzen im Bosporus ertränken lassen. Diese Option kam ihm mit fortdauernder Regentschaft für seine anstrengenden Mätressen immer verführerischer vor.

»Majestät, die Gäste stehen vor der Tür«, flüsterte der Hofmarschall mit aller Bestimmtheit, die er sich im Angesicht des Königs trauen durfte.

Ach herje, das hatte gerade noch gefehlt. Das verfluchte *levée*. Eines dieser Rituale, die noch sein Vater eingeführt hatte und für die er nicht die Kraft aufbrachte, sie wieder rückgängig zu machen.

»Nun, dann lasst sie schon herein«, grummelte er müde.

»Majestät …«

»Ach ja, richtig.« Grob weckte er Marie Touchet auf, die, kaum wach, in einem oft eingeübten Manöver ihre Kleidung aufklaubte und durch eine Nebentür in ihre eigenen Gemächer verschwand.

Der Hofmarschall öffnete die Tür, und schon strömte der Hofstaat ins Schlafgemach. Es waren die Königinmutter, entfernte Verwandte, einige Gesandte, aber auch alle Diener des Frühstücks und des Mittagessens, die Kerzendiener und die Zimmermädchen. Auch die Ehrengäste aus Venedig waren anwesend. Karl erhob sich und begab sich hinter einen Paravent, um seine Notdurft zu verrichten. In der Stille des Augenblicks vernahm man alle Geräusche, die doch eher privat bleiben sollten, auch und gerade für die bedeutendsten Menschen; alle blickten betreten zu Boden, einige der Dienstmädchen mussten viel Mühe aufbringen, ein Kichern zu unterdrücken. Nur Caterina lächelte ganz beiläufig.

»Auch der König ist ein Mensch, er hat Bedürfnisse wie ihr alle, und er ist sterblich wie ihr alle. *Pallida mors aequo pulsat pede pauperum tabernas, regumque turres.*«

»Der bleiche Tod klopft mit gleichem Fuß an die Schenken der Armen und die Türme der Reichen«, übersetzte Davide für Hasan, der in vielen Sprachen bewandert war, aber mit dem Lateinischen auf Kriegsfuß stand.

Zwei Diener streiften dem König nun das Nachthemd ab, und Karl der Neunte stand in seiner schlaffen, bleichen Pracht vor seinen Dienern, trotz seiner jungen Jahre mit einer Haut, als trüge er die eines anderen auf. Caterina blickte entzückt auf ihren Sohn, mit einem Blick, wie ihn wohl nur Mütter haben können. Die weiblichen Anwesenden des Levées wandten sich schicklich ab, die Männer taten, als wäre nichts dabei, den mächtigen König von Frankreich in all seiner verschrumpelten Pracht nur eine Armlänge vor sich stehen zu sehen. Und der König selbst? Er zeigte eine bemerkenswerte Nonchalance, was man von den Bittstellern nicht behaupten konnte. Ein Gesandter des Herzogtums Braunschweig, ein Jüngling von nicht einmal zwanzig Jahren, schob sich vor: »Majestät, unsere Büchsenmacherzunft würde gern …«

Ein dicker Flame schob ihn zur Seite. »Majestät, unsere Weber hoffen auf gute Geschäfte mit Euren Soldaten, haben wir Euch doch schon im letzten Winter viertausend Ellenmaße feinstes Tuch geliefert, deren Zahlung, dreihundert Louisdor, bis heute …«

Nun drang ein Spanier nach vorn: »Majestät, diese Krämersleute wirken doch gar zu ermüdend. Der Herzog von Anjou bietet Euch ein Bündnis gegen das protestantische Geschwür an, von dem Ihr nur profitieren könntet. Gegen eine Zahlung von nur zehntausend Louisdor im Jahr stellt er Euch seine Truppen zur Verfügung, sehr erfahrene und skrupellose Söldner, Andalusier, hart wie das Holz des Olivenbaums. Ihr könntet …«

Das zarte Stimmchen des Braunschweigers meldete sich, als der König von Frankreich gerade einen frischen Unterrock überstreifte. »Majestät, unsere Waffen …«

Doch wieder kam er nicht weit. Der Flame und der Spanier hatten längst wieder die Oberhoheit erlangt, und nun kam auch noch ein Engländer hinzu, der sich trotz seiner wenig beeindruckenden Gestalt geschickt nach vorn schob und über Heiratspolitik und den Vertrag von Edinburgh redete, der das Ende der *auld alliance* zwischen Schottland und Frankreich besiegeln sollte, welche Maria Stuart, die mächtige, aber inhaftierte Schottin, die einst kurzzeitig Königin von Frankreich gewesen war, nach wie vor zu unterzeichnen sich weigerte, zudem, so der Engländer, wisse man, dass gerade Repräsentanten Karls in Schottland seien, um Maria zu einem erneuten Komplott zu bewegen, endlich den schottischen Thron zu erklimmen und das, so der Engländer, müsse doch wohl einhergehen mit einem feierlichen Verzicht auf den englischen Thron, welchen ihre Tante zweiten Grades, die Königin Elisabeth, innehabe.

Davide blickte zu Caterina, die mit den Schultern zuckte. »*Un bel casino*«, flüsterte sie, ein schönes Kuddelmuddel.

Karl hatte lange Zeit nichts gesagt und versucht, die Gedanken in seinem gemarterten Hirn in Ordnung zu bringen. Nun wusch er sich das Gesicht mit eiskaltem Wasser, das er sich jeden Morgen in einem Zuber bringen ließ. So hörte er den Braunschweiger nicht, der eifrig über die Vorzüge seiner fortschrittlichen Zündschlösser referierte. Der Engländer, der Spanier und der Flame lächelten einander an. Was für ein Anfänger, schienen sie kollektiv zu denken. Dann aber wurde der König auf einmal hellwach, und bemerkenswert energisch wandte er sich an die Bittsteller. »Euer Tuch soll noch heute bezahlt werden«, nickte er dem Flamen zu. »Aber nicht dreihundert Louisdor, sondern zweihundertfünfzig. Eure Söldner hingegen«, wandte er sich nun an den Spanier, »brauchen wir vorerst nicht, wir haben selbst tüchtige Truppen unter Waffen, doch ich danke Euch herzlich für Euer großzügiges Angebot. Und übermittelt dem Herzog von Anjou meine besten Wünsche.« Dann näherte er sich dem Engländer. »Was nun Maria Stuart angeht, die Witwe meines verstorbenen Bruders, so bitte ich Euch um Verständnis, dass ich zu dieser Sache noch nichts sagen werde, denn es ist ja wohl gute Sitte unter Höfen, dass sich ein Staat, auch wenn es sich um das mächtige England handelt, nicht in die Vereinbarungen zweier anderer Staaten einzumischen hat.«

Dem Engländer und auch den anderen Gesandten blieb keine Wahl, als sich ergebenst zu verbeugen. Das Levée war beendet, was unter anderem durch die Bediensteten angedeutet wurde, die in diesem gut eingespielten Ritual auf eine Art und Weise in Bewegung gerieten, die keinen Zweifel daran ließ, dass die Bittsteller nun das Schlafgemach zu verlassen hatten. Als Davide schon durch die Tür geschritten war, hörte er das Stimmchen des Braunschweigers: »Aber Majestät, unsere Zündschlösser, Ihr solltet sie mit eigenen Augen …«

Der Sturm der Nacht hatte die Luft geklärt, ein kühler, aber sonniger Wintermorgen war angebrochen. Doch schon jetzt war Paris wieder Paris, das übliche geschäftige, vielstimmige Chaos tobte durch die breiten Straßen und schwappte bis in die kleinsten Gassen.

Davide und Hasan überquerten eine Brücke zur Île de la Cité, wo die Kathedrale Notre-Dame aufragte. Doch diese gewaltige Kirche war nicht ihr Ziel. König Ludwig der Neunte hatte die Dornenkrone einst in Konstantinopel dem ewig klammen Kaiser Balduin dem Zweiten für 135 000 *livres tournois* abgekauft und damit den venezianischen Kaufmann Nicolas Quirino überboten. In den Folgejahren kaufte er noch weitere Reliquien und ließ extra für diese Schätze eine eigene Kirche errichten, die Heilige Kapelle oder Sainte-Chapelle, einen hübschen, zierlich und fein wirkenden Bau mit mahnend aufragendem Turm. Ludwig der Neunte, der fleißige Reliquiensammler, wurde später selbst heiliggesprochen und damit zu einer Reliquie; auch seine Gebeine waren in der Sainte-Chapelle beigesetzt worden. Das Innere leuchtete paradiesisch, was die vielen Buntglasfenster und Fensterrosen bewirkten, beinahe das gesamte Mauerwerk bestand aus Glas; die tiefstehende Wintersonne tauchte die Kapelle in ein glitzerndes Licht, das nicht von dieser Welt zu kommen schien. Bischof Pierre de Gondi wartete auf Davide und Hasan am Altar. Er war ein Bursche mit wenig Fett am Leib, kurzem grauem Haar und herausgedrückter Brust, wie ein stolzer Hahn stets zu jedem Streit bereit. Seine Augen wanderten unruhig zwischen den beiden Abgesandten aus Venedig hin und her. Gerade erst hatte man ihn zum Bischof ernannt, und er schien seinem neuen Amt und der damit verbundenen Würde noch sehr zu misstrauen. Nach einigen klugen Komplimenten, die Davide dem Kirchenbau, der fabelhaften Wirkung der Fenster und damit auch dem Bischof machte, hellte Pierres Miene sich ein wenig auf. Sonderlich freundlich wirkte er immer noch nicht, aber immerhin begann er vom Reliquiendiebstahl zu erzählen. Er erklärte, dass alle Passionsreliquien in einem Schrein lagerten, der erhöht auf der Reliquientribüne aufgestellt war, die über zwei schmale Wendeltreppen erreicht werden konnte.

Pierre de Gondi stieg mit den Venezianern eine der Wendeltreppen an der Westseite des Kapellenschiffes hinauf. Hier war das Licht, das durch die bunten Spitzbogenfenster fiel, noch um einiges intensiver, von noch berückenderer Farbigkeit. Es war, als stünden sie inmitten eines Regenbogens. Der Reliquienschrein stand auf einer drehbaren Plattform in einem großen Tabernakel. Er trug sechs verschiedene Schlösser an der Außenseite und vier weitere an den Innenflügeln. Den Schlüssel für den Schrein besaß der König, zu dessen Privilegien es gehörte, die Reliquien an bestimmten christlichen Feiertagen vorzuführen, vor allem in der Nacht von Gründonnerstag zu Karfreitag. Hohen Würdenträgern des Adels oder des Klerus wurde eine ganz persönliche Reliquienschau zuteil, was als große Ehre galt. Nun stand der Schrein offen, als hätte ihn der König gerade erst aufgeschlossen. Doch im Inneren befand sich nichts mehr.

»Ein tragischer Anblick. Ihr müsst wissen, ich bin nicht nur Bischof, sondern auch *trésorier*, das ist ein besonderer Ehrentitel mit hoher Verantwortung für die Reliquien. Der Papst höchstselbst hat ihn mir verliehen. Doch nun ist mir, als hätte man mir das Herz herausgerissen.«

»Hier hat man sich keine Mühe mehr gemacht, den Diebstahl zu verheimlichen«, raunte Davide Hasan zu.

»Vielleicht sind die Diebe überrascht worden?«, überlegte Hasan.

»Die Schlösser sehen stabil aus«, bemerkte Davide.

»Ja, ich glaube, das sind sie. Schwer und eisern fühlten sie sich an, wenn wir sie am Gründonnerstag aufschlossen.«

»Doch scheinen sie ohne Gewalt aufgebrochen. Sagt, der Schlüssel wurde dem König nicht geraubt?«, fragte Davide.

»Diese Frage habe ich nicht zu stellen gewagt, ich bitte Euch. Und doch zeigte mir Karl sofort, nachdem der Diebstahl bekannt wurde, seinen Schlüssel, den er in seinen

Schlafgemächern aufbewahrt, wo ihn auch schon sein Vater und der Vater seines Vaters aufbewahrten.«

Der Bischof erzählte, dass er selbst den Diebstahl entdeckt habe, am frühen Morgen genau vor vierzehn Tagen, denn der Zutritt zum Schrein sei den Gläubigen untersagt, nur wenige Kirchendiener dürften überhaupt den oberen Chorgang betreten.

»Sind die Treppen denn für gewöhnlich versperrt?«

»Nur mit kleinen Kordeln von symbolischer Bedeutung. Wir können keine Wachen aufstellen und wollten auch keine Eisengitter anbringen. Eine Kirche ist durch Gottes Hand ausreichend geschützt, sollte man meinen. Dass dem nicht so ist, erschüttert mich noch immer.«

»Wie viel von der Dornenkrone ist erhalten, damit wir wissen, wonach wir suchen müssen?«, fragte Davide.

»Ein ringförmiges Stück, das wir in Glas eingeschlossen und mit vergoldeten Schnüren umwickelt hatten, nicht größer als so –« der Bischof hielt die Arme eine Elle weit auseinander. »Und die verfluchten Diebe, welche in der Hölle schmoren mögen, haben auch die Kreuzfragmente, den Heiligen Schwamm und die Heilige Lanze des römischen Centurios Longinus gestohlen, mit welcher er das Leiden unseres Herrn verringern wollte! Sucht auch danach!«

»Um die Überreste des Kreuzes tut es mir besonders leid«, fuhr der Bischof fort, »haben doch die heiligen Splitter klar bewiesen, dass das Kreuz unseres Herrn über ein *sedile* und ein *suppedaneum* verfügte. Wisst Ihr, was es damit auf sich hatte?«

»Ihr werdet es uns sicher gern erklären«, gab Davide zurück.

»In der Tat, denn ich rühme mich dessen, ein Experte in der Kreuzigungsgeschichte zu sein. Ich möchte meinen, je mehr man über diese Hinrichtungsart den Menschen mitteilt, umso besser werden sie verstehen, welche Qualen unser Herr für sie durchlitt. Wir wissen nicht genau, welche Form die gesamte Krone hatte. Unsere Maler stellen sie gern kreisförmig dar, doch ich befürchte, dass man es unserem Herrn Jesus nicht so leicht machte. Man muss wohl eher von einer Haube sprechen, die das gesamte Antlitz umschloss. Die Strafe, die Pilatus unserem Herrn aussprach, durfte nur an Nicht-Römern und Sklaven angewandt werden. Nach genauem Studium der Bibeltexte halte ich es für wahrscheinlich, dass Jesus am Kreuz festgebunden und nicht festgenagelt wurde, denn in den Evangelien werden das Annageln und äußere Verletzungen nicht erwähnt. Der *sedile* war ein kleiner Höcker und diente dem Verurteilten dazu, sich kurz zu stützen, und die Schmerzen zu lindern, letztlich also das Martyrium zu verlängern. Auf dem *sedile* konnte er zum Atmen kommen und ein schnelles Ersticken vermeiden, während das *suppedaneum* eine Stütze für die Füße war, das ebenfalls vordergründig dem Gefangenen eine geringe Linderung der Qualen verschaffte, aber wiederum nur mit dem perfiden Hintergedanken, den Todeskampf in die Länge zu ziehen. Angehörige von Verurteilten bestachen Soldaten oft, den Gekreuzigten die Beine zu brechen. So war ein Abstützen nicht mehr möglich, und ihre Qual ging schneller vorüber. Bei Jesus nun brach man den beiden Verurteilten neben ihm die Beine, denn es war das Passahfest, und die Verurteilten sollten nicht im Todeskampf am Kreuz bleiben. Unserem Herrn aber brach man nicht die Beine, wie es bei Johannes heißt, denn er war schon tot.«

»Grauenvoll.«

»Und doch ein wichtiger Teil der Passion. Schon die Kinder sollen dies lernen, auf dass sie ihre eigenen Schmerzen tapfer und still erdulden werden.«

Davide blickte Hasan an, der den Kopf schüttelte. Haltet

Euch zurück, Herr, sollte dieses Kopfschütteln bedeuten. Also kam Davide auf das eigentliche Thema zu sprechen.

»Habt Ihr einen Verdacht, wer es gewesen sein könnte?«

»Ich sage Euch, wer das war. Die Protestanten, wer denn sonst?«

»Wie kommt Ihr zu diesem kühnen Schluss?«, fragte Davide.

Pierre streckte sein Kinn nach vorn. »Es ist doch recht schlüssig. Ein Katholik würde solches nicht wagen, droht ihm doch ewiges Fegefeuer. Einen Orientalen hätte wohl ein jeder am Kopftuch und an der Gesichtsfarbe erkannt. Hexen und Dämonen sind auf geweihtem Boden ohne jede Macht, also bleiben ja nur die Lutheraner oder Calvinisten oder Hugenotten, oder wie immer sich diese Aufrührer gerade nennen.«

»Meint Ihr nicht, dass Ihr diese Menschen etwas leichtfertig abkanzelt?«

Der Bischof lächelte verschlagen. »Ja, ihr Venezianer seid gern tolerant, denn das ist gut fürs Geschäft. Sogar die Osmanen und die Juden dürfen bei euch tun, was sie wollen, solange am Ende nur genügend Dukaten beim Dogen landen. Ich aber sage Euch: Es müsste viel mehr Vassys geben, überall im Land und am besten in allen Ländern der Christenheit.«

»Aber, Hochwürden«, zeigte sich Davide entsetzt über diese grausamen Worte, »ich appelliere an Euer Christenherz.«

Das furchtbare Massaker von Vassy hatte sich vor acht Jahren in ganz Europa herumgesprochen und ließ Böses ahnen, wie dunkle Wolken, die sich nach und nach auftürmten. Kaum jemand in Frankreich oder Deutschland wagte es laut zu erwähnen, man sprach nur von *le massacre*. Caterina de' Medici hatte damals, als sie die Regentschaft für ihren minderjährigen Sohn übernommen hatte, den Hugenotten im Edikt von St. Germain große Zugeständnisse gemacht, um den Religionsfrieden zu bewahren. So durften sie, zumindest außerhalb der Städte, ungestört Gottesdienste abhalten. Ein besonders großer Gottesdienst fand in einer Scheune in Vassy in der Champagne statt, und der Herzog Franz von Guise, ein verbohrter Kerl und eisenharter Katholik, hielt diese Versammlung von mehreren Hundert Hugenotten für eine gezielte Provokation. Oder wollte es gern so sehen, denn Franz war ein Gegner des kompromissbereiten Kurses der Regentin, und ein ungebührlicher Vorfall wie dieser war ihm nur recht. Als er nun mit seinen Truppen auf die Scheune zurückte, flogen Steine. So behauptete er es jedenfalls. Er wollte die Versammlung auflösen, die Hugenotten weigerten sich, also steckte er kurzerhand die Scheune in Brand. Juristisch verhielt er sich rechtens (befanden die Katholiken), denn eine Versammlung solcher Größe war illegal und staatsgefährdend. Als die Hugenotten aus der Kirche flüchteten, wurden sie von Franz' Soldaten mit Schwertern angegriffen; in den Tumulten kamen mindestens dreißig Menschen ums Leben, darunter Frauen und Kinder; mehrere Hundert trugen grässliche Wunden davon.

»So lasst uns nicht davon reden, erklärt lieber: Hat man Euch einen Rückkauf angeboten, wie es bei solchen Diebstählen durchaus vorkommen kann? Vielleicht mit einer anonymen Note, die man Euch hinterließ?«

Pierre schüttelte den Kopf. »Nein, niemand hat uns etwas hinterlassen oder mich oder jemand anderen kontaktiert. Wir haben den Raub zudem geheim gehalten, und bis Ostern bleibt ja auch noch Zeit.«

»Und noch eine Frage: War zuletzt fahrendes Volk in der Gegend?«

»Wen meint Ihr?«

»Schausteller, Artisten, ein Zirkus?«

»Nun ja, ganz Paris ist ein einziger Zirkus, wie Ihr sicher schon bemerkt habt.«

KAPITEL 17

Die Jagd

Alsbald, noch vor Sonnenaufgang, sollte zur Jagd geritten werden, Caterinas liebstem Freizeitvergnügen, dem sie sich häufig hingab. Die Königinmutter lag denn auch schon zeitig im Bett, ein offizielles Diner war gar nicht erst angesetzt worden. Davide, Hasan und Cornelia, der es wieder gut ging, aßen daher höchst vergnügt und gegen jegliches Protokoll an einem Tisch in der Küche, zum Entsetzen der Höflinge, die sich bemüßigt fühlten, den Tisch standesgemäß einzudecken sowie angemessene Bestuhlung und Kerzenständer heranzuschaffen, und die Venezianer hatten allergrößte Mühe, sie davon abzuhalten. Antonino bereitete ihnen eine Zwiebelsuppe und gegrilltes Hühnchen zu, dazu gab es den eigenartig sprudelnden Wein aus der Champagne. Alles verzehrten sie mit großem Genuss.

Beim frühmorgendlichen Aufbruch aus dem Palast leuchteten Fackelträger den Weg in der Dunkelheit; als sie ihr Ziel erreicht hatten, klarte es allmählich auf, doch das Licht blieb fahl. Auf einer Lichtung vor einem das ganze Blickfeld einnehmenden Waldstück hatten sich Reiter und Fußvolk versammelt. Es war eine riesige Gesellschaft von sicher drei Dutzend Berittenen, einer Hundertschaft von Bediensteten, Reitknechten, Waidmännern und Treibern, die alle untereinander und wenig höfisch aufgeregt palaverten. Mächtige Kutschen standen sich im Weg, und die Fuhrleute mussten sich alle Mühe geben, nicht aufeinander loszugehen. Davide erkannte, wie preiswert es sich doch in Venedig lebte. Man brauchte kein großes Gefolge, weil auch die edelsten Edelleute oft allein unterwegs waren. Man brauchte weniger Kleidung, denn ein gut geschnittener Tabarro erfüllte jeden Zweck, selbst bei repräsentativen Anlässen. Und vor allem brauchte man keine Pferde.

Auch die Gesandten, der Braunschweiger, der Flame, der Engländer und der Spanier, saßen im Sattel. Die gemeinsame Jagd hatte schon so manches Bündnis geschmiedet und war seit jeher ein wichtiger Teil der höfischen Diplomatie.

Caterina grüßte sie knapp, ritt aber auf Davide zu und musterte ihn von oben bis unten. »Ich sehe euch Venezianer sicher im Sattel, das verblüfft mich, muss ich gestehen.« Sie selbst hatte nach aktueller französischer Mode den sogenannten Damensitz eingenommen, bei dem die Beine links herunterhingen, natürlich in einem entsprechenden, zusätzlich noch mit einem Huthalter versehenen Sattel.

»Majestät, mit meinem Vater, einem Kaufmann, unternahm ich als Kind lange Ritte durch Europa«, antwortete Davide.

»Und ich, Majestät, bin Orientale und weite Strecken auf jeglichem Reittier gewohnt«, fügte Hasan hinzu.

»Aber auch jegliche Geschwindigkeit?«, lachte Caterina. Es war deutlich zu erkennen, dass sie sich hier, in der freien Natur und zu Pferd, wohler fühlte als in ihrem prächtig ausstaffierten Palast. Davide und Hasan saßen nicht auf ihren eigenen Pferden, davon hatte der Stallmeister abgeraten, waren sie doch die Schüsse und den Trubel einer Jagd nicht gewohnt. Stattdessen hatte er ihnen aus dem königlichen

Gestüt zwei kräftige Rappen von langmütiger Wesensart mitgegeben.

»Erinnert Ihr Euch an den venezianischen Gesandten vom vorletzten Jahr?«, rief Caterina nun dem Jagdaufseher zu. Der nickte lächelnd. »So ein Tölpel!«, erklärte sie ihren Begleitern. »Drei Mal fiel er vom Pferd, aber er bestand darauf, mitreiten zu wollen. Wir mussten ihn mit allerlei blauen Flecken und einem gebrochenen Knöchel zurückschicken, aber am meisten schmerzte ihn wohl die Nase, denn er war beim dritten Mal so unglücklich in ein Gebüsch gefallen, dass ihm ein Ast den Nasenflügel aufriss.«

Davide verzog das Gesicht, und Hasan berührte unwillkürlich seine Nase.

»Oh, die Schmerzen machten ihm nicht so viel aus. Er sorgte sich eher um die Narbe, die zurückbleiben würde. So bleibt an meiner Seite, wenn es recht ist.« Caterinas Pferd fiel in einen flotten Trab, um sich drei Kutschen zu nähern, in denen die Jagdhunde eingesperrt waren. Deren aufgeregtes Gebell schwoll zu einer einzigen Lärmwelle an, die über die Landschaft schwappte.

»*Par force des chiens,* immer noch die nobelste Art der Jägerei«, seufzte Majestät glückselig. Die Kutscher öffneten die Türen, und die Hunde schossen jaulend und kläffend hervor. Einige von ihnen gruppierten sich um die Königinmutter, die ihnen vom Sattel aus gut zuredete. Einige wälzten sich vor Tatendrang im Schnee. Nach einem scharfen Pfiff des Jagdaufsehers war die Meute sofort ruhig. Nur die Eifrigsten winselten ungeduldig.

»Auf was jagen wir denn?«, fragte Davide die Königmutter, die sich vorzüglich im Sattel hielt.

»Schauen wir, ob es einen schönen Hirsch gibt, doch auch zu einem Wildschweinbraten sage ich ungern Nein! Ah, schaut, da kommen schon die *cercatori* zurück.«

Aus dem Unterholz kamen zwei Männer mit Stöcken hervorgestapft, die dem Wildhüter erklärten, wo sie den Hirsch vermuteten. Die Adligen stiegen ab und steckten mit den Förstern die Köpfe zum *assemblé* zusammen, um die nötige Taktik zur Einkreisung des Tieres zu beratschlagen. Dann wurde aufgesessen, man ritt im Schritt in den Wald hinein, der trotz der gewaltigen Eichen genug Raum für die Pferde ließ. Nach einigen Minuten hob einer der Förster die Hand. Die Jagdgesellschaft hielt inne. Er beugte sich zum Boden und vergewisserte sich, die Spur des Tieres gefunden zu haben. Man beriet sich flüsternd, auch Caterina kam nun hinzu. Die Wölkchen der Atemluft bildeten einen Schirm über der diskutierenden Gruppe.

Dann war das Vorgehen beschlossen: Die Hundemeute wurde losgelassen und mit Pfiffen nach Westen dirigiert. Beinahe aus dem Stand heraus schossen die kleinen, aber agilen Tiere in den Wald hinein. Sie schienen ihr Ziel genau zu kennen. Die Reiter folgten ihnen, so gut es ging. Die Pferde bewegten sich vorsichtig und dennoch mit bemerkenswerter Geschwindigkeit. Der aufgewirbelte Schnee vermischte sich mit den vereinzelten Flocken, die nun aus dem grauen Morgenhimmel fielen. Es ging eine lange Zeit immer tiefer in den Wald hinein. Die ersten Schüsse fielen; einige der zurückbleibenden Adligen zielten auf Wildschweine, die ihnen die *cercatori* vor die Flinte getrieben hatten. Einige der Adligen saßen ab und ließen sich ihre Saufeder reichen, einen kräftigen Jagdspeer, mit dem das Wildschwein von Hand erlegt werden konnte.

»Man muss schon sehr mutig sein, um Wildschweine mit der Saufeder zu jagen«, wusste Davide. »Im Gegensatz zum Hirsch wissen die sich trefflich zu wehren.«

»Man muss aber auch sehr mutig sein, um als Treiber zu arbeiten«, entgegnete Hasan.

»Ich fürchte, wenn der König es befiehlt, bleibt einem Waidmann wenig übrig, ganz gleich, mit wie viel oder wenig Mut er ausgestattet ist«, meinte Davide.

Die beiden Venezianer ritten Caterina, dem Braunschweiger und dem Flamen hinterher, die es auf den Hirsch abgesehen hatten. Im Wald wurde es immer kälter und dunkler. Eine gute Stunde ging die Hatz kreuz und quer, denn die Meute changierte fleißig, entdeckte immer frischere Spuren ihrer bedauernswerten Beute. Doch dann wurde das Gebell, welches immer nur aus der Ferne den Weg gewiesen hatte, plötzlich lauter und lauter. Vor einem Felsen und einem umgestürzten Baum stand der völlig erschöpfte Hirsch, eingekesselt von den Hunden, die außer sich waren und zugleich in höchster Lautstärke bellten, jaulten und winselten. Es war ein prächtiger Zwölfender mit dunklem Aalstrich. Rund um sein Geäse stand ihm der Schaum, das gewaltige Geweih hielt er gesenkt, um sich der Angriffe zu erwehren.

Die Hundeführer pfiffen ihre Hunde zurück, und die Jagdgesellschaft saß ab. Einige der Adligen luden ihre Gewehre und legten an, doch Caterina ließ sich eine Lanze geben und hielt sie in die Höhe. »Jagen wir nach der ehrlichen Art unserer Väter«, rief sie. »Wer will den Wurf ansetzen?«

Caterina gab dem Braunschweiger die Lanze, der heftig errötete, sie mit einer tiefen Verbeugung in Empfang nahm und sich dem Hirsch sehr zögerlich näherte. Der dicke Flame lachte höhnisch und entriss sie dem jungen Mann, stapfte breitbeinig bis auf wenige Fuß an das eingekesselte Tier heran, dessen Schicksal längst besiegelt war.

Es war kein gelungener Wurf des Flamen. Die Lanze glitt dem Hirsch in die Flanke, der daraufhin mit den Hinterläufen einknickte, aber keineswegs tödlich getroffen war. Caterina seufzte vernehmlich, legte ihre Flinte an und versetzte dem Tier den Blattschuss, der Herz und Lunge traf.

»Verzeiht, Majestät, der frische Schnee, ich bin ausgerutscht«, katzbuckelte der Flame, während ihn die anderen verächtlich ansahen. Seinem Tuchgeschäft hatte diese Aktion sicher nicht geholfen.

Während die Gesellschaft aufsaß und der Hirsch quer auf ein speziell für diesen Zweck mitgeführtes Pferd gehoben wurde, kam das Dröhnen der Schüsse näher. Offenbar waren Wildschweine in der Nähe, auf die munter gezielt wurde.

Und dann passierte etwas Merkwürdiges. Zuerst sah Davide eine Wolke aus Staub und Splittern vor seinem Gesicht. Dann erst hörte er den Schuss, zeitgleich mit dem Einschlag der Kugel in eine Birke direkt neben ihm. War er getroffen? Nein, aber er hatte Blut an der Hand. Hasan war sofort bei ihm. Parolen wurden gerufen, das ferne Feuern eingestellt. Ein Splitter hatte Davide unterm Kinn getroffen, etwas Blut tropfte in den Schnee. Ein Versehen, ganz sicher.

Caterina ritt heran, ließ den Jagdaufseher kommen und zischte ihn in ihrem harten Französisch an, sodass er schließlich reumütig zu Davide kam und auf Knien um Verzeihung für den Zwischenfall bat. Keiner der Jäger wollte es allerdings gewesen sein, niemand konnte sich diesen Schuss erklären.

Davide winkte ab und wollte nicht weiter insistieren, aber Hasan blickte von nun an grimmig und misstrauisch umher; der Zwischenfall gefiel ihm ganz und gar nicht. Die Jagdgesellschaft brach zurück zur Lichtung auf. Neben dem Hirsch hatte man acht Wildscheine und vierzehn Hasen erlegt, insgesamt eine schöne Jagd. Doch ganz ohne weitere Zwischenfälle war es nicht abgegangen: Ein Adliger war bei der Wildschweinjagd verletzt worden und lag nun im Schnee. Einer seiner Bediensteten verband ihm das blutende Bein. Er hatte die Saufeder nicht treffsicher genug in den heranstürmenden Keiler treiben können, welcher sich daraufhin mit den Hauern in seinem Bein verbiss und ihm eine tiefe Wunde zufügte.

Caterina ritt zu ihm. Tapfer versuchte der Adlige, ein beleibter Bursche mit rotem Gesicht, sich aufzurichten.

»So bleibt liegen, guter Mann. Habt Ihr Schmerzen?«

»Es wird schon wieder«, presste der Mann hervor.

»Dann könnt Ihr wohl gar nicht beim *lancer de renard* dabei sein? Wie bedauerlich!«

Die Waidmänner brachen die Beute auf, die Hunde bekamen ihr wohlverdientes *curée*. Ein Waidmann kümmerte sich um den Zwölfender und rieb den Bast vom Geweih. Als alles erledigt war, wurde Wein in schlichten Holzbechern herumgereicht, der nach all der Aufregung köstlich schmeckte.

Dann schwang sich Caterina aufs Pferd und setzte damit das Signal zum Aufbruch. Voller Lust gab sie ihrem Rappen die Zügel frei.

»Bei Gott, sie ist keine Schönheit, aber reiten kann sie wie keine zweite Frau, die ich kenne«, rief der tollpatschige Spanier, unglücklicherweise mitten in einen stillen Moment hinein.

Betretenes Schweigen folgte allenthalben, denn Caterina hatte diesen verletzenden Satz gehört. Doch dann wurde das Schweigen von einem Lachen unterbrochen. Es kam von Caterina selbst. »Ihr seht auch nicht gerade aus wie von unserem François Clouet gemalt«, rief sie zurück, und ihr Lachen war so herzhaft, dass die ganze Jagdgesellschaft einfiel. Auch der Spanier lachte erleichtert mit.

»Eins muss man ihr lassen«, nickte Davide anerkennend, »sie weiß, wie sie sich Respekt verschafft.«

»Eine ungewöhnliche Frau«, stimmte Hasan zu.

Und auf ging es in wildem Ritt über den gefrorenen Boden zurück nach Paris und in den Palast.

KAPITEL 18

Ein alter Bekannter

Es klopfte an der Tür. Wieder und wieder. Davide öffnete die Augen. Das Kaminfeuer war nahezu erloschen, es war noch dunkel. Hasan schlief tief. Missmutig schlurfte er zur Tür.

»Monsieur! Monsieur Venier!«

Einer der Diener, die Davide schon beim Abendessen gesehen hatte – aber wer wusste das schon bei der Ähnlichkeit dieser Burschen? –, stand ganz aufgekratzt vor ihm.

»Wir haben einen Geständigen!«

»Tatsächlich? Gebt uns einen Augenblick, wir kommen sofort.«

Caterina de' Medici erwartete sie bereits im Speisesaal. Auch sie war erkennbar aus dem Schlaf gerissen worden und blinzelte gegen die Müdigkeit an. Es war fünf Uhr morgens, hastig schürten die Bediensteten das Feuer und entzündeten Kerzen.

»Unser Polizeimeister hat am Abend einen Dieb vor der Sainte-Chapelle erwischt«, erklärte Caterina. »Es heißt, er sei geständig, und man habe zudem Splitter bei ihm gefunden, die unzweifelhaft aus dem gläsernen Behältnis der Dornenkrone stammen. Ich habe auch nach dem Bischof geschickt.«

Das war allerdings eine bedeutende Nachricht, auch wenn Davide skeptisch war.

Dann erschienen aus dem Halbdunkel zwei Soldaten, die einen Mann zwischen sich stützten, der sich allein offensichtlich kaum mehr auf den Beinen halten konnte. Hinter den dreien schritt ein Mann in ziviler Kleidung. Die Blicke aller fielen auf denjenigen, der gestützt werden musste. Seine schäbige Kleidung war voller Blutflecken. Der Mann selbst, der immer wieder einknickte, blickte ins Leere; seine schwarzen Haare waren zerzaust, die Wangen hohl. Die Lippen waren aufgeplatzt, eines der Augen zugeschwollen.

Doch während alle anderen noch den geschundenen Verdächtigen betrachteten, erkannte Davide den Mann in ziviler Kleidung.

Er hatte ihn schon einmal gesehen.

Er hatte schon einmal unter ihm gelitten, seine Schläge erdulden müssen.

Es war ein kleiner, gutaussehender Mann mit gelocktem, blondem Haar. Er trug einen weinroten Rock und weiße Lederhandschuhe. Es war Jacques Bouchard.

»Majestät, verzeiht«, wandte sich Davide an die Königinmutter, »dieser Mann ist mir bekannt.«

»Der Verdächtige?«

»Nein, Euer Polizeimeister.«

»Wir hatten tastsächlich schon das Vergnügen«, verbeugte sich Bouchard. »In Istanbul, wenn ich mich nicht irre.«

»Lasst mich mit dem Verdächtigen sprechen«, wandte sich Davide nochmals an Caterina. »Unter vier Augen.«

Der Polizeimeister wollte protestieren, doch die Königinmutter signalisierte mit einem Nicken, dass sie ihrem Landsmann die Bitte gewährte.

»Also, verschwindet, meine Herren«, scheuchte sie die

Anwesenden fort. »Ihr habt fünf Minuten«, wandte sie sich dann an Davide, »denn auch wir sind neugierig.«

Davide half dem Mann auf einen mit rotem Samt bezogenen Stuhl.

»Wie heißt Ihr?«, fragte er.

Aus dem zerschundenen Gesicht sah der Mann auf. Er wollte wissen, ob die höfliche Anrede ironisch oder ernst gemeint war. Dann senkte er wieder schweigend den Blick.

»Nun sprecht schon, seid Ihr ein Räuber von Reliquien?«, fragte er ihn.

Der Mann schwieg weiterhin.

»Hört mich an«, packte ihn Davide nun an den Schultern. »Wir haben wenig Zeit. Ich bin auf Eurer Seite, und ich weiß, was für ein Schurke dieser Bouchard ist.«

Nun sah der Mann ihn an. »Mein Leben ist vorbei. Gleich, was ich Euch sage.«

»Nein, das ist es nicht. Aber Ihr müsst mir alles berichten, und Ihr müsst es rasch tun.«

Der Mann seufzte und atmete dann tief ein, was ihm erkennbar Schmerzen bereitete. Davide mochte sich gar nicht ausmalen, was Bouchard mit dem Burschen angestellt hatte. Er berichtete stockend, dass er als Bettler vor der Kirche arbeitete. Er gab zu, gar keinen Hunger zu leiden, sondern einer Organisation anzugehören, die Bettler in ganz Paris kontrollierte. Er war allerdings einer der untersten Soldaten in dieser Organisation und musste zwei von drei erbettelten Münzen abgeben. Sollte er ein bestimmtes Mindestziel nicht erreichen, bekäme er Schläge. Er allerdings war aufgrund seiner Jugend einer der erfolgreichsten der Bettler und hoffte bald auf einen Aufstieg innerhalb der Organisation. Bouchard nun waren diese Bettler ein Dorn im Auge, und er hatte ihnen schon seit Monaten den Krieg erklärt. Die betrügerischen Bettler wussten, was mit ihnen geschah, wenn sie dem Folterer in die Hände fallen würden; gleich vier von ihnen waren in der letzten Zeit spurlos verschwunden, und es war so gut wie sicher, dass sie tot waren. Gestern nun hatte ihn Bouchard vor der Sainte-Chapelle aufgegriffen, welche zu seinem Stammgebiet gehörte und wo er beinahe täglich bettelte.

»Ich werde in den Keller der Tuilerien gebracht. Ich fürchte um mein Leben. Ich weiß, was mit meinen Kollegen passiert ist. Aber zuerst fragt er, ob ich in den letzten Tagen etwas Verdächtiges bemerkt habe. Fremde, die sich Zutritt verschafft hätten oder so.«

»Was habt Ihr ihm geantwortet?«

»Ich antworte: ›Alles ist normal, aber zuletzt sind wohl hohe Kirchenherren in der Gegend, ich sehe viele teure Umhänge und Kutschen.‹ Und er schreit mich an. ›Lügner‹, ruft er. ›Schwein‹, ruft er. Und ›Schuft‹ ruft er. Und dann –«, der Bettler hielt sich die Hände vors Gesicht, »– dann kommen die anderen Männer rein. Mit Knüppeln. Und sie verbinden mir die Augen.«

Bevor der Bettler, der seinen Namen noch immer nicht verraten hatte, mehr erzählen konnte, gingen die Flügeltüren auf, und Caterina stürmte mir ihrer Entourage herein. Auch Bouchard und seine zwei Schergen konnten es kaum erwarten, ihren Gefangenen wieder entgegenzunehmen. Bouchards Männer rissen ihn grob aus dem samtenen Stuhl empor.

»Also?«, fragte Caterina.

»Dieser Mann ist nicht schuldig«, sagte Davide mit fester Stimme. Der Bettler blickte hoffnungsvoll auf. Mit dieser Wendung hatte er nicht gerechnet.

»Wie könnt Ihr es wagen«, brauste nun Bouchard auf, »Euch als Gast gegen die französische Gerichtsbarkeit zu erheben?«

»Er mag ein Gast in diesem Land sein, aber er ist *mein* Gast«, entgegnete Caterina de' Medici kühl.

»Majestät«, rief nun ein empörter Bouchard, »erlaubt mir, in meinen Ermittlungen fortzufahren, und ich werde Euch die Schuldigen finden und die Dornenkrone zurück an ihren Platz bringen.«

»Ach, Bouchard, ich kenne Eure unfehlbaren Methoden zur Genüge, und doch scheint der Erfolg Euch nicht immer recht zu geben.«

»Majestät, ich bitte Euch inständig, lasst mich weiterarbeiten, und ich bringe Euch die Dornenkrone auf einem silbernen Tablett«, flehte Bouchard.

Seine Schergen hingegen schienen zu merken, dass ihr Chef in der Gunst der Königinmutter von Sekunde zu Sekunde zu verlieren schien. Vorsichtshalber setzten sie ihren Gefangenen wieder auf den samtenen Stuhl.

»Majestät, ich halte diesen Mann für einen üblen Scharlatan«, wandte sich nun Davide an Caterina. »Ich empfehle Euch dringend, ihn aus Euren Diensten zu verbannen. Seine Geständnisse erzwingt er durch Folter und unlautere Methoden, und er wird Euch keinen Verdächtigen liefern können und die Dornenkrone schon gar nicht.«

»Hört nicht auf die ungeheuren Unterstellungen dieses Mannes, der von dem Dogen höchstselbst in die Welt geschickt wird, um Unwahrheiten und Unruhe zu verbreiten, und der selbst als Schurke, Kuppler und Betrüger im Gefängnis saß.«

Hasan wollte auf Bouchard losgehen, doch Davide hielt ihn zurück.

Caterina dachte angestrengt nach und ließ ihre Blicke zwischen Davide und Bouchard hin und her springen. »Hört mein Urteil. Unschuldig sei der Mann, den Ihr hierhergebracht habt. Er sei freigelassen. In diesem Fall vertraue ich Herrn Venier. Doch Ihr, Bouchard, seid ein tüchtiger Arbeiter und treuer Untertan. Ihr werdet weitere Gelegenheiten haben, die Dornenkorne zu finden. Beim nächsten Mal aber bringt sie mir in den Palast, dann werde ich fester an Eure Fähigkeiten glauben. Und noch etwas: Davide Venier als Gesandter Venedigs steht unter meinem persönlichen Schutz. Wer Hand an ihn legt, wird mit dem Tode bestraft.«

Bouchard und Davide blickten einander kühl an. Mit einer gewissen Genugtuung erkannte Davide eine Narbe, welche Bouchards Unterlippe spaltete. Damals, im Kerker von Istanbul, war diese Narbe noch nicht da gewesen; sie musste also von dem Faustschlag stammen, den er ihm kurz vor seiner Flucht verpasst hatte. Auch zwei oder drei Zähne im Unterkiefer standen schräg. Caterina und ihre Bediensteten verließen den Saal. Bouchard gab seinen Schergen mit einem Kopfnicken ebenfalls das Zeichen, ihn allein zu lassen. Hasan zog sich ebenfalls zurück, knurrte aber den Folterexperten noch einmal wütend an. Doch hier im Palast war Davide sicher.

Als alle Türen geschlossen und die beiden allein waren, geschah etwas ganz Unerwartetes: Bouchard riss sich das Hemd hoch. An der Stelle, an der seine Brustwarzen sein sollten, prangten schwarze, verkohlte Geschwüre.

»Was soll dies?«

»Man gab mir die Schuld an Eurem Entkommen und dem anschließenden Feuer. Man folterte mich mit glühenden Zangen und drohte mir mit dem Tod im bronzenen Stier.«

»So, wie auch Ihr vielen diesen Tod gebracht habt, Ihr Unmensch.«

Jener Stier war eines der fürchterlichsten Hinrichtungsin-

strumente der Osmanen, ein Tier in Bronze und Original-
größe, ein prächtiges Werk, acht Fuß hoch und sicher zehn
Fuß lang. Ein Schmied namens Perilaos hatte ihn ursprünglich für Phalaris von Agrakas entworfen, einen Tyrannen, der
auf Sizilien herrschte. Zum Tode Verurteilte wurden im
Inneren eingesperrt. Unter dem Stier wurde eine Feuerstelle
entzündet, und die Delinquenten verbrühten. Im Inneren
befand sich ein kompliziertes System aus Luftröhren, sodass
ihre Todesschreie wie das Brüllen eines Stieres klangen.
Perilaos war der Erste, der auf diese Weise starb, und Phalaris
der Letzte – dann wurde das Folterinstrument im Meer
versenkt. Doch die Osmanen unter ihrem französischen
Schmerzensmeister hatten es nun nachgebaut.

»Erst ein französischer Gesandter kaufte mich für viel
Geld frei«, jammerte Bouchard, »sonst wäre ich dahin gewesen, ein Häuflein Asche.«

Davide konnte nicht anders, er ballte die Faust und war
entschlossen, es diesem furchtbaren Menschen heimzu-
zahlen. »Und nun setzt Ihr Euer schändliches Tun hier in
Paris fort? Nicht einmal Euer eigenes Leiden war Euch eine
Lehre?«

Der Franzose fing sich wieder und lächelte entschuldigend.
»Man tut das, wofür man in die Welt gesetzt wurde. Und was
man am besten beherrscht.«

Davide ließ die Faust sinken. »Ihr seid ein widerwärtiges
Subjekt, und die Welt wäre ein besserer Ort ohne Euch.«

»Und doch wisst Ihr, dass Ihr mich zwar töten könnt, aber
die nächsten meiner Sorte stünden bereit. Es würde nichts
ändern.«

Davide zückte mit bedächtiger Geste sein Stilett. »Es käme
mir auf einen Versuch an.« Er befühlte die Klinge und genoss nun seinerseits die Angst auf dem Gesicht des Folter-
meisters.

»Venier«, flüsterte Bouchard mit vor Schreck heiserer Stimme, »wir befinden uns im Palast des Königs von Frankreich, reißt Euch zusammen.«

Davide lächelte. »Seht, ich bin Optimist, und lassen nicht die Überfälle in einem Wald nach, wenn man die Räuberbande dingfest macht? Gibt es nicht weniger Schmuggler auf dem Brenta-Kanal, wenn man ihre Boote verbrennt? Ja, wird das Leben nicht besser, wenn man böse Menschen, auf welche Art auch immer, aus der Welt schafft?«

Der Foltermeister, der nun ernsthaft besorgt war, sank auf die Knie. »Verschont mich! Ich habe für die Schmerzen, die ich Euch und Euren Kameraden in Istanbul zugefügt habe, mehr als genug gelitten.«

»Und was ist mit den Hunderten von Menschen, die in Eure Hände gelangt sind?«

»Es waren lediglich Verbrecher, Hexer, unwertes Leben, wie Straßenköter.«

»Ich mag Straßenköter ganz gern«, murmelte Davide nachdenklich. Dann fiel ihm der Unfall ein, von dem ihm Caterina auf der Jagd berichtet hatte. Er schob dem Folterer das Stilett tief ins Nasenloch. Der Franzose ließ es mit sich geschehen und blickte in tiefster Demut nach oben. »Bitte«, stammelte er. Dann schrie er schrill auf. Davide hatte ihm den Nasenflügel durchstochen, Blut sprudelte aus dem Schnitt. Bouchard wandte sich jammernd auf dem Boden und hielt sich das Gesicht. Zwischen seinen Fingern sickerte es dick und rot hervor.

KAPITEL 19

Das Winterfest

Am nächsten Tag hatten sich wohl zweihundert Adlige im gewaltigen Innenhof des Tuilerienpalastes versammelt. Es wurde gescherzt, getrunken und gelacht, und mit der fahlen Sonne am Himmel war beinahe so etwas wie ein Frühlingserwachen spürbar, dabei herrschte beißende Kälte. Alle paar Schritte hatte man allerdings Feuerstellen errichtet, die behaglich loderten. Die Bediensteten hatten die Schneedecke mit speziell geformten, breiten Schaufeln abgetragen und auf dem braunen Gras große Kissen platziert. Wann immer ein Kissen von der Nässe des Bodens durchweicht war, wurde es kurzerhand ausgewechselt. Aus der Küche schickte Antonino einen steten Fluss von Tabletts, die mit Delikatessen beladen waren. Hasan bediente sich, während Davide von der Königin, die inmitten einer großen Gruppe stand, herbeigewunken wurde. Ganz offenbar mochte sie ihren Venezianer sehr und präsentierte ihn stolz ihrem Hofstaat, darunter dem mächtigen Oberhofmarschall Patrice de Vichy, einem schon sehr alten Mann, dem die kapriziöse Königinmutter erkennbar zusetzte. Denn an Formalien wie dem derzeit so beliebten Hofzeremoniell nach spanischem Vorbild war bei diesem zünftigen Fest nicht zu denken.

»Ich werde nur noch wenige Sommer vor mir haben«, erklärte Caterina das ungewöhnliche Freiluftvergnügen, »daher habe ich beschlossen, die Winter einfach zur vergnüglichen Jahreszeit umzuwandeln, sofern mir das möglich ist.

Mögen die Bediensteten auch fluchen, wie sie nur wollen. Was meint Ihr, lieber Herr Venier?«

»Frische Luft hat noch niemandem geschadet«, lächelte der Angesprochene, »und bei all diesen Köstlichkeiten« – gerade hatte sich ein Bediensteter mit gebratenen Gänsekeulen genähert – »ließe sich wohl jede Witterung trefflich aushalten.«

Ein paar Mitglieder des Hofstaats, die ganz in Schwarz gekleidet waren, überschütteten Davide mit Fragen zu Venedig: Ob es wahr sei, dass man die Fische aus den Kanälen mit bloßer Hand fing. Dass jedem Dogen zwölf Kurtisanen zustünden, eine für jeden Monat. Dass es Synagogen neben Moscheen gab und die Venezianer es sich nicht nehmen ließen, auch die Gottesdienste der anderen Religionen zu verfolgen. Dass die einfachen Leute Kleidung aus Schilf und Seetang trugen. Dass alte Menschen zum Sterben auf eine Schiffsplanke gelegt und von der Ebbe aus der Lagune befördert würden, begleitet von den Gebeten ihrer Angehörigen und einem herzzerreißenden Lied. Davide ließ es sich nicht nehmen, die eine oder andere Geschichte zu bestätigen und noch auszuschmücken.

Schließlich entschuldigte er sich und gesellte sich zu Hasan, welcher sich in seiner umgänglichen Art mit einigen der Bediensteten angefreundet hatte, so dass er und nun auch Davide als Erste in den Genuss der Köstlichkeiten aus der Küche kamen; auch am Wein fehlte es ihnen nicht, der bei der Kälte guttat. Margarete de Valois näherte sich mit ihrem Unschuldsblick, wie immer an der Seite der königlichen Mätresse Marie Touchet, und die beiden gingen an ihnen vorbei, scheinbar ohne sie zu beachten. Aber Margarete schaffte es im Vorübergehen doch tatsächlich, Davide ganz kurz und leicht an seiner intimsten Stelle zu berühren, und zwar so beiläufig, dass es niemand mitbekam. Außer natürlich Davide selbst, der im Stillen anerkennen musste: Sie war eine wahre Meisterin des galanten Spiels.

Ganz in der Nähe stand König Karl, dauerhaft belagert von Hofschranzen und allerlei Gesandten; um ihn herum mindestens zwanzig Herren, die unermüdlich auf ihn einredeten und, wie Davide und Hasan amüsiert beobachten konnten, einander so unauffällig wie möglich zur Seite schoben, gar mit Tritten und Ellbogenstößen beharkten.

»Ein mächtiger Mann hat es nicht leicht«, seufzte Hasan. »Man lässt ihn weder in Ruhe feiern noch seine Notdurft verrichten.«

»Doch die Höflinge haben es umso schwerer. Jeder muss um die Gunst des Königs buhlen, dies aber ja nicht zu offensichtlich, um bei den anderen Höflingen nicht in Ungnade zu geraten. Es ist ein Hauen und Stechen. Nur ohne Messer und Äxte.«

»Aber ist das in Venedig anders?«

»Oh, bei uns ist es noch viel komplizierter. Denn im Dogenpalast gibt es nicht nur eine Sonne, sondern vielerlei große und kleine Sterne, und es ist oft nicht genau zu erkennen, welches Gestirn denn nun am hellsten scheint.«

»Und welches Licht am wohligsten wärmt«, ergänzte Hasan, was Davide zum Schmunzeln brachte.

In die Feiernden geriet Bewegung, als eine Schar Diener mit Kisten und Käfigen im Innenhof erschien. »Die Herren zur Linken, die Damen zur Rechten!«, rief einer der Adligen. »Nein, immer abwechselnd, eine Dame und ein Herr«, erwiderte ein anderer ganz aufgeregt. Irgendwie gruppierten sich unter viel Geschrei Männer und Frauen und bildeten eine Gasse, auf der man große Leinentücher ausbreitete. Ein Bediensteter verteilte grüne Jagdmützen, die sich die Adligen beiderlei Geschlechts juchzend überstreiften, ein weiterer Bediensteter gab kleine Messer aus.

»Was passiert hier?«, fragte Hasan.

Davide blickte sich um. »Hast du vorhin das Wort *lancer de renard* vernommen?«

»Ja, aber ich vermochte mir keinen Reim darauf zu machen.«

»Es ist ein zweifelhaftes Vergnügen. Halte dich zurück, wenn dir deine zehn Finger lieb sind.«

Ein Bediensteter kam auf die beiden zu, doch Davide schickte ihn, mit dem Kopf schüttelnd, fort.

Hasan wollte noch etwas sagen, doch der Lärm schwoll an, die Männer und Frauen in der Gasse johlten, denn auf einmal lief ein Fuchs voller Angst über die ausgebreiteten Tücher. Er war aus einem der Käfige freigelassen worden und hatte keine Wahl, als genau zwischen den jubelnden Menschen in eine diffuse Richtung zu laufen, die vielleicht Freiheit versprach. Doch sein Schicksal war längst besiegelt. Mit einem Ruck rissen die Adligen eines der Tücher von beiden Seiten in die Höhe, sodass der Fuchs sicher zehn Fuß hoch in die Luft wirbelte. Er kam auf, schüttelte sich und lief weiter. Beim Ruck mit dem nächsten Tuch waren es zwanzig Fuß, und diesmal verlief die Landung weniger glücklich; er stürzte so unsanft, dass er sich einen Hinterlauf brach und nur noch humpelnd seine Rettung suchen konnte. Noch ein weiteres Mal warf man ihn in die Luft, und dieses Mal kam er nach der Landung nicht mehr vom Fleck, sicher hatte er sich einen weiteren Lauf verletzt. Johlend stürzten sich die keck behüteten Adligen auf ihn und fügten ihm mit ihren Messern tödliche Wunden zu, bis einer schließlich den ausblutenden Kadaver triumphierend in die Höhe hielt. Doch schon ging es weiter, wiederum wurde Aufstellung genommen, erneut schoss ein Fuchs in Panik aus dem Käfig hervor.

»Ich denke, dieses Vergnügen ist nichts für uns«, beschloss Davide. Hasan nickte, und beide gingen in Richtung der Küche, um etwas zu essen zu bekommen. Als Davide sich noch einmal umsah, taumelte ein Ferkel durch die Menge, und die Gesellschaft setzte quiekend und johlend das grausame Spiel fort.

KAPITEL 20

Der Anschlag

Das spärliche Tageslicht hatte sich verzogen und einer kühlen, klaren Nacht Platz gemacht. Der Tag war lang gewesen. Ohne ein richtiges Abendmahl lagen sie bald im Bett und ließen sich vom Knacken und Knistern des Kaminfeuers in den Schlaf singen.

Hasan hörte das Geräusch zuerst, denn dieses Mal war es Davide, der tiefer schlief. Es war ein merkwürdiges Knarren und Rascheln, das nicht von außen kam. Hasan, der auf seinem komfortabel mit vielen Kissen und Laken hergerichteten Bodenbett lag, öffnete die Augen. Dank des noch nicht ganz verglühten Kaminfeuers und einiger Kerzen, die in den Ecken brannten, war es nicht völlig dunkel im Raum.

Er richtete sich auf, und was er sah, erschreckte ihn so sehr wie nichts zuvor in seinem Leben, welches durchaus nicht wenig ereignisreich verlaufen war. Ein Schatten aus dem Nichts warf sich aufs Bett, in dem Davide schlief, und im selben Augenblick brüllte Hasan auf. »Herr!« Doch viel mehr als ein Krächzen brachte er nicht heraus.

Ein Messer blitzte auf, das Eisen der Klinge funkelte wie ein tödliches Licht im Halbdunkel, und das Licht fuhr in dem seidenen Laken nieder und nieder. Doch einen Wimpernschlag vorher hatte sich unter der Decke ein Körper bewegt und war zur Seite gerollt. Hatte diese Bewegung ausgereicht, um dem tödlichen Glitzern zu entkommen? Davide war von der Matratze auf den Boden geglitten und sprang nun aus der Decke empor. Hasans Augen gewöhnten sich an das spärliche Licht: Der Attentäter hatte bemerkt, dass ihm sein Opfer entkommen war, und sprang Davide vom Bett aus an. Er bewegte sich so schnell, dass er wie ein Schatten Davides schien. Davide riss die Arme empor, der Attentäter stach weiter auf ihn ein, doch dann taumelte er zurück; er schien von einem Schlag getroffen zu sein. Nun hatte sich auch Hasan aus seiner Schockstarre befreit und sprang auf. Er griff sich einen der aus Eisen geschmiedeten, beinahe mannshohen Kerzenständer. Davide und der Angreifer, der einen pechschwarzen Umhang sowie eine Gesichtsmaske trug, rangen im Stehen miteinander; Davide war es gelungen, die Hand mit dem Messer zu greifen. Hasan war noch gut in Form, holte mit beiden Händen aus und traf den Attentäter am unteren Rücken. Der stöhnte auf, ließ aber nicht von Davide ab. Ein erneuter Hieb ließ ihn kurz in die Knie gehen, aber immer noch hatte er das Messer fest im Griff und sprang sofort wieder auf. Bevor Hasan zum dritten Mal zuschlagen konnte, hatte Davide seinerseits einen Treffer gelandet, der erkennbare Wirkung erzielte, der Angreifer kniete keuchend auf dem Boden. Doch nach nur wenigen Atemzügen sprang er auf, griff das Messer mit beiden Händen und versuchte mit erhobenen Händen zum Todesstoß anzusetzen. Anstatt zurückzuweichen, ging Davide in den Nahkampf und fing den Hieb ab. Sie rangen miteinander, stürzten zu Boden, wälzten sich durch den Raum. Hasan hob immer wieder den Kerzenständer, doch er konnte keinen Hieb anbringen, ohne Davide zu gefährden. Inzwischen stürmten Bedienstete in das Schlafgemach, die durch den Lärm aufgeschreckt worden waren.

Plötzlich blieben die ineinander verknäulten Körper regungslos liegen.

Eine Lache bildete sich unter ihnen. Und nach einer Ewigkeit stand nur einer der beiden auf.

Es war Davide, schwer atmend, blutverschmiert von oben bis unten. Aber einigermaßen unversehrt. Er hatte dem Attentäter das Messer zwischen die Rippen getrieben.

»Das war ziemlich knapp«, keuchte er und blickte auf sein fleckiges, zerrissenes Hemd.

»Ihr habt bemerkenswert gekämpft, aber auch großes Glück gehabt«, stieß Hasan hervor.

Inzwischen waren wohl zwei Dutzend Bedienstete im Raum, die abwechselnd schockiert auf den blutigen Körper am Boden blickten und hastig Kerzen entzündeten, bis der Raum beinahe taghell erleuchtet war. Sogar Caterina de' Medici war herbeigeeilt, in einem seidenweißen Nachtgewand, welches ihre Figur aufs Unvorteilhafteste betonte. Ganz ohne Scheu näherte sie sich dem Körper und stieß dem Attentäter einen Fuß in die Rippen.

»Der ist hinüber«, bemerkte sie trocken. »Eine hübsche Sauerei.«

Hasan näherte sich ebenfalls dem leblosen Körper und zog ihm die Kapuze vom Kopf. Darunter zeigte sich ein dunkles Gesicht mit geschlossenen Augen und kurzem Bart.

»Ist das Crollio, der Assassine des Sultans?«

Davide trat näher. »Nein, die Narben auf der Wange fehlen.«

»Wer von Euch kennt diesen Mann?«, rief Caterina in die Runde. »Man bringe mir sofort den Hauptmann der Palastwache!«

Hasan untersuchte die Fenster. Sie waren geschlossen. Der Attentäter musste also durch die Tür gekommen sein, welche nicht verriegelt gewesen war. Caterina verteilte derweil kräftige Ohrfeigen, weil keiner der Bediensteten etwas gesehen haben wollte. Auch der schlaftrunkene Hauptmann, der mit vier Soldaten erschienen war, schien entsetzt.

»Majestät –«, stotterte er, »ich – ich schwöre Euch, dass wir niemanden ohne Befugnis vorgelassen haben.«

»So, so, dann ist dieser Kerl vielleicht wie ein Vogel über uns gekommen? Ist auf dem Dach gelandet und durch den Kamin herabgeflogen?« Die Idee war nicht unklug; Hasan untersuchte sofort den Kamin und auch den Umhang des Attentäters, der allerdings keinerlei Rußspuren aufwies.

»Majestät, ich kann mir das auch nicht erklären. Ich werde sofort alle Wachen verdoppeln.«

»Und schaut, ob es noch weitere üble Burschen von dieser Sorte in meinen Mauern gibt. Ich verlange eine genaueste Durchsuchung aller Räumlichkeiten. Und ich erteile Euch die ausdrückliche Befugnis, auch die Gemächer meines Sohnes sowie meine eigenen nicht zu verschonen.«

Caterina näherte sich Davide. »Hier ist es zu gefährlich für Euch, Ihr solltet den Palast und möglichst auch Paris verlassen. Antonino macht Euch ein kräftiges Frühstück, und dann solltet Ihr aufbrechen.«

Und so geschah es.

293

KAPITEL 21

Die Rückkehr

Sie saßen nun wieder im Sattel ihrer Pferde, die sich am französischen Hof erkennbar von den Reisestrapazen erholt hatten. Wie auch Cornelia, der sie sofort den eiligen Aufbruch mitgeteilt hatten. Sie hatte in staunenswerter Geschwindigkeit die Pferde aufgezäumt, sodass die königlichen Stallknechte verdutzt dreinblickten. Es ging durch kahle Wälder in Richtung des Württembergischen Landes; von dort wollten sie weiter nach Augsburg, um schließlich auf der Brennerroute nach Italien zu gelangen. Jetzt im Februar hatten ihnen viele Höflinge zur südlichen Route über Lyon und dann Genua geraten, doch die Wettervorhersage schien günstig, also wagten sie die Alpenüberquerung von Norden aus und wollten schließlich auf jenen Weg einbiegen, den sie auch auf der Hinreise benutzt hatten.

Während sie auf nur mäßig befahrenen, unbefestigten Straßen dahinritten, resümierten sie ihre Zeit in Paris.

»Über Eure amourösen Abenteuer wage ich nicht zu reden«, brachte Hasan hervor, »aber ist Euch aufgefallen, dass Caterina mit viel Hingabe dieser Marie Touchet gegenübertrat, doch die Königin selbst recht kühl behandelte?«

»Das ist mir tatsächlich aufgefallen, und das hast du gut beobachtet, mein lieber Hasan. Und ich habe eine Erklärung dafür.«

»Herr, da bin ich äußerst gespannt.«

»Es scheint doch ganz einfach. *Divide et impera,* schrieb

schon der Florentiner Niccolò Machiavelli, der besonders am französischen Hof sehr geschätzt wird. Caterina und die Mätresse sind gewissermaßen Verbündete.«

»Wie meint Ihr das?«

»Nominell hat die Königin das Sagen. Nach dem König, natürlich. Und wenn Elisabeth eine machtbewusste Person wäre, dann könnte sie Caterina und Marie hinfort fegen. Ein einziger entschlossener Befehl würde ausreichen, um die eine wie die andere, Mutter wie Mätresse, für immer in ein Schloss viele Tagesritte weg vom Regierungssitz zu schicken, wo sie sich für den Rest ihres Lebens Stickereien widmen dürften. Nun vermute ich, dass sich Caterina und Marie verbündet haben, ob nun in Absprache oder in schweigendem Einvernehmen, die Königin eben nicht allzu mächtig werden zu lassen, um hübsch weiter ihr eigenes Süppchen kochen zu können.«

»Zwiebelsüppchen?«

»Zwiebelsüppchen.«

»Eine interessante Überlegung.«

»Und die einzige, die mir schlüssig erscheint. Ich wünschte, ich sähe ähnlich klar in dieser verflixten Reliquiensache. Allein dieser Anschlag nach Art der Assassinen – nun habe ich grundsätzlich etwas gegen Menschen, die mir nach dem Leben trachten. Aber was sollte dies? Ich bin doch nicht schlauer als die Bestohlenen, habe überhaupt noch keine heiße Spur.«

»Nicht zu vergessen der merkwürdige Schuss bei der Jagd.«

»Den bin ich tatsächlich zu vergessen geneigt. So etwas passiert auf Jagden.«

»Seid Ihr sicher?«

»Das Leben ist gefährlich und garantiert tödlich, Hasan.«

»Vielleicht war der Auftraggeber auch nur ein eifersüchtiger Verehrer der Margarete?«

»Lass die Albernheiten.«

»Verzeiht. Aber stecken vielleicht, auch wenn es nicht der böse Crollio war, die Osmanen dahinter?«

»Das ist möglich, erscheint mir aber nicht wahrscheinlich.«

»Warum nicht?«

»Was wollen die Ungläubigen denn mit Reliquien, an welche wir selbst nicht so recht glauben?«

»Und wenn sie einen Kriegsgrund suchen?«

»Das wäre aber eine arg umständliche Provokation. Sie sollten es machen wie immer und einfach einen unserer Handelsposten überfallen und alle Bewohner niedermetzeln.«

KAPITEL 22

Die Geburt

Cornelia, der die ruhigen Tage am französischen Hof offenbar gutgetan hatten, ließ sich in der Zeit, die sie bis Augsburg brauchten, alle Vorkommnisse erzählen. Das Wetter blieb günstig, es war zwar kalt, aber auf den gefrorenen Wegen kamen die Pferde bemerkenswert gut voran. Auf der beliebten Handelsstraße waren die Herbergen durchwegs angenehm und warm, auch wenn sich der Komfort der Betten und des Essens schwerlich mit dem des Tuilerienpalastes vergleichen ließ. »Doch dafür trachtet Euch hier keiner nach dem Leben«, merkte Hasan denn auch an, als sich Davide einmal über ein allzu strohiges Bett beschwerte. In Augsburg kehrten sie wieder im Hotel »Zum Stern« ein, wo sich auch der neugierige Wirt berichten ließ, wie die Reise verlaufen war. Selbstverständlich bekam er eine deutlich abgespeckte Version der dramatischen Ereignisse zu hören. Von den Leckereien aber, die es am französischen Hofe gab, entlockte er seinen Gästen jede noch so kleine Einzelheit, und als Hasan von einigen der Rezepte berichtete, holte er gar einen seiner Köche aus der Küche hinzu und gab ihm am Ende von Hasans Ausführungen einen scherzhaft gemeinten Klaps auf den Hinterkopf. »Siehst du, was aus dir werden könnte, wenn du dir ein bisschen Mühe geben würdest? Für Könige könntest du kochen!«

»Dann müsstet Ihr mich aber auch königlich bezahlen«,

gab der Koch keck zurück, was in der Gaststube des Hotels viel Gelächter auslöste.

Am nächsten Morgen ritten sie weiter gen Innsbruck und kamen zwei Tage später gegen Abend dort an. Doch nachdem sie gerade die Kontrollen am Stadttor hinter sich gebracht hatten, stöhnte Cornelia, die, begleitet von einem sonderbar aufgeregten Wuschel, hinter ihnen herritt, leise auf, und dieses Stöhnen klang so ungewöhnlich, dass Davide und Hasan sofort ihre Pferde zügelten und sich zu ihr umdrehten. Cornelia blickte ins Leere, sank nach vorn und glitt fast vom Sattel. Davide drehte um und trieb sein Pferd an, so konnte er gerade noch rechtzeitig den Sturz des Mädchens auf das schmutzige Pflaster verhindern. Hasan war ebenfalls umgekehrt und mit der ihm eigenen erstaunlichen Geschmeidigkeit aus dem Sattel gesprungen; gemeinsam halfen sie der leichenblassen Cornelia vom Pferd und stützten sie.

»Was habt Ihr nur, Cornelia?«

»Entschuldigt, ich …« Und wieder krümmte sie sich und drohte auf die Knie zu sacken. Ein paar Neugierige traten heran, auch einer der Soldaten vom Stadttor kam mit nervösem Blick näher. Hasan blickte besorgt; er schien zu ahnen, was mit ihr nicht stimmte.

»Was hat er nur?« Geht es ihm nicht gut?«, redeten nun einige der umstehenden Innsbrucker durcheinander. »Ja, seht Ihr das denn nicht?« »Schlecht ist ihm von der Reise.« »Bring doch jemand dem jungen Herrn etwas Wasser und Wein.« »Bursche, nun hol schon einen Becher Wein.«

Eine Vettel mit Kopftuch, die sich vorgedrängt hatte und nun ganz nah bei den dreien stand, rief mit krächzender Stimme: »Ihr seid doch allesamt Dummköpfe! Der junge Herr ist eine Sie, und mir scheint, sie ist auch nicht mehr allein in ihrem schmalen Körper. Das sieht doch selbst eine beinahe blinde alte Frau wie ich.«

Und wieder begann das Geschnatter der Schaulustigen. »Ja, jetzt, wo sie es sagt …« »Aber, ist das möglich?« »Nun, das Bäuchlein ist wohl nicht zu übersehen.« »Aber könnte ja auch vom Bier …« »Doch schaut, wenn Ihr das Gesicht genau betrachtet und ihr in die Augen schaut, ist es doch ein Fräulein.« »Nun, wenn sie schwanger ist, dann ist wohl kein Zweifel dran.«

Davide blickte Cornelia an. »Ist das wahr?« Cornelia nickte, dann krümmte sie sich wieder vor Schmerzen.

»Bringt sie ja nicht zu den Kurpfuschern dieser Stadt«, rief nun einer. »Nur eine Stunde von hier liegt das Nonnenkloster der Heiligen Amelia von der Birke, da ist sie besser aufgehoben.«

»Die Ärzte hier in Innsbruck können nicht einmal einen faulen Zahn heilen«, stimmte ein anderer zu. »Wenn Ihr zu einem von denen geht, ist es um Mutter und Kind geschehen.«

Nun mischte sich auch der Wachsoldat ein und beschrieb ihnen die Richtung, die sie einzuschlagen hatten.

Davide allerdings hatte Bedenken. »Ich bin mir nicht sicher, ob sie den Ritt noch schafft«, flüsterte er Hasan zu. Doch Cornelia, die es gehört hatte, nickte entschlossen.

»Also gut, dann machen wir uns auf und reiten so behutsam wie möglich. Die Helligkeit sollte gerade noch reichen«, beschloss Davide. »Könnt Ihr Euch denn allein im Sattel halten?«, fragte er.

»Ich denke schon«, flüsterte Cornelia.

»Seid tapfer, ich denke, wir sollten unbedingt versuchen, zum Kloster zu gelangen. Wir reiten ganz nah bei Euch.«

Sie kamen nur langsam voran, und als sie vor dem Tor des Nonnenklosters hielten, war es schon dunkel. Im Holz des Portals war das geschnitzte Motto *Stat crux dum volvitur orbis* nur noch schwach zu erkennen.

»Das Kreuz steht fest, während die Welt sich dreht«, übersetzte Davide. »Kartäuserinnen. Äußerst papsttreue Schwestern. Aber was kann man hier in Tirol schon anderes erwarten.«

»Hoffen wir, dass sie Erfahrung mit Medizin haben«, sagte Hasan und half Cornelia vom Pferd.

»Hoffen wir zunächst, dass sie uns überhaupt öffnen.« Davide klopfte schon zum dritten Mal an, dann endlich bewegte sich einer der Torflügel, und ein skeptisches Augenpaar schaute heraus. Es war die Oberin höchstselbst, wie sich herausstellte, denn alle Schwestern waren gerade beim Abendmahl versammelt.

»Ehrwürdige Mutter«, begann Davide mit einem verbindlichen Lächeln, zeigte auf Cornelia und schilderte ihr Dilemma.

Das Tor schlug zu. Davide und Hasan blickten sich an.

Und dann schwang das Tor ganz auf.

Bald danach war Cornelia in einer hell beleuchteten Zelle angenehm untergebracht, sie wurde gewaschen und in ein frisches Gewand gehüllt. Um sie herum fuhrwerkten fünf Schwestern, die all dies offenbar nicht zum ersten Mal machten, was Davide und Hasan beruhigte. Zumal nun ganz eindeutig ihre Wehen eingesetzt hatten. Die Venezianer wurden herausgeschickt. Die Schwestern, die über den männlichen Besuch ganz aufgeregt waren und kicherten, wurden von der Oberin in die Betten verwiesen. Denn es war ja nicht so, dass all diese Nonnen aus freien Stücken, tiefster Überzeugung und reiner Gottesliebe hier im Kloster lebten. Oft genug hatten die bäuerlichen Familien und auch die Kaufleute keine Wahl, einige ihrer Töchter in schwesterliche Obhut zu geben – das ergab eine Esserin am Tisch und eine teure Hochzeit weniger.

Davide und Hasan warteten also an einem spartanischen Tisch im Speisesaal vor einem Krug Wein die Nacht ab, hofften auf gute Nachrichten von Cornelia und wälzten derweil Theorien zum rätselhaften Raub all dieser Reliquien. Inzwischen hatte man, wie Davide noch in Paris mitgeteilt wurde, in ganz Europa Soldaten abkommandiert, welche die verbliebenen Schätze bewachen sollten. Doch wer immer den Raubzug begangen hatte: Die wertvollsten Stücke gehörten schon längst ihm. Halb schlafend auf den Tisch gesunken, schien es Davide manchmal, als blickten schüchtern kichernde Gesichter aus den Türen zu ihnen hinein, doch vielleicht träumte er auch nur. Im Morgengrauen legten die beiden sich schließlich auf ein paar von eifrigen Schwestern gebrachten Kissen auf den Boden, doch schon kurze Zeit später wurden sie durch entsetzliche Schreie geweckt. Davide schreckte hoch und lief zu dem Zimmer, in dem Cornelia lag. Vor der Tür stand schon eine der Schwestern, die völlig übermüdet aussah.

»Was geschieht hier?«

»Ihr könnt nicht hinein«, sagte die Schwester, und in ihren Augen blitzte etwas auf, was Davide als leichte Panik interpretierte.

»Nun sagt schon, Ehrwürdige Schwester.«

Auch andere Nonnen kamen herbei, von dem Lärm geweckt. Selbst die Oberin hatte sich hastig in ihr Gewand geworfen und stürmte herbei. Sie nickte kurz Davide zu und bat ihre Mitschwester um eine Erklärung.

»Das Kind klemmt«, seufzte die Nonne an der Tür.

»Es klemmt? Was heißt das?«, entgegnete die Oberin scharf.

»Es will nicht ans Licht kommen und seine Seele empfangen, das arme Ding.«

Mit dieser Antwort war die Oberin nicht zufrieden, sie stieß die Tür in einer Weise auf, die wahrlich keinen Widerspruch duldete. Davide und Hasan nutzten das Überraschungsmoment und glitten ebenfalls in Cornelias Zimmer. Proteste hinter ihnen verhallten, denn Davide schloss die Tür, die aus massivem Eichenholz gezimmert war.

Es war kein Anblick für weiche Herzen: Um Cornelias Bett voller blutdurchtränkter Laken standen einige Nonnen, die ihr unablässig Kräutertinkturen auf den Bauch träufelten, ihr Wasser zum Trinken gaben, ihr feuchte Umschläge auf die Stirn legten. Cornelia selbst lag mit entsetzlich verzerrtem Gesicht auf ihrem durchgeschwitzten Lager und schwankte zwischen Ohnmacht und konvulsiven Zuckungen. In ihren Wachzuständen schrie sie furchtbar auf, flehte den Herrgott an – und fiel wieder in eine Ohnmacht. Es stand nicht gut um sie.

Die Oberin ließ sich ihren Zustand erklären: Der Geburtskanal sei ganz einfach zu eng, das Becken des Mädchens zu schmal. Die Frage, ob das Kind oder die Mutter diesen Tag überleben würden, läge in Gottes Hand.

»Unsinn«, entgegnete die resolute Oberin. »Tut, was ihr könnt. Heute stirbt mir hier niemand.«

Die Oberin hatte allen Grund, ihre Mitschwestern zu Höchstleistungen anzuspornen, hatte Davide ihr doch die fürstliche Summe von zehn Dukaten zugesteckt, welche sofort in einer Tasche im Gewand, von außen unsichtbar, verschwunden waren.

Und wieder warteten sie in bleierner Ungewissheit. Aus dem Morgengrauen wurde ein grauer Vormittag, dann ein grauer Tag. Cornelias Stöhnen und ihre Schreie waren im ganzen Kloster zu hören, die Schwestern kamen kaum damit nach, sich jedes Mal vor Schreck zu bekreuzigen. Diese Schmerzen würden wohl den meisten von ihnen erspart bleiben, und in diesen Stunden schien ihnen das ganz recht zu sein.

Am Nachmittag nun, als ein besonders langer, durchdringender Schrei von Cornelia zu hören war, sprang Hasan auf. »Es ist genug!«, rief er und schritt mit einer Entschlossenheit, die Davide zwar kannte, aber nur sehr selten an ihm sah, auf Cornelias Kammer zu. Nichts und niemand konnte ihn aufhalten, und Davide kam kaum hinterher. Er stieß die Tür auf, so dass die Nonnen ihn mit seinem orientalischen Aussehen, dem Bart und den nun wild blitzenden Augen wie den Leibhaftigen selbst ansahen.

»Geht zur Seite!«, fuhr er sie an und scheuchte sie mit einer unwirschen Handbewegung fort.

Erschrocken gehorchten sie. Cornelias schmerzverzerrtes Gesicht entspannte sich vor Verwunderung für einen Augenblick. Hasan kniete sich an ihr Bett und flüsterte ihr etwas ins Ohr. Es war ein längerer Monolog; die Schwestern wollten eingreifen, doch Davide beschied ihnen, sich zurückzuhalten. Dann nickte Cornelia, und Hasan richtete sich auf. Alle blickten etwas ratlos, doch was nun kam, ließ sie zusammenzucken.

»Holt mir das schärfste Messer, welches Ihr in Eurer Küche habt«, wandte sich Hasan an eine der Schwestern. Die blickte sich ratlos um.

»Macht schon«, herrschte Davide sie an, und die Schwester verschwand. Schließlich kam sie mit einem ganzen Arm voll furchterregender Messer und Beile zurück, die sie auch noch, weil sie auf der Schwelle ins Stolpern geriet, mit einem Krachen auf den steinernen Boden fallen ließ. Allen fuhr erneut der Schreck in die Glieder. Hasan beugte sich über den Haufen, wühlte durch die eiserne Kollektion und wählte schließlich ein mittellanges, zweischneidiges und spitz zulaufendes Messer, welches er anschließend über die Flamme einer Kerze hielt.

Nun erschien die Oberin und stieß ihrerseits die Schwestern beiseite, die sich an der Tür drängten. »In Gottes Namen, was habt Ihr vor?«

»Ich werde zum Schnitt ansetzen, den man hierzulande auch den cäsarischen nennt«, antwortete Hasan in aller Ruhe, ohne die Oberin auch nur anzusehen. Auch diese Seelenruhe kannte Davide noch gut aus den gemeinsamen Zeiten im Kerker der Serenissima. Die Oberin atmete tief ein, die Schwestern senkten den Blick. Diese Situation überforderte sie eindeutig.

»Wenn wir es nicht machen«, sagte Hasan bestimmt, »wird das Mädchen sterben, und das Kind auch.«

»Ihr wollt also das Kind mit dem Cäsarenschnitt retten?«, fragte die Oberin.

»Mein Ziel ist nichts weniger, als beide zu retten.« Er blickte Cornelia an, und Cornelia nickte.

»Also gut«, rief Hasan, »ich darf Euch bitten, die Tür zu verlassen, alle, bis auf meinen Herrn Davide und eine Schwester, die uns zu Diensten sein muss, indem sie heißes Wasser und saubere Laken und sonstige nützliche Dinge besorgt. Bitte wählt eine junge, gesunde Schwester, denn sie muss schnell sein.«

Die Oberin gab unwirsch entsprechende Anweisungen. Schwester Eufemia sollte als Krankenpflegerin dienen, worüber sie nicht sonderlich begeistert war, was man an ihrer blassen Nasenspitze erkannte. Die Oberin bestand auf ihrem Recht, auch dazubleiben, was ihr Hasan schlecht verwehren konnte.

Hasan beugte sich wieder zu Cornelia herab. »Seid Ihr bereit?«

Sie nickte schwach, dann verzog sie wieder das Gesicht vor Schmerz.

»Herr, Ihr begebt Euch bitte hinter sie und haltet ihre Arme fest. Und, Ehrwürdige Schwester, Ihr sorgt bitte dafür, dass sie nicht mit den Füßen strampelt.« Die angesprochene Oberin stellte sich ans Fußende und ergriff Cornelias Fesseln, während Davide die geschwächten Oberarme der werdenden Mutter auf das Lager drückte.

Hasan entfernte alle Laken, sodass Cornelias schmächtiger Körper mit der gehörigen Kugel nackt vor ihnen lag. Er schob ihr behutsam ein zusammengedrehtes Tuch zwischen die Lippen, auf das sie während der Prozedur beißen konnte; dann hob er das Messer, und allen wurde flau im Magen. Davide griff noch ein wenig fester zu und blickte Cornelia an, die aber die Augen in ihrer Pein zusammengekniffen hatte.

»Habt Ihr das schon einmal gemacht?«, fragte die Oberin.

»Vor vielen Jahren«, entgegnete Hasan.

»Aha.«

»Ein Mal.«

»Oh.«

»Bei einer Kuh.«

»Der Herrgott stehe uns bei!«

Hasan setzte zu einem waagerechten Schnitt an, genau an der oberen Grenze des Schamdreiecks. Cornelia blieb außergewöhnlich still und biss auf das Tuch. Sie zuckte leicht zusammen und richtete sich kurz auf, doch das war es schon. Kein Klagelaut kam über ihre Lippen.

»Nun haltet sie schon fest, Herr!«, mahnte Hasan.

»Ich tue, was ich kann«, stieß Davide mit zusammengebissenen Zähnen hervor.

Murmelnd gab Hasan Schwester Eufemia Anweisungen, die beständig Wasser, Kräuter, Tücher brachte. Davide hatte die Augen geschlossen und sah nicht, wie die Eingeweide hervorquollen, die Hasan mit den Händen zurückschob. Mehr Tücher wurden gebracht, und Schwester Eufemia würde wohl nicht mehr lange durchhalten, während die Oberin tapfer ihre Stellung an den Füßen der Patientin hielt.

Cornelia wimmerte nun vernehmbar, aber leise. Doch dann, binnen weniger Augenblicke, war noch ein anderes Geräusch im Raum: ein hohes, lautes, durchdringendes Plärren. Davide riskierte einen Blick und sah ein blutverschmiertes Etwas, welchem Hasan gerade die Nabelschnur durchtrennte. Auch Cornelia hatte die Augen geöffnet. Und zum ersten Mal nach vielen Tagen zeigte sich auf ihrem verschwitzten, abgekämpften, von Pein zerfurchten Gesicht die Ahnung eines Lächelns.

KAPITEL 23

Quattrodenti

Das brackige Wasser schlug wie eh und je an die Mauern links und rechts der Kanäle. Die Luft war trotz der Jahreszeit warm und ungewöhnlich feucht. Davide war froh, wieder daheim zu sein. Ja, es war laut, es stank bestialisch, die Betrunkenen rempelten und prügelten sich und kotzten in den Gassen und brüllten ordinäres Zeug – aber es war *seine* Stadt, *seine* Heimat, so übel man ihm hier auch mitgespielt hatte. Und so *wusste* er einfach, dass er Miguel und Tintoretto in seiner Lieblingstaverne treffen würde, im nördlichsten Winkel von Cannaregio beim schmuddeligen Quattrodenti, dem Wirt ohne die vier Vorderzähne. Und genau so war es auch.

Die Alpenüberquerung war nach Innsbruck angenehm verlaufen. Bei kaltem, aber klarem und beständigem Wetter hatten sie sich dem Treck eines Kaufmanns aus Vicenza angeschlossen, der auf vier Wagen, die von kräftigen Pferden gezogen wurden, allerlei Tuch und Silber geladen hatte. Wegen der wertvollen Ware hatte er sich eine Gruppe von acht Tiroler Bewaffneten gemietet, tüchtigen Reitern mit großen Zweihändern, die den Transport absicherten. Nach nur drei Übernachtungen waren sie recht erholt in Venedig angekommen.

Und nun saßen sie in Quattrodentis schmuddeliger Taverne an dem fleckigen Tisch, auf welchem Karaffen längst ihren segensreichen Inhalt weitergegeben hatten und sich leere und halb volle Weinbecher stapelten, an dem sich Huren und Edelmänner vorbeidrängten, Glücksspieler und Kaufleute, junge Witwen und Taschendiebe. Doch dieser Abend gehörte nur einem. Und das war nicht Davide.

Denn Hasan erzählte, wie er nach seiner heroischen Operation, bei der er einer deutschen Adligen einen Buben schenkte, welcher den Namen Amelio bekam, zu Ehren seines Geburtsortes, gleich zwei Patientinnen mehr hatte: Sowohl die Oberin als auch die helfende Schwester waren direkt danach in einem Schwächeanfall zu Boden geglitten, und Hasan musste ihnen mit Unterstützung der anderen Schwestern auf die Beine helfen. Wieder und wieder musste Hasan erzählen, wie die Oberin und die arme Schwester Eufemia mit ordentlich Pfeffer wieder zu den Lebenden geholt wurden, wie er Cornelias Wunde vernähte, nach Art eines Schneiders, der ein Stück Leder flickt, und wie sich der Zustand der jungen Mutter schlagartig gebessert hatte.

Tintoretto und Miguel gaben zu Hasans Ehre immer wieder Runden von Wein aus, immer wieder kamen Kostümierte und Maskierte herein, und Hasan erzählte die Geschichte sicher ein Dutzend Mal, bis am Ende sämtliche Nonnen auf dem blutverschmierten Boden in Ohnmacht gefallen waren und von den Venezianern einzeln wach geküsst werden mussten. Und bald wurde es so eng in der Taverne, dass auch einige Gäste kurz vor der Ohnmacht standen; Quattrodenti warf ein paar besonders betrunkene und renitente Burschen vor die Tür, mit Hilfe seines Türstehers, dem diese Arbeit eine beinahe kindliche Freude bereitete. »Saufen darf man hier«, kommentierte Quattrodenti, »rumbrüllen auch. Aber nicht saufen *und* rumbrüllen.« Mit solchen einfachen Grundsätzen kam er gut durchs Leben.

Davide genoss den guten Wein, den Quattrodenti ihm hinstellte, denn auf der langen Reise hatte er doch auch einiges an saurem Traubensaft trinken müssen. So recht vergnügen konnte er sich mit seinen Freunden nicht, sosehr er auch Miguels frohen Mut und Tintorettos stoische Trinkfestigkeit schätzte.

Immer wieder wurde auch auf Cornelia und Amelio getrunken, allerdings *in absentia*, denn sie waren nicht mit nach Venedig gekommen. Cornelia wollte sich noch einige Wochen im Kloster erholen und dann, wenn es die verzwickten Umstände gestatteten, die Heimreise antreten; zuvor hatte sie vor, sich mittels Briefen über die Lage zuhause zu unterrichten. Venedig jedoch, das hatten Davide und Hasan ihr versichert, würde sie stets mit offenen Armen empfangen, sollte eine Rückkehr in ihr Zuhause unmöglich sein. Wuschel war bei Cornelia geblieben und hatte die Venezianer mit einem Winseln verabschiedet.

Davide wusste, dass seine Freiheit auch davon abhing, wie er seine Aufgaben erledigte. Und er war den Reliquienräubern noch keinen Schritt näher gekommen, obwohl er viele Hundert Meilen durch Europa geritten war. Und gerade hier, in diesem Inferno von Alkohol und Lärm und Sünde, verdichteten sich seine Gedanken zu einer besonderen Klarheit und Konzentriertheit. Was also wusste er? Es musste sich um eine exzellente Organisation handeln, die mit großem Geschick und zugleich ohne Aufsehen zu erregen durch halb Europa reisen konnte, die genau wusste, wo die Reliquien zu finden waren, die sich geschickt Zugang verschaffte und so schnell und unauffällig verschwand, wie sie gekommen war. Und die mit all diesen Reliquien einen bestimmten Verwendungszweck verfolgte. Welcher mochte das sein?

Doch aus allen Gedanken, allen Grübeleien, aller Verzweiflung ob der verfahrenen Lage wurde er gerissen, als plötzlich eine wunderschöne Frau mit schwarzen Locken und weißer Augenmaske vor ihm stand. Trotz der Verkleidung wusste Davide sofort, wer sich ihm da genähert hatte. So sicher war er sich, dass er aufstand, die Frau in die Arme nahm und küsste. Sie wehrte sich nicht, was letzte Zweifel beseitigte.

Es war Veronica, die ihren Davide ebenso vermisst hatte wie er sie. Sie setzte sich auf seinen Schoß, und gemeinsam genossen sie erst bei Quattrodenti und später daheim in Davides kleiner Wohnung die wilde, anarchische, unbeschwerte Zeit des *carnevale*, jene Periode ohne Trauer, Angst und Reue, die doch zumindest für Davide sehr bald wieder enden würde.

Auch am nächsten Tag traf man sich bei Quattrodenti, und dieses Mal sollte es zu einer überraschenden Begegnung kommen, denn eine Maske bahnte sich einen Weg durch die schäbige Luft. Der Mann dahinter näherte sich Davide, aber nicht auf direktem Weg, er schien eine gewisse Mühe mit den Schritten zu haben, so, als sei eine volle Taverne nicht sein übliches Milieu. Als er endlich am Ziel angekommen war, hob er die Hand mit seinen spitz gefeilten Nägeln und ließ sie kraftvoll auf Davides Schulter fallen.

Es war Rusticello, der Reliquienhändler aus Burano.

»Ich wusste, dass ich Euch hier finde«, hustete er. Die stickige Luft war er als Insulaner nicht gewohnt.

»Dann muss ich mir um meinen Ruf wohl Sorgen machen«, lachte Davide beschwingt.

»Wobei Euer Ruf, wenn Ihr die Bemerkung gestattet, so undurchsichtig ist wie das Wasser des großen Kanals. Manche fürchten Euch, manche verachten Euch, manche bewundern Euch.«

»Habt Ihr den beschwerlichen Weg auf Euch genommen, um mir Venedigs Klatsch und Tratsch mitzuteilen?«

Rusticello zog sich einen Stuhl heran, der gerade frei geworden war, und setzte sich umständlich an den Tisch. Unwillig machte Miguel Platz.

»Nein, ich wollte Euch von einem interessanten Erlebnis berichten, das sich kurz nach Eurem Aufbruch in den Norden zugetragen hat.«

»Nur zu.«

Der Händler hustete und begann seine Erzählung: »Schon mein Vater und dessen Vater waren in meinem Metier tätig, und die günstige Lage unserer Unternehmung bei Venedig, jenem Mittelpunkt des Kompasses aus Nord und Süd und West und Ost, hat meinen Vorfahren und mir bei unserer Reputation geholfen. Wie Ihr also wisst, gelte ich als wichtigster Reliquienbeschaffer der Christenheit.«

»Der bescheidenste seid Ihr ganz sicher«, unterbrach ihn Miguel.

»Und ich hatte eine Begegnung, die Euch bestimmt interessieren wird.«

»Hat man Euch etwas von Interesse zum Kauf angeboten?«

»Nein, es war etwas ganz anderes. Eines Dezembermorgens kamen drei Männer zu mir. Ich kannte sie nicht. Sie waren gleich gekleidet, in schwarzen Kapuzenmänteln, wie Mönche. Sie ließen ihre Kapuzen auch auf, sodass ich keines ihrer Gesichter genau sehen konnte.«

»Und, was wollten sie?«

»Als Erstes drohten sie mir mit dem Tod.«

»Was für eine nette Gesprächseröffnung, um das Eis zu brechen.«

»Nicht wahr? Aber damit haben sie dem alten Rusticello keine Angst gemacht. Ich kann gar nicht mehr zählen, wie oft ich mit dem Tode bedroht wurde, wie oft ich schon vor osmanischen Assassinen flüchten musste und wie hastig ich an fremden Küsten die Segeln setzen ließ, um …«

»Schon gut, schon gut. Ihr seid ein tapferer Krieger. Und alles tut Ihr ganz selbstlos für die Christenheit.«

Etwas beleidigt nahm Rusticello nun seine Maske ab.

»Dann boten sie mir Geld. Zwanzig Dukaten legten sie mir hin.«

»Das wird ja immer wunderlicher!«

»Es wird noch merkwürdiger, denn sie wollten nichts kaufen, sondern baten mich nur um meine Einschätzung. Doch sollte ich dabei schwindeln, so würden sie mir das Genick brechen.«

»Was für eine Einschätzung von Euch war ihnen denn so viel Geld wert?«

Rusticello beugte sich vor, doch in dieser Taverne mit all ihrem Lärm war ein vertrauliches Flüstern gänzlich zwecklos, also lehnte er sich zurück und sprach gerade so laut, dass Davide und seine Freunde es verstehen konnten: »Es ging um Reliquien und ihren Diebstahl.«

Davide horchte auf. »Interessant, nur weiter.«

»Sie fragten mich, ob es möglich wäre …« Quattrodenti brachte Wein und blieb etwas zu lange am Tisch stehen, bis ihn ein Knurren von Miguel verscheuchte. »… ob es möglich wäre, bestimmte Reliquien durch Fälschungen oder durch andere Knochen zu ersetzen, ob dies gar üblich sei und ob man damit durchkäme, ob also die Reliquien auch als Fälschung ihre Wirkung erzielen würden.«

»Was für eine merkwürdige Frage!«

»Nach meiner Einschätzung ist dies aber ein Ding der Unmöglichkeit, denn mag es auch hier und da Fälle vertauschter Knochen geben, so sprechen sich Fälschungen doch oft herum, der Zweifel verbreitet sich von den obersten Kirchenherren auf die Messdiener und Küster und von dort dann blitzschnell aufs gemeine Volk.«

»Ist das so? Mir scheint, das Volk will oft allzu bereitwillig getäuscht werden.«

»Nicht immer ist das Volk kritisch, gewiss, dennoch sind gefälschte Reliquien ein Risiko. Bedenkt auch, dass es nicht genügt, ein paar Knochen vom Gottesacker auszugraben – und selbst das wäre ja schon schwierig genug. Es müssen alte, echt verwitterte, aber noch recht hübsch anzusehende Knochen sein, während doch fast alle von uns nach dem Tod schnell zu staubigem Pulver zerfallen. Um das zu verhindern, bedarf es einer besonderen Form der Bestattung, die gewöhnlichen Menschen nur selten zuteilwird.«

Davide nickte nachdenklich. »Doch wer weiß, wie viele Reliquien echte Reliquien sind.«

»Oh, eine gute Frage. Ich bin mir jedenfalls sicher, dass ein Vorkommnis wie das plötzliche Auftauchen der Knochen unseres lieben Markus hundert Jahre nach dem Feuer heute auf deutlich mehr Skepsis stoßen würde als damals.«

»Was haben die Männer daraufhin gesagt?«

»Sie schienen mit der Auskunft zufrieden, ließen mir die zwanzig Dukaten da, und wie Ihr seht«, grinste der alte Mann, »ließen sie mich auch am Leben.«

»Waren es Italiener?«

»Ja, zweifellos. Wenngleich keine Venezianer und auch sicher nicht aus der Lombardei oder der Toskana. Nach Neapel oder Sizilien klangen sie auch nicht. Ich vermute, sie kamen aus dem Latium, vielleicht aus Rom selbst.«

»Aus Rom, sieh an. Und sonst könnt Ihr mir wirklich gar nichts sagen?«

»Vielleicht noch das eine: Dem einen, offenbar ihrem Anführer, ist einmal die Kapuze verrutscht. Er trug eine Verletzung oder vielleicht ein Muttermal mitten auf der Stirn.«

»Da seid Ihr sicher?«

Rusticello lächelte. »Ich bin alt und mein Augenlicht ist nicht mehr das beste, aber dieser Makel war nicht zu übersehen.«

Ein römischer Akzent und ein Muttermal auf der Stirn – handelte es sich tatsächlich um den Protonotar? Und was bezweckte er mit diesem Besuch? Dafür konnte es nur eine Erklärung geben: Er wollte sich für einen möglichen Diebstahl wichtiger Reliquien wappnen, um das Volk im Falle eines Verschwindens ihrer geliebten Heiligen zu beruhigen.

KAPITEL 24

Die Verschickung

Am nächsten Tag strömte ganz Venedig zum Markusplatz, es herrschte ein Geschiebe in den Gassen, wie es selbst für venezianische Verhältnisse beinahe unerträglich war. Auch Davide und Veronica waren aufgebrochen, hatten wohlweislich aber Veronicas Gondel gewählt, mit Bartolomeo, dem zähen, längst grau gewordenen Gondoliere am Heck, der schon viele Jahrzehnte für die Bellinis ruderte. Nur der Gondoliere am Bug war neu, zeigte sich aber geschickt im Manövrieren, denn auch die Wasserwege quollen nahezu über vor Booten, das Wasser war unter den vielen Planken völlig verschwunden. Doch im Gegensatz zu den Regatten ließ sich kein Venezianer die Laune verderben, denn heute war der Donnerstag des Spektakels, der letzte Donnerstag des *carnevale*, und wie immer sollte auf dem Markusplatz kräftig gefeiert, gezecht und gerauft werden.

Doch irgendwann, noch ein paar Hundert Fuß vom Markusplatz entfernt, ging es einfach nicht mehr weiter, weder zu Lande noch zu Wasser. Die Boote drängten sich so dicht aneinander, dass es zu einem völligen Stillstand kam. Erste Gondolieri prügelten sich miteinander.

»Wir werden zu Fuß gehen«, entschied Davide und stand auf.

»Zu Fuß?«, lächelte Veronica, doch sie hatte schon verstanden und erhob sich ebenfalls. Und schon balancierten sie von einer Gondel zur nächsten, sehr zur Verblüffung der übrigen Fahrgäste. Doch bald machten es ihnen alle nach, Gondel für Gondel erhoben sich die feinen Herren und Damen, die nahezu allesamt maskiert waren, und bewegten sich schwankend und kichernd trockenen Fußes in Richtung Ufer, bis sie die hölzernen Anleger des Markusplatzes erreicht hatten.

Und dort herrschte im Menschengeschiebe ein jahrmärktliches Inferno. Schwertschlucker und Jongleure zeigten ihr Können, Akrobaten gingen auf Händen. Buden und Stände verkauften Wein, Nüsse und Früchte, aber auch Gewürze, Stoffe, Kleidung, Masken und glitzernde Steine, die unmöglich echt sein konnten, obwohl so mancher angeschlagene Preis darauf hindeuten wollte. Taschendiebe feierten die schönste Zeit des Jahres, und einen von ihnen erwischte Davide mit der Hand unter seinem Tabarro. Er drehte ihm die diebische Extremität um, sodass der junge Bursche, keine zwölf Jahre alt, jammernd auf die Knie sank. Dann ließ er ihn los.

»Verschwinde«, knurrte Davide ihm zu, was der Junge auch sogleich tat. Jedenfalls ein paar Schritte, bevor er sich sein nächstes Opfer auserkoren hatte und von allen Seiten mit den kleinen, flinken Händen bearbeitete.

An jeder Ecke wurde hemmungslos herumgeturtelt und geküsst, wofür niemand die Maske abnahm. Denn wer wollte schon wissen, wer sich wirklich dahinter verbarg? Und ein paar Burschen hatten es bereits um diese Zeit mit dem Wein übertrieben und lagen bewusstlos unter der Markussäule, als hätten sie sich einen Baum zum Schlafen ausgesucht. Ein Bär am Nasenring tanzte unbeholfen zur Musik eines Geigers, Papageien machten einen Höllenlärm, Affen sprangen verschreckt auf und nieder, immer wieder von Vorbeigehenden gereizt, gekitzelt, gefüttert und angestachelt. Ein Knabenchor sang ein Spottlied auf die Osmanen, was für viel

Beifall sorgte. Ein cleverer Geschäftsmann trug ein großes Tablett mit hölzernen Bechern durch die Menge und offerierte dünnen Wein für kleines Geld. Die Interessierten mussten sofort zahlen, den Becher hinunterstürzen und wieder auf dem Tablett abstellen. Ein Fass mit Nachschub trug er in einem Tragegurt auf seinem Rücken. Ein paar Spaßvögel versuchten, den Wein direkt vom Fass zu zapfen, während der Mann mit dem Kassieren beschäftigt war.

Nur ein kleiner Teil des Platzes unter dem Campanile war abgesperrt, und die meisten wussten, was sie gleich erwartete. Alles strömte nun dorthin, als hätte es ein Signal oder ein Zeichen gegeben, was aber nicht der Fall war. Und dann blickten alle gespannt in die Höhe, und für einen Moment wurde es regelrecht still; man hörte nur den Wind, der durch die Planen der Verkaufsstände strich, und das Rascheln der Tabarros, die von Taschendieben abgetastet wurden. Und da kam auch schon das erste Schwein geflogen, begleitet vom schnell anschwellenden Gejohle der Menge. Es klatschte auf das Pflaster und verendete sofort. Die entzückten Zuschauer mussten nicht lange auf das zweite Schwein warten, das nur wenige Augenblicke später vom Glockenturm geworfen wurde. Diesmal war sein Quieken gut zu hören, bis es unten aufschlug. Ein drittes hatte nicht so viel Glück, es traf im Sturz den zerrissenen Kadaver des ersten und röchelte noch ein paar Sekunden, bis es verschied. Davide und Veronica entfernten sich zügig von diesem Schauspiel. An einem Stand aßen sie ein paar *crostoli* und *castagnole*, traditionell venezianisches, süßes Gebäck des Karnevals, und tranken dazu ein Glas Weißwein. Eine Wolke mit kühlem Nieselregen zog auf, den aber niemand bemerken wollte, und so verzog sich die Wolke bald wieder.

Auch an dem Süßwarenstand, der von einem Mann mit pechschwarzen Locken und seiner Frau mit Damenbart betrieben wurde – alle beide trugen natürlich Masken –, war an Ruhe kaum zu denken, denn direkt daneben befand sich ein Stand mit der *sfida al gatto*, und viele junge Burschen, die sich schon reichlich Mut angetrunken hatten, zog es dorthin, um die »Katze herauszufordern«. Einer rempelte versehentlich Davide an, der seinen Wein vergoss. Vor einer stabilen hölzernen Wand hing eine Katze herab. Ein Gurt war um ihren Leib gebunden, ihre Pfoten baumelten in der Luft. Noch wusste sie nicht, wie ihr geschehen würde, und blickte verstört um sich.

»Hier, ich, nehmt mich, ich will zuerst«, riefen die Burschen durcheinander, während die jungen Damen, die mit ihnen gekommen waren, aufgeregt kicherten. Erklärungen des Standbetreibers waren kaum nötig, Münzen wechselten den Besitzer, dann ging es los. Ziel des grausamen Spiels war es, die Katze zu töten. Aber nur mit dem Kopf, der wie ein Rammbock benutzt werden sollte. Und auch wenn die Katze am Ende den Kürzeren zog, wehrte sie sich zunächst verzweifelt und hinterließ auf den Schädeln der Burschen tiefe Kratzer. Jeder hatte drei Versuche, und wem der Todesstoß gelang, bekam das Doppelte des von ihm gezahlten Einsatzes zurück. Es war nicht so einfach, wie es aussah; zwar hing die Katze hilflos vor der Wand, war aber meist schnell genug, um dem Schädel auszuweichen, indem sie sich mit den Pfoten von dem heranstürmenden Kopf fortdrückte. Halbstarke, die zu wild anrannten und die Katze verfehlten, holten sich neben den Kratzern üble Platzwunden an der Wand, die sie aber wegen des vielen Weins kaum wahrnahmen.

Ein paar Buden weiter konnte man eine Flutwelle von menschlichem Fleisch betrachten: Es war der große Esser von Trento, der schon seit einigen Jahren seine Künste beim Karneval präsentierte. Der liebe Gott schien ihn nur erschaffen zu haben, um zu zeigen, wie weit sich die menschliche Haut dehnen ließ, ohne zu reißen. Der Schemel, auf dem er saß, wurde von dem herabhängenden Fett fast vollständig verdeckt. Kinder neckten ihn, Männer schüttelten lachend den Kopf, Frauen wandten sich entsetzt ab, ein paar junge Burschen boten ihm höhnisch Wein und Bier an, aber er blickte nur gutmütig mit seinen kleinen, vom Wangenfett zusammengeschobenen Augen in die Menge. Einmal schaffte er es, während einer einzigen Vorführung ein ganzes Schaf zu essen, ein anderes Mal verspeiste er dreißig Dutzend Tauben oder achtundvierzig Kaninchen. Und, so wurde erzählt, einmal habe er sechzig Pfund Kirschen und hinterher ein ganzes Schwein verputzt und dazu als Nachtisch noch fünfzehn Pfund Pflaumenpudding. Heute wettete er, er könne zwölf Brotlaibe verschlingen, die auf einem Tisch neben ihm lagen. Das war eine gewaltige Menge Teig, und alles zu verschlingen konnte einfach nicht möglich sein. Wider besseres Wissen setzten die Venezianer hohe Beträge darauf, dass der große Esser von Trento dieses Mal ganz sicher scheitern würde. Gerade als Davide und Veronica an den Stand traten, nahm sich der Mann unter viel Applaus, Anfeuerungs- und Schmährufen das erste Brot vor, kaute und mahlte stoisch vor sich hin.

Auch die Schweineorgel gleich neben dem Esser von Trento galt als große Sensation: Ein Franzose legte eine Anzahl Ferkel unterschiedlicher Größe in eine Reihe gefesselt nebeneinander, und wenn er eine Orgeltaste anschlug, wurde ein Schwein von kleinen Spitzen gestochen, sodass es quiekte. Das Ganze ergab eine so erstaunliche Harmonie, dass die Zuhörer aufs Höchste entzückt waren.

»Wird das hier von Jahr zu Jahr wilder, oder werden wir nur immer zimperlicher?«, fragte Veronica, die sich bei Davide untergehakt hatte.

»Wir werden vernünftiger. Sieh, der Seiltanz geht los, lass uns versuchen, näher heranzukommen.«

Der Höhepunkt des Tages war seit mehr als zwanzig Jahren der *Volo del Turco*, der »Türkenflug«: Von einem fest vertäuten Boot am Markusplatz spannte man ein straffes Seil bis zum Campanile, dem frei stehenden Glockenturm der Markuskirche. Auf diesem Seil nun balancierte ein Artist vom Boot aus empor, oben angelangt, bestieg er ein weiteres Seil, das vom Glockenturm zum Palazzo Ducale gespannt war, um dem Dogen seine Aufwartung zu machen, und kehrte dann auf dem gleichen Weg zum Boot zurück.

Davide konnte sich noch gut an das allererste Mal erinnern, als ein Türke – es handelte sich seitdem stets um einen Osmanen – dieses Kunststück vollführte. Er war noch ein kleiner Junge gewesen und hatte an der Hand seines Vaters damals zugeschaut, wie einem Menschen dieses unglaubliche, magische Kunststück gelang.

Mit der Zeit wurden die Kostümierungen der Künstler immer aufwendiger, und ob es der gleiche Bursche war oder nicht, war aus der Ferne kaum auszumachen. Es hieß, der Doge zahle dem Artisten fünfzig Golddukaten, was eine enorme Summe war, und angeblich herrschte viel Gedrängel um dieses Ehrenamt, trotz der Lebensgefahr, in die sich jeder Artist begab. Denn es gab ja so viel zu bedenken, die Straffheit des Seils von einem wackelnden Boot aus, das in der Tide hin und her schwankte; die Windstöße im Februar; der Regen.

Der Seiltänzer, der dieses Mal seine Fähigkeiten zeigen wollte, hatte sich weiße Flügel auf den Rücken geklebt und trug einen bunten Turban. Zudem war er barfuß. Ganz ohne Sicherung und nur mit einem langen Gleichgewichtsstab ausgestattet, bewegte er sich erkennbar langsamer als seine Vorgänger. Vielleicht lag es daran, dass im letzten Jahr ein

Unglück geschehen war, übrigens zum ersten Mal trotz der ungeheuer waghalsigen Natur dieses Aktes: Es war regnerisch und windig gewesen, und der Türke hatte auf dem Rückweg zum Boot auf dem glitschigen Seil das Gleichgewicht verloren. Der Sturz erfolgte zwar nur aus geringer Höhe, vielleicht zehn Fuß, doch er hatte sich ein Bein gebrochen.

Schon nach wenigen Schritten geriet das Seil ins Schwanken, die Menge schrie auf, der Türke hatte größte Mühe, sein Gleichgewicht zu halten. Wenige Schritte weiter das gleiche Spiel, das Seil schwankte, der Artist ruderte wie hilflos mit dem Stab hin und her, um in der Balance zu bleiben. Davide erkannte, dass er aus dem Akt eine komische Nummer machte. Er musste wirklich außergewöhnlich gut sein, um sich solcherart in Gefahr zu bringen. Und auch die Menge der Zuschauer bekam bald mit, dass hier einer absichtlich mit dem Scheitern spielte, und bei jedem Wackler brandete Applaus auf.

Doch bevor der gewandte Osmane noch den Glockenturm erreicht hatte, legte sich ein Arm auf Davides Schulter. Er drehte sich um und blickte in ein etwas müdes Gesicht mit braunen Augen.

»Der Kanzler will Euch sehen«, sagte der Mann.

»Calaspin?«, entgegnete Davide.

»Ebendieser.«

»Sogleich?«

»Sogleich.«

Veronica nickte ihm zu – er solle nur gehen. Sie traf just in diesem Moment Freunde und Freundinnen von Miguel, die sie in ihre Mitte nahmen.

So ging Davide mit dem Boten in Richtung der Prokuratien und sah nicht mehr, dass der Seiltänzer, als ihm nur noch wenige Fuß zum Glockenturm fehlten, den Stab in

Richtung des Ziels warf, sich von dem Seil abstieß und mit einem Salto auf der Brüstung landete. Der Applaus erschütterte die Mauern aller Gebäude des Markusplatzes.

»So lasst mal sehen.« Calaspin, wie so oft in einen schlichten schwarzen Tabarro ohne jegliche Insignien gekleidet, saß an seinem Schreibtisch im Sala delle Quattro Porte und wühlte in den Papieren. Hinter ihm knisterte das Kaminfeuer. »Padua, Innsbruck, Augsburg, Köln, Paris. Eine hübsche Rundreise.« Er blickte auf. »Viel Brauchbares habt Ihr nun aber nicht mitgebracht. Und irgendwelche verschwundenen Reliquien erst recht nicht.«

Am Tag nach seiner Ankunft hatte Davide dem Kanzler der Republik per Boten einen Reisebericht geschickt, über welchem er nun brütete. Davide hatte darauf spekuliert, dass ihm dieser Bericht einiges an Zeit kaufen würde, denn er hatte ihn sehr ausführlich gehalten. Aber der Kanzler war ein fleißiger Bediensteter der Seerepublik. Mit effektheischendem Stirnrunzeln schien er einige Zeilen mehrmals zu lesen oder auswendig lernen zu wollen.

»Hat es denn in meiner Abwesenheit Versuche gegeben, mit Euch oder dem Dogen selbst Kontakt aufzunehmen?«, fragte Davide in die unangenehme Stille hinein.

»Keine Kontakte, kein Lösegeld, kein Angebot, nichts. Venedigs Reliquien sind vom Angesicht der Erde verschwunden, und alle anderen wohl auch.« Calaspin rieb sich auf die typische Art mit beiden Händen das hagere Gesicht. »Und fragt mich nicht, wie lange ich den Raub des Heiligen Markus noch geheim halten kann. Getuschelt wird schon längst.«

»Was schlagt Ihr vor?«

»Die Frage ist nicht mehr, was ich vorzuschlagen gedenke. Der Doge hat mich und Euch um ein Gespräch gebeten.«

»Sogleich?«

»Sogleich.«

»Was meint Ihr, mein lieber Venier, Ihr seid doch ein Mann, der noch unter dem gemeinen Volk verkehrt. Gefällt den Leuten das Spektakel?«

»Mein Doge, Ihr habt Euch selbst übertroffen«, schmeichelte der Angesprochene. Vom Fenster des Palastes aus blickten der Doge, Calaspin und Davide auf die ausgelassene Menge. Bald würde sich der Doge mit den übrigen Würdenträgern auf die Loggia des Markusdoms begeben, um sich der Menge zu zeigen. Von hier oben war kein Pflasterstein zu sehen, so dicht schoben sich die Venezianer, dazu Besucher aus ganz Italien und auch viele Ausländer zu den Vergnügungen und Spektakeln. Wie Wellen schwappten sie von Schau zu Schau, sich stets auf jenen Punkt zubewegend, wo gerade am lautesten gejohlt und gerufen wurde.

Alvise Mocenigo, fünfundachtzigster Doge von Venedig, war in den letzten Monaten doch deutlich gealtert, und er schien von der Last seines Amtes im Allgemeinen und dem Raub der Knochen des Heiligen Markus im Speziellen hart getroffen zu sein. Sein gebückter Gang war beinahe der eines Buckligen geworden, und selbst seine kleinen, einst wachen Augen hatten einiges an Leben eingebüßt. Er trug seine repräsentative Kleidung, den *corno ducale*, die Kappe mit der hornartigen Spitze und dem kronenartigen Metallring, darunter die *cuffia*, eine Leinenmütze. Am purpurfarbenen Gewand blitzten die *campanoni d'oro*, übermäßig große, goldene Knöpfe. Nun wandte er sich vom Fenster ab und blickte Davide an.

»Venier, ich habe schon Kunde von Euren Nachforschungen erhalten«, begann er. »Der sprudlige Wein von Hautvillers ist ausgezeichnet, nicht wahr?«

Dieses Detail erstaunte Davide, hatte er doch dem Kanzler der Serenissima nichts von dem Zwischenstopp in Epernay berichtet. Doch es bewies wieder einmal, wie allgegenwärtig das Netz aus Spitzeln und Spionen war, die aus ganz Europa permanent Informationen heranschafften.

»Da habt Ihr recht, ein vortrefflicher Wein«, antwortete er beiläufig.

»Ich hätte nichts dagegen, wenn Ihr mir davon ein paar Kisten mitgebracht hättet«, lächelte der Doge. »Wenn Ihr schon ohne die Knochen unseres Markus zurückgekehrt seid.«

»Mein Doge, Ihr könnt versichert sein, dass ich nichts unversucht gelassen habe, doch die Räuber waren schneller als wir und hinterließen keinerlei Spuren.«

Der Doge seufzte, schlurfte mit kleinen, schwachen Schritten wieder zum Fenster und blickte auf das Treiben auf dem Markusplatz. »Ich will ganz sicher nicht als jener Doge in die Geschichte eingehen, dem die Gebeine unseres Stadtheiligen unter dem Hintern weggestohlen wurden.«

»Das werdet Ihr nicht«, versprach Davide.

Der Doge wandte seinen Blick vom Karneval ab und blickte erst Calaspin, dann Davide an. »Ich habe betrübliche Nachrichten für Euch.«

»Was meint Ihr?«

»In unserer Not müssen wir Animositäten überwinden. Ich schicke Euch zum Papst.«

»Zum Papst?«, reagierte auch Calaspin erschrocken.

»Ich habe bereits einen Boten nach Rom geschickt, der den Papst auf Veniers Ankunft vorbereitet. Wir Christen müssen nun zusammenstehen.«

»Aber was erwartet Ihr Euch von dieser Mission?«, hakte Calaspin nach, der mit diesem Manöver ganz und gar nicht einverstanden schien.

Der Doge lächelte.»Ich bin ein alter Trottel und trage eine unbequeme Mütze auf dem Kopf, mit der mich niemand mehr ernst nimmt. Ich habe weniger zu sagen als vor meiner Wahl, als ich noch ein mächtiger Geschäftsmann mit vielen Beziehungen war. Aber eines scheint mir doch ersichtlich. Wer in dieser Weise Reliquien stiehlt, der wird früher oder später in Rom auftauchen, der Hauptstadt der Christenheit – und der Hauptstadt der Reliquien.«

»Ja, so etwas ist mir auch schon in den Sinn gekommen«, stimmte Davide zu. »Es hat mich gewundert, dass uns von dort noch keine Kunde erreichte.«

»Nicht wahr?« Der Doge nickte seinem Kanzler zu: »Ihr habt einen hellen Kopf ausgegraben, eine Seltenheit in dieser Stadt.« Und zu Davide gewandt: »Wir schicken Euch auch nach Rom, weil uns von dort noch kein einziger Reliquiendiebstahl gemeldet wurde. Und das ist höchst kurios. Denn entweder will dort jemand seiner Heimat etwas Gutes tun – und damit wäre der Dieb auch in Rom zu finden, oder ...« Alvise Mocenigo zögerte.

»Er hebt sich diese Diebstähle für den Schluss auf, als großes Finale«, ergänzte Davide.

Der Doge klatschte in die Hände. »Genauso denke ich auch. Schließlich gibt es keine frommere Stadt, und die Reliquien sind besser bewacht als in Köln oder Paris. So oder so scheint mir der Schlüssel dieser merkwürdigen Vorkommnisse in Rom zu liegen. Macht Euch also für die Reise bereit und lasst Euch bei dem guten Grattardi ausstatten. Rom ist ein teures Pflaster, und Ihr sollt unsere Serenissima ja nicht arm aussehen lassen.«

»Sogleich?«, seufzte Davide.

»Nun«, rieb sich der Doge das Kinn, »ich weiß wohl von dem *cena* bei dem Herrn Bellini am heutigen Abend, welches Ihr ungern verpassen wolltet. Ich weiß auch, dass Winde und Gezeiten am heutigen Abend nicht günstig stehen. Mir reicht es, wenn Ihr morgen zur Mittagsstunde aufbrecht, denn dann legt eine Karavelle mit Ziel Pescara ab. Sie wurde von meinem Sohn für einen Gewürztransport gemietet und ist ein schnelles Schiff. Dort bekommt Ihr eine Passage. Unser Kanzler wird alles für Euch arrangieren.«

KAPITEL 25

Das Cena

Der ganze *piano nobile* stand in Flammen. Der herrschaftliche Saal des Bellini-Palastes nicht weit vom Markusplatz war mit einer Armee von Kerzen bestückt, den guten Wachskerzen natürlich, nicht den stinkenden, krummen Kerzen aus Rindertalg. Die Wachskerzen verbreiteten nicht nur warmes, honiggelbes Licht, sondern sorgten auch für eine wohlige Wärme, war es doch an diesem Februarabend empfindlich kühl und feucht geworden. Eine U-förmige Tafel mit langen, weißen Leinendecken und allerlei Silberware dominierte den Raum, in welchem sich die Gäste langsam einfanden. Auf den Tellern lagen Platzkarten in verschnörkelter Schreibschrift, und beim Suchen der Plätze wurde gescherzt und gekichert. Zwei Witzbolde tauschten Karten aus, um näher beieinander zu sitzen oder vielleicht auch einen besseren Blick auf bestimmte Damen zu haben, die ebenfalls eingeladen waren. Frauen saßen nämlich ganz gemischt mit am Tisch, in Italien normalerweise ein handfester Skandal, sofern es sich nicht um Königinnen handelte. Und Königinnen waren es wahrlich nicht, die bei den Bellinis eingeladen waren, denn manche der hohen Herren hatten ihre Ehefrauen mitgebracht, manche aber auch ihre Geliebten. Und Riccardo Bellini, der Feuerschopf, der mit seinem dicken roten Haar von überall gut zu sehen war, nicht nur, weil er sich zum Kopf der Tafel begab, hatte wie selbstverständlich seinen Geliebten neben sich platziert.

»Im Krieg und im Karneval ist alles erlaubt«, kommentierte Davide diese Ungeheuerlichkeit, die ihm selbst doch sehr zupasskam, denn Bellinis Frau Veronica durfte den Abend in der Nähe Davides verbringen, wenn auch nicht unmittelbar neben ihm, sondern etwas weiter an einem der Schenkel der Tafel, flankiert von ihrer Freundin Bibiana, der Tochter eines portugiesischen Vizeadmirals und einer Venezianerin aus bester Familie. Bedienstete halfen beim Platznehmen, trugen Wein in Glaskaraffen auf, rückten geschäftig das Geschirr und das Besteck zurecht. Sie alle waren, ein besonderer Gag des Gastgebers, als Pestärzte verkleidet, mit Dreispitz und langer Vogelnase, was das Bedienen allerdings kompliziert machte, stießen ihre Schnäbel doch immer wieder gegen die Gäste.

All diese Pracht war, wie Davide von Veronica und auch von einigen Informanten wusste, auf Pump bezahlt worden. Denn Riccardo Bellini hatte derzeit gravierende finanzielle Probleme. Bei einem großen Silbergeschäft mit einem der Fugger-Betriebe hatte er sich verhoben, und eines seiner Transportschiffe war bei der Überfahrt von Istanbul nach Venedig ganz einfach verschwunden. Solange der Verbleib nicht geklärt war, weigerte sich die Versicherung, für den Verlust aufzukommen. Die Gläubiger, die an dem Geschäft beteiligt waren, witterten wiederum einen dreisten Diebstahl von Bellini oder seinen Kompagnons und drohten mit Konsequenzen, finanziell und physisch. Als Davide über die finanziellen Kalamitäten des Gastgebers nachdachte, umfasste er unwillkürlich das Säckchen mit Dukaten in seiner Tasche, das ihm Schatzkanzler Grattardi kurz zuvor höchst widerwillig überlassen hatte.

Doch heute sollte das alles für Bellini vergessen sein. Zumindest ging es Riccardo darum, diesen Anschein zu wahren. Denn über wen Gerüchte der Zahlungsunfähigkeit kursierten, der war es bald auch. Banken würden keine Kredite mehr gewähren, Geschäftsleute keinen Handel auf Handschlag mehr abschließen, Gläubiger sofort ihr Geld zurückfordern. Diesen Ruf durfte sich im monetär geprägten Venedig kein ehrbarer Kaufmann leisten. Und daher wurden die Feste oft umso prächtiger, je schlechter es um die Gastgeber bestellt war.

Doch nicht nur für Riccardo Bellini, den Mann, den man mit seinem Rotschopf in jeder Menschenmenge, selbst im Karneval, sofort als Ersten sah, markierte dieses Abendessen einen möglicherweise entscheidenden Wendepunkt. Auch für Davide war es der erste Schritt zurück ins gesellschaftliche Leben. Natürlich, er war im Gefängnis gewesen, er hatte seine Besitztümer verloren, sein Ruf war ruiniert. Aber die *nobili* wussten immer noch, wer er war. Und viel wichtiger: Sie wussten, dass er irgendwie aus den *pozzi* freigekommen war, dass er irgendwo wieder Unterschlupf gefunden hatte, dass er irgendwie mit dem Kanzler und mit dem Dogen gutstand, dass er vielleicht sogar ein paar ungeheuerliche Arbeiten für die höchsten der hohen Herren erledigte, dass auch Veronica nach wie vor zu ihm hielt – all das machte ihn im fragilen, undurchschaubaren Machtgefüge der Lagunenstadt schon wieder zu einer äußerst interessanten Person. Dass er sich, der früher so freundlich und leutselig auftrat, neuerdings ganz unnahbar gerierte (was der finsteren Verschwörung gegen ihn geschuldet war), machte ihn umso faszinierender.

Und schon hatte sich um Davide eine Schar von Kaufleuten gebildet, die mit ihm über das Wetter und den Karneval redeten, doch eigentlich viel lieber wissen wollten, wie es ihm im Gefängnis ergangen war, wie er sich aus der misslichen Lage befreit hatte und was genau er eigentlich immer in den Prokuratien oder im Dogenpalast zu tun hatte. Doch einstweilen drehten sich die Gespräche um den großartigen Türken auf dem Seil und die derzeit unverschämt hohen Preise für Gewürze, die aufgrund der Scharmützel mit den Osmanen an den Außengrenzen immer spärlicher und mit immer heftigeren Preisforderungen in Venedig ankamen.

Miguel de Cervantes und Tintoretto waren ebenfalls eingeladen. Miguel unterhielt sich angeregt mit Bibiana, während Tintoretto, der zuvor zwei Porträts reicher Kaufleute in gewohnter Geschwindigkeit beendet hatte, sich eine Karaffe Wein hatte reichen lassen. Schließlich nahm man an der Tafel Platz, deren Gedeck beinahe schmerzlich glänzte. An dem vielen Silber hatten die Bediensteten sich bestimmt die Finger wund gerieben.

Die Diener trugen ohne Unterlass Vorspeisen auf, Sardellen mit roten Zwiebeln, Tintenfische mit Polenta, Thunfischtatar, Jakobsmuscheln mit Mehl und Pfeffer, *caparossoli in cassopipa*, frittierte Artischocken, Schwertfisch mit Pistazien, Burrata-Käse mit Pinienkernen, geröstete Mandeln und Kalbssehnen mit Knoblauch. Tintoretto stürzte einen Wein nach dem anderen hinunter, doch die Effekte des alkoholischen Getränks schienen an ihm abzuperlen; er trank es wie Wasser. Andere Gäste hingegen, die von den Dienern zum munteren Zechen aufgefordert wurden, begannen allmählich zu lallen, was ihre Diskurse aber umso schwunghafter machte.

»Der Karneval wird von Jahr zu Jahr ordinärer, scheint mir«, befand gerade ein junger Kaufmann.

»Oh, es war schon einmal schlimmer«, antwortete ein Älterer, der ihm gegenüber saß. »Wenn Ihr bedenkt, dass man noch vor wenigen Jahren maskiert in die Kirchen gehen durfte …«

»Tatsächlich?«

»Oh ja, es musste per Dekret verboten werden, denn man

machte sich einen regelrechten Spaß daraus, an den geweihten Orten gewisse Dinge zu tun ...«, erklärte der Ältere.

»*Multas inhonestates*, meint Ihr wohl?«, fragte Miguel keck dazwischen.

»Das ist richtig. Der ältere Gast nickte mit einem maliziösen Gesichtsausdruck. »Ein unschönes Spiel mit den armen Nonnen, auch wenn ich gestehe, dass ich selbst daran in jungen Jahren teilnahm, und ich meine doch, dass dieser *carnevale* der einen oder anderen Schwester nicht ungelegen kam.«

Es wurden weitere Anzüglichkeiten ausgetauscht, und jeder hatte eine hübsche Geschichte parat, etwa über die neue Kriegstaktik der Herzöge von Ferrara, die ihre Söldner damit motivierten, dass sie Nonnen ausziehen, mit Honig einschmieren und mit Federn schmücken ließen und zu Pferde durch die Reihen der johlenden Soldaten trieben. Oder über die ehelichen Gewohnheiten Ferdinands von Habsburg, der jeden Freitag mit seiner Frau schlief, aber nur unter strenger ärztlicher Aufsicht. Oder über den englischen König Heinrich der Siebte, der seinen zukünftigen Schwiegertöchtern die Röcke hob, um sich mit eigenen Augen davon zu überzeugen, dass sein Sohn eine Jungfrau heiratete.

Nach den Vorspeisen kamen tiefe Teller mit *pasta e fasioi* auf den Tisch, kurze Nudeln mit einem pikanten Ragout aus weißen Bohnen. Nachschub an Wein wurde immer schneller aufgetragen, gerade zur Hälfte geleerte Karaffen verschwanden. Die Dienerschaft vergnügte sich hinter den Kulissen mit den Resten. Unterdessen wurde weiter darüber diskutiert, wann der Karneval nun schlimmer und ungezügelter war, damals oder heutigentags.

»Bedenkt«, sagte der Gastgeber, »auch die Huren konnten sich einst unter den Schutz der Maske begeben und ihrem

Beruf überall nachgehen, wenngleich der Große Rat das doch streng verboten hat.«

»Und so gibt es längst auch für Huren das Verbot, eine Maske zu tragen«, winkte ein anderer ab. »Doch wie will man das kontrollieren?«

»Oh, das ist ganz einfach«, rief ein Lüstling, »man fasst ihnen einfach beherzt in den Schritt, und wer eine Ohrfeige kassiert, der weiß, dass es sich um eine ehrbare Dame handelt. Und wer ein Lächeln geschenkt bekommt, der weiß, dass er sich auf Lohnverhandlungen einlassen muss.«

»Oh, seid Euch da nicht sicher«, lachte ein anderer, »ich kenne da einige ehrbare Damen, die auf eine solche Prüfung ebenfalls mit einem Lächeln reagieren würden.«

Als Hauptspeise gab es Leber mit Zwiebeln, dazu klebrigen Rotwein. Die Bediener wankten bereits erkennbar, ihre Vogelmasken waren verrutscht, beim Auftragen landete so mancher Teller zu heftig auf dem Tisch, was längst niemanden mehr störte.

Unvermeidlicherweise ging es nun um die Politik, denn der große Krieg gegen die Osmanen würde nicht mehr lange auf sich warten lassen. Man diskutierte darüber, ob der Fontego dei Turchi, das Handelshaus der Türken am Canal Grande, zu schließen sei. Von dort wurden tatsächlich immer wieder Spione auf Missionen geschickt, doch ein Stopp des Handels würde sich doch spürbar auf den Tellern niederschlagen. Woher sollte man denn dann all die feinen Gewürze bekommen?

»Ja, die Zeiten werden wirklich immer zügelloser«, ließ sich nun ein sehr alter Mann mit verschrumpeltem Gesicht vernehmen, der sich aber außergewöhnlich gerade in seinem Stuhl hielt und wohl auch recht groß zu sein schien. Er blickte Miguel de Cervantes herausfordernd an. »Und zu meiner Zeit hätte es an einer venezianischen Tafel nicht einmal im Karneval Spanier gegeben.« Die Art, wie er seine Stimme am Ende des Satzes hob, deutete darauf hin, dass er auf Disput aus war; die um ihn Sitzenden kannten diese Eigenschaft offenbar gut und redeten beruhigend auf ihn ein. »Es sind doch unsere Verbündeten, und er ist ein tapferer Soldat, ein enger Freund der Familie.« Ein Diener schenkte Wein nach, doch der runzlige Mann schob das Glas mit einer ärgerlichen Geste fort; etwas Wein schwappte auf die blütenweiße Tischdecke.

»Wolltet ihr Spanier nicht schon einmal die Dokumente klauen?«, rief er nun und blickte Miguel de Cervantes direkt an. »War es nicht so? Baupläne aus dem Arsenale?«

Der Angesprochene zuckte amüsiert die Achseln. »Das waren keine Spanier, sondern Katalanen. Merkwürdige Burschen aus Barcelona, die nicht einmal unsere Sprache sprechen.«

»Ihr Iberer seid doch alle gleich«, regte sich der alte Mann weiter auf. Er war aus irgendeinem Grund wild entschlossen, in Rage zu geraten. Vielleicht war das ganz einfach seine Vorstellung von Vergnügen. Und er legte umgehend nach. »Bald kommen wohl auch noch die Türken! Darf denn hier schon jeder dahergelaufene Ausländer bei uns Platz nehmen?«

»Für das *dahergelaufen* entschuldigt Ihr Euch auf der Stelle!«, fuhr nun Tintoretto zornig auf.

»Kein Problem«, winkte Miguel ab. »Hergeflogen bin ich ja nun wirklich nicht.«

Die Lacher brachten den alten Mann noch stärker in Rage. Roberto Bellini, der den eskalierenden Streit mitbekam, rief zwei Diener heran, die bei seinen Anweisungen erkennbar zusammenzuckten und dann zögerlich auf den älteren Herrn zugingen. Dieser erwartete sie bereits mit grimmiger Miene, vielleicht handelte es sich ja um ein jährlich wiederkehrendes Ritual. Sehr leise redeten die Diener auf den Gast ein; sie flüsterten ihm diskret ins Ohr, wobei die langen Nasen aus Pappmaché ihm in die Wange stießen. Der alte Mann verkündete lautstark, dass er keineswegs die Absicht habe, die Tafel zu verlassen.

Nun stand ein junger Mann auf, schmal und groß gewachsen, erkennbar der Sohn des Unruhestifters. »Ich lasse es nicht zu, dass man meinen Vater wie einen Hund fortjagen will!«, rief er. Dabei allerdings warf er einen Weinkrug um, dessen Inhalt seinem Gegenüber in den Schoß schwappte. Dieser, ein gemütlich aussehender Kaufmann, reagierte halb im Spaß, halb im Ernst solcherart, dass er seinerseits dem Sohn einen Schwall Wein aus seinem Glas ins Gesicht schleuderte. Etwas davon traf auch den Vater. Beide nahmen das nicht einmal halb spaßig auf, sodass sich der Alte auf seine klapprigen Beine erhob und mit der Faust in der Luft herumfuchtelte. Sein Sohn hingegen ließ eine ganz andere Taktik folgen. Er sprang auf die Tafel und kroch auf allen vieren, allerlei Geschirr und Gläser zertrümmernd, auf den Platz des Kaufmanns zu, und als er dort angelangt war – die Tafel maß wohl an die zehn Fuß in der Breite –, teilte er dürre Faustschläge aus, ähnlich einem Hund, der energisch Pfötchen geben will. Bald war eine hübsche Rangelei im Gange, viele der Gäste kannten den Anlass gar nicht, aber die Idee mit dem fliegenden Wein inspirierte alle aufs Schönste, und bald standen die Gäste knöcheltief im Alkohol und schubsten einander umher. Richtig blutig wurde es nie, der Wein schwächte die Faustschläge ab, und viele machten auch eher aus Spaß bei der Rauferei mit. Die Musikanten spielten weiter, bekamen aber auch eine ordentliche Ration des durch die Luft wirbelnden Weins ab.

Irgendwann fiel jemandem ein, dass der Streit sich ja eigentlich an Miguel entzündet hatte, jenem spanischen Gast, welcher bis dahin in aller Ruhe sein Essen genossen und dem Wein zugesprochen hatte.

»Spanier, nun sagt schon, seid Ihr ein Spion?«, fragte ein stark angeheiterter Mann und wankte auf ihn zu. Ein kräftiger Zweiter kam ebenfalls näher. Beide waren über und über besudelt, stanken wie ein leckes Weinfass und hatten vermutlich auch ihr Inneres ordentlich mit dem Getränk ausgekleidet. Sie waren eindeutig auf Ärger aus. Miguel trank einen Schluck Wein, stand dann ganz gemächlich auf und nahm mit der rechten Hand einen silbernen Salzstreuer vom Tisch, den er mit bizarr geschwungener Geste vor den Gesichtern der beiden kreisen ließ. Die Raufbolde blickten ebenso verwirrt wie verwundert auf den Salzstreuer, denn nun näherte sich Miguels linke Hand, welche das Gewinde aufschraubte und ihnen präsentierte. Es war ein merkwürdiges Ballett, das alle in ihren Bann zog. Dann ging alles ganz schnell, Miguel wirbelte das Fass in Richtung der Unruhestifter herum, das Salz daraus schoss ihnen in die Augen, und zwei gezielte Schläge später saßen sie auf ihrem Hosenboden.

Nun geriet alles außer Rand und Band. Aus dem angenehm distinguierten Fest bei den Bellinis wurde eine wüste Rauferei, bei der jeder auf jeden einschlug, wobei ausgeführte Schläge und erlittene Treffer durch das gnädige Daunenkissen des Rausches abgemildert wurden. Davide war noch nüchtern genug, Veronica bei den Händen zu fassen und mit ihr in eines der Schlafgemächer zu flüchten. Und dort widmeten sie sich der Liebe, nicht dem Krieg, welcher noch lange andauern sollte.

KAPITEL 26

Im Ghetto

Graues, kaltes Licht: Der Sonnenaufgang konnte einfach nicht mehr leisten, um sieben Uhr morgens im Februar. Die Stadt lag ganz still da, nur die Schläge der beiden Ruderer waren zu hören, und das Wasser ihrer Bugwelle und der Ruderblätter, das die vertäuten Boote in ein gemütliches Schaukeln versetzte.

Es war vermutlich die einzige ruhige Stunde des Karnevals, der die Stadt Tag wie Nacht befeuerte, umso heftiger, je näher das Ende rückte. Und der *Mercoledì delle Ceneri*, der Aschermittwoch, war nur noch vier Nächte entfernt. Doch nun, an diesem kühlen, diesigen Morgen, war die Festmusik verklungen, und auch die wildesten Feiern hatten ein Ende gefunden. Venedig schnarchte. Der Rausch würde sich bald als Kater in den gepeinigten Köpfen der Feiernden austoben, und so mancher sollte bald nicht in seinem Bett aufwachen, sondern an den merkwürdigsten Orten – im besten Fall in einem anderen Bett, im schlechtesten Fall ausgeraubt und blutend in einer Gasse oder gar im Gefängnis. Und auch die Schläge der Ruderer waren nicht so geschmeidig wie sonst, bemerkte Davide; sicher hatten auch sie in einer der Tavernen von Cannaregio wie toll gefeiert. Gut, dass sie es nicht weit hatten, denn das Ziel Davides war das Ghetto. Am Haupttor stieg er aus, die Gondolieri warteten.

Selbst die Soldaten, die den Eingang des Ghettos bewachten, schienen nicht ganz auf der Höhe und stützten sich müde auf ihre Lanzen. Den Passierschein beachteten sie gar nicht, sondern winkten Davide, den sie ohnehin von häufigeren Besuchen im Ghetto kannten, lustlos durch.

Auch hier war alles ruhig. Die Juden durften offiziell nicht am Karneval teilnehmen, feierten aber zumeist eigene kleine Feste. Viel anderes blieb ihnen ja auch kaum übrig, denn das öffentliche und merkantile Leben der Stadt war zurzeit ohnehin zum Erliegen gekommen.

Davide schlenderte über den Campo an den ungewöhnlich hohen Häusern vorbei zu Eppsteins Wohnung, die zugleich als Laboratorium diente. Der vor den Judenverfolgungen in Deutschland geflüchtete Arzt lebte inmitten seiner chaotischen Büchersammlung auf zwei Stockwerken direkt am Campo. Diese Bibliothek enthielt auch ketzerische alchemistische und medizinische Werke. Damit war Eppstein sogar den Gelehrten Venedigs voraus. Kanzler Calaspin hatte sich mit dem typisch venezianischen Pragmatismus das Können des klugen Kopfes zu eigen gemacht, und so stand Eppstein nicht nur als Mediziner in Diensten Venedigs, sondern war gewissermaßen der oberste Experte der Stadt auf vielen Gebieten.

Davide klopfte einige Male an, doch als niemand antwortete, trat er ein. »*Permesso?*«, rief er in den Hausflur, von dem zwei Türen abgingen und eine Wendeltreppe wie in einer Burg nach oben führte. Durch eine der Türen betrat Davide Eppsteins Arbeitszimmer.

»Ah, Venier, willkommen, tretet näher«, erklang eine etwas abwesende Stimme in dem großen Raum. Eppstein beugte sich an seinem Pult über eine große Karte und blickte nicht auf. Ein paar Kerzen gaben gerade ausreichend Licht, denn durch das Fenster drang zu dieser Stunde wenig Hilfe herein.

Davide schaute ihm über die Schulter. »Was fasziniert

Euch so, dass Ihr nicht einmal das Klopfen in der Stille des Morgens hört?«

»Seht, eine Karte, die aus Deutschland stammt. Über die ganze bekannte Welt. Sie ist mir erst gestern Nacht gebracht worden. Ist sie nicht wunderschön?«

Davide betrachtete die Karte eingehend. *Nova et aucta orbis terrae descriptio ad usum navigantium* stand darüber. Er sah eine Karte der Erde, die Asien, Afrika und die beiden Amerikas einschloss. Sehr hübsch war sie, mit feiner Feder gezeichnet, doch Eppsteins Begeisterung erschloss sich Davide nicht so recht.

»Haben wir in den Prokuratien nicht schönere, buntere Weltkarten?«

Der Gelehrte mit einer Abdeckung über dem linken Auge lächelte. »Ihr werdet angesichts Eurer Seekrankheit ja nie ein großer Navigator werden, und das ist auch gut so, denn davon hat Venedig genügend.«

»Auch auf dem Landweg will unsere Stadt verteidigt werden.«

»Wohl gesprochen. Nun, dieser Nürnberger namens Gerhard Krämer hatte eine ausgezeichnete Idee.« Wenn Eppstein deutsche Namen aussprach, erkannte man ganz deutlich, dass das Deutsche seine Muttersprache war.

»Er hat eine gelungene Landkarte gemalt, soweit ich es sehe.«

»Und er hat noch ein bisschen mehr gemacht«, lächelte der Arzt und fuhr sich nachdenklich durch sein dichtes, graues Haar. Wie sollte er die Genialität dieser Karte nur jemandem erklären, der sich mit der Mathematik nicht auskannte?

»Ihr habt doch sicher schon einmal eine Apfelsine geschält?«, wandte sich Eppstein nun mit dem lädierten Gesicht dem Besucher zu.

»Ihr werdet staunen: Das habe ich«, entgegnete Davide.

Und dann stutzte er, als er die neue Augenklappe Eppsteins wahrnahm. »Oh, habt Ihr eine neue Binde?«

»Ja, ich habe Blau gewählt, passend zu meiner Augenfarbe. Pardon, Augefarbe. Eine sehr teure Färbung ist das, mit Indigo, dem Farbstoff aus einer indischen Pflanze. Aber zurück zu unserer Frucht. Wie Ihr sicher wisst, ist die Erdkugel einer Apfelsine nicht unähnlich.«

»Das weiß ich, und doch ist es schwer zu glauben, dass niemand am unteren Ende runterpurzelt.«

»Purzelt eine Fliege von einer Apfelsine, wenn sie an deren Unterseite sitzt? Die Erde ist so gewaltig, dass sie für uns Menschen nicht wie eine Kugel wirkt, und wir dürfen vermuten, dass es weder am Himmelsgewölbe noch auf dem Erdapfel – oder der Erdapfelsine – ein Oben oder ein Unten gibt.«

»Ich mag das glauben, aber erklärt es einmal den Marktweibern, dass die Erde eine Kugel sei. Selbst wenn sie genügend Fliegen auf ihrem Obst gesehen haben.«

»Und doch reicht es, mit ihnen zum nächsten Strand zu gehen, um es ihnen zu beweisen.«

»Zum Strand?«

»Ja, denn der einfachste Seemann erfährt die Kugelform, wenngleich er sie sich nicht erklären kann. Täglich erleben die Seeleute, dass von heranfahrenden Schiffen zuerst die Mastspitzen, dann die Segel und erst dann die Rümpfe sichtbar werden. Weil das Schiff auf einer Krümmung herangesegelt kommt.«

»Aber wollte nicht Kolumbus …«, wandte David ein.

»Vergesst diesen Genueser«, winkte Eppstein ab. »Er hatte keinerlei Befürchtung, von der Scheibe herunterzufallen, und es trieb ihn erst recht keine Intention um, die Kugelform der Erde zu beweisen. Er wollte nur einen Seeweg nach Indien auf der Westroute finden, um seinen spanischen Auftraggebern den lukrativen Gewürzhandel zu sichern und den Venezianern eins auszuwischen. Dass ihm dabei ein neuer Kontinent voller Gold in den Weg kam, war reines Glück.«

»Aber was ist denn nun mit dieser Weltkarte?«

»Der Gerhard Krämer, der sich lieber der Herr Mercator nennt, hat einen vorzüglichen Weg gefunden, die Form einer Apfelsinenschale auf eine flache Leinwand zu bannen – und zwar so, dass man recht genau weiß, wie weit es von einem Punkt zum anderen ist.«

Nun verstand Davide. »Von jedem Punkt? Das ist wirklich formidabel.«

»Ja, die Welt wird gewissermaßen erschließbar. Und auch die längsten Fahrten werden bis auf die Meile berechenbar, was jedem Kaufmann gefallen dürfte, und jedem Admiral erst recht.«

»Aber wie hat er das gemacht?«

»Oh, mit einer komplizierten Formel der Projektion, mit der Ihr Euch nicht herumschlagen solltet. Ganz klar ist sie mir auch noch nicht, aber der Kanzler hat mich gebeten, sie schnellstmöglich zu entschlüsseln, um solche Karten auch für uns Venezianer zu produzieren.«

Noch einmal blickte Davide auf die Karte, umrundete mit dem Zeigefinger die Gestade des Mittelmeers. Dann fiel sein Blick auf einen kleinen kuriosen Gegenstand, der neben der Karte auf dem Schreibtisch stand.

»Was ist mit diesem Zifferblatt und den Zeigern? Ist das wirklich eine Uhr oder nur ein Spielzeug?«

»Nein, es ist tatsächlich eine Uhr, welche die Zeit recht verlässlich anzeigt. Man nennt sie Dosenuhr.«

Davide nahm sie in die Hand. Sie war nicht viel größer als ein Spielwürfel.

»Sie funktioniert ebenso gut wie die große Uhr am Uhrenturm vom Markusplatz«, sagte Eppstein und nahm das Kleinod Davide vorsichtig ab.

»Aber wie kann so ein kleines Ding funktionieren?«

»Seht es einmal so: Früher gab es nur tonnenschwere, zwanzig Fuß lange Kanonen, heute gibt es Pistolen, eine halbe Elle lang und nicht schwerer als eine Unze. So ist es auch mit den Uhren. Feinere Antriebe, die nicht die Patrone, sondern die Zeiger vorantreiben. Aber Ihr wollt nicht tatsächlich wissen, wie der komplizierte Federmechanismus dahinter funktioniert, oder?«

Davide rieb sich das Kinn. Er entdeckte die doppelläufige Pistole, die ihm schon einmal gute Dienste geleistet hatte. Eppstein hatte sie nach Davides letzter Mission zurückbekommen, um ihren raffinierten Mechanismus genauer zu studieren. Der Tüftler dachte darüber nach, mehrläufige Pistolen zu entwickeln, kam aber zu dem Schluss, dass es wohl besser wäre, einen Mechanismus zu entwickeln, der die Kugeln durch denselben Lauf schicken würde, denn je mehr Läufe eine Pistole hatte, desto schwerer und unhandlicher wurde sie. Die Lösung dieses Dilemmas wäre, die Kugeln nacheinander in denselben Lauf zu befördern, doch wie das gehen könnte, war noch eine vertrackte Knobelei.

»Diese wird wohl für meine Reise nach Rom nützlicher sein als die genaue Uhrzeit«, griff Davide nach der Pistole.

»Ja, nehmt sie nur. Sie ist gereinigt und wieder einsatzbereit. Ich gebe Euch aber noch etwas Besseres mit.« Eppstein holte einen kleinen Beutel hervor, der hellblaues Pulver enthielt.

»Was ist das?« Davide roch daran, doch der Stoff war geruchlos.

»Das Pulver nennt sich Kupfersulfat und lässt sich ganz einfach extrapolieren. Man braucht nur …«

»Schon gut, schon gut, aber was hat es damit auf sich?«

»Es ist ein ganz besonderes Salz, das als verlässliches *Emetikum* fungiert.«

Davide verzog das Gesicht. »Ein Brechmittel?«

»Ja, wenn man es so grob ausdrücken will.«

»Warum gebt Ihr mir so etwas mit?«

»Wisst Ihr, wie viele Päpste und Kardinäle schon vergiftet worden sind? Es ist die beliebteste Mordart in Rom, es scheint eine Stadt voller Giftmischer zu sein. Mit Messern wie zu Cäsars Zeiten hantiert dort keiner mehr.«

»Und, was ratet Ihr mir?«

»Ganz einfach. Wenn Ihr Euch nach einem Abendessen schlecht fühlt, dann schluckt sofort dieses Pulver, denn sicher ist sicher. Es wird Euch so gründlich reinigen, dass Ihr das Gefühl haben werdet, Eure Eingeweide hängen nach außen wie ein umgestülptes Beinkleid.«

»Ihr macht mir richtig Lust auf die Reise.«

»Immerhin: Wenn Ihr mit dem Papst tafelt, dann dürft Ihr Euch meistenteils an vorzüglichen Genüssen erfreuen, denn man lässt es sich, wie man hört, an nichts fehlen.«

»Da ist das bisschen Gift zu vernachlässigen, meint Ihr?«

»Das ist das Damoklesschwert Eures Berufes. Aber Kupfersulfat ist mehr als nur ein Emetikum. Wenn Ihr es mit dem Schießpulver Eurer Pistole mischt, entsteht eine ordentliche Explosion. Wer weiß, ob Euch dies einmal nützlich werden kann.«

Doch Davide hatte kaum zugehört und sich neugierig der Stirnseite des Raumes genähert, wo vor einem der Bücherregale mehrere Musketen und Arkebusen aufgereiht standen.

»*Ma guarda!* Ihr wollt doch wohl nicht selbst in den Krieg ziehen?« Davide hob eine der schweren Musketen empor, die ihm fast bis zu den Schultern reichte.

Eppstein lächelte. »Ihr seht hier die Juwelen der europäischen Waffenschmiedekunst. Aus England, aus Spanien, aus Sachsen, aus Frankreich und aus Italien. In den nächsten Tagen werden wir in der Lagune ein paar Schießübungen veranstalten, um zu entscheiden, welche der Waffen am zuverlässigsten und für den Krieg am geeignetsten ist. Mit fähigeren Schützen, als ich es einer bin. Zu schade, dass Ihr nicht dabei sein könnt.«

»Ja, das wäre ein Vergnügen, und das Zielen beherrsche ich tatsächlich gut. Doch es wird wohl wie immer diejenige Waffe im Wettbewerb gewinnen, deren Anbieter dem Dogen zuvor die meisten Dukaten hat zukommen lassen, nicht wahr?«

»Habt keine Sorge, dieses Mal ist die Lage viel zu ernst. Die Osmanen wollen Zypern angreifen, wie uns mitgeteilt wurde. Und wenn das passiert, dann wird es zum großen Krieg mit ihnen kommen. Ich habe daher ein Verfahren entwickelt, das mehrere Kriterien berücksichtigt und so unweigerlich die beste Waffe auswählt.«

KAPITEL 27

Rom

D avide schiffte sich auf der »Santa Lucia« ein, einer gewaltigen, dreimastigen Karavelle mit hoch aufragendem Achterkastell, die unweit des Markusplatzes am Pier lag und gerade beladen wurde. Eine Passage zur See war im Winter schneller als die mühsame Überquerung des verschneiten Apennin, dessen Straßen längst nicht so gut ausgebaut waren wie jene, die über die Alpen führten. Fluchende Seemänner schleppten Kiste um Kiste empor, die von anderen fluchenden Seemännern in Empfang genommen und unter Deck verstaut wurden. Sorgenvoll betrachtete der Spion des Dogen den Himmel, der sich zuzog, und auch die ersten weißen Wellenkronen auf dem *bacino* deuteten auf eine unruhige Reise hin. Es war nicht leicht, ausgerechnet jetzt diesen schwankenden Boden zu betreten, da im Hintergrund schon wieder die Feststimmung des Karnevals allmählich anschwoll. Auch das Schiff schwankte bedenklich und knarrte in den Tauen, die es in seiner Position hielten. Selbst die Pasarella schlingerte unter Davides Schritten, doch dann war er endlich an Bord.

Man wies ihm eine kleine Kammer am Kabelgatt am Bug zu, welche er für die nächsten drei Tage nicht verlassen sollte, denn das Wetter entwickelte sich in eine furchtbare Richtung. Ein Wintersturm mit bitterkalten Böen aus Ost hatte das Schiff in seiner Gewalt, jede einzelne Planke wollte sich aus dem Rumpf losreißen. Immer wieder kam die Karavelle mit den hohen Aufbauten in bedrohliche Schräglage, und der eine oder andere Brecher rollte über das Deck und verzog sich nur widerwillig durch die Speigatten. In einer Nacht zog auch noch ein Gewitter auf, und das flackernde Leuchten und das anschwellende Heulen waren von dämonischen Ausmaßen. Der Einzige, der keinen geschützten Hafen anlaufen wollte, war der Kapitän, ein lederner, noch recht junger Bursche mit blondem Bart. Immerhin ging es auch ohne gesetzte Segel dank des Ostwindes flott voran, wenngleich die Fahrt auf der nachlaufenden See dem Ritt auf einem ungezähmten, aufgestachelten Pferd glich. Das Gute an Davides Seekrankheit war jedoch, dass er keinerlei Angst verspürte. Während die Besatzung schimpfte und betete, war Davide auf seinem spartanischen Strohlager ganz mit sich selbst und seinem rumorenden Inneren beschäftigt.

Und als die Karavelle endlich am Nachmittag des dritten Tages in Pescara angekommen war und der Sturm sich wie zum Hohn just beim Anlegemanöver legte, dankten die Matrosen dem lieben Gott, und selbst die rauesten Gesellen unter ihnen waren noch beim Ausladen ganz blass um die Nase. Davide dagegen war praktisch mit dem ersten Schritt auf festem Boden wieder ganz und gar gesund, selbst seine Gesichtsfarbe war wieder von dem sommerlich-dunklen Ton, und er verspürte einen ordentlichen Hunger.

Er schaute sich den Wachtturm beim Pier an, der hier jede Meile einen Zwilling hatte, und der Erste, der ein Piratenschiff entdeckte, gab dem nächsten mit der Kanone ein Signal, so ging es geschwind weiter, und die Piratenwarnung lief in einer Stunde vom Süden Italiens bis nach Venedig.

Nachdem Davide dem Kapitän sein Passagegeld gegeben hatte, ließ er sich in einem nahen Gasthof einen gebratenen Fisch schmecken, bevor er zwei Pferde mietete und gen Westen aufbrach, auf dem gut ausgebauten Weg in die *Caput*

Mundi. Bald schloss er sich einigen Reitern des Herzogs von Pescara an, trinkfreudigen Gesellen, die dem Papst eine Bittschrift überbringen sollten. Die Reise ging munter voran, und nur zwei Tage später sahen sie Rom vor sich liegen.

Das Gelände vor der Hauptstadt der Christenheit wirkte schroff, der Boden war nackt und offenbar unbestellbar. Plötzliche Steigungen und tiefe Schründe machten vor allem den Fuhrwerken zu schaffen. Rund um die Stadt herrschte zudem eine verblüffende Ödnis; auf Meilen war kein Haus zu sehen.

Besonders amüsant waren die Koberer, die, je weiter sie sich Rom näherten, umso dreister auf die Reisenden einwirkten. Gut gekleidete Boten sprachen sie an und suchten sie zu überzeugen, in diesem oder jenem Gasthof einzukehren; oft kam sogar der Wirt selbst herbeigeritten. Es gab nichts, was sie nicht offerierten, sogar *ragazze e ragazzi.* Die Wirte boten den Reisenden auch einen berittenen Führer an, der sie zum Gasthaus begleitete und wenn nötig, einen Teil des Gepäcks abnahm, obwohl es amtliche Verordnungen gegen diese Art der Geschäftstätigkeit gab, die allerdings keiner beachtete. Davide und seine Begleiter aber waren erfahrene Reisende, die sich einen Spaß daraus machten, die Boten gegeneinander auszuspielen und immer niedrigere Preise aufrufen zu lassen. Denn diese Burschen würden ohnehin ihren Schnitt machen; die Abmachungen waren nie hieb- und stichfest. Am Ende musste man für Holz, Licht, Bettwäsche oder Heu extra bezahlen, und protestierte man dagegen, erwiderte der Wirt, das sei ja nicht ausdrücklich im Preis inbegriffen gewesen.

Am Stadttor wurde trotz seiner Empfehlungsschreiben

Davides Gepäck genauestens untersucht; die Zöllner waren, wie ihm seine Begleiter erklärten, vor allem auf der Suche nach ketzerischen oder ausländischen Schriften, für deren Besitz empfindliche Strafen drohten. Auch pflegten sie Bücher ganz generell zu konfiszieren, um sich davon zu überzeugen, dass sie keine ungesetzlichen oder aufrührerischen Texte enthielten. Das aber würde so lange dauern, dass es besser sei, alle Schriften gleich herzuschenken.

Überall war der Hinweis *Ricordati della bolletta!* – Denk an den Gesundheitsschein! angeschlagen. In Genua war kürzlich die Pest ausgebrochen, und man hatte Angst vor Ansteckung. Jeder Reisende musste sich daher bescheinigen lassen, dass er nicht aus Genua gekommen war.

Davide reiste mit leichtem Gepäck; Hasan würde auf dem Landweg nachkommen und alles Notwendige mitbringen. Wenn das Wetter hielt, sollte er noch vor dem Ende der kommenden Woche eintreffen. Derweil mietete Davide gegenüber der Kirche Santa Maria della Tinta bei einem Franzosen eine hübsche Wohnung, die aus drei Zimmern, Essraum, Speisekammer, Küche und Stall bestand. Er rechnete damit, länger in Rom bleiben zu müssen, und hatte gehört, dass die Hotels der Stadt meist von minderer Qualität waren. »Wenn Ihr Wertsachen dabeihabt, deponiert sie lieber bei einer Bank«, riet ihm der Franzose, »denn hier wird viel eingebrochen.«

Was für eine Stadt! Rom bestand eigentlich nur aus Ruinen, Villen und Gärten. Es schien eine Stadt ohne typische städtische Merkmale zu sein, es gab keine zentrale Geschäftsstraße und kaum Läden, sondern nur winzige Märkte und wenige Tavernen. Hier war man entweder Adliger oder Bediensteter, residierte entweder in prächtigen, von Parks umgebenen Anwesen oder in Gesinderäumen und Ställen. Die Römerinnen traten hoheitsvoll auf, und die Pracht ihrer Gewänder übertraf sogar die der Pariserinnen; die römischen Kleider waren reich mit Perlen und Edelsteinen bestickt. Die Männer dagegen zeigten sich von ähnlicher Schlichtheit wie die Venezianer, sie trugen Florentiner Serge.

Rom schien nur aus Vergnügungen zu bestehen. Davide wohnte gleich am ersten Tag einem Wettrennen bei, bei welchem man kleine Kinder auf Pferde, Esel und Büffel setzte, die die Tiere mit Peitschen antrieben. Der Sieger erhielt einen Preis, den die Römer *palio* nannten, ein Fähnchen aus Samt.

Davide machte am selben Tag auch Bekanntschaft mit den *confraternite*, von denen es hier Hunderte geben musste. Jede Bruderschaft hatte eine eigene Farbe, mit der sich die Mitglieder kleideten, ein schlichtes Leinentuch, weiß, rot, blau, grün oder schwarz. Nur wenige zeigten ihr Gesicht offen. Sie zogen ununterbrochen singend durch die Straßen und priesen den Herrn auf vielerlei Weise, mal auf Italienisch, mal im römischen Dialekt, mal auf Latein. Auch Flagellanten sah Davide, von denen er schon viel gehört hatte. Es mussten zwei- oder dreihundert sein, mit grausam zerschundenen Körpern. Es waren echte Wunden und keineswegs billige Theatertricks, wie oft vermutet wurde. Sie verzogen keine Miene, schritten selbstsicher und mit festem Schritt dahin und bluteten dabei fürchterlich; ihr Blut hinterließ eine regelrechte Spur im Schmutz der Straße. Es waren auch ganz junge Knaben von vielleicht zwölf oder dreizehn Jahren darunter. Die Umstehenden reichten ihnen Wein, den sie jedoch nicht tranken, sondern auf ihre Wunden kippten. Manche reinigten damit auch ihre Stricke, die wegen des vielen Blutes verfilzten und zusammenklebten. Gerade zog ein besonders hübscher junger Mann vorbei, und eine Frau neben Davide jammerte über seine Wunden, doch der antwortete lachend im Dialekt: »*Basta piangere, dite che fo questo pe li tui peccati, non per li miei!*« – »Hör auf zu weinen, ich tue dies doch für deine Sünden, nicht für meine!« Die Stimmung bei den Flagellanten war überraschend fröhlich und gelassen, man scherzte, während die Haut am Rücken in Fetzen herunterhing; dies alles war kaum zu glauben.

Wie jeden Samstag zogen die Büßer auf den Petersdom zu. Ihre Schuhe verrieten, dass sie dem untersten Stand angehörten, denn das Geschäft verlief folgendermaßen: Edelleute und andere reiche Römer zahlten ihnen gutes Geld, damit sie sich stellvertretend für die Sünden der oberen Gesellschaft geißelten; dafür erhielten sowohl die Reichen als auch die Armen Ablass und den päpstlichen Segen.

Das Nebeneinander von imperialer Pracht und Chaos in Rom war einmalig: Paläste neben Ruinen, Parks neben Wildnis, Häuser neben Holzhütten, Triumphbögen neben Ställen, Kaisergräber neben Abfallbergen, Mosaiken neben Aborten. Es gab keinerlei Struktur in dieser Stadt, keine Mitte, kein Zentrum, und sie war gerade deswegen so außergewöhnlich faszinierend.

Davide schätzte den Brauch, spät zu essen. In den guten Häusern nahm man das Mittagsmahl nie vor zwei Uhr ein, Abendessen gab es um neun. Theatervorstellungen begannen erst um sechs und dauerten beim Fackelschein zwei bis drei Stunden. In dem Gasthaus »La Picciona«, das man ihm für den ersten Abend empfohlen hatte, hatte man einen großen Käfig im Speisesaal aufgestellt. Kreuz und quer durch den Käfig waren Hängestege aus Messing installiert, auf denen die Vögel herumspazieren konnten, was sie aber sein ließen und lieber an ihrer Lieblingsstelle posierten. Vor dem Essen wusch man sich die Hände. Die Gäste bekamen Silberschalen neben die Teller gestellt. Am Rande der Schalen stand jeweils ein Salzfass, daneben lag eine gefaltete Serviette, auf der sich Brot, Messer, Gabel und Löffel befanden, darüber war wieder eine Serviette gebreitet. Der Truchsess ging mit Platten herum und gab jedem Gast Fleisch und Beilagen auf den Teller. Auch die Getränke wurden in einem bestimmten Zeremoniell dargeboten. Man reichte dem Gast ein Silbertablett, auf dem ein Glas Wein und eine Karaffe Wasser standen. Mit der Rechten ergriff der Gast das Glas, mit der Linken goss er aus der Karaffe so viel Wasser in den Wein, wie er es wünschte, und stellte die Karaffe wieder auf das Tablett. Am Ende der Mahlzeit wurde ein Gebet gesprochen.

Davide hörte die Neuigkeit, dass der Ordensgeneral der Franziskaner ganz plötzlich seines Amtes enthoben und sogar eingesperrt worden war, weil er in einer Predigt, welcher der Papst und seine Kardinäle beiwohnten, Prunksucht und Müßiggang der Prälaten scharf gegeißelt hatte. Sein Ton mochte etwas herb gewesen sein, und die Reaktion der Kurie hatte nicht lange auf sich warten lassen.

Am nächsten Morgen, einem Sonntag, begab Davide sich zu den Gottesdiensten, die in allen Kirchen früh begannen, und bis in den Abend wurden Messen und Zeremonien abgehalten.

Zunächst betrat er die Basilica di San Giovanni in Laterano, denn dort sollten, wie an jedem Sonntag, die Häupter der Heiligen Petrus und Paulus ausgestellt werden. Sie thronten auf etwa zehn Fuß hohen Ziborien hinter einem mächtigen eisernen Gitter. Waren die Köpfe tatsächlich echt? Niemand wusste es, doch die Menge blickte ergriffen, als eine Glocke geläutet und der Vorhang für ein paar Minuten beiseitegeschoben wurde. Davide konnte beide Häupter recht gut sehen: Das Antlitz des Petrus war schmal und länglich, von gesunder rosa Farbe und mit einem geteilten grauen Bart. Paulus dagegen hatte fülligere Züge von recht dunkler Färbung und ebenfalls einen grauen Bart. Beide Gesichter schimmerten wächsern. Davide sah sich die Präsentation zweimal an. Ohne Leitern war es unmöglich, an die Häupter dort oben heranzukommen. Dabei entdeckte er eine Inschrift, die das sündhafte Leben des Papstes Sylvester des Zweiten in allen Details schilderte. Angeblich war er mit dem Teufel im Bunde gewesen und sollte Schwarze Magie betrieben haben, und als er in der Neujahrsnacht vor der ersten Jahrtausendwende die Messe las, hätte seine Stimme versagt, aus Angst vor dem Jüngsten Gericht und der Fahrt in die Hölle, die ihn erwartete.

Ein Kardinal, der auf einem steinernen Stuhl nicht weit vom Portal saß, erteilte den Gläubigen den Absolutionssegen, ganz ohne Beichte und in einer ungewöhnlichen Form: Er gab jedem Vorbeiziehenden mit einer Gerte einen leichten Schlag auf den Kopf, auch den Damen. Davide beobachtete, dass er den männlichen Gläubigen zunickte, den Damen aber zulächelte, und das Lächeln fiel umso herzlicher aus, je hübscher und edler die Dame war.

Anschließend begab sich Davide in die Peterskirche, wo der Papst die Messe las, erst auf Latein und dann auf Griechisch. Davide war als Kind schon einmal mit seinem Vater in Rom gewesen, daher überraschten ihn die Dimensionen nicht so sehr, wie es Menschen ergriff, die zum ersten Mal diese Kirche betraten. Neu war, dass im Eingangsbereich als Trophäen jene Fahnen aufgehängt waren, die Heinrich der Dritte einst den Hugenotten abgenommen hatte, und bei der Gregorianischen Kapelle hingen viele Votivtafeln, während vor der Sixtinischen Kapelle Fresken bedeutender Schlachten angebracht waren.

Hier nun wurde nach der Messe das Schweißtuch der Veronika gezeigt, auf dem das Antlitz Christi zu sehen war. Sie hatte ihm auf dem Weg zur Kreuzigungsstätte Golgatha das Tuch gereicht, damit er sich Blut und Schweiß abwischen konnte, und auf wundersame Weise hatten sich seine Gesichtszüge darin verewigt. Das Tuch, welches in einen goldenen Rahmen eingespannt und von einer Glasplatte geschützt war, wurde von drei Priestern hereingetragen, die es auf eine Tribüne stellten und zeremoniell enthüllten. Die Gläubigen gerieten beim Anblick des Tuches in heftigste Wallung oder regelrechte Ekstase, sie weinten und schrien und jammerten. Eine *spiritata*, eine Besessene, kreischte wie ein Kind und verrenkte ihre Glieder. Die Priester auf der Tribüne drehten das Schweißtuch, auf dem letztlich nicht viel mehr zu erkennen war als ein matter Fleck, mal hierhin und mal dorthin, damit alle es einmal sehen konnten. Immer mehr Gläubige drängten nach vorn und fielen vor dem Tuch auf die Knie. Bald schien ganz Rom in der Kirche versammelt zu sein, und die ungeheure Wirkung, die dieses Tuch auf die Gläubigen ausübte, erstaunte Davide sehr. Die Reliquien waren fürwahr mehr als nur anbetungswürdige Gegenstände. Sie schienen die Menschen von einem Augenblick auf den nächsten verändern zu können.

Dann wurde das Schweißtuch von der Tribüne entfernt und von den Priestern in den hinteren Teil der Kirche getragen. Davide versuchte, ihnen nachzugehen, doch die Menschen standen so dicht gedrängt, dass er der kleinen Prozession nicht zu folgen vermochte. Derweil teilte der Papst die Kommunion aus. Der Weinkelch hatte zum Schutz vor Gift einen Deckel, aus dem drei goldene Trinkröhrchen ragten. Merkwürdig war, dass der Papst, die Kardinäle und die sonstigen Prälaten während der ganzen Messe sitzen blieben und munter miteinander plauderten, sogar scherzten und lachten. Es ging hier wohl weniger um die Andacht und mehr um das Zurschaustellen der eigenen Wichtigkeit.

Als die Messe beendet war, schleuderte der Papst eine brennende Kerze in die Menge, und einer der Kardinäle warf eine weitere hinterher. Um die Kerzen entwickelte sich eine wütende Rangelei mit Fäusten und Stöcken, denn jeder wollte ein Stück davon haben.

Am Montagmorgen wurde Davide durch allerlei Geschrei und Gejohle wach. Rasch kleidete er sich an und trat neugierig vor die Tür. Eine feierliche Prozession zog am Haus vorbei, der er sich anschloss. Man führte den Räuberhauptmann Bartolomeo Vallante, genannt Catena, zur Richtstätte. Er hatte seit Jahren ganz Italien terrorisiert und sollte mehr als fünfzig Menschen getötet haben. Es hieß, einmal habe er zwei gefangenen Kapuzinermönchen das Leben versprochen, sofern sie Gott leugneten. Sie taten es, doch dann massakrierte er sie dennoch. Vor dem Ochsenkarren, in dem der Delinquent saß, wurde ein schwarz verhangenes Kruzifix hergetragen, hinter dem Wagen gingen schwarz vermummte Männer, Edelleute einer Bruderschaft, die nach der Hinrichtung des Verurteilten seinen Leichnam zu Grabe tragen würden. Mit ihm im Wagen saßen zwei Mönche, die ihm beständig ein Bild Gottes vor das Gesicht hielten, auf dass er es küssen möge, was er aber nicht tat.

Der Galgen bestand aus zwei Pfosten und einem Querbalken, und man hielt ihm das Bild so lange vors Gesicht, bis man ihm den Boden unter den Füßen wegzog. Erst jetzt im Tod sah die Menge auch sein Gesicht. Er war etwa dreißig

Jahre alt und baumelte ohne verzerrte Mimik am Galgen. Als er sich nicht mehr rührte, wurde er geviertelt. Es war ein wundersames Entsetzen, das die Menge dabei packte. Das Erhängen des Lebenden machte ihnen offenbar wenig aus, aber das Zerteilen der Leiche mit dem Schwert ließ sie jammervoll aufschreien. Unterdessen kletterten Jesuiten und andere Prediger auf gerade erreichbare Erhöhungen und mahnten die Römer, sich das Ende dieses Mannes nur ja eine Lehre sein zu lassen.

Noch eine weitere Hinrichtung stand auf dem Programm; es traf zwei Brüder, die den Sekretär des Gouverneurs Jacopo Buoncompagno getötet hatten, einen Sohn des Papstes. Sie waren Diener des Sekretärs gewesen, und man folterte sie zunächst mit glühenden Zangen, dann hackte man ihnen die Hände ab. Auf die Wunden steckte man frisch geschlachtete Kapaune. Nun ging es zum Schafott vor dem Galgen, wo man sie nicht etwa köpfte, sondern mit einer schweren Holzkeule niederschlug und gleich danach erdrosselte. Die Umstehenden erklärten Davide, diese Strafe sei römische Sitte, und es werde bei schweren Verbrechen öfter so verfahren. Andere meinten, man habe die Sühne dem Verbrechen angeglichen, denn die beiden hätten ihren Herrn, den armen Jacopo, genau so ermordet.

Nachmittags begab sich Davide in den Vatikan zur Audienz beim Papst. Zwar würde er als Gesandter Venedigs auch noch die Möglichkeit eines Privatgesprächs mit dem Pontifex bekommen, aber eine formelle Audienz zuvor war unerlässlich. Ein Kämmerer schärfte Davide ein, wie er sich zu verhalten habe. Wenn der Papst wollte, dass ein Besucher zu ihm kam, zog er an einer Klingelschnur, die in seiner Reich-

weite hing; ein Kämmerer eilte los und führte den Betreffen-
den ins Audienzzimmer. Der Papst saß in einer Ecke des
Raumes, neben ihm stand ein Kardinal, der als Zeremonien-
meister fungierte und den Papst informierte, wer da gerade
auf ihn zukam. All das wirkte auf Davide mehr als merkwürdig, doch er hielt sich genau an das Zeremoniell, als er an die
Reihe kam. Nach zwei Schritten in den Raum beugte Davide
ein Knie und wartete auf die Segnung des Papstes. Dann erhob er sich und ging zur Mitte des Raumes, aber nicht auf
geradem Weg, sondern erst an der Wand entlang und dann
die Mitte betretend. Dort kniete er abermals auf einem Knie
nieder und empfing den zweiten Segen. Danach stand er auf,
ging drei Schritte vor und kniete erneut nieder, diesmal mit
beiden Beinen, am Rande eines Teppichs, der zu Füßen des
Papstes lag. Der Kardinal schlug das weiße Gewand des
Papstes zurück, und Davide küsste den roten Pantoffel mit
dem weißen Kreuz. Dann rückte er, immer noch kniend, zur
Seite, um dem nächsten, einem französischen Gesandten,
Platz zu machen.

»Erweist Euch als tüchtig im Gebet und als getreuer Sohn
der Kirche«, gab der Papst Davide mit auf den Weg. Was
dieser zu beherzigen gedachte. Jedenfalls oft. Oder zumindest manchmal.

Der Protonotar gab am Dienstagabend ein Essen, zu dem
auch Davide durch einen Kurier eine Einladung erhalten
hatte. Seine Villa war von erstaunlichen Ausmaßen und der
eines Königs würdig. Zuerst führten Fackelträger den Gast
in der einsetzenden Dämmerung in den Park, wo sich Davide einer Gruppe florentinischer Würdenträger anschloss,
die eine Uhr bewunderten, deren Zeiger durch sich bewe-

gendes Wasser angetrieben wurde, das als Gewicht fungierte. Es gab zwei überdachte Aquarien zu bestaunen, in denen es von Fischen wimmelte. Dazwischen hatte man eine kleine Brücke errichtet, an der eine Reihe nahezu unsichtbarer Düsen angebracht war. Sie wurden aus der Ferne von einem Gärtner betätigt, und die Gruppe bekam einen Stoß feinster Wasserstrahlen ab. Juchzend suchten sie ihr Heil in der Flucht, doch es nützte nichts, sie wurden pudelnass, als hätten sie einen Starkregen durchquert. Am Ende der Brücke war ein hübscher Spruch zu lesen: *Quaesisti nugas – nugis gaudeto repertis*, Du suchtest Spaß – nun genieß ihn auch.

Sie kamen an hohen Quaderpfeilern vorbei, aus denen Wasser zu einem Becken hin schoss. Der Baumeister hatte die Pfeiler so angeordnet, dass die Fontänen in der Luft zusammentrafen und einen stetigen feinen Niederschlag bildeten. Wenn die Sonne schien, berichtete einer der Florentiner, ergaben sich bezaubernde Farbenspiele, die noch stärker leuchteten als jeder Regenbogen am Himmel.

Auf dem Weg zum Hauptgebäude spendeten Laubengänge Schatten; die Gärtner des Protonotars hatten dafür die duftenden Zweige von Orangen-, Zitronen- und Olivenbäumen so kunstvoll miteinander verflochten, dass man auch bei Regen trockenen Fußes lustwandeln konnte. Die Gäste kamen an zwei Bronzestatuen vorbei, die wohl zwanzig Fuß hoch waren. Zwei kämpfende Männer hielten einander umklammert, und aus dem einen, im Würgegriff des anderen, schoss eine Fontäne wohl weitere zwanzig Fuß in die Höhe.

Eine Besonderheit war die Wasserorgel, deren Töne durch Wasser erzeugt wurden, das in eine gewölbte Trommel gedrückt wurde und die Luft dort zum Entweichen durch die Orgelpfeifen zwang. Sie spielte stetig die gleiche Musik, ohne Unterlass, einen angenehmen wohlklingenden Tanz.

Der Palast war weitläufig angelegt und hatte eine ganze Reihe Flügel. Die Besucher durchschritten erst drei größere Räume, ehe sie den Hauptsaal erreichten. Im dritten der Vorräume stand die äußerst natürlich wirkende Plastik eines Tieres von seltsamem Äußeren; es hatte den Körperbau eines Hundes, aber Schuppen und Hörner und den Kopf eines Drachen wie in den alten chinesischen Zeichnungen, und einen dornenbewehrten Schwanz. Solche Geschöpfe, versicherte einer der Florentiner, sollten hier rund um Rom tatsächlich vorkommen, erst vor wenigen Monaten habe man ein Exemplar in einer Höhle gefunden, und die römischen Gelehrten vermuteten, dass es möglicherweise auch Feuer spucken könne.

»Ah, mein lieber Venezianer«, begrüßte die breite Gestalt des Protonotars Davide und deutete eine Verbeugung an. Es schien, als konnte er sich nicht an Davides Namen erinnern.

»Sehr erfreut, Euch wieder zu begegnen, und habt Dank für die Einladung.«

»Was machen Eure Nachforschungen, die verschwundenen Reliquien betreffend?«, fragte Costantino della Valle neugierig.

»Wir verfolgen ein paar interessante Spuren«, bluffte Davide.

»So? Können wir also bald damit rechnen, die Heiligtümer wieder auf geweihtem Boden begrüßen zu dürfen?«

»Ich bin recht optimistisch.«

»Doch sagt, was führt Euch nach Rom? Hier ist alles an Ort und Stelle, wie Ihr sicher bereits bemerkt habt.«

»Eben das wundert mich«, erwiderte Davide. »Die Diebe haben in jeder christlichen Metropole zugeschlagen, nur nicht in Rom. Ist das nicht merkwürdig?«

»Ein interessanter Gedanke. Also meint Ihr, ein Diebstahl könnte auch hier bevorstehen?«

»Das denke ich, ja. Ihr tut gut daran, vor den wichtigsten Reliquien Wachen aufzustellen.«

Der Protonotar lächelte. »Bei der Vielzahl der Kirchen und der Vielzahl der zu bewachenden Heiligen bräuchte es wohl eine ganze Armee.«

Davide lächelte ebenfalls. »Da habt Ihr gewiss recht. Ein wenig Glück braucht es sicher auch, um die Diebe zu erwischen. Aber wir sollten nichts unversucht lassen.«

»Immerhin haben wir Glück: Bedenkt, dass nun, zu Beginn der Fastenzeit, die Kirchen voller sind als sonst, bei Tag und sogar in der Nacht.«

Die Gäste nahmen Platz, und auch hier wurden Silberschalen aufgedeckt, in denen sich Messer, Gabel, Löffel und ein Salzfass befanden. Das Besteck legte man sich selbst zurecht, dann ging es zum Buffet in einen Nachbarsaal. Dort gab es in Butter und Zucker geröstetes Brot, Käse der Region, Huhn und Kalb in Zitronen- oder Honigsauce sowie Lebkuchen. Insgesamt war das für einen so wichtigen Mann ein eher frugales Diner, für das sich jeder Venezianer selbst einer niederen Kaufmannsgilde geschämt hätte, doch Davide sah schnell, warum: Der Protonotar war trotz seiner insgesamt kräftigen Gestalt ein schlechter Esser, ja, es schien ihm beinahe Qualen zu bereiten. Lustlos, regelrecht mürrisch stocherte er in seinen Portionen herum; dabei hatte er sich noch nicht einmal zu erheben brauchen, denn dem Gastgeber brachten die Diener alles Gewünschte. Immerhin war der Wein bemerkenswert. Man verbesserte hier den eher schwachbrüstigen Wein, indem man ihn durch Sieden entwässerte; man erhitzte ihn, bis sich das Volumen um die Hälfte reduzierte.

Davide betrachtete den mäkelig essenden Protonotar. Sein robuster Körper war demnach so substanzlos aufgedunsen wie sein Ego. Mit einem Mal erhob sich der Protonotar von der Tafel, um, wie er offen aussprach, seine Notdurft zu verrichten. Diese Bekundung schien in Rom selbst unter Kirchenfürsten nichts Anstößiges zu sein. Mindestens ebenso verwunderlich aber war, dass der Mann, der bislang schweigend neben ihm gesessen hatte, sich ebenfalls erhob. Er war eher noch ein Knabe mit dunklen Augen und wenig Bartwuchs und schien der Kleidung nach ein Hausdiener zu sein. Der junge Mann holte ein Buch aus einer Tasche seines Rockes hervor, schlug eine Seite auf und las daraus vor, während er dem Protonotar folgte.

Die Gäste erklärten Davide, was es damit auf sich hatte: Costantino beschäftigte tatsächlich einen Vorleser, der ihm beim Ankleiden, beim Frühstück, zur Nacht und eben sogar bei der Notdurft Bücher und Dokumente vortrug, denn er wollte keine wertvolle Lebenszeit vergeuden.

Am Ende des Mahls sprachen die Anwesenden ein Dankgebet, und die Tafel wurde aufgehoben. Davide war froh, früh wieder daheim zu sein, denn den folgenden Tag wollte er bei klarem Verstand verbringen.

Bei der Privataudienz, die ihm am nächsten Tag gewährt wurde, konnte Davide Papst Pius den Fünften nun ganz aus der Nähe betrachten; er hatte ein weiches, aufgedunsenes Gesicht, welches nur der jahrelange, fortgesetzte Genuss schweren Rotweins hervorzubringen vermochte. Dieses fröhlich-rosige Gesicht saß auf einem ausgemergelten Körper, und dieser wiederum lag auf einer Ottomane, um welche herum drei Mediziner versammelt waren und allerlei ungut aussehendes Werkzeug auf einem daneben stehenden Tisch ausbreiteten.

Zunächst aber reichte man dem Papst ein Medikament,

dessen Grundstoff, wie die Ärzte erzählten, aus den Tiroler Bergen kam, in einem winzigen Waffelhörnchen, das auf einem Silberlöffel lag, den man mit einigen Tropfen Honig beträufelt hatte. Anschließend erhielt er zwei Bröckchen des Davide wohlbekannten venezianischen Terpentinbalsams, der gegen Nierenschmerzen und Gries im Harn half.

»Ach«, protestierte der Papst schwach, »dieses Medikament macht doch nur, dass mein Urin nach Veilchen riecht.«

»Oh nein«, ließ sich einer der Ärzte vernehmen. »Es macht Euer Blut flüssig und lässt es umso munterer sprudeln.«

Demnach stand ein *salasso* an, ein Aderlass, der für den Papst so selbstverständlich war wie eine Rasur, und es machte ihm offenbar nichts aus, seine Gäste während dieser Prozedur zu empfangen. Davide trat näher an den Tisch, darauf lag eine Fliete, ein fürchterliches Aderlass-Messer, sowie eine zylindrische Apparatur, die er noch nie zuvor gesehen hatte und die einer Drehorgel im Miniaturformat ähnelte. Einer der Ärzte nahm sie hoch und erklärte sie ihm.

»Dies nennt sich *Schröpfschnepper*. Die Klingen ritzen kurz das Fleisch an und verschwinden dann wieder im Inneren des Apparats. Alles geht mittels einer Feder so schnell, dass der Patient kaum etwas merkt.«

»Und es ist viel besser als das *flebotomum*, das doch etwas grob wirkt«, ergänzte der zweite Arzt.

Der älteste der Mediziner, offenbar der Kopf der Gruppe, widersprach. »Mag sein, dass es meine Lebensjahre sind, aber ich bin ein Freund der Fliete, kann ich sie doch genau in die Ader treiben.«

»Aber Ihr müsst zugeben, dass mit dem Schröpfschnepper das Bluten andauernder erfolgt.«

»Ja, Ihr habt recht«, nickte der ältere Arzt lächelnd, er schien stolz auf den Eifer seiner beiden jüngeren Kollegen zu sein.

»Eine interessante Apparatur«, befand Davide. »Unser Arzt in Venedig allerdings behandelt nie mit Aderlass.«

»Dann ist er ein rechter Scharlatan, wie mir scheint!«

»Oh, wie Ihr wisst, sind wir Venezianer äußerst langlebig. Unser letzter Doge wurde 93 Jahre alt.«

»Ganz ohne Aderlass?«, fragte der jüngste der drei Doktoren ungläubig.

»Ohne in seinem ganzen Leben nur einen Tropfen Blut verloren zu haben«, bestätigte Davide.

»Eure Luft muss demnach außergewöhnlich belebend sein.«

»Ihr«, ließ sich nun endlich der Papst vernehmen und hob den Arm vage in Davides Richtung, »Ihr seid also der Retter der Christenheit?« Der Spott in seiner Stimme war kaum zu überhören. »Nun denn, berichtet mir von Euren Bemühungen um unsere Heiligen.«

Und Davide referierte das, was er wusste. Was nach wie vor nicht viel war. Er berichtete von den Raubzügen in Venedig, Padua, Köln und Paris, die nach ähnlichem Muster vonstattengegangen und von hochprofessionellen Dieben ausgeführt worden waren. »Nun waren alle diese Reliquien nicht besonders streng bewacht«, fügte er noch hinzu.

»Das scheint ja auch nicht nötig«, sagte der Papst. »Selbst einer, der im rechten Glauben ein schwankender Geselle ist, wird doch nicht ewige Verdammnis riskieren.«

»Ja, es scheinen besonders gewissenlose Verbrecher zu sein.«

»Stecken dahinter die Osmanen?«, fragte Pius, während ihm die Fliete am linken Unterarm aufgelegt wurde. Der ältere Arzt nahm Maß und schlug von oben zu, sodass die Klinge die Ader der Länge nach aufschlitzte. Sofort schoss das Blut hervor, doch der Papst blinzelte nur kurz. Es wurde in einem hölzernen Gefäß aufgefangen.

»Zumindest in Venedig hielten wir das für möglich«, gestand Davide ein. »Doch dagegen spricht, dass die Osmanen damit ein hohes Risiko eingehen würden, die christliche Welt gegen sich zu vereinen. Und diese Einheit fürchten sie am meisten.«

Unterdessen befestigten die zwei jüngeren Ärzte mit einem ledernen Riemen den Schnepper am rechten Unterarm und lösten den Mechanismus aus. Die Klingen schossen ins päpstliche Fleisch und dann wieder zurück in die Apparatur. Doch all das schien ihm gar nichts auszumachen, er ertrug die Schnitte mit bemerkenswerter Seelenruhe. Weder seine Mimik noch sein Sprachduktus verrieten, dass er die Schmerzen überhaupt bemerkte. Auch hier fing ein Gefäß das wertvolle päpstliche Blut auf.

»Aber ich frage mich Folgendes. Was sucht Ihr hier in Rom? Uns sind keine Diebstähle bekannt.«

»Und doch glaube ich, dass irgendwann auch hier etwas passiert. Es wäre nur logisch.«

»Ach, die Logik«, stöhnte der Papst, der müde zu werden schien. »Können uns die Griechen nicht einmal in Frieden lassen? Ein fester Glaube schlägt jede Logik.« Er schloss die Augen, doch dann riss er sie noch einmal auf. »Nun, wenn Ihr wollt, werde ich meine *Guardia Svizzera Pontificia* anweisen, auf unsere wertvollsten Reliquien besonders zu achten und die Wachen zu verdoppeln.«

»Das halte ich für eine kluge Idee«, sagte Davide.

Schließlich ließen die Blutungen nach, die Mediziner trugen die gefüllten Gefäße fort und strichen eine gelbliche Paste auf die Wunde. »*Ogio de scarpiòn*«, erklärte einer von ihnen, »Skorpionöl.« Es bestand aus Olivenöl, in welchem Skorpione ertränkt wurden. Es half gegen Geschwüre und Insektenstiche und ließ Wunden schnell verheilen.

Der Papst war nun in Schlaf gefallen, der einer Ohnmacht glich, und es sah nicht so aus, als würde er in absehbarer Zeit daraus erwachen.

Am Donnerstag beschloss Davide, die vielgerühmten römischen Dampfbäder zu besuchen. Man hatte ihm jene in San Marco empfohlen, die als die vornehmsten galten. Weil Davide allein kam, wunderten sich die Badbetreiber ein wenig, denn normalerweise kamen die Menschen mit Begleitern, gern mit jungen Mädchen oder Männern, die vom Personal eine Bürstenmassage erhielten. Zuerst begab sich Davide in einen Brauseraum. Dort waren Röhren in unterschiedlicher Höhe an der Wand befestigt, deren Düsen unablässig heißes Wasser versprühten. Durch eine Holzrinne lief das Wasser ab. Eine Sanduhr zeigte halbe Stunden an; länger durfte niemand in dem Raum bleiben.

Im Ruheraum ließ sich neben Davide ein sehr, sehr dicker, aber sympathisch wirkender Römer behandeln. Sie kamen ins Gespräch, und es stellte sich heraus, dass der Römer, ein Kaufmann für Silberware, Venedig gut kannte. Er erzählte ihm eine Geschichte, die gerade in der Hauptstadt kursierte, nämlich die des Lucchesers Giuseppe, der während eines Seekrieges von den Osmanen gefangen genommen wurde. Um seine Freiheit wiederzuerlangen, wurde er selbst Osmane, und auch seine Kameraden taten es ihm gleich, um ihren Hals zu retten. Er glaubte wie ein Osmane an den Propheten Mohammed und heiratete sogar. Eines Tages kam er als Teilnehmer eines türkischen Plünderungszuges an die italienische Küste. Seine Einheit entfernte sich aber zu weit von ihrem gut verteidigten Anlandepunkt, und so geriet er mit etlichen seiner Kameraden in die Gewalt der Einheimischen, die zur Verteidigung herbeigeeilt waren. Giuseppe fiel die Ausrede ein, er habe sich und die türkischen Krieger absichtlich gefangen nehmen lassen, da er innerlich ja noch ein Christ sei. So wurde er tatsächlich freigelassen und begab sich zum Haus seiner Mutter mitten in Lucca. Die fragte ihn barsch, wer er sei und was er denn wolle, denn er war ja zwölf Jahre fort gewesen, mächtig braun im Gesicht und obendrein trug er orientalische Seemannskluft. Doch dann erkannte ihn seine Mutter; sie stieß einen Schrei aus und fiel zu Boden. Sie blieb zwei Tage lang bewusstlos, ehe sie sich erholte. Bald darauf aber starb sie doch, und die Ärzte waren sicher, dass diese freudige Erschütterung ihr den Tod gebracht hatte. Giuseppe war ein umjubelter Held. Vor dem Papst persönlich schwor er feierlich seinem Irrtum ab, und dieser erteilte ihm die Absolution. Aber es war nur eine Maskerade, im Inneren war Giuseppe immer noch Osmane, also floh er nach Venedig, um sich dort seinen neuen Landsleuten anzuschließen und nach Kleinasien Segel zu setzen. Doch wieder fiel er Christen in die Hände, dieses Mal Genuesern, wie die Boten gerade den Römern berichtet hatten, und es war doch beinahe eine komische Geschichte. Da er sehr kräftig und im Seewesen höchst geschickt war, schonten sie sein Leben und nahmen ihn auf. Dort also tat er nun seinen Dienst – freilich sicherheitshalber Tag und Nacht angekettet.

»Man darf doch wohl gespannt sein, ob er sich auch dieses Mal wieder irgendwie befreit, dieser *furbo*«, lachte der dicke Römer, und auch Davide fand die Geschichte äußerst kurios.

Bald kamen sie auch auf die Bruderschaften zu sprechen, die Davide sehr interessierten. »Oh, Rom ist ganz voll davon!«, berichtete der Römer. »Wisst Ihr, in Venedig kann man alles viel offener ausleben, aber hier im klerikalen Rom gibt es Bruderschaften für alles. Für Schlemmer wie für

Vielfraße, für Musikliebhaber wie für Galane, für Umstürzler wie für Papisten, für Wucherer wie für Sodomiten.«

»Für Sodomiten? Tatsächlich?«

»Ja, wobei es dieser Bruderschaft zuletzt sehr schlecht ergangen ist. Vor ein paar Jahren sind während einer Messe Mann und Mann die Ehe eingegangen, und zwar nach denselben Ritualen, die in den üblichen Trauungen vorgenommen werden, also der Lesung des Evangeliums und der gemeinsamen Kommunion. Die Schlaumeier dachten, ihr abweichendes Tun sei allein dadurch legitim, dass die Rituale und heiligen Handlungen der Kirche vollzogen worden seien. Sie meinten, damit hätten sie die ungewöhnliche Hochzeit sanktioniert, und was Gott schließe, könne kein Mensch mehr scheiden. Die römischen Kirchenrechtler wollten sich dieser Argumentation aber nicht anschließen.«

»Das überrascht kaum.«

»Nicht wahr?«

»Und wie endete diese Hochzeit?«

»Priester, Messdiener, Trauzeugen und natürlich das Ehepaar selbst landeten auf dem Scheiterhaufen.«

Nun ließ sich der dicke Römer eine Salbe aus ungelöschtem Kalk und verdünntem Schwefelarsen im Mischungsverhältnis zwei zu eins auftragen, die binnen einer halben Stunde alle lästigen Körperhaare beseitigte. »Selbst wir Silberwarenhändler haben eine Bruderschaft gegründet, und im Allgemeinen sind diese Bruderschaften einfach nur eine Entschuldigung zum Trinken von viel Wein oder vielleicht zur Einladung der einen oder anderen disponiblen Dame. Viele dieser Bruderschaften lassen hin und wieder auch Gäste bei ihren Versammlungen zu, je nobler und exotischer, desto eher, was beides auf Euch zutrifft.«

»In Sachen Gastfreundschaft sind die Römer vorbildlich, das hat man auch schon in Venedig gehört.«

»Ich würde Euch ja gern einmal zu einem Abend mit uns Silberwarenhändlern einladen, aber wir sind eine furchtbar langweilige Bruderschaft«, lachte er dröhnend.

»An Zerstreuung herrscht glücklicherweise in Rom kein Mangel.«

»Allerdings gibt es da eine Bruderschaft, von der Ihr Euch fernhalten solltet«, schnaufte der Dicke und drehte sich auf den Rücken, um sich den Oberkörper einreiben zu lassen. »Die Bruderschaft der Heiligen Hände.«

»Was hat es mit ihr auf sich?«

»Nach allem, was man weiß, sucht sie die Macht in der Kirche zu übernehmen.«

»Sagt man nicht das Gleiche von den Jesuiten?«

»Es heißt aber, sogar die Jesuiten hätten vor dieser Bruderschaft Angst.«

»Wie unwahrscheinlich. Heißt es nicht, die Jesuiten seien so klug, dass ihnen bald die ganze Christenheit gehöre?«

»Die Heiligen Hände dürften etwas dagegen haben. Nun passt doch auf!«, fuhr er die Burschen an, die sich mit der Salbe nun seinen intimsten Stellen näherten. »Es heißt auch, wer über sie spricht, bekommt sofort die Zunge herausgerissen.«

»Ihr hingegen plaudert ganz frei über sie!«

»Ich bin zwar Römer, aber im Gegensatz zu meinen Landsleuten nicht sehr abergläubisch. Jedenfalls sollen höchste Kirchenherren zu der Bruderschaft gehören, einige Erzbischöfe und sogar der Protonotar.«

»Sieh an, der Protonotar! Auf rätselhafte Weise ist mein Interesse genau an dieser Bruderschaft geweckt.«

Später am Tag und gut erholt von den Kuren geriet Davide in eine kleine Kapelle, wo ein Priester im Ornat einen *spiritato* zu heilen versuchte. Der Besessene blickte glasig vor sich hin, wirkte weggetreten und war gefesselt. An den Fesseln hielt man ihn fest und zwang ihn zum Niederknien vor dem Altar. Der Priester las zunächst Gebete und dann Beschwörungsformeln, die dem Teufel befahlen, den Körper zu verlassen. Dann richtete er ein paar Worte an den Kranken, und als das nicht zu fruchten schien, schlug er ihn heftig mit der Faust und spuckte ihm ins Gesicht. Der Kranke murmelte seinen Namen und wie ihn der Teufel im Griff hatte und wie groß seine Angst vor der Strafe Gottes war. Schließlich ging der Priester zurück zum Altar und nahm mit der Linken das Hostiengefäß, mit der Rechten eine brennende Kerze, die er umgekehrt hielt, so dass sie, während er beständig betete, dahinschmolz. Dann schrie er den Besessenen an, aber er wandte sich an den Teufel direkt: Schrecklichste Strafen drohten ihm, wenn er nicht augenblicklich diesen Körper verlasse. Die erste Kerze brannte bis zu seinen Fingern ab, dann die zweite, dann die dritte. Dann stellte er das Hostiengefäß ab. »Du bist nun geheilt«, erklärte der Exorzist dem Besessenen, der heftig mit den Zähnen knirschte und auf Lateinisch ständig *Si fata volent* murmelte, Wenn das Geschick es will. Er ließ ihn losbinden, und seine Angehörigen griffen ihn unter die Schultern und führten ihn hinaus.

Neben Davide hatten sich noch weitere Edelleute versammelt, um die Prozedur zu verfolgen. Der Priester berichtete, der Teufel von eben sei von einer ganz hartnäckigen, schlimmen Sorte gewesen, und erst gestern habe er eine Frau von einem großen, bösen Dämon befreit, bei dessen Ausfahrt aus dem Mund der Besessenen Nägel und Haarbüschel geschossen seien.

»Ja, ich war dabei«, bestätigte einer der Edelleute, »und

habe die Frau heute Morgen erneut gesehen, und sie scheint mir immer noch voller Unruhe!«

»Oh, das rührt daher, dass sich ein anderer Geist in ihr eingenistet hat«, erklärte der Priester. »Aber der ist harmloser als der vorige und leicht zu entfernen.« Dank seiner Erfahrung könne er die Teufel und Dämonen genau klassifizieren, er kenne sie inzwischen sogar beim Namen und wisse um ihre Gefährlichkeit.

KAPITEL 28

Verstärkung

Am nächsten Tag kam endlich Hasan in Rom an. Davide begegnete ihm, als er das Gepäck mit frischer Kleidung und weiteren Utensilien ins Zimmer brachte.

»Entschuldigt die Verspätung, aber zuletzt hatte ich Schwierigkeiten am Stadttor. Man glaubte, die Papiere aus Venedig seien eine Fälschung, schließlich sei ich ganz deutlich ein Osmane.«

»Das war abzusehen«, lächelte Davide.

»Und dann hat es auch noch einen furchtbaren Unfall gegeben, der mich mitten in Rom für wohl eine Stunde aufhielt.«

Davide hatte sofort ein ungutes Gefühl. »Berichte mir.«

»Ein Mann hat sich aus dem Fenster gestürzt. Eine schlimme Sache, die Leiche war ganz zerschmettert. Die Umstehenden erzählten mir, er sei ein bedeutender Silberwarenhändler gewesen. Geld macht eben doch nicht – Herr, wohin wollt Ihr denn nun?«

Davide war aufgesprungen, und Hasan, der nach der anstrengenden Reise auf etwas Ruhe gehofft hatte, kam ihm kaum hinterher. Unterwegs berichtete Davide von seinen Erlebnissen der letzten Tage, von der dubiosen Bruderschaft der Heiligen Hände und von seinem Verdacht gegen den Protonotar.

Es blieb ihnen nichts anderes übrig, als den Protonotar zu beschatten; er war ihr bester Ansatzpunkt. Glücklicherweise brauchten sie dafür nicht wie in Venedig eine unbequeme Kiste, denn die Villa des Protonotars lag an einer belebten Einfallsstraße, die von Handelsständen und Tavernen gesäumt wurde. Eine dieser Tavernen – über der schiefen Holztür stand »Zum fröhlichen Zecher« – hatte ein Glasfenster, ganz nach Davides Geschmack. Also traten sie ein. Am Tisch vor dem Fenster saßen drei Einheimische, die in das Würfelspiel »Dodici« vertieft waren. Es waren alte, zahnlose Burschen, die nicht zum ersten Mal spielten und doch die typischen Anfängerfehler begingen. Davide überlegte kurz, gegen sie anzutreten, doch dann bat er sie höflich, ob sie ihm und seinem Begleiter den Tisch überlassen würden, sie seien Venezianer und zum ersten Mal in dieser beeindruckenden *Caput Mundi* und würden sehr gern den Blick auf die Straßen genießen, zumal in Venedig, ihrer Heimat, Straßen im herkömmlichen Sinne ja gar nicht existierten.

Die Römer grummelten vor sich hin und widmeten sich wieder ihrem Würfelspiel. Bis Davide eine Golddukate auf den fleckigen Holztisch warf, die mit hübschem Effekt umhersprang und klingelte.

Den Bruchteil eines Augenblicks später saßen die drei Spieler in einer dunklen Ecke der Taverne, und für die Venezianer war alles gerichtet.

Der Wirt näherte sich nun schnell. Das Klingen der Münze schien ihn zum Leben erweckt zu haben. Sein insgesamt verrottetes Äußeres stand in krassem Gegensatz zu seiner gepflegten, vom Hals bis zum Boden reichenden Schürze aus Pferdeleder, die so neu war, dass sie noch nach Stall und Heu duftete. Er hatte sich offenbar nie in seinem Leben mit niederen Dingen wie Weinausschank oder Essenszubereitung beschäftigen müssen. Davide blickte sich um. Tatsächlich saßen an den Tischen ausschließlich Würfelspieler, die konzentriert – *klackerklackerklacker* – ihrer Beschäftigung nachgingen. Niemand konsumierte ein Getränk oder gar eine Speise. Davide war es recht, er bestellte einen Krug Wasser, etwas Wein und einen Happen zu essen. Der Wirt schloss seine geröteten Augen und musste erst einmal überlegen. Dann aber fiel ihm ein, dass er tatsächlich eine Taverne betrieb, und er brachte die Getränke sowie immerhin etwas Wurst und Käse. Es gab trotz der Jahreszeit sogar frische Weintrauben, die Davide und Hasan genossen.

Beim Blick aus dem Fenster sahen sie, dass in den Gärten schon die Rosen blühten; es war ein wahrhaft milder Jahresbeginn. Es gab sogar schon Artischocken, die der Wirt gerade brachte. Das Olivenöl, das dazu gereicht wurde, stach nicht in der Nase wie jenes, das nach Venedig geliefert wurde, sondern war außergewöhnlich mild.

Die Villa des Protonotars war nur sichtbar, wenn Davide oder Hasan sich vorbeugten, aber das Eingangstor hatten sie gut im Blick. Der Verkehr davor floss zäh dahin wie Lagunenschlamm, obwohl die Straße gepflastert war und die Kutschen und Fuhrwerke keinen Dreck und keine tückischen Radspuren fürchten mussten. Doch es waren einfach zu viele von ihnen unterwegs, um die Stadt mit allerlei Waren von außerhalb zu beliefern oder die Villen am Stadtrand mit Handwerkskunst aus dem Monti-Viertel zu versorgen. Immer wieder geriet der Verkehr ins Stocken, ein lautes Lamentieren und Fluchen setzte ein. Mit verblüffender Beweglichkeit jagten Straßenhunde streunenden Katzen hinterher oder stritten bellend untereinander; dabei vermieden sie behände die todbringenden Räder, ja, sie schienen sich geradezu einen Spaß daraus zu machen, unter den Fuhrwerken hindurchzuflitzen.

Um eines musste man die Römer beneiden: Niemand besaß schönere Pferde als sie, und die Männer auf ihnen protzten mit frisch erlernten Kunststücken aus der Reitschule.

Ein Fuhrwerk randvoll mit zugeschnittenem Holz, offenbar für Fensterrahmen, und gezogen von einem müden Esel, bekam durch die verrutschende Ladung, hervorgerufen durch das unebene Pflaster, immer mehr Schlagseite und drohte direkt vor der Taverne umzustürzen. Sofort eilten andere Kutscher herbei, um dem armen Schreiner zu helfen und die Ware wieder mittig zu lagern. Als der Verkehr gerade wieder in Gang kam, setzte aus dem Nichts ein heftiger Platzregen ein, und hektisch versuchten die Händler, ihre Waren mit Stoffdecken und löchrigem Segeltuch zu schützen. Als dies geschafft war, hörte der Regen auf, und wie zum Hohn kam sogar die Sonne hervor.

Von alldem bekamen die Spieler an den Tischen nichts mit, *klackerklackerklacker*. Mit höchster Konzentration waren sie bei der Sache, es wurde kaum geredet und noch weniger gescherzt – kein Vergleich zu den wilden, wüsten Spieleabenden in den venezianischen *casini*, bei denen es vor leichten Damen nur so wimmelte und der Alkohol in Strömen floss. Es war eine seltsame Taverne, die nicht weniger seltsam wurde durch die Gestalt eines alten Mannes, der sich nun dem Tisch näherte. Im tiefen winterlichen Sonnenschein, der nun durch das Fenster fiel, wurden seine Falten auf beinahe übernatürliche Weise betont, er sah aus wie zerknittertes Pergament, aus dem zwei schwarze Löcher blitzten. Sein Schädel war ganz und gar haarlos, die Ohren riesig.

»Sieh an, zwei Fremde«, sagte der Alte mit einer brüchigen, aber nicht unangenehmen Stimme.

»Aus Venedig kommen wir. Ihr seid von hier, nehme ich an?«

Dies genügte dem Alten als Aufforderung, sich an den Tisch zu setzen. Er war der Vater des Wirts und hatte einst die Taverne eröffnet. Zunächst hatte er Weine aus dem Latium auf die römischen Märkte geliefert, doch dann wollte er, als der Nachwuchs kam, wobei er auf den Wirt deutete – Davide merkte, dass es schlechterdings unmöglich war, sich den Wirt als kleines Kind vorzustellen –, ein sesshafteres Gewerbe betreiben.

»Aber wie ich sehe, wird hier nicht allzu viel Wein getrunken«, wunderte sich Davide. »Und auch mit den Speisen halten sich Eure Gäste zurück, und immerhin sind wir schon eine Weile hier.«

Der alte Mann kicherte. »Ja, die Jugend mit ihren Ideen.« Er zeigte erneut auf seinen Sohn. »Diese Taverne beherbergt all jene, die gerne mal ein kleines Spielchen wagen, ohne dass die Obrigkeit allzu streng schaut. Ich weiß wohl, dass in Venedig dergleichen sehr freizügig gehandhabt wird, aber hier in Rom, wo jeder zweite Herr im Sold unserer geliebten Kirche steht, sind das Spielen und das Wetten eine große Sünde.«

»Doch ich verstehe immer noch nicht, wie Ihr davon leben könnt?«

»Ganz einfach: Von jedem Gewinn an jedem Tisch bekommt mein lieber Sohn den zehnten Teil.«

»Aha. Und das funktioniert? Werdet Ihr dabei nicht nach Strich und Faden betrogen?«

Der Alte lachte so heftig, dass er einen Hustenanfall bekam, der nicht mehr aufhören wollte. Hasan begann schon, sich Sorgen zu machen. Doch dann fing er sich wieder und erklärte, halb lachend und halb hustend: »So, wie ein guter Wirt in den vornehmen Gasthäusern rund um den Vatikan schnell sieht, welches Glas schon fast leer ist und welcher Teller fortgeräumt gehört, so sind meine Augen und auch die meines Sohnes seit Jahren darauf geschult, die Spiele an jedem Tisch zu verfolgen.«

»Eine löbliche Eigenart für Euer Gewerbe.«

Der Alte beugte sich vor und senkte seine Stimme zu einem heiseren Flüstern. »Direkt hinter mir. Seht Ihr den Tisch? Ihr könnt ihn gut sehen, nicht wahr? Fragt mich nicht, wie oder warum, aber ich weiß einfach, dass der Spieler in dem schwarzen Umhang, dem Euren nicht unähnlich, welchen man, wenn ich mich recht erinnere, bei Euch Tabarro nennt, gerade eine gewaltige Glückssträhne ausnutzt und über die Maßen kassiert.«

Davide, selbst ein geübter Spieler mit gutem Auge, sah sich einige Würfe an. Tatsächlich schien der Mann im schwarzen Umhang, so alt und bärtig wie alle hier, beständig zu gewinnen.

»Mein Respekt vor Eurer Übersicht.«

Der Alte kicherte. »Das sichert uns eine volle Speisekammer. Doch nun verratet mir, was Euch in unser Gasthaus getrieben hat, wenn Ihr schon nicht zum Würfeln gekommen seid.«

Davide warf einen schnellen Blick auf die Villa, die Hasan während der Unterhaltung kaum aus den Augen gelassen hatte. Der alte Mann, alles andere als ein Dummkopf, erriet es. »Ah, der feine Herr aus der Villa gegenüber? Wartet Ihr auf ihn?«

»Nun, sagen wir so, wir interessieren uns für ihn. Was könnt Ihr über ihn sagen?«, erklärte Davide.

Nach einer venezianischen Dukate begann der Vater des Wirts zu reden. »Er ist ein mächtiger Mann im Vatikan, er ist *Proto … Proto …*«

»Protonotar«, half Hasan.

»Genau, ganz nah am Papst.«

»Das wissen wir. Und weiter?«, fragte Davide.

»Er verlässt seine Wohnung seit einigen Wochen stets eine halbe Stunde vor Mitternacht.«

»Seid Ihr da sicher?«

»Verlasst Euch auf mich, so war es in den letzten Wochen stets.«

»Nun, dann haben wir ja noch etwas Zeit. So bringt denn einen Würfelbecher und jemanden, der gegen mich anzutreten wagt.«

Die Nacht brach heran, doch der Verkehr auf der Straße ließ kaum nach. Immerhin ging es nun ohne Stockungen voran, aber der Warenstrom wollte nicht abreißen. Viele der Kutschen führten Fackeln mit sich, welche die Szenerie beleuchteten, und einige der Händler hatten sich die Dienste von einheimischen Knaben gesichert, die ihnen mit brennenden Fackeln den Weg wiesen. Im Inneren der Taverne stellte der Wirt ein paar Kerzen auf, deren Licht sich besonders in dem Stapel der Münzen spiegelte, die vor Davide lagen. Die Spieler an den anderen Tischen waren gekommen und gegangen, einer wie der andere, und beinahe jeder hatte es gegen Davide im Spiel *dodici* versucht. Mit einem Würfel und einer beliebigen Zahl an Würfen musste man sich der Zahl Zwölf annähern. Wer sie jedoch erreichte oder überwürfelte, hatte verloren. Eine Elf stellte demnach das perfekte Ergebnis dar, auch eine Zehn oder eine Neun reichten fast immer zum Sieg. Und selbst eine Acht war sehr oft gut genug, was aber selbst erfahrene Spieler nicht einsehen wollten; die Gier auf das perfekte Ergebnis war zu groß.

Hasan sah es als Erster und stieß Davide an: Es war, wie der alte Mann gesagt hatte. Eine halbe Stunde vor Mitternacht fuhr die Kutsche, ein protziger Achtspänner, aus dem Tor und bog auf die Straße ein. Auf dem Bock saßen zwei

Kutscher, der Protonotar verbarg sich offenbar im Inneren. Das päpstliche Wappen auf der Seite – eine Tiara über zwei Schlüsseln und einem Wappenschild – leuchtete selbst in der Dunkelheit überdeutlich, doch bei aller Religiosität der Römer schien sich niemand groß für diese Kutsche zu interessieren, niemand machte Platz, niemand blickte auch nur auf. Wahrscheinlich wurden die Menschen derlei prunkvoller Wagen allzu häufig ansichtig.

»Das sollte für die Kost reichen«, sagte Davide zum Wirt. Er ließ den gewonnenen Münzstapel bis auf eine Handvoll Geld einfach liegen und verließ mit Hasan die Taverne. Als die Kutsche an ihnen vorbeizog, heute gezogen von schönen, gestriegelten Schimmeln mit geflochtener Mähne, versteckten sie sich hinter einer Säule. Im Inneren hockte eine Gestalt. War es wirklich der Protonotar? Und wo hatte Davide die Kutsche mit dem päpstlichen Wappen, nach ungarischer Art gefedert, nur schon einmal gesehen?

Diese Kutsche … Ja, die Kutsche! Davide und Hasan kam die Erkenntnis gleichzeitig. Sie war in Köln gewesen, zu jener Zeit, als die Reliquien der Heiligen Drei Könige geraubt wurden. Eine Kutsche mit dem unübersehbaren päpstlichen Wappen war ihnen auch in Paris begegnet. Der Schlüssel für die Pariser Reliquien, erinnerte sich Davide, wurde vom Papst persönlich überreicht – es gab also sicher Kopien im Vatikan! Und in Padua hieß es ebenfalls, kirchliche Würdenträger seien vor der Kirche gesichtet worden. Waren die höchsten Kreise der Kurie in irgendeiner Weise in diese Diebstahlserie verwickelt?

Davide blickte sich um und sah einen Reiter auf einem muskulösen Pferd, der ein paar Ballen Tuch an den Satteltaschen befestigt hatte und in gemütlichem Trab die Straße entlangzog, ein paar Hundert Fuß hinter der Kutsche.

»Was kostet Eure ganze Ware?«

»Die ganze Ware wollt Ihr? Gebt mir fünf Dukaten dafür«, lachte der Reiter.

»Gut, ich gebe sie Euch. Werft die Ware fort und nehmt mich stattdessen mit.«

»Seid Ihr toll? Habt Ihr getrunken?«

Davide drückte ihm die Faust voller Münzen aus seinem Spielgewinn in die Hand. Zu Hasan gewandt, flüsterte er: »Folge der Kutsche zu Fuß.« Hasan nickte und setzte sich in Bewegung.

Der Reiter band derweil die Ballen los, und Davide saß hinter ihm auf.

»Wohin soll es gehen?«, wollte der Stoffhändler wissen.

»Vorerst immer den Nüstern Eures Tieres nach, in gemütlicher Geschwindigkeit, so wie eben.«

Der Kaufmann trieb sein Pferd an und blickte sich noch einmal um zu den Stoffballen, die im Schmutz der Straße lagen und von anderen Händlern umschwärmt wurden, die sich darum stritten.

»Es war ein guter Handel, und doch schmerzt er mich irgendwie«, seufzte er.

»Grämt Euch nicht, Ihr tut ein gutes Werk für die Christenheit«, tröstete Davide ihn.

»Große Worte.«

»Fragt nicht nach und folgt der päpstlichen Kutsche.«

Nun lachte der Kaufmann laut auf.

»Was habt Ihr?«, fragte Davide.

»Ihr meint die Kutsche dieses aufgeblasenen Protonotars? Ihr habt Humor«, prustete der Kaufmann immer noch.

»Nun erklärt schon.«

»Sie fährt jede Nacht zur Minerva-Kirche, da hättet Ihr Euch die Dukaten ersparen können.«

»Tatsächlich? Jede Nacht?«

»Zumindest seit einigen Monaten weiß ich davon.«

»Und habt Ihr Euch je gefragt, was dort jede Nacht passiert?«

»Oh, wisst Ihr, in Rom gehen viel seltsamere Dinge vor als nächtliche Ausfahrten.«

Und so ritten sie etwa zwei Meilen weit bis ins historische Zentrum Roms, wo die Ruinen noch ein wenig dicht gedrängter standen. Um Mitternacht war immer noch viel los, die Stadt schlief nie. Viele Marktstände waren geöffnet und offerierten für die hungrigen Nachtarbeiter Brot, Wein und Obst, aus den Tavernen quoll Licht und Leben, Bettler versuchten bei den Vorbeiziehenden ihr Glück, Prostituierte offerierten ihre Dienste. Vor dem Pantheon saß Davide ab und ging zu Fuß weiter. Auch die Kutsche kam zu einem Halt. Eine Gestalt schlüpfte aus der Tür und strebte der Kirche zu. Dem körperlichen Umriss nach handelte es sich wirklich um den Protonotar, doch er war ganz ohne klerikalen Pomp gekleidet und trug einen Kapuzenumhang dunkler, vermutlich schwarzer Farbe, der sein Gesicht vollständig verdeckte. Die Kutsche nahm ohne ihren Gast wieder Fahrt auf.

Vor dem Hauptportal der Kirche, einem schroffen, planen, ja beinahe banalen Mauerwerk mit wenigen Verzierungen, standen zwei grimmige Wachmänner, ebenfalls in Kapuzenumhang, und bewachten mit Lanzen den Eingang, zudem trugen sie Schwerter an ihren Gürteln. Der Protonotar nickte ihnen zu, betrat das Gotteshaus aber nicht durch eine der drei Eingangstüren am Hauptportal, sondern umrundete das Gebäude und nahm einen Seiteneingang. Davide folgte ihm in sicherer Entfernung, was angesichts der vielen Menschen auf der Piazza und des ganz schwachen Lichts der Nacht ohne Probleme möglich war. Schließlich stand er vor einer lateinischen Inschrift: »Francesco di Orsini, Graf von Gravina und Conversano, Präfekt der segensreichen Stadt Rom, hat aus eigenen Mitteln dafür gesorgt, dass die seit Längerem zur Hälfte unterbrochenen Arbeiten am Bau der berühmten Kirche der Heiligen Maria der Jungfrau sopra Minerva vollendet wurden zu seinem Seelenheil. Im Jahr des Herrn 1453 im Pontifikat unseres Herrn Papst Nikolaus V.«

Währenddessen kamen noch mehr Menschen auf die Piazza und gingen in die Kirche, alle trugen schwarze Umhänge mit Kapuzen. Was ging hier vor? Niemand sonst beachtete dieses rätselhafte Herbeiströmen, was Davide beinahe noch merkwürdiger vorkam als die nächtliche Zusammenkunft selbst. Es gab nur eine Möglichkeit, herauszufinden, was in der Kirche passierte. Davide blickte sich um und entdeckte eine Gasse, die von Norden auf die Piazza mündete, gerade breit genug für eine Person. Und bald kam ihm tatsächlich ein Kapuzenmann in gebückter Haltung entgegen.

»Oh, entschuldigt, ich …«, begann Davide.

Der Kapuzenmann blickte nicht auf und versuchte grummelnd, sich an Davide vorbeizuzwängen. Der drückte sich so eng wie möglich an die Wand und griff dabei zu seinem Stilett. Als der Kapuzenmann endlich vorbei war, dabei leise römisch fluchend, sackte er plötzlich zusammen und konnte seinen letzten Fluch nicht einmal mehr röcheln, denn Davide hatte ihn mit einem vom Stilettgriff verstärkten Faustschlag in den Nacken niedergestreckt. Er zog dem Bewusstlosen den Kapuzenmantel aus; darunter verbarg sich ein dicklicher Mann mit schütterem Haar, der nun fest schlief und so bald nicht mehr aufwachen sollte.

Die Kirche Santa Maria sopra Minerva, dieser klotzige, deplatziert wirkende Bau, der von außen zugleich unangenehm wie unscheinbar wirkte und der auf einem alten Kulttempel errichtet worden war, in welchem man der Stadtgöttin Roms und der Beschützerin der Handwerker und der Poeten mit Tieropfern gehuldigt hatte, erwies sich von innen, wie so viele Kirchen Roms, als ein Wunder an Schönheit. Das blau gefärbte Himmelsgewölbe unter dem Kreuzgang wirkte, als würde man in einer Sommernacht unter dem Licht der Sterne beten. Die Kirche war schon voller Kapuzenmänner; Davide, nun einer von ihnen, nickte grüßend, doch alle schauten zu Boden und würdigten die Pracht keines Blickes. Es herrschte eine bedrückende Atmosphäre, und Davide wusste nicht, was ihn erwarten würde. Ein ums andere Mal befühlte er sein Stilett, welches sicher in der Scheide an seiner linken Hüfte steckte. Es wurde in der Kirche immer enger, Schulter an Schulter stand man in den Kirchenbänken.

Und dann kam er.

Er betrat den Altar. Und streifte sich mit bedächtiger Geste die Kapuze vom Gesicht, welches wie eine glimmende Kerze in der Dunkelheit leuchtete. Es war der Protonotar, der die Arme hob, worauf alle Beteiligten eine Formel murmelten, die Davide nicht genau verstand. Italienisch war es nicht, Lateinisch auch nicht. Alle schauten nun empor, aber nie so, dass Davide auch nur ein einziges Gesicht erkannte.

Der Protonotar ließ die Arme sinken. Und er hob an zu reden – nein, zu predigen.

»Freunde der Bruderschaft der Heiligen Hände«, begann er. »Gelobt sei unser Herr, der euch mit dem starken Willen ausstattet, euch jeden Abend hier zu versammeln.«

»Gelobt sei unser Herr«, murmelte die Bruderschaft.

»Gelobt sei unser Herr, dass er erkennt, wer den Willen zur Preisung hat und wer nur ein wankelmütiger Seemann auf dem Schiff Gottes ist.«

»Gelobt sei unser Herr«, kam die Antwort.

»Gelobt sei unser Herr, der auch uns erkennen lässt, wer Freund und Feind unserer erhabenen Sache sei.«

»Gelobt sei unser Herr«, murmelte die Menge.

»Gelobt sei unser Herr, der uns die Gnade gewährt, Verräter in unseren Reihen zu erkennen und zu richten«, predigte der Protonotar. Um Davide wurde es immer enger, er versuchte, nach seinem Stilett zu tasten, doch er war völlig eingekeilt. Immer näher und näher drängten sich die Menschen an ihn, bis ihm fast die Luft wegblieb, bis er spürte, dass er zu Boden gedrückt wurde und dann etwas Scharfes einatmete, das ihm die Sinne schwinden ließ.

Davide erwachte und kippte gleich wieder nach vorn. Doch etwas hielt ihn in einer aufrechten Position. Er öffnete die Augen, zugleich spürte er die Fesseln, die sich um seinen gesamten Körper wanden und ihm kaum Luft zum Atmen gaben. Neben sich spürte er aber auch etwas Warmes, Vertrautes.

Es war Hasan.

Gemeinsam waren sie an eine der Säulen des Kreuzgangs gefesselt, etwa auf halbem Weg zwischen Hauptportal und Altar. Die Fesseln waren in Dutzenden Schlingen von den Schultern über Brust und Arme bis zu den Füßen um sie gezogen, sodass sie nur den Kopf ein wenig bewegen konnten.

»Geht es Euch gut?«, fragte Hasan besorgt.

»Ja, ich denke, mir fehlt nichts. Auf einmal schwanden mir die Sinne.«

»Auch ich wurde von hinten überwältigt und niedergeschlagen«, gab sich Hasan zerknirscht. »In der Laterankirche, in die ich geriet, weil da dunkle Gestalten hineinschlüpften. Entschuldigt meine Unachtsamkeit.«

»Wie du siehst, geht es mir nicht viel besser.« Davide

drehte den Kopf, und dann wurde ihm beinahe wieder schwarz vor Augen. Hatte er eine Droge eingeflößt bekommen? Doch er fing sich wieder und blickte Hasan an. Vom Hinterkopf über Ohr und Wange war ein getrockneter dunkelroter Strom zu sehen.

»Gesegnet sei dein Dickschädel«, lächelte Davide.

»Ja, der hält was aus. Aber was passiert hier?«

Kiste um Kiste wurde aus einem Raum hinter dem Altar an ihnen vorbeigetragen und vor dem Hauptportal, wie an den Geräuschen zu hören war, auf Kutschen oder Fuhrwerke verladen. Auf den Kisten, alle frisch gezimmert, waren beschriftete Schilder angebracht. Die Kapuzenmänner beachteten die beiden Gefesselten gar nicht.

Davide konnte einige der Schilder entziffern und las halblaut vor: »Heiliger Dominikus. Heiliger Thomas. Heiliger Vitus. Heiliger Georg.« Dann brach er ab. Viele Diebstähle waren demnach noch gar nicht entdeckt worden, was Davide einleuchtete, wurden die meisten Reliquien doch nur einmal im Jahr den Gläubigen gezeigt.

Dann wandte er sich an Hasan. »Ich denke, wir haben die Reliquien gefunden.«

»Immerhin, ein kleiner Erfolg«, lächelte Hasan.

»Ja, das habt Ihr«, näherte sich nun der Protonotar. Sofort ruckte Davide in den Fesseln, aber es war vergeblich.

»Glaubt mir, nicht einmal der stärkste Eurer Arsenalotti würde diese Knoten aufbekommen«, grinste der Protonotar.

»Was geht hier vor?«

Costantino della Valle überhörte die Frage. »Ihr fühltet Euch zu sicher. Ihr habt mich beobachtet, doch ich habe Euch auch beobachtet. Eine schöne Summe habt Ihr da in der Taverne gewonnen. Zu schade, dass Ihr sie dortgelassen habt.«

Davide ahnte es: Es war der Vater des Wirts gewesen. War er nicht immer wieder aus der Taverne gegangen und unvermittelt wieder aufgetaucht? Vermutlich hatte er einem Spitzel vor der Tür Bericht erstattet, welcher wiederum den Protonotar informiert hatte.

»Was geht hier vor?«, stieß Davide erneut vor. »Wollt Ihr auf dem Scheiterhaufen landen?«

»Ganz im Gegenteil. Ich will der Christenheit zu neuer Stärke verhelfen.«

»Indem Ihr die Kirchen bestehlt?«

»Ganz so simpel ist es ja nun nicht. Zuallererst sind viele der heiligen Knochen zuvor aus Rom gestohlen worden. Weiters sind viele davon von schwachen Herrschern vorheriger Generationen einfach verscherbelt worden, aus niedrigsten Gründen. Sodann gehören diese Reliquien allen Christen. Und schließlich: Wo wären sie besser aufgehoben als hier, in der Stadt des Stellvertreters Gottes, in all ihrer gebündelten Herrlichkeit?«

»Aber was ist genau Euer Ziel?«

Der Protonotar wollte antworten, doch dann hielt er inne und wandte sich an Hasan. »Das Schweißtuch der Veronica und die Köpfe von Paulus und Petrus haben wir natürlich auch sichern können. Gerade eben. Euer Diener hat uns glücklicherweise nicht daran hindern können.«

»Ihr scheint ja große Eile zu haben in Eurem schändlichen Tun.«

»Ja, und schuld daran seid Ihr.«

»Inwiefern?«

»Ihr habt uns mit Euren Nachforschungen gedrängt, schneller zu handeln, als wir es eigentlich wollten. Doch wenn ich bedenke, ist es sogar ganz recht. In der Fastenzeit sind die Menschen noch gläubiger als sonst und damit auch empfänglicher für unser monumentales Vorhaben.«

»Und was genau ist dieses monumentale Vorhaben, das Euch doch unweigerlich in die Hölle bringt?«

»Mein braver Venezianer – Venier war Euer Name, richtig?«

»Richtig. Davide Venier heiße ich. Merkt Euch den Namen gut.«

»Davide Venier, ich erkläre Euch nun einmal die Wirkung der Reliquien beim einfachen Volk. Und wir reden hier nicht von den klugen Venezianern, von denen beinahe ein jeder lesen und schreiben und rechnen kann, sondern von dem Lumpenpack auf den Straßen, das doch die übergroße Mehrheit in jeder Stadt außer vielleicht der Euren hält. Vor vielen Jahren einmal strömten Pilger in die Kirche von Saint-Denis zur Reliquienverehrung um den Heiligen Nagel. Dieser fiel im Tumult aus seinem Behältnis und war nicht wieder aufzufinden. Ludwig der Neunte und seine Mutter, die von diesem Ereignis umgehend Nachricht erhielten, waren bestürzt und in Tränen aufgelöst. Der König ließ in ganz Paris nach dem Nagel suchen und setzte einen hohen Finderlohn aus. Der tragische Verlust sprach sich in Windeseile in der Stadt herum, und als die Pariser die Kunde vernahmen vom Verlust des Heiligen Nagels, litten sie große Pein, und viele Männer, Weiber, Kinder, Kleriker und Schüler erhoben weinend, in Tränen aufgelöst, aus tiefstem Herzen Jammern und Wehgeschrei. Sie liefen in die Kirchen, um die Hilfe Gottes in so großer Gefahr zu erflehen. Nicht nur Paris weinte, es weinten alle, die im Königreich Frankreich erfuhren, dass der kostbare Heilige Nagel verloren war. Viele Männer fürchteten, dieser Verlust in den Anfängen der Herrschaft könne großes Unheil oder Epidemien ankündigen und – Gott möge es verhüten – ein Vorzeichen für die Vernichtung des gesamten Königreiches sein. Der Nagel tauchte einige Tage später wieder auf, unter reichlich dubiosen Umständen. Wer weiß, ob es der echte war, und wer weiß, ob Jesus überhaupt ans Kreuz genagelt oder nicht vielmehr gebunden wurde. Doch es herrschte große Dankbarkeit und Erleichterung. Bedenkt, Venier, im Volk regiert der unerschütterliche Glaube an die Heilskraft und die Wundertätigkeit von Reliquien. Ein Verlust dieser Dinge muss folglich einhergehen mit einem Heilsverlust, im schlimmsten Fall mit dem Untergang.«

»Ich verstehe. Und Ihr wollt den Spieß gewissermaßen umdrehen.«

»Sehr scharfsinnig! Denn umgekehrt ist der, der die Reliquien besitzt, von einer ungeheuren, allumfassenden Macht.«

»Und was wollt Ihr mit Eurer vielen Macht anfangen?«

»Könnt Ihr Euch das nicht vorstellen? Ihr habt doch den Papst kennengelernt, diesen alten, schwachen Mann. Er könnte der mächtigste Herrscher auf der Welt sein, doch es interessieren ihn nur sein Wein und seine Pasta und seine gebratenen Kapaune. Und die Kardinäle sind noch größere Halunken, Säufer und Hurenböcke, die ihre Kurtisanen von der Kurie bezahlen lassen. Wenn es so schlimm weitergeht, dann ist das Christentum in allerspätestens einer Generation verloren!«

»Ihr wollt Euch also zum Papst ausrufen lassen?«, spottete Hasan.

»Oh, wer hier wen ausruft und was mein Titel sein wird, das ist mir ganz gleich«, winkte der Protonotar ab. »Doch ich verspreche Euch: Morgen wird von Rom eine Neuerung ausgehen, die wie ein Erdbeben die Grundfeste jedes sündigen Hauses erschüttert. Und jene, die sich an der Kirche versündigt haben, deren Seele wird im Feuer gereinigt werden, um sich dann vorm Herrn höchstselbst zu rechtfertigen!«

»Damit werdet Ihr nicht durchkommen.« Davide schüttelte den Kopf.

»Die Kurie besitzt keine Handvoll Soldaten. Unsere Bruderschaft dagegen – wir sind Hunderte! Wer soll uns aufhalten? Und wir sind Tausende, wenn uns die vielen Menschen ergeben folgen werden!«

»Ihr seid vollkommen verrückt, denn niemand würde Euch glauben«, entgegnete Davide.

Costantino lachte. »Oh doch. Ich kenne meine Römer. Und die Römer kennen mich. Und wenn wir dann mit den Reliquien von Rom nach Florenz ziehen, zu Tausenden, zu Zehntausenden, dann werden uns auch Florentiner zu Füßen liegen. Und das ist ja erst der Anfang. Kein Fürst, kein König und erst recht kein einfacher Soldat, weder in Italien noch sonst irgendwo in Europa, wird es wagen, sein Schwert gegen alle Heiligen der Christenheit zu erheben, und Ihr werdet es schon sehen: Binnen eines Jahres ist Rom wieder wie das alte Rom der Cäsaren, die größte Macht der Welt, doch dieses Mal nicht von heidnischen Göttern geprägt, sondern im Zeichen des Kreuzes die ganze Welt erobernd.«

»Und der neue Cäsar, das seid demnach Ihr.«

Costantino zuckte die Schultern. »Wie es auch kommen wird, so sei es.«

»Was war der Zweck Eures Besuchs bei Rusticello auf Burano?«

»Ah, der Antiquitäten- und Reliquienexperte, richtig. Wir hatten ernsthaft überlegt, uns all diesen Aufwand der Diebstähle zu ersparen und sämtliche Reliquien einfach zu fälschen. Doch diese Idee haben wir schnell verworfen. Knochen sind Knochen, das stimmt schon, und der Zweck heiligt die Mittel, aber es war uns auch wichtig, der Christenheit deutlich zu machen, dass die *echten* Reliquien *bei uns* sind.«

Davide ruckte erneut an den Fesseln, aber er hatte das Gefühl, der Knoten würde mit dem Versuch nur noch enger werden. Hasan schien bereits schwer zu atmen. »Und was sollte der Mordanschlag in Paris?«

Costantino verzog das Gesicht, als hätte er einen Witz gehört. »Um ehrlich zu sein, dachte ich, Ihr wärt schon viel weiter in Euren Nachforschungen. Ich wusste, dass Ihr erfahren habt, ich sei in Köln gewesen. Vielleicht hattet Ihr schon eine schwache Ahnung? Daher wollte ich sichergehen, den göttlichen Plan nicht gefährden. Was aber wohl nicht nötig gewesen wäre.«

»Und warum leben wir jetzt noch?«

»Eine berechtigte Frage. Ich wollte Euch töten, doch dann fiel mir ein, dass irgendjemand ja auch in Venedig verkünden muss, was hier in Rom passiert sei und was nun zu geschehen habe.«

Der Strom der Kisten, die hinter dem Protonotar herausgeschleppt und verladen wurden, riss nun ab, eine Schwarzkutte kam auf della Valle zu und flüsterte ihm etwas ins Ohr. Er nickte.

»Nun entschuldigt mich. Wir müssen die Reliquien zum Petersdom bringen. Morgen früh werde ich die Glocken läuten und die Bürger Roms herbeirufen lassen. Und dann werden wir ja sehen, was passiert, wenn alle zuerst von Ehrfurcht und dann vom heiligen Furor beseelt sind. Ihr bleibt hier, bis alles vorbei ist, das erscheint mir angesichts Eurer Insubordination sicherer.«

Das Rumpeln der Fuhrwerke verstummte. In der Kirche wurde es still und allmählich auch sehr dunkel; immer mehr Kerzen brannten herunter und erloschen. Hasan und Davide wanden sich in den Fesseln, doch es war tatsächlich nichts zu machen.

»Hat Euch Eppstein nichts von Nutzen mitgegeben?«, fragte Hasan.

»Und wenn, wie soll ich es erreichen? Ich spüre wohl mein Stilett und einige Tiegel unter dem Mantel. Aber wir sind so verschnürt, dass wir wie die Säule selbst wirken.«

»Und wenn ich versuche, in Eure Tasche zu kommen?«

»Bemüh dich gern, doch fürchte ich, es ist ganz vergeblich.«

Plötzlich trat ein Schatten aus der nun beinahe vollständigen Dunkelheit heraus, der zu einer Gestalt wurde und sich schließlich zu einem menschlichen Wesen manifestierte. Doch auf Davide schien noch diese rätselhafte Droge zu wirken, denn die Person, die er sah, konnte unmöglich real sein, sie war wie eine Fieberphantasie oder wie aus einem schrecklichen, längst vergessenen Albtraum. Davide zerrte mit allmählich nachlassender Kraft an den Fesseln, sodass Hasan, der von der Erscheinung nichts bemerkt hatte, protestierend aufstöhnte.

Dieses Gesicht …

… die beiden tiefen, senkrechten Narben auf der linken Wange, die kalten Augen …

Es konnte keinen Zweifel geben.

Ein sadistischer, skrupelloser Mörder, der meistgesuchte Mann Europas, der doch längst tot war, ertrunken im kalten venezianischen Kanalwasser vor dem Arsenale, getötet von ihm selbst, Davide.

Es war Crollio.

Er näherte sich Davide, bis sich ihre Nasenspitzen fast berührten. Venier blickte in das schwarze Nichts von Crollios Augen. Der Killer des Sultans zückte einen Dolch, dessen Klinge selbst in der Dunkelheit noch schwach funkelte. Es war schon lebensgefährlich genug, diesem Assassinen bewaffnet gegenüberzutreten. Unbewaffnet war es aussichtslos, und gefesselt ein tragischer Witz. Ein letztes Mal ruckte Davide in den Schnüren, doch er konnte sich keinen Zoll weit befreien. *So endet es also,* dachte er und schloss die Augen, dachte ein letztes Mal an Veronicas Küsse, an den Geschmack der eingelegten Sardellen und des friulanischen Weins, an Tintoretto, der immer nach seinen Farben duftete, und an Miguel, diesen polternden Abenteurer. Hasan rief etwas, das Davide nicht mehr verstand. Wie würde Venedig ohne ihn sein? Würde man ihn vermissen? Würde der Tod schmerzen? Er sah Veronica vor sich, er sah seinen Vater vor sich.

Die Nase Crollios näherte sich Davides Mund. »*Mandragora*«, schnüffelte er. »Das dachte ich. Starkes Betäubungsmittel.« Er sprach Italienisch mit einem nur ganz leichten Akzent, kaum schlechter als Hasan.

Dann berührte Crollios Messerklinge Davides Hals – und glitt an ihm weiter nach unten. Doch er spürte keinen Schmerz, und es floss auch kein Blut. Stattdessen spürte er, wie der schneidende Druck der Seile unvermittelt nachließ. Und dann waren seine Hände frei, ganz frei, und seine Füße auch, und sein ganzer Körper, und auch Hasan, dem die Fesseln das Blut abgeschnürt hatten, war frei und fiel sogleich vornüber zu Boden. Davide richtete sich wankend auf.

»Ihr seid nicht tot?«, fragte er fassungslos den Befreier.

»Wie Ihr seht«, entgegnete Crollio.

Was geschah hier nur? Crollio verbarg sein Messer und forderte ihn mit einer Kopfbewegung auf, ihm zu folgen. Davide fiel beim ersten Schritt fast zu Boden, denn seine Beine waren noch nicht wieder voll durchblutet, doch er fing sich und half Hasan auf. Beide stolperten, sich die Schenkel massierend, Crollio hinterher.

»In diesem Fall kämpfen wir gegen einen noch mächtigeren Gegner«, rief der über seine Schulter. »Ein erstarktes Rom, die ganze Christenheit vereint und neue Kreuzzüge. Das ist nicht in unserem Interesse.«

»Das leuchtet ein«, sagte Davide. »Habt Ihr einen Vorschlag?«

»Nein. Noch nicht.«

»So hört. Sie wollen zum Petersdom. Der Transport ist ihr wunder Punkt. Wir müssen sie aufhalten, bevor sie dort sind.«

»Weise gesprochen, Venezianer. Aber wie?«

»Vielleicht habe ich eine Idee.«

»Welche?«

»Feuer.«

»Ja, Feuer. Gut.«

Der Zug bestand aus vierzehn Fuhrwerken. Einige wurden von Pferden, andere von Ochsen gezogen. Auf den Böcken saßen je zwei Schwarzkutten. Sie zogen Richtung Westen auf den Tiber zu und reihten sich in den Verkehr ein, der sich selbst zu dieser Stunde noch vor der Engelsbrücke kurz staute. Die Kisten hatte man unter Stoffdecken verborgen. An jedem der Fuhrwerke waren links und rechts Fackeln angebracht, wie es in der Nacht üblich war. Davide und Crollio blickten sich an.

»Die Brücke ist unsere beste Chance«, flüsterte Davide.

»Das sehe ich auch so, Venezianer.«

»Ausgerechnet die Engelsbrücke. Wie passend«, sinnierte Davide. Auch Crollio wusste Bescheid: Seit einigen Jahren wurden Verbrecher und Papstgegner hier hingerichtet, ihre Gliedmaßen zur Abschreckung aufgestellt. Mitunter gab es auf der Brücke, wie die Römer spotteten, mehr abgeschlagene Köpfe zu sehen als Melonen auf dem Markt.

Davide erläuterte Crollio und Hasan den Plan. Sie wollten sich als Fußgänger auf die Brücke begeben; die Dunkelheit sollte ihre Identität verbergen können. Davide wollte bis zur Spitze des Zuges vordringen, Crollio sollte sich in die Mitte begeben, Hasan ans Ende.

Davide holte zwei von Eppsteins Tiegeln hervor, den mit dem Schießpulver für die doppelläufige Pistole und den mit dem Kupfersulfat, das als Emetikum dienen sollte.

»Mischt diese beiden Pulver und werft sie in eine der Fackeln, und es sollte ein hübscher Brand entstehen.«

»Sicher, Venezianer?«

»Ganz sicher«, bestätigte Davide, obwohl er es noch nie ausprobiert hatte. Er musste Eppstein vertrauen.

Davide hatte sich schnell über die Brücke durch den Verkehr gedrängt und war nun auf der Höhe des ersten Fuhrwerks. Das Pulver trug er in seiner geschlossenen Faust. Doch statt, wie es sein Plan vorsah, den Brandbeschleuniger auf das erste Fuhrwerk zu werfen, hatte er blitzartig eine andere Idee: Ein großer Vierspänner kam vorbeigefahren. Er warf das Pulver gegen eine der Fackeln nahe am Kutschbock. Das Pulver verwandelte sich in silbrige, winzige Flammen, die wie Sterne auf der Plane glitzerten und dann kleine Löcher hineinfraßen, die schnell größer wurden. Schnell stand die Plane der Kutsche in Brand; Davide warf anschließend eine Fackel unter die Hufe der Pferde. Diese scheuten sofort und hörten nicht mehr auf den Kutscher, welcher gar nicht wusste, wen er zuerst verwünschen sollte, seine ungehorsamen Bestien oder diesen verbrecherischen Kerl mit der Fackel. Als er sah, dass nicht nur seine Pferde heftig scheuten, sondern auch seine Kutsche in Flammen aufzugehen schien, war er vollends geschockt und stieß einen nicht enden wollenden Klageschrei aus. Der Verkehr unmittelbar um die Kutsche kam sofort zum Stehen, die Pferde rissen heftig an ihrem Zaumzeug und brachten die Kutsche beinahe zum Umstürzen.

Davide warf eine weitere Faust des hochaktiven Pulvers gegen das erste Fuhrwerk der Bruderschaft der Heiligen Hände. Auch hier verrichteten die schneeweißen Flammen mit großem Hunger ihr unaufhaltsames Werk. Die beiden Brüder auf dem Fuhrwerk bekamen davon gar nichts mit, betrachteten sie doch fasziniert und verängstigt zugleich die auf der Gegenseite bedrohlich schwankende Kutsche, die sich ihrem Reliquienkonvoi unkontrolliert näherte. Crollio unterdessen attackierte einen der mittigen Wagen, um größtmögliche Verwirrung zu stiften, und auch am Ende des Reliquienzuges entstand Unruhe; Hasan hatte sein Werk getan, denn dort leuchteten ebenfalls weißliche Brände auf.

Davides Feuer schien derweil ohne Wirkung auf dem Stoff des Fuhrwerks zu erlöschen, und er befürchtete schon, dass seine einzige Waffe wirkungslos verpuffen würde. Doch dann gab es aus dem ersterbenden Feuer eine kleine Stichflamme, die wie ein Teufelchen von einer Kiste zur anderen sprang. Und bald stand der erste Wagen in Flammen, die Schwarzkutten sprangen entsetzt hinunter und flohen, während der Wagen nach hinten kippte und die brennende Ladung gegen den zweiten Wagen polterte.

Auch der übrige Verkehr auf der Brücke kam nun zum Erliegen. In dem Chaos wieherten Pferde, brüllten Ochsen, schrien Kaufleute, surrten Peitschen verzweifelter Kutscher, die ihre scheuenden Zugtiere am Durchgehen hindern wollten.

Der größte Wagen in der Mitte fing nun ebenfalls Feuer. Das trockene, dünne Holz der Kisten brannte sofort, und bald war die Brücke hell erleuchtet. Einige der Schwarzkutten versuchten zu retten, was kaum noch zu retten war, und erstickten einige der Flammen mit Decken. Andere der Bruderschaft versuchten verzweifelt, ihre brennenden Gewänder zu löschen, oder rissen sie sich in großer Angst vom Leib. Auf der Brücke brach Panik aus, die ersten Wagen kippten um, andere Wagen krachten ineinander, immer mehr Flammenzungen erleuchteten die Nacht, zunächst schwach, dann allmählich stärker werdend, sich aufplusternd in grellem Gelb und blutigem Orange. Erst waren die Flammen ein paar Zoll hoch, dann ein paar Fuß, schließlich strömten sie spitz in den Himmel, als suchten die Heiligen ihre letzte Ruhestätte. Alle Unbeteiligten flüchteten fluchend und jammernd von der Brücke, versuchten im Chaos zu retten, was noch zu retten war – Ochsen, Pferde, Waren, sich selbst. Nur einige Brüder der Heiligen Hände harrten in dem Feuer aus, das nun ungehemmt von einem Fuhrwerk zum anderen sprang, knisternd und gefräßig. Funken tanzten wie Sternschnuppen in der Nacht. Die Fackeln an den Seiten der Fuhrwerke beschleunigten die Brände noch, und bald schien die gesamte Brücke in Flammen zu stehen.

»Rettet die Heiligen!«, erscholl nun ein Ruf. »Ja, werft die Kisten in den Fluss!« Schon wurden die ersten brennenden Kisten über die hüfthohe Begrenzungsmauer der Brücke geschoben. Manche zerbarsten, manche hörten im Tiber tatsächlich auf zu brennen, andere aber zogen wie mit einem aufgetakelten Flammensegel auf der Strömung dahin.

Alle Händler hatten sich in Sicherheit gebracht; nur einige Brüder der Heiligen Hand harrten immer noch im Feuermeer aus, doch bald stürzte einer nach dem anderen schreiend vor Schmerzen in den Fluss.

Da endlich entdeckte Davide den Protonotar. Er kam quer über die Brücke auf ihn zugestürmt, mit ganz unchristlichem Furor, wutverzerrtem Gesicht und einem Knüppel in der

Hand. Er schwang ihn in Richtung Davide, der sich duckte; über ihm stoben die Funken, als der Knüppel in die brennenden Planken eines Leiterwagens einschlug.

Davide packte den Protonotar, der von einem eigenartigen Lichtschein umgeben war, und versuchte ihn niederzuringen. Der Knüppel fiel zu Boden, und die grobknochigen, erstaunlich kräftigen Hände des Protonotars fanden Davides Hals, mit entschlossenem, von Hass getriebenem Griff. Doch Davide konnte sich losreißen und ein paar Schläge anbringen, die den Protonotar am Oberkörper trafen, aber keinerlei Wirkung zeitigten, geschickt wich der Kirchenmann aus. Endlich traf Davide ihn am Solarplexus, woraufhin alle Spannung aus dem Körper des Protonotars entwich. Davide wollte sich auf ihn stürzen, doch dann schoss ein schwarzer Blitz von der Seite auf ihn zu. Mit vollem Anlauf erwischte ihn eine Schwarzkutte. Er stürzte über das Brückengeländer und konnte sich gerade noch mit den Händen an den Steinen festhalten. Doch schon war die Schwarzkutte über ihm. Der Bruder hatte sich den Knüppel des Protonotars gegriffen und verfehlte Davides rechte Hand nur um einen halben Zoll. Davide versuchte, sich emporzustemmen. Der Knüppel traf die Mauer dort, wo einen knappen Moment zuvor seine Hand gewesen war, und die Wucht des Schlages war so groß, dass der Knüppel entzweibrach und der Angreifer ins Taumeln geriet. Davide gelang es derweil mit letzter Kraft, sich auf die Brückenmauer zu retten, und nun war Hasan zur Stelle, der die Schwarzkutte mühelos überwältigte. Unterdessen aber hatte sich der Protonotar erholt und sofort wieder auf Davide geworfen. Sie rangen heftig gleich neben der Statue des Apostels Petrus, welche Papst Clemens der Siebte hatte errichten lassen. Das Gewand des Protonotars hatte Feuer gefangen, doch er bemerkte in seinem Furor nichts davon. In einem heftigen

Ringkampf versuchten sie, den jeweils anderen von der Brücke zu stürzen, und schließlich fielen beide hinab ins Dunkel.

Der Sturz dauerte eine Ewigkeit, und Davide konnte sich noch im Fallen vom Griff des Protonotars losreißen. Als er aufschlug, verschluckte ihn das Wasser für eine lange Zeit, bis er wieder an die Oberfläche kam. Er konnte schwimmen, doch der Stoff des Tabarros sog sich so schnell voll, dass er kaum die Arme heben konnte. Dazu kam die bittere Kälte des Wassers, die von Augenblick zu Augenblick spürbarer wurde. Der Fluss umschloss ihn immer fester, als würde sich das Wasser zu einer zähen, klebrigen Masse von tödlichem Schwarz verdichten. Zudem schoss das Wasser mit ungeahnter Geschwindigkeit durch das Kiesbett, von Strudel zu Strudel.

Trotz aller Anstrengungen, an die Oberfläche zu gelangen, hatte Davide mit einiger Verblüffung mitbekommen, dass niemand mit ihm unter die Wasseroberfläche getaucht war. Mit letzter Kraft bekam er eine Kiste zu fassen und schaffte es, eine Weile sich an ihr festhaltend zu treiben.

Er blickte sich um, und da sah er den Protonotar. Sein Körper lag zerschmettert auf einer großen Reliquienkiste, die auf einer Sandbank gelandet war, auf der einer der drei Brückenpfeiler stand. Durch die Wucht des Aufpralls war auch die Kiste zersplittert.

Bald stieß Davides Kiste mit ihrer Fracht auf eine Furt mitten im Fluss. Er konnte sich aufrichten, auch wenn er immer noch bis zu den Waden im Wasser stand. Die Reliquienkiste, die ihn auf die Sandbank getragen hatte, trug die Aufschrift »Heiliger Ignatius«.

Es war der Name, den ihm die blinde Wahrsagerin seinerzeit in Venedig prophezeit hatte.

An den Ufern des Tibers tauchten nun Männer auf, die einander kurze Befehle zuwarfen und sich daran machten, die Kisten zu bergen. Auch auf der Brücke tat sich etwas: Eimer wurden herabgelassen und, mit Flusswasser gefüllt, wieder hochgezogen. Ganz allmählich erstarben die Flammen.

Immer mehr Schaulustige drängten sich am Ufer und links und rechts der Brücke zusammen. »Seht, es sind doch nur Staub und Lumpen drin«, lachten einige und zeigten auf die Kisten.

Mit Hilfe einer Leine wurde Davide ans Ufer gezogen.

»Wer seid Ihr?«, fragte er seine Retter.

»Wir sind Brüder der *Societas Jesu*«, erklärte ihm einer atemlos, weil er gerade mit dem Bergen einer Kiste beschäftigt war. Er verschnaufte kurz. »Wir sind auf der Seite des Papstes und haben den Protonotar seit einiger Zeit beschattet. Wir wollten wissen, was hinter diesem Orden steckt und welchen Zweck er damit verfolgte.«

»Ich denke, jetzt wissen wir es«, rief ein anderer im Vorbeigehen. Jeder dieser Brüder arbeitete konzentriert und mit großem Fleiß.

Davide kletterte die Böschung hinauf und blickte dabei noch einmal auf den Körper des Protonotars Costantino della Valle, der mit grotesk verrenkten Gliedmaßen auf der zerschmetterten Kiste lag. Es war jene Kiste, auf deren Seite »Heiliger Markus« geschrieben stand. Einer der Beschläge hatte sich durch den Leib des Protonotars gebohrt.

Oben angelangt, sah er im Lichtschein der ersterbenden Flammen Hasan, der sich von einem der Papstfreunde eine

396

Wunde am Arm behandeln ließ. Davide blickte ihn fragend an, aber Hasan schüttelte lächelnd den Kopf. Alles in Ordnung, wollte er damit sagen. Es roch nach verbranntem Holz und stechend nach verschmorter Kleidung.

Zuerst ging Davide zum dem Kutscher, dessen Vierspänner das Chaos ausgelöst und Davides Plan zum Erfolg verholfen hatte. Die Pferde hatten sich etwas beruhigt, scharrten aber noch unruhig mit den Hufen. Die Kutsche, die Teppiche geladen hatte, war völlig ausgebrannt. Der Kutscher, zugleich der Besitzer der Waren, hockte verzweifelt auf dem Boden, offenbar aber unversehrt, nur sein Bart war etwas angesengt. Als er Davide sah, blitzte kurz die Wut in seinen Augen auf, aber er war noch zu sehr von den Ereignissen mitgenommen, um irgendetwas zu unternehmen. Davide streichelte die Nüstern der Pferde, die sich daraufhin erkennbar beruhigten. Vor allem ein kräftiger Rappe ließ es sich gefallen und hielt bald ganz still.

»Guter Mann, das sollte Euch mehr als genug entschädigen«, wandte sich Davide dann an den Kutscher und warf ihm ein Geldsäckchen zu.

»Aber ...«, stammelte der Mann.

»Ihr habt, ohne es zu wissen, eine gute Tat vollbracht und sollt dafür entlohnt werden.«

Dann stand er vor Crollio. Zu seinen Füßen lagen drei Ordensbrüder der Heiligen Hände.

»Ausgezeichnet«, nickte der Osmane.

Davide kniete sich nieder und untersuchte die Schwarzkutten. »Ihr habt sie getötet?«

»Anders ging es nicht. Und Ihr habt Eure Reliquien zurück. Oder« – er blickte auf die zahlreichen rauchenden, zerbrochenen Kisten – »mehr oder weniger.«

Davide richtete sich auf. »Eure Hilfe wird nun nicht mehr gebraucht. Seht zu, dass Ihr verschwindet.«

Und zum ersten Mal lächelte Crollio. »Wir sind uns ähnlich.«

»Sind wir nicht.«

»Ja, wir sind.«

Davide schüttelte energisch den Kopf. »Ich weiß nur eines: Fertig miteinander sind wir noch lange nicht.«

»Nein, wir sind nicht. Wir sehen uns wieder.« Und in wenigen Augenblicken war Crollio mit schnellen, geschmeidigen Bewegungen in der Menge der Schaulustigen verschwunden.

KAPITEL 29

Die Rückgabe

Papst Pius der Fünfte lag auf einer Ottomane und sah in seinem weißen Gewand aus wie ein Cäsar. Überraschenderweise schien er sich auch gänzlich von der Rosskur seiner drei Mediziner erholt zu haben. Davide und Hasan waren vom Papst höchstselbst zu einer Audienz gebeten worden, was allgemein als hohe Ehre empfunden wurde, den beiden allerdings eher lästig war, wollten sie doch zusehen, baldmöglichst nach Venedig zurückzukehren.

»Wir danken Euch für Euren heroischen Einsatz und vor allem dafür, unsere Kirche vor viel Ungemach bewahrt zu haben.«

»Es war uns eine Ehre, der Christenheit ein übles Los erspart zu haben«, gab Davide mit der Andeutung einer Verbeugung zurück. Hasan – aber wohl nur er – hörte die Ironie in seiner Stimme und dem Gebaren.

»Ja, dieser Costantino«, seufzte der Papst. »Ein guter, fleißiger Mann, ich habe große Stücke auf ihn gehalten. Auch die Bruderschaft der Heiligen Hände schienen mir treue Soldaten der Heiligen Sache zu sein. Doch in den letzten Monaten zeigte Costantino immer mehr Insubordination. Ich mache mir Vorwürfe, nicht früher skeptisch geworden zu sein. Aber nun ja, mit Eurer Hilfe ist ja jetzt alles gut geworden.«

»Doch was ist mit den verbrannten und im Tiber versunkenen Reliquien?«, fragte Davide.

»Oh, mein lieber Venezianer, keine Sorge, die Jesuiten werden sich darum kümmern.«

Ein kleiner Mann mit großer Brille kam aus dem Schatten hervor und verneigte den Kopf. Davide und Hasan erwiderten den Gruß.

»Ein neuer, tüchtiger Orden«, ließ sich der Papst vernehmen. »An ihm werden wir noch viel Freude haben. Den Namen *Jesuiten* hören sie gar nicht gern«, wiederholte der Papst mit einem gewissen Vergnügen, weil der kleine Mann mit der großen Brille bei der Erwähnung des Namens tatsächlich leicht zusammenzuckte, »sie wollen lieber *Societas Jesu* genannt werden, aber nun gut.«

Davide und Hasan sahen einander an. »Was genau bedeutet das alles?«

»Es ist ganz einfach«, sagte nun der Jesuit mit dünner, hoher Stimme. »Wir werden die zerstörten Gebeine durch andere Gebeine ersetzen. Der Heilige Vater …«, er nickte dem Papst zu, der zurücknickte, »… wird die Gebeine segnen und dadurch ihre Authentizität bestätigen.«

»Haltet Ihr diese Vorgehensweise für redlich?«

»Zuallererst«, referierte der Jesuit nun mit einer Stimme, die nur mühsam eine gewisse Erregtheit verbarg, »wird damit für Einheit und Frieden gesorgt. Zweitens dürfen, ja müssen wir davon ausgehen, dass in der Vergangenheit ähnlich verfahren wurde. Heißt es nicht, von all den vermeintlichen Splittern vom Holz des Jesuskreuzes ließe sich eine ganze Arche Noah zimmern?«

Davide nickte nachdenklich. »Pragmatismus ist mir nicht fremd. Dass ich ihn aber hier im Vatikan vorfinde …«

Der Papst drohte ihm scherzhaft mit dem Zeigefinger. »Venier, wenn uns nicht so sehr an den Beziehungen zu Venedig gelegen wäre, die ohnehin schon schwierig genug sind, dann hätten wir Euch und Euren Diener umgebracht. Mitwisser sind in solchen Fällen immer eine lästige Sache, nicht wahr?«

Beim Verlassen des Vatikans kamen ihnen die drei Doktoren entgegen, die sich schon vor einigen Tagen um die Gesundheit des Pontifex Maximus bemüht hatten und offenbar dessen Leibärzte waren. In ihren Ledertaschen klackerte das Metall der Schröpfgeräte aneinander.

Davide hielt sie auf und begrüßte sie freundlich.

»Hört mich an, ehrwürdige Doktoren, gerade war ich bei unserer Heiligkeit. Ich muss gestehen …«, Davide senkte die Stimme zu einem vertraulichen Flüstern herab, »ich muss gestehen, dass mir der Papst heute besonders grillenhaft vorkam. Seine Körpersäfte scheinen unkontrolliert zu sprudeln, und ein ordentlicher Aderlass täte ihm ganz bestimmt gut.«

Die Ärzte schauten einander an. »Der Aderlass ist eine machtvolle Heilmethode, darf aber nicht zu oft und auch nicht zu intensiv angewendet werden«, sagte der Älteste, der Kopf der drei. »Heute wollten wir Ihrer Heiligkeit nur kleine, anregende Stiche versetzen«, erklärte ein Zweiter.

»Vertraut mir, ein tüchtiger Aderlass wäre jetzt genau das Richtige.« Davide drückte jedem der drei eine venezianische Golddukate in die Hand.

»Andererseits«, ließ sich der Kopf vernehmen, während er mit einer geübten Bewegung die Golddukate in einer Tasche unter dem Mantel verschwinden ließ, »hat ein Aderlass noch nie geschadet, und wenn er an den richtigen Stellen gemacht wird, dürfte er jedem Patienten nur guttun.«

Und so fuhren im April des Jahres 1572 unter den wärmenden Strahlen der Frühlingssonne unauffällige Leiterwagen von Rom aus strahlenförmig durch halb Europa, beladen mit schlichten Kisten, doch die Kaufleute, die diese Wagen begleiteten, waren in Wahrheit gut ausgebildete und schwer bewaffnete Söldner, zumeist aus der Schweiz. Um den Gesundheitszustand des Papstes stand es derweil, wie man hörte, nicht zum Allerbesten.

Unterdessen hatten sich auf der Baustelle einer Kirche rechts vom Tiber und südlich des Pantheons einige Männer an einem Tisch versammelt. Die Kirche war schon so gut wie fertig, aber die Ausschmückung des Innenraums fehlte noch, zudem musste sie natürlich noch offiziell geweiht werden. Derweil benutzte die Societas Jesu die von ihr finanzierte Kirche als täglichen Treffpunkt. So hätte es sicher der Ordensgründer Ignazio von Loyola gewollt, der vor einigen Jahren gestorben war. Sein Nachnachfolger als Ordensgeneral hieß Francisco de Borja, ein hochgewachsener, hagerer Mann mit Stirnglatze, der sein Italienisch immer noch mit starkem Akzent sprach, obwohl er nun schon seit fünf Jahren in Rom residierte.

»Aber Ihr müsst zugeben, die Idee war gut«, sagte nun einer der Jesuiten. Es war jener, der Davide im Beisein des Papstes erklärt hatte, wie die Kirche mit all den verschwundenen oder beschädigten Reliquien zu verfahren gedachte.

»Oh ja«, nickte Francisco, »das war sie. Doch sie kam ein wenig früh. Wir hatten keine Wahl, als uns auf die Seite des Papstes zu stellen.«

»Weil wir keinen Rückhalt gefunden hätten?«, fragte ein anderer Jesuit.

»Unsinn«, winkte Francisco ab. »Für einen Umsturz braucht man keine Mehrheiten. Nein, Ihr kennt meine Meinung. Unser Orden sollte sich auf Südamerika konzentrieren. Ist dieser reiche Kontinent erst einmal im guten Glauben, dann wird uns keine Macht der Welt aufhalten können.« Er hustete leicht und trocken, wie er es zuletzt immer öfter tun musste. »Gebe Gott, dass ich das noch erlebe.«

Die Jesuiten murmelten ein kurzes Gebet für ihren Oberen. Dann blickte dieser auf ein Papier, das vor ihm lag, und räusperte sich. »Nächster Punkt für heute: Von welcher Farbe soll unser Ordenswappen fortan sein, und sollte der gewählte Ton zu unseren Kutten passen oder nicht?«

KAPITEL 30

Schlussakt

Während die Wagen noch mit Bedacht und mit erstklassiger Bewachung über die europäischen Straßen rumpelten, um die Reliquien zurück an ihren angestammten Platz zu bringen, waren Davide und Hasan längst wieder in Venedig. Der Karneval war zu ihrem Bedauern vorbei, aber an die Fastenzeit hielt sich hier glücklicherweise keiner.

Davide, Miguel und Hasan hatten eine Einladung in ein Casinò des jungen *nobile* Trincanato angenommen, der stets äußerst vergnügliche Feste feierte, ohne die Ausschweifungen, die zuletzt doch etwas überhandgenommen hatten. Auch Miguel, der dem Exzess ja selten abgeneigt war, hatte es bemerkt.

»Es fehlt eine Pestepidemie, um wieder für etwas Demut zu sorgen«, behauptete der Spanier halb im Ernst, halb im Spaß.

»Darauf kann ich gut verzichten«, winkte Davide ab. Die letzte Epidemie war über die Stadt hereingebrochen, als Davide ein Kleinkind war, und wenn es in Venedig auch nicht so schlimm war wie die Epidemien, von denen einige der Bilder erzählten, die in den Kirchen und so manchen Folianten zu sehen waren, so waren doch eine Schwester seines Vaters und zwei Nachbarn verschieden, und er konnte sich noch gut an den Abtransport der Toten auf schwarzen Gondeln mit verhangenen Felzen erinnern, an den schrecklich süßlichen Gestank in der Luft und die vielen Fliegen.

»Die Contessa Ludovica soll auch anwesend sein«, warf Hasan ein, um dem Gespräch eine angenehmere Richtung zu geben. Jene Contessa Strozzi, die Davide vor einigen Monaten aus dem Kerker der Uskoken befreit hatte, war zwar eine *rompiscatole* erster Kategorie und selbst für eine junge Adlige außergewöhnlich unerträglich, doch während Davide auf Reisen war, hatte Miguel eine Affäre mit ihr begonnen – und ihr von seinen gewaltigen Besitztümern in Kastilien-La Mancha erzählt, die selbstverständlich nur in seiner Fantasie existierten.

Sie überquerten die Piazza San Marco, als etwas Merkwürdiges passierte: Davides Freunde wurden plötzlich größer; ihre Köpfe schienen in den Himmel zu wachsen und bald über ihm zu schweben. Halt, nein, es war umgekehrt: Davides Beine gaben nach – er wurde kleiner! Er sank zu Boden und sah nur noch, wie seine Freunde die Köpfe umwandten, aber nicht zu ihm schauten, sondern auf etwas hinter ihrem Rücken, eine Art Schatten, etwas sehr, sehr Dunkles …

Dann schlug er auf dem Pflaster auf und glitt in vollkommene, unentrinnbare, honigzähe Schwärze.

Als er nach einer kleinen Ewigkeit wieder zu sich kam, lag Hasan neben ihm auf dem Boden und stöhnte. Miguel stand noch aufrecht, aber wurde immer wieder nach hinten geworfen, als würde ihn eine heftige Bö erfassen.

Bald sah Davide klarer. Ein Gigant stand mitten auf dem Markusplatz, und er bewegte seine riesigen Arme wie Dreschflegel. Hasan blutete aus der Nase, und seine Schulter schien ausgerenkt. Als er versuchte, sich aufzurappeln, fiel er direkt auf Davide. Miguel dagegen stand vor dem Giganten und wich den gewaltigen Armen geschickt aus, doch immer wieder wurde er getroffen und zurückschleudert. Davide schob Hasan so behutsam wie möglich von sich fort und sprang seinerseits auf. Da spürte er auch schon den Schmerz in seinem Nacken.

Der Gigant war niemand anders als Dragomir Sosna, der Mann fürs Grobe bei den Uskoken, ein Bursche von sieben Fuß Höhe, mit drei Fuß breiten Schultern und Armen. Davide hatte ihn seinerzeit bei der Befreiung der Contessa nur mit großer Mühe abschütteln können. Wie auch immer er hier auf den Markusplatz kam: Er hatte vor, für ordentlichen Schaden zu sorgen.

Schwankend baute sich Davide vor ihm auf. »Ihr seid meinetwegen hier, richtig?«

»Euch alle drei will ich töten«, grummelte der barhäuptige Riese in allertiefstem, rauchigem Bass. Inzwischen hatten sich einige Schaulustige versammelt, obwohl der Platz um diese Zeit am Abend nicht sonderlich bevölkert war. Gegen eine ordentliche Schlägerei hatte kein Venezianer etwas einzuwenden, zumal der wilde Karneval schon beinahe wieder allzu lange her war.

»Nun, dann fangt mit mir an.«

Noch bevor Davide ausgesprochen hatte, traf ihn Dragomirs Faust mitten auf der Stirn. Die Wirkung war verblüffend: Er sah Sternchen, als hätte er zu lange in die Mittagssonne geblickt.

Aber er blieb stehen.

Und wich dem zweiten Schlag aus.

Doch beim dritten Mal traf ihn die mächtige Faust erneut, dieses Mal auf dem Rippenbogen oberhalb des Herzens. Das Publikum johlte und jammerte zugleich, immerhin sah der, der getroffen worden war, unverkennbar wie ein Venezianer aus, der andere hingegen wie ein wild gewordener Barbar.

Es schmerzte, aber nicht so sehr, wie er befürchtet und Dragomir gehofft hatte. Er warf seinen Tabarro ab und stellte sich in die Boxhaltung, die ihm Hasan beigebracht hatte.

»Also, Uskoke, zeig, was du kannst. Bislang hast du mich nicht beeindruckt.«

Daraufhin wurde der ganz rot im Gesicht, noch viel röter als ein überreifer Goldapfel aus dem Süden Amerikas, und stürzte in unkontrolliertem Furor auf Davide zu. Genau das war Davides Absicht. Er musste nur dem tödlichen Griff des Uskoken entgehen. Er tänzelte um ihn herum und bedeckte ihn mit harten, platzierten Schlägen auf Kinn, Körpermitte und die weichen Stellen in seinen Flanken. Er landete Treffer um Treffer und duckte sich immer wieder unter den wild schwingenden, ins Leere greifenden Armen und Händen weg.

Und allmählich, ganz allmählich, wurden die Bewegungen des Uskoken schwächer. Hasan landete einen letzten heroischen Versuch, ins Geschehen einzugreifen, und klammerte sich um die Wade des Angreifers, doch er wurde abgeschüttelt wie ein lästiges Insekt und landete erneut auf seiner lädierten Schulter. Auch Miguel, der sich keuchend auf Knien von dem Kampf erholte, bäumte sich noch einmal auf und trat dem Uskoken mit aller Macht zwischen die Beine. Die Wirkung war überschaubar und bestand nur in einem irritierten Blinzeln, aber gegen diesen Feind zählte jeder kleine Nadelstich.

Miguel reichte Davide nun die doppelläufige Pistole, die er offenbar aus dem abgelegten Tabarro gefischt hatte.

»Vielen Dank«, sagte Davide.

»Gern geschehen«, nickte Miguel, dessen Gesicht, wie Davide nun bemerkte, recht zerschlagen aussah.

Davide nahm den hölzernen Griff der Waffe und prügelte damit auf Dragomirs Schläfen ein. Schlag um Schlag traf den Uskoken, der nun endlich, endlich zusammensackte und mit einem letzten mächtigen Hieb von Davide auf das kalte, nasse Pflaster geschickt wurde.

Die Schaulustigen applaudierten. Was für eine feine Rauferei das gewesen war! Es mochten inzwischen zwei Dutzend von ihnen sein, darunter war ein kleiner Junge mit schmutzigblondem Haar, den Davide zu sich heranwinkte.

»Hier sind drei Dukaten. Eine ist für dich, und zwei gibst du den Gondolieri dort hinten am *bacino orseolo*, dass sie dir ordentlich Tau geben. Und eine weitere Dukate bekommst du bei deiner Rückkehr!«

Und so verschnürten sie den Riesen mit großer Sorgfalt, denn bei seemännischen Knoten machte den Venezianern niemand etwas vor. Dann zerrten sie Dragomir mit vereinten Kräften quer über den Platz zu den Prokuratien, wo die Soldaten, die Davide mittlerweile kannten, große Augen machten. Zu gern hätten sie diese epische Prügelei aus der Nähe gesehen, doch ihnen war streng verboten, ihren Posten zu verlassen.

»Was sollen wir mit diesem Burschen?«, fragten sie etwas ratlos.

»Soll der Kanzler entscheiden, wie mit diesem Lump zu verfahren ist«, erklärte Davide.

»Er ist ein übler Unruhestifter und ein Uskoke dazu«, ergänzte Hasan.

»Seine Arme waren wie Windmühlenflügel«, stöhnte Davide. Allmählich, als sich die Aufregung legte, spürten die drei Freunde die Schmerzen überall am Körper.

»Wie Windmühlenflügel«, flüsterte Miguel de Cervantes zu sich selbst. In ihm reifte eine Idee.

Von der Loggia des Dogenpalastes aus, durch die Säulen vor den Blicken der Neugierigen geschickt verborgen, hatten der Doge, Calaspin und ein dritter Mann der Szenerie zugeschaut. Nun zogen sie sich in den Palazzo Ducale zurück.

»Ihr könnt stolz auf ihn sein«, sagte Doge Alvise Mocenigo.

»Das bin ich. Unser bester Mann seit Langem«, antwortete Calaspin. »Es hätte mir ganz und gar nicht gefallen, ihn zu verlieren.«

»Und doch mussten wir es riskieren.«

»Ich bin mir da nicht so sicher, mein Doge.«

»Niemand ist größer als Venedig. Nicht einmal Ihr, nicht einmal ich. Und erst recht nicht Davide Venier.«

Nun räusperte sich der dritte Anwesende. »Ich danke Euch für die Chance, die Ihr mir gegeben habt, um eine Rechnung zu begleichen.«

»Wir haben es, wir Ihr Euch denken könnt, nicht gern getan, hoffen aber, dass die Möglichkeit der Satisfaktion Euch wieder milder gestimmt hat und wir endlich über ein Abkommen verhandeln können, das für beide Seiten nur Vorteile bietet.«

»Das können wir nun«, verneigte sich Ivan Lenkowitsch, der Anführer der dalmatischen Seeräuber, welche den Venezianern seit Jahren so schwer zusetzten und sie an ihrer empfindlichsten Stelle trafen: dem Geld. »Natürlich unter der Voraussetzung, dass mein treuer Dragomir, sofern er diesen Vorfall überlebt hat, nicht in Euren *pozzi* landet und stattdessen unverzüglich freigelassen wird.«

Calaspin wollte protestieren, doch der Doge hob die Hand, und der Kanzler verstummte. »Darüber«, wandte sich der Doge an Lenkowitsch, »lässt sich reden.«

NACHWORT

Zur historischen Genauigkeit

D avide Venier ist eine fiktive Gestalt, doch Menschen wie er gehörten zum Machtgefüge Venedigs. Spione, Kuriere und Auftragsmörder, welche die Feinde der Republik schnell und geräuschlos zu beseitigen hatten, bildeten die dunkle Seite der strahlenden *Serenissima*. Der aufgespannte Rahmen der politischen Verhältnisse hält sich an die historische Realität: Doge Alvise Mocenigo, Papst Pius der Fünfte und Königinmutter Caterina de' Medici waren zu jener Zeit, die Jahre um 1570, die bestimmenden politischen Gestalten. Ivan Lenkowitsch sorgte mit seinen geschickt segelnden Uskoken-Piraten auf der Adria bei Venezianern wie Osmanen für Angst und Schrecken, allerdings starb er wohl schon 1569. Die Festung Nehaj, aus der Davide zu Beginn des Romans die Contessa befreit, steht noch heute; sie wird als Museum genutzt.

Generell hat es nahezu alle beschriebenen Institutionen genau so in der zweiten Hälfte des 16. Jahrhunderts gegeben. Die Speisen, die Kleidung, die Waffen, die Handelswaren, die Zollvorschriften und die Regeln im Ghetto sind stimmig. Auch für die damaligen Karnevalsspektakel finden sich unzählige Berichte von Zeitzeugen, etwa für die grausame *sfida al gatto*. Beim »großen Esser von Trento« allerdings ließ ich mich von dem berühmten Franzosen Tarrare inspirieren, der erst 1772 in Lyon geboren wurde. Doch sowohl Hungerkünstler als auch Allesesser gehörten schon

411

in früheren Jahrhunderten zu den Attraktionen vieler Jahrmärkte.

Ob es eine Freundschaft zwischen Davide, Tintoretto und Miguel de Cervantes (dem Autor des ›Don Quichotte‹) hätte geben können? Zumindest zwischen Davide und dem Maler wäre das durchaus möglich gewesen, denn sie arbeiteten für dieselben Auftraggeber. Ob und wie lange Miguel de Cervantes in Venedig war, ist unsicher, aber nicht unwahrscheinlich; ein Aufenthalt in Italien ist verbürgt, auch zog er an der Seite Venedigs 1571 als spanischer Söldner gegen die Osmanen in die Seeschlacht von Lepanto, bei der seine linke Hand schwer verletzt wurde.

Wie bereits im ersten Band ›Der Spion des Dogen‹ angemerkt, wurde der Fontego dei Turchi in jenen Jahren wohl von osmanischen Händlern bewohnt, gehörte ihnen aber noch nicht; über einen Kaufvertrag verhandelte man erst 1608.

Wir wissen sehr genau, wie es damals in den Wirtshäusern zuging, was zum Essen serviert wurde und wie bequem die Matratzen waren. Denn etwa in jenem Zeitraum, in dem sich Davide über Augsburg in Richtung Köln und dann nach Paris aufmachte, fuhr der französische Politiker und Philosoph Michel de Montaigne quer durch Mitteleuropa und Italien und führte gewissenhaft Tagebuch, in dem er auch die alltäglichsten Dinge festhielt (und nebenbei ausführlich über seine Nierensteine und seine Ausscheidungen referierte). Montaigne verdanken wir viele Details über Sitten und Bräuche, etwa, dass die Wirte neben Kost und Logis das Brennholz, das Licht und die Bettwäsche extra berechneten.

Die Kölner Kirchenoberen Salentin von Isenburg und Gebhard von Waldburg sind ebenfalls historische Gestalten, wenngleich der eine wohl nicht ganz so gutherzig und der andere wohl nicht ganz so bösartig war. Pierre de Gondi war seit 1569 Bischof von Paris. Der Aufstieg der Jesuiten in Rom fand in jener Zeit unter dem im Roman beschriebenen Ordensgeneral Francisco de Borja statt.

Was Cornelias Männer angeht: Philipp der Zweite von Baden und Ludwig von Wirtemberg hat es tatsächlich gegeben; Ludwig (*1554) war – zunächst unter Vormundschaft – ab dem Jahr 1568 regierender Herzog und sollte für seine Milde und seinen großen Gerechtigkeitssinn berühmt werden. Er starb nach zwei Ehen mit nur 39 Jahren kinderlos. Das außereheliche Kind mit Cornelia von Blankenstein wird allerdings in keiner Chronik erwähnt – und würde auch kaum zu seinem Beinamen »der Fromme« passen ... Eine Anmerkung für alle Nicht-Schwaben: Württemberg wird erst seit 200 Jahren so geschrieben; zu Davide Veniers Zeit hieß es tatsächlich Wirtenberg oder immer öfter, weil flüssiger auszusprechen, Wirtemberg. Und Philipp, Cornelias versprochener Ehemann? Markgraf Philipp der Zweite von Baden (*1559) übernahm 1571, ebenfalls zuerst unter Vormundschaft, die Amtsgeschäfte. Während sein Vater den Untertanen Religionsfreiheit zugesichert hatte, entpuppte sich der Sohn als Eiferer, der nachweislich 18 »Hexen« im Jahr 1580 verbrennen ließ, vermutlich aber im Laufe der Jahre viel mehr. Dagegen ist es fast eine lässliche Sünde, dass er nicht mit Geld umgehen konnte. Um seine Verschwendungssucht zu kaschieren, erhöhte er regelmäßig die Steuern. Er hinterließ keine Nachfolger – möglicherweise für die Untertanen ein Glück.

Die »méthode champenoise« der Flaschengärung, der Davide und Hasan im Kloster von Hautvillers begegnen, ist erst seit dem Jahr 1670 nachgewiesen, doch nichts spricht dagegen, dass es zuvor schon Experimente damit gab, denn sogar die alten Römer schätzten bereits sprudelnde Getränke.

Caterina de' Medicis Jugend war tatsächlich so trist wie

geschildert, um ihr Äußeres stand es zeit ihres Lebens nicht besser. Und auch eine *buona forchetta* war sie, alles drehte sich am französischen Hof damals ums gute Essen – die Nachwirkungen sind bis heute in der *haute cuisine* zu spüren. Italiener behaupten bis heute, erst ihre Landsleute hätten den Franzosen den Genuss nahegebracht, was sicher nicht ganz falsch ist. Caterinas Mann starb so grässlich, wie im Buch geschildert. Marie Touchet hat es ebenso gegeben wie Margarete de Valois; beiden wurde ein lasterhafter Lebensstil nachgesagt. Das liegt vielleicht auch an Maries Anagramm, das fast »Je charme tout« (»Ich verzaubere alles«) ergibt, wie einer ihrer Verehrer scherzte – jedenfalls dann, wenn man das i zu einem j umwandelt.

Das wenig schmeichelhafte Zeugnis für eine Köchin, das der Kammerherr am französischen Hof seinem Skribenten diktiert (s. S. 241), stammt übrigens ursprünglich von Goethe. Er stellte es seiner Köchin Charlotte Hoyer aus, der Wortlaut ist überliefert, da der Fall aktenkundig wurde

Viele Details über das damalige Leben in Rom verdanken wir wieder Montaigne, so auch die Beschreibung einer Teufelsaustreibung oder einer Audienz beim Papst. Die Hinrichtung Bartolomeo Vallantes fand erst einige Jahre später als im Roman statt; Montaigne war 1581 Zeuge der geschilderten Exekutionen. Vallantes Leben wäre einen eigenen Roman wert, geriet er doch als junger Mann in eine Blutfehde und rächte die Ermordung seines Bruders, was ihn zur Flucht und zu einem Leben als Bandit zwang.

Ein Verzeichnis weiterer Bücher, die mir bei der Recherche zu diesem Buch und dem Vorgängerband geholfen haben, finden interessierte Leserinnen und Leser auf der Webseite www.postausitalien.com.

Davide Venier kehrt zurück – in
›Die Toten von Rialto‹